U0016972

聯經評論

千迴萬轉
張愛玲學重探

林幸謙　　主編

目次

【附錄】

前言
張學與張愛玲的「國色」

林幸謙

〈中國的日夜〉

張愛玲

我的路
走在我自己的國土
亂紛紛都是自己人
補了又補，連了又連的
補釘的彩雲的人民
我的人民
我的青春
我真高興曬著太陽去買回來
沉重累贅的一日三餐

誰樓初鼓定天下
安民心

嘈嘈的煩冤的人聲下沉

沉到底

中國，到底

一、張愛玲與彩雲的人民

這是張愛玲詩句中一個有關中國的意象。場景是上世紀40年代中後葉的一個冬天：張愛玲買菜回家，走在「我自己的國土上」上，她眼中滿滿是煌煌然的陽光，空氣裡有一種清濕的氣味，到處是補綴過的藍布衫的民眾。

這詩收在同名的散文中，在秋冬之交微弱的陽光裡，「我真快樂我是走在中國的太陽底下」，而那些走在街道上的身影，她說她看到了中國的「國色」。

詩中，張愛玲流露出與中國的某種親密關係──一種鮮少有情感，有如她和她父親那種錯綜複雜的、並非黑白分明的隱匿關係。在亂紛紛的補釘斑斑的黑影中，似乎有一種窮親戚的感嘆，然而卻流露出張愛玲甚少表露的、親暱的「自己人」的情感。

「我們中國本來是補釘的國家，連天都是女媧補過的」

──張愛玲

那個年代的中國和那一種「國色」，大概是我這一代人沒法想像的；而當今的「中國」和「國色」，應也是張愛玲生前所無法想像的吧。當年，張愛玲來到臺北是半個多世紀前的60年代初，現今的上海和臺北景觀，早已不是張愛玲記憶中的城市。

「國色」，早已幾番蛻變更迭，然而，身處位在南港山系邊緣的中研院，雨後的空氣，顯然仍有一絲張愛玲當年感受到的、清濕氣味。

距今轉眼我竟然已有十五年不曾踏足臺北。

我最後遊臺北，是來臺過渡千禧年。和人群擠在臺北市的中心，遠遠地觀看城市夜空那些爆裂綻放的煙火，那些和友人相擁、親吻互道千禧年快樂的瞬間，早已隨當年留學臺北的記憶流逝，浩蕩而遙遠。夜裡從淡江吹來的風，有如當年張愛玲送別胡適時那陣從赫貞江（又譯赫遜河、哈德遜河，Hudson River）吹過的風，仍舊地，隔著十萬八千里從時代的深處吹來。張愛玲道：「吹得眼睛都睜不開。那是我最後一次看見適之先生」。而那也是我最後一次踏上臺北，再來時，已是十五年之後。

當年我離開臺北時，我剛開始立意要做張愛玲的女性主義研究到香港中文大學去讀博，回來時，有點慶幸我已是「張學」的中堅分子。

此次回來，更加慶幸的是代表香港浸會大學中文系和臺灣最高學術機構中央研究院合辦張愛玲九五誕辰的兩場紀念活動：張愛玲學重探國際學術研討會和張愛玲手稿、文物展。

這珍貴的學術機緣首先要感謝王德威的推介與牽繫，順利和彭小妍合作主辦了此次張愛玲紀念活動。早在2010年我在浸大主辦第二屆張愛玲的紀念學術會議時，邀請了小妍到浸大參加會議，可惜因各種因素沒能成行。如今我們共同主辦張愛玲每五年一屆的紀念活動，深感榮幸有機緣成為合作者。雖說合辦，然而彭小妍在中研院完成了大部分的籌備工作，因此要特別的感激小妍。

如今很多人──特別是臺灣學界──都認為張愛玲是屬於臺

灣，如陳芳明在前一屆的張愛玲大會中的主題演講，就是談論張
愛玲和臺灣的關係：我們的張愛玲。臺灣確實有太多知名的超級
張迷，除陳芳明外，如唐文標、水晶、白先勇、王禎和、周英
雄、朱西甯、余光中、南方朔、平鑫濤，舉之不盡。

　　我們這些張迷，暫且或也可看作是張愛玲詩中的彩雲人民：
在語言文字上、理論學說上、文化符號上、思想精神上，乃至心
靈／性靈上，也許我們都是另一類型的補釘之族。我們把中、
西、古、今、異、同，等等各種「國色」、各種思維基因混合
（Hybrid）之後，產生出獨有的文化人──包括張愛玲本身；形
成張愛玲詩中她當年所看到的、那些在街上行走的彩雲的人民：
身穿各種色彩各種布料的、補了又補連了又連、深深淺淺雨洗出
來的「彩雲的人民」。

　　這次會議的舉行，我們把閱讀張愛玲與張學研究當作是感觸
一個時代的心靈之旅。在這意義上，這裡所論述的張愛玲，也許
可以視為一個時代的文學史的開拓者，出現在當代中國文學史上。

二、張愛玲的愛與憎

〈愛憎表〉

張愛玲

　　沒死已經失去了當年的形貌個性，一切資以辨認的特徵，
歲數成為唯一的標籤。但是這數目等於一小筆存款，穩定成
長，而一到八十歲就會身價倍增。一輩子的一點可憐的功績
已經在悠長的歲月中被遺忘，就也安於淪為一個數字，一個
號碼，像囚犯一樣。在生命的兩端，一個人就是他的歲數。

　　會議第一天，彭小妍主持了首場主題演講，作為開場的主講人李歐梵從跨文化與翻譯理論的影響，探討張愛玲在美國所面臨的「文化語境」的困難。李歐梵從新的時代層面揭示張愛玲在美時期的英文書寫作事業，講解張愛玲如何面臨一種非常嚴重的雙文化、雙語境的問題；從中也涉及到香港與上海對於美國時期張愛玲寫作的深層影響。

　　會議第二天，另一位主講人王德威則用張愛玲一封信裡的一句話，別開生面的從國際法的視角，以治外法權觀點重新解讀張愛玲的廣義的意義，也從華語語境的參照，為我們開啟新的視角去理解張愛玲自我定位的、二律背反的語境。兩位主講人從全然不同視角與領域解讀張愛玲，為張學開拓新天地新學說。

　　這裡容我借助我主持王德威在主題演講中的引言，借花獻佛，作為講述整體所有參與張愛玲大會的某種隱喻式概述：

　　　　在當代張學研究領域裡，他（們）是一位舉足輕重的權威學者，總是有本事找到最佳，甚至最難的理論解讀張愛玲文本中最艱澀主題與意義，也總是有本領以獨特的、高妙的見解為張學開闢新的學術版圖。他（們）為張愛玲重塑金色的傳奇，乃至神話的傳統；他（們）用貫通中西古今的學術修養引領張愛玲學的建構，同時也用張愛玲學開拓當代學術的視野與體制／質。

　　此次會議，除了兩位主題演講者和與會者發表的新觀點外，有兩點是其他學術會議所欠缺的，因此值得一提。其一是張愛玲一篇殘稿的整理與發表，其二是張愛玲未公開書信中一部分有關

皮膚病與蚤患的新資料的整理與探究。

　　其一，在這次會議裡，我們特別安排發表一篇張愛玲兩萬餘字的散文殘稿〈愛憎表〉的整理與發表，有如唐文標說的搶救一件破舊古物的一次行動。當年，那個文壇的唐大俠唐文標把張愛玲讀書時及上海時期發表的「少作」和「舊作」重新刊出，說是等如搶救一件「破爛」，一種歷史，並舉出王安石為自己的收集辯護，春秋也不過是斷爛朝報而已。「在我們這個把一切顛倒的再顛倒一次的時代中，其實不得令人聞新之作」。

　　唐文標說收集「破爛」也是見證一個時代，而張愛玲本身也算得一個時代的見證人了。借用唐大俠的話，出土的殘稿舊文有如舊鬼新人重出江湖。為了將此次張愛玲大會得到更大的推廣與影響，宋以朗和我特別安排〈愛憎表〉於會議中發表，主要是為了避開皇冠對於張愛玲作品版權發表的問題。因此整理張愛玲文稿，加上由於是學術研究之用，以附錄方式作為學術參考而發表，其中不乏用心之苦。

　　張愛玲會議結束後，此文和馮睎乾的論文一起發表於當月的《印刻》。大會後第二天，初安民即搬來數十本張愛玲新刊舊作贈送與會者。當年，唐文標因出版他花費十餘年心血在世界各大圖書館蒐集而成的《張愛玲資料大全集》，即因版權之故，唐文標因不捨這些印刷精美的書因禁而被焚，一個人上下樓搬動四百本書回家，竟導致他照鑽六十的鼻咽癌傷口承受不住出血不止，1985年6月10日凌晨三點半，在臺中榮總醫院去世。

　　我多年前開張愛玲專題課程時幾乎必提的一個張迷人物就是唐文標，必提的另一個原因是，唐文標也是我的博導老師黃繼持的生平好友，以前常聽黃老師講他和唐文標交往的故事。然而黃

老師絕口沒提過唐文標之死的故事。經過多年我在講堂講唐文標與張學建構的背景以後，才得知他竟是死於他編張愛玲文集有關的事件上。

難怪當年文壇傳聞這樣一句名言：「唐文標，愛死了張愛玲！」據聞當年臺北文藝界朋友聽聞消息後有痛哭失聲者，而我當年讀到季季的這些追憶文字時，竟也按壓不住蹦極般在眼眶打轉的淚，掩卷而泣。

這也許可能真的是張愛玲最後的遺稿了。

基於張愛玲之名，文集裡將張愛玲此文從「附錄」往上調列於「專題主講」與「卷一」之間。

三、張愛玲書信與蚤子

1984.1.13
張愛玲信

已經開始天天換（汽車）旅館，一路拋棄衣物，就夠忙著添購廉價衣履行李。……又病倒。因為我總是乘無人在戶外閃電脫衣，用報紙連頭髮猛擦，全扔了再往房裡一鑽。當然這次感冒發得特別厲害，好了耳朵幾乎全聾了，一時也無法去配助聽器，十分不便。也還是中午住進去，一到晚上就繞著腳踝營營擾擾，住到第二天就叮人，時而看見一兩隻。看來主要是行李底、鞋底帶過去的。

唐文標之死，和張愛玲此次會議裡的出土「新文」中所談及

的死的內容，如今閱讀張愛玲倖存的這篇殘遺稿，我不禁想起過去十餘年前，在宋家看到如今已陸續出版的各種張愛玲手稿、作品與遺作。而這也正是此次會議第二個亮點之所以可能發生的背景之一。

作為最早一批親手翻與閱這些文稿書信，數年間張愛玲的故事與張學的發展，有關張愛玲的各種新聞舊事，有關宋家廳堂裡的人與事；都在張愛玲熟悉的書法文字中攤展如江水浩浩蕩蕩，字樣圓潤，筆意嬌柔，線形細緻，筆紋清新，有一種柔美——而這獨特的筆跡，因早年研究張愛玲之故，已從臺北報界友人處影印到張愛玲的親筆信。那些字跡，一看就知道是張愛玲的字體，那時，我已稱之為「張體」。

那時，我曾多次的翻閱這些文稿與「張體」，然而我完全未曾提出要去整理或研究這些未刊稿，心裡想的，主人家慷慨拿出寶物給客人觀賞把玩，當然不好向主人主動提出要求，深知不可有一絲非分之想。這些年來，在宋以朗的努力之下，張愛玲的遺稿一一都已出版，面向讀者。

大約十年前，在偶然的機緣下和宋以朗談到張愛玲的皮膚病情，宋以朗影印了數封張愛玲信中提及她皮膚病的稿。我拿去給香港一位資深的皮膚專科梁治西醫生研判這些信中所言之病情。梁治西是亞洲皮膚學會的創始人，在香港醫界深具聲譽，喜歡文學，和董橋深交。他看了這些張愛玲的信後，邀請我和宋以朗等人到他半山的家裡做客，他夫人特別烹調了極為豐盛名貴的晚飯，並欣賞他家藏的名畫、陳年老威士忌，以及與極為珍貴的古版藏書。然後，我們才坐在他客廳面向港島燈火，談起他對張愛玲這幾封信的研讀與判斷。我原屬意梁醫生會寫一篇報告，再加

訪問，然後發表一篇有關張愛玲皮膚病情與蚤患的文章。可惜多年過去了，沒有下文。

前幾年我重新開始想起這事，因此才有了現今我在會議裡發表的一部分有關張愛玲未公開的蚤患內容。

此次會議的其他與會者有多篇張學新視角和領域的論文，從時代、地域和媒體等研究張愛玲及其文本，對於張學的再探討與重構，都有很獨特的立論。各與會者都有各自的方法論與理論學說開拓張愛玲研究，對張學的各種學術現象作出貢獻，不在話下。

當年，張愛玲五年一屆的研討會，發起地就在臺北。

1996年中國時報的楊澤在臺北發起第一屆的張愛玲國際研討會時，我剛做完張愛玲的博士論文研究。本來計畫參與，臨時卻因為那年剛踏上講臺，同時開幾門新課而缺席，至今引以為憾。2000年香港嶺南大學主辦了第二屆的張愛玲國際研討會。五年之後，2006年我第一次在浸大中文系主辦了第一次的張愛玲國際研討會：張愛玲：文學・電影・舞臺；在黃子平、盧偉力和葉月瑜等人的建議下，第一次把張愛玲文學以外的電影和舞臺成就，作為學術研討會的重點主題。這一屆有一個別開生面的張愛玲紀念晚會。2010年，在宋以朗的支持下再次主辦另一屆的張愛玲國際研討會：傳奇・性別・系譜。前後兩屆，除了研討會外，也舉辦了張愛玲電影工作坊、張愛玲手稿及書信展、張愛玲繪畫獎及繪畫展、張愛玲主題紀念舞臺演出：情場如戰場，另外有三場論壇和講座，雷峯塔・易經：張愛玲新書發表會。

回顧起來，我在浸大中文系兩次主辦張愛玲國際研討會和紀念活動，加上2000年在嶺南大學的那一次，香港一共舉行過三次。而自1996年臺北舉行過第一屆張愛玲國際研討會以後，就

沒有再舉辦。因此這一次我把張愛玲國際研討會移師臺北，很榮幸地和臺灣中研院文哲研究所一起主辦這次盛會。張愛玲雖然出生在上海，但是大家都知道她的寫作和香港關係密切，和臺灣更加有千絲萬縷的分不開的關係。

因此能在臺北舉行此次盛會，實屬欣慰感恩。然而由於各種主客觀因素，此次會議並不大，不能更多地邀請各地的張學專家學者。和前兩次我所主辦的研討會一樣，除了也培植少數新世代張學研究者外──這是我十五年前辦張愛玲研討會時的初衷。這次邀請的學者不少是以前沒參加過張愛玲會議的學者，而前兩次我所邀請過的，這次儘量都沒再邀請。會議中有幾篇〈色，戒〉的論文，因將收入由彭小妍主編的論文集裡，因此這裡沒有重複收入。

> 「這是一個熱情故事，我想表達出愛情的萬轉千迴，完全幻滅了之後也還有點什麼東西在。」──張愛玲《小團圓》

萬轉千迴，千迴萬轉，不管是愛的主題或是張愛玲及其有關的學說論述，似乎仍總有點東西在其中轉動迴盪。在出版專輯之際，特選取此意象為文集之名：《千迴萬轉：張愛玲學重探》。有如王德威演講中所言，從張愛玲對自我的內與外的認同，其實我們所有人都需要決定自己的內和外、內或外／內與外的認定，甚至是我們一生重要的定位。

前文詩中張愛玲寫下了她買菜回家路上的感受，有關她眼中彩雲的人民，有關她的青春，有關她的中國和國色。睹文物而思人，張愛玲隱居後的生活沒有人能一探玄奧，生活的隱密，或者

秘密的生活，其實都沒有，有的只是生命的奧妙與玄機，以及我
們和她對於生活與人生的、內與外、內或外的定位吧。

　　最後，我也代表我們浸會大學中文系向所有與會者表示最高
的敬意與感謝之情，特別是彭小妍，她無疑是此次主辦場最重
要、最主力的籌備人。當然還有宋以朗博士的慷慨解囊的、無私
的贊助。此外，還有秘書可菁以及所有參與會議者，致最高的謝
意與敬意。

〈如果：重寫張愛玲〉

林幸謙

敞開的窗
把我留在世界之外
地破天荒
毯上的荒原
根深
蒂固

天空貼在地上
四壁荒涼
結出滿室的如果
冷而白的瘦身蜘蛛
結繭空室
守候
如果

專題主講

跨語境跨文化的張愛玲

李歐梵

最近，也許是受到所謂跨文化或翻譯理論的影響，我對張愛玲移居美國之後那一部分非常感興趣。藉此機會感謝宋以朗先生，多虧他積極地陸續發表張愛玲的遺稿和書信。當時我在香港，香港大學出版這些遺稿和書信的時候，我曾在幕後推動張愛玲兩本英文小說，以及後來的《小團圓》面世，加上現在很多雜文稿都已出版。我認為二十世紀中國有三學，一個是「曹學」，曹雪芹的《紅樓夢》學；一個是「魯學」，即魯迅學；還有一個可能就是「張學」了，因為這次的會議就叫做「張愛玲『學』重探」，似乎這個「學」的地位已經奠定。可是，我個人有時免不了要對張愛玲作一些批評，請各位「張迷」見諒，對於我所說的內容，各位可以公開討論。

我對張愛玲後期的經驗和作品感興趣，有兩個原因。其一，閱讀這個時期的張愛玲及其作品時，我們進入到另外一個語境，即美國的語境，西方文學的語境。另一個原因是我非常同情這個時期的張愛玲，她生活得非常辛苦。她晚年住在洛杉磯時，我正任教於加州大學洛杉磯分校，距離她的住處不到十分鐘車程。我

知道她的地址，但為了尊重其隱私權，絕不登門拜訪。我記得當時開了一個研究生的課（seminar）。我班上的學生，包括黃心村和王斑，那時已經開始對張愛玲感興趣。這也許是我對「張學」唯一的貢獻。

　　今天我的演講主要從第一個原因切入。張愛玲到美國之後，到底面臨什麼美國「文化語境」上的困難？關於這一點，「張學」的研究者似乎不太重視。從夏志清先生出版的張愛玲的書信集裡可以看出，她到美國後，主要計畫以賣文為生，即是自己將自己的作品翻譯成英文投稿。如何投稿是一門很大的學問，也許隨後金凱筠（Karen Kingsbury）教授會提到這個問題。張愛玲在書信裡面特別提到幾家重要的出版社，包括美國的克諾普夫（Knopf）、藍燈書屋（Random House）、諾頓（W. W. Norton）、Grove、新方向（New Directions）、霍頓・米夫（Houghton Mifflin），和日本的Tuttle。其中特別提到一封退稿信。大概是張愛玲翻譯的 *Pink Tears*（《粉淚》）被Knopf的一位編者退稿，原因是「看了妳寫的內容，我幾乎要支持共產黨了。」[1]大概是這個意思。

　　換言之，她面臨著一個雙語境的困難。她要把自己用中文書寫的上海變成一個用英文書寫的個人回憶的上海，這裡面牽涉到一個非常嚴重的雙文化、雙語境的問題。因為她是要投稿，而且並非投稿給學術性刊物，也不是給菁英式刊物，像《黨派評論》（*Partisan Review*）和《凱尼恩評論》（*Kenyon Review*）一類。當時夏志清介紹她嘗試投稿給《黨派評論》，因為他兄長夏濟安先

1　夏志清，《張愛玲給我的信件》（臺北：聯合文學，2013），頁22。

生的〈耶穌會教士的故事〉（Jesuit's Tale）就是在《黨派評論》
上發表的。但張愛玲的目的是那種中級的（mid-brow）雜誌，不
是學院菁英級的，也不是最普及的大眾式的刊物，她感興趣的是
Saturday Evening Post、《君子雜誌》（*Esquire*）、《紐約客》（*The
New Yorker*）等等。她特別關心*Saturday Evening Post*，然而此類
刊物門禁森嚴，發表稿件要靠關係，很少人冒昧投稿。《君子雜
誌》是專門刊行大作家的作品的。在這個語境中，出版界的情況
可以解釋為什麼張愛玲遇到這麼多困難，和她在上海的處境完全
不一樣。

　　從張愛玲1950年代中期抵達美國並開始發展，到大概60年
代初，期間屢屢遭受失敗。那麼與她同時期的其他外國作家在美
國的境遇又如何？我想到卡夫卡（Franz Kafka, 1883-1924）。卡
夫卡死後，他的出版商轉移到美國，並於50年代初重新獨立宣
傳卡夫卡的英文著作，引起了美國菁英知識分子，像拉夫（Philip
Rahv, 1908-1973）等人的興趣，才使得卡夫卡成為美國學院的研
究對象，後來傳到臺灣。我第一次接觸卡夫卡的作品，就是經由
美國學院教授寫序的版本。張愛玲沒有想到這條路，因為沒有一
家出版社積極推行她的作品，也沒有一家出版中國作家或亞洲作
家作品的出版社支持她。這和卡夫卡的情況完全不同。50年代
以前卡夫卡在美國也是沒沒無聞，直到50年代初才有人開始知
道其譯成英文的作品。這個比較文學的視角非常有意思，事實上
張愛玲進入美國語境時，就面臨著先天性的困難。將這個語境再
往後延伸，就變為所謂的冷戰系統。

　　冷戰背景下的美國中產階級讀者，或者說中級刊物的讀者，
其讀者反應是什麼？這方面的資料當然很難找，不過稍微歸納一

下，可以發現他們基本上對於其他的國家，特別是他們不熟悉的
國家的文學興趣不大。當時描寫中國的國情和中國的形貌的作家
中，在美國最受歡迎的還是賽珍珠（Pearl Buck, 1892-1973）。賽
珍珠是因為中國抗戰而走紅的，而且還得到諾貝爾文學獎。

　　後來，在50年代，《讀者文摘》（Reader's Digest）大受歡
迎。可是張愛玲似乎沒有走《讀者文摘》這條路，她沒有投稿給
《讀者文摘》。這牽涉到她的經紀人，她的朋友，包括夏志清在
內的一群學者，結果還是學界幫了她的忙，這一點大家都知道。
由夏先生介紹，她認識了劉紹銘、莊信正等學界的朋友。後來她
去了加州大學伯克萊分校（University of California, Berkeley），
其伯克萊之旅也不是很愉快，因為從信件中能夠看出她當時和陳
世驤先生有些過節。再之後就是包括水晶等學者與她結緣，這些
學者我們都很熟悉。我本人只和張愛玲見過一次，大概一個鐘頭
左右，在她到印第安那開會的時候擔任她的短期接待。現在在香
港除了我之外，大概只有劉紹銘跟她的關係最密切，所以要抓緊
時間討論這個問題。這是一個學術會議，不能講太多八卦，我在
此只是把這個問題提出來，與各位一同探討。

　　另外一個跨文化的意義——文學上的跨文化意義——就是，
張愛玲從上海時代、香港時代開始，直到遠赴美國，這期間她自
己對於西方文化和西方文學的品味和興趣是什麼？對於這個問
題，我個人非常感興趣，因為我們在講到所謂世界文學時——黃
心村明天將會講到這個題目——要擴大張愛玲的語境。一方面，
張愛玲對中國傳統通俗文學的興趣非常大，特別是張恨水、《海
上花列傳》、晚清文學等等，更不要說《紅樓夢》，關於這一點
已有許多研究。可是，從她在上海的中學念書，到在香港大學攻

讀英國文學，再一直到後來，她對西方文學的品味究竟如何？現在據她自己所言，她喜歡的一些作家，大部分是英國作家。在這些英國作家裡面，她經常提到的幾個名字，都是美國學界的理論家不大喜歡的，例如毛姆（Somerset Maugha, 1874-1965）和赫胥黎（Aldous Huxley, 1894-1963）。當年學界喜歡的小說家，如亨利‧詹姆斯（Henry James, 1843-1916）和詹姆斯‧喬伊斯（James Joyce, 1882-1941），和後來女性主義者極為推崇的吳爾芙（Virginia Woolf, 1882-1941），她似乎沒有提到，可是她在一個公開場合提過吳爾芙的親戚史特拉‧本森（Stella Benson, 1832-1933）。我不知道在座各位有多少人聽過 Stella Benson 這個名字，我從 Perry Anderson 那裡聽到的她的大名。Perry Anderson 是誰呢？就是《想像的共同體》（*Imagined Communities: Reflections on the Origin and Spread of Nationalism*）的作者 Benedict Anderson 的弟弟，世界知名的歷史學者。在臺灣大家都很熟悉剛剛去世的 Benedict Anderson。他們兩兄弟的繼母就是 Stella Benson。

Stella Benson 是位非常獨立的英國女作家，她曾在伯克萊和舊金山住過，後來隻身奔赴中國，大概在上海認識了 James Anderson，當時他是從清朝傳到民國的稅捐局（Imperial Customs）的最後一位總監。兩人結婚後，她隨夫婿的職務調動在中國到處旅行，又去過雲南、越南等地，後來到了香港，最後死在越南。我常常半開玩笑式地提到這個例子，因為有一次在上海的一個公開場合有記者問張愛玲最喜歡的外國作家是誰，她就說出這個名字來，好像在唐文標編輯的《張愛玲資料大全》裡面提到過。這觸發了我的興趣，可是我自己沒有進行研究，最近聽

說有一位香港的學者已經在研究這個題目了。如果各位要找資料，劍橋大學圖書館（Cambridge University Library）收藏了全部Stella Benson的日記和書信。史丹佛大學圖書館（Stanford University Library）收藏了她的一些真版資料，數量不多。加州大學伯克萊分校可能也有些，但我不確定。那麼，怎樣進行比較呢？毛姆是位很有爭議的作家，也備受「後殖民主義」理論家的批評，然而他的盛名至今不衰，小說十分賣座，有的被改編成電影，如《愛在遙遠的附近》（*The Painted Veil*, 2006），就以香港和中國為背景。

他可能也是第一位到中國旅行的現代英國作家，在「五四」時期，大概是1918、1919年，他剛好來遠東，在中國到處旅行，有四個月之久，受到很好的招待，就好像後來奧登（Wystan Hugh Auden, 1907-1973）和伊薛伍德（Christopher Isherwood, 1904-1986）一樣。然而他對於中國的人民，特別是香港的低層人民完全不了解，他所注意和諷刺的都是一些西方的殖民主義者。後殖民主義的理論家認為，這也是一種殖民者的心態，依然對毛姆大加撻伐。那為什麼張愛玲那麼喜歡他？而且不只是張愛玲，直到現在還有很多人都愛看毛姆的作品。這是一個很值得研究的問題，有些作家在學院裡非常不受歡迎，可是一般的讀者——中級品味的讀者——卻非常喜歡。

例如那位寫旅行文學的奈波爾（V. S. Naipaul），也是諾貝爾獎的得主，就非常崇拜毛姆的作品，甚至其早期小說是效仿毛姆的作品寫成的。那部小說寫他的父親在千里達島（Trinidad，位於中美洲）遇到的故事，跟毛姆的架構一樣。可是奈波爾也飽受批評，因為他名聲不太好，雖然他自己來自第三世界，但對第三

世界的人民——特別是印度——缺乏同情，當然那是另外一回事。所以一般學者不喜歡研究這個系譜，我們可以暫時不理。我的問題是：那麼毛姆和Benson的作品到底和張愛玲的作品有無關係？表面上看沒有，但如果仔細分析，說不定能發現蛛絲馬跡。現在我要脫離我的所謂學者身分，再講一點八卦，其實是真事，只不過我記不清楚了。多年前，我看到上海一本雜誌裡面有位老先生的文章，他說當他第一次看〈傾城之戀〉的時候，有幾段張愛玲的語言就使他想到毛姆的英文。我到現在還找不到到底是哪幾段，因為毛姆的小說我讀得不多。我在網上發現在座的蔡秀粧女士寫過一篇論述毛姆和張愛玲的關係的論文，這是我看到的唯一一篇。

　　繼續對此研究下去可以發現，張愛玲有些小說也寫了外國人，例如〈桂花蒸 阿小悲秋〉、〈第一爐香〉、〈第二爐香〉，而〈連環套〉裡還寫了印度人。我個人特別感興趣的是〈第一爐香〉和〈第二爐香〉。〈第二爐香〉寫一名英國人，這位香港的英國殖民主義者的新婚之夜及其他場景，幾乎都跟毛姆很相似。毛姆專寫性壓抑（sexual repression），即一個受到英國傳統教育的殖民主義者去到一個海外殖民地（outpost）時，陷入到各種心理煎熬和性壓抑之中。毛姆用他的辦法把這種狀態寫出來。

　　兩人寫法不一樣，我覺得在這方面張愛玲往往超越毛姆，因為她畢竟是使用中文，用一種非常獨特的寫法把這種外國殖民主義者在香港的境遇寫了出來。可是她在這方面寫得不多。〈桂花蒸 阿小悲秋〉裡寫得更少，因為是從一個老媽子的眼光看那位外國人。〈連環套〉因受到批評的緣故沒有寫完。如果從這個角度繼續深入探討，也許Benson的作品—— Benson寫過好幾篇關

於香港和上海的作品，裡面也寫到殖民主義者，包括一名俄國的公爵──說不定也有關係。這些都是我聽說和臆測的，我本人從未做過這方面的研究。從這個角度看，我們也許可以發現張愛玲終其一生都喜歡這一類的所謂middlebrow的作家，我把他們稱為「中級作家」。

從她後來在皇冠發表的雜文可以發現，也許為了賺稿費，也許出於個人興趣──我猜是出於個人興趣，她喜歡讀的當時的美國作品是像John Marquand（1893-1960）和James Michener（1907-1997）等人的作品。James Michener寫的是半報導文學，大多是暢銷書，其中有一本──我當時也讀過──叫*Hawaii*，是一本夏威夷的歷史的演義。還有一本書──我沒有讀過，而張愛玲讀過，就是《叛艦喋血記》（*Mutiny on the Bounty*）。《叛艦喋血記》講英國一艘船叛變了，在太平洋的島嶼停泊之後跟土人的關係。張愛玲似乎特別對土人有興趣。

我在這裡為各位引一段她自己寫的話，她說：「我自己也愛看有些並沒什麼好的書，或者毫不相干的，例如考古與人種學，我看了好些，作為一種逃避，尤其是關於亞洲大陸出來的人種。」[2]這最後一句話大概是講到她自己，可是這些從亞洲大陸逃出來的人中究竟和前面的南太平洋的人種，有什麼關係呢？她沒有進一步解釋。終其一生，她沒有寫過「亞美文學」（Asian-American literature）之類的作品。

她喜歡讀這一類的半通俗作品，那麼她不喜歡讀什麼，或者說不關注什麼呢？我認為就是她第二任丈夫代表的左派作家，像

2　夏志清，《張愛玲給我的信件》（臺北：聯合文學，2013），頁36。

布萊希特（Bertolt Brecht, 1898-1956）。賴雅是布萊希特在美國的代表、代言人，比張愛玲還窮，所以張愛玲還要供養他。為什麼布萊希特後來在美國不走紅呢？非常明顯是因為冷戰。

可是對於布萊希特代表的歐陸現代主義的左翼傳統，我認為張愛玲不感興趣。反而在美國受歐陸傳統影響並走紅的作家，像海明威（Ernest Hemingway, 1899-1961），處處受歡迎，並獲得了諾貝爾獎。我不知道張愛玲當時有沒有讀過海明威？可是她後來陰錯陽差地翻譯了《老人與海》，而且翻譯得非常好，那是後來的事情。我知道稿費也很從優，因為稿費是戴天發的，當時他負責《今日世界》叢書的編輯。當時我也很窮，戴天也照顧我，讓我翻譯了一篇別人評《老人與海》的學術文章，作為序言。我記得這位學者名叫Carlos Baker（1909-1987），是普林斯頓大學的教授，研究海明威的作品。所以我這一篇翻譯文章有幸跟張愛玲的翻譯印在同一本書裡。

我覺得張愛玲最大的優點，就是她的作品——特別是早期的作品——對不管是菁英學者還是普通讀者都有一股特別的魔力。這股魔力從何而來？我認為多多少少和她從中國的通俗文學和西方中等的通俗文學之中吸取的養分，並內化在自己的作品裡有關。我認為這是最關鍵的聯繫。可是其中奧妙之處何在？因為，畢竟張愛玲就是張愛玲，毛姆就是毛姆，我們不可以把他門硬拉在一起，也不可以用理論一棒把他們打死，或分成兩類，就說毛姆是壞的，是殖民主義等等等等；張愛玲是好的，是本土的，這就是兩分法了。我現在也只是把這個問題提出來而已。我關注的另外一個問題跟電影有關。我以前做過一點好萊塢電影對張愛玲的影響的研究，張愛玲看過很多好萊塢的電影，電影如何滲入她

的小說之中？由於已經有相關研究成果[3]，今天就不贅言了。

　　還有一個最大的問題，也是一個研究的難題，就是張愛玲的英文語言。我在香港的張愛玲會議——香港大學那個會議——的論文集[4]，附記裡也特別提到了，這是我第一次讀到張愛玲的英文小說時的個人體驗。如果各位讀過這兩部英文小說，*The Fall of the Pagoda*（《雷峯塔》）和 *The Book of Changes*（《易經》），就會發現她用的英文文體別具一格，但不是很道地的英文（idiomatic English）。

　　香港大學出版社在出版的時候，特別邀請王德威寫了一篇很長的序[5]。王德威當然是大家，他的觀點非常有價值。他提出了一個理論，認為張愛玲在移居美國以後所寫的所有的作品，包括英文小說都是一種 derivative discourse。這個理論名詞，我不知道中文如何翻譯才好，暫譯為衍述話語，指的是張的一種 self-writing（自我書寫）的模式，把自己的過去，把同一件事物、同一個場景和同一種回憶不停地進行改寫。所謂的 derivative 就是 derive 自原來的東西的重新論述和改寫，我權且翻譯成「衍述」。可是她將這種改寫延伸到英文寫作上了。有一點很有意思，如果各位有興趣，可以把《小團圓》的細節和 *The Fall of*

3　李歐梵，"Eileen Chang and Cinema"《現代中文文學學報》2卷，2期（1999年），頁37-60。

4　Kam Louie ed., *Eileen Chang: Romancing Languages, Cultures and Genres*, Hong Kong University Press, 2012.

5　David Der-wei Wang, "Madame White The Book of Change and Eileen Chang, and Eileen Chang: On a Poetics of Involution and Derivation" in *Eileen Chang: Romancing Languages, Cultures and Genres*.

Pagoda(《雷峯塔》)的細節進行對照就會發現。我讀《小團圓》
之時讀得並不仔細,可是在此之前認真讀了 The Fall of Pagoda。
我記得當時的閱讀經驗是非常困難的,讀得非常不耐煩。書中大
家庭裡的那些傭人和老媽子的名字裡都有個「乾」字,她把這些
名字翻譯成非常彆扭的英文,把「乾」直接翻成「dry」,dry 王、
dry 黃、dry 張,在英文裡是說不通的。張乾、乾張之類,大概上
海話裡的土話,就是曬乾的「乾」。另外,在她的英文的語言中
似乎失去了她的中文特有的一種 sophistication(世故感),也就
是洞察人情世故的一種修養。這種修養是用她的文筆帶進來的,
不見得完全是憤世嫉俗,也包含一點點同情,其間有各種反諷。
這是張愛玲所獨有的文筆,這種文筆怎麼通過英文表現出來?我
認為張愛玲表現得不太成功。有幾段寫得非常好,然而我想也有
幾段美國讀者——假設我變成一個半美國讀者——讀起來恐怕有
點困難。特別是在內容細節方面,前面講到這個大家庭的各色人
物,外國讀者是否搞得清楚?還有一些詞句涉及到中國諺語,例
如「打破砂鍋問到底」,她採取了直譯的方式。當她把自己的文
字變成英文的時候,似乎在她的腦海深處使用的還是中文。相
反,當她把英文翻譯成中文時,例如她翻譯海明威的《老人與
海》時,我認為就沒有這個毛病,在這方面她是一名翻譯的高
手。如何從理論上探討張愛玲中譯英的問題,還要請各位解決。

　　我知道現在有的時髦的翻譯理論特別強調譯文的本土性和差
異性,也就是直譯。在理論上,這種自我改寫成另外一個語文的
作品應該稱作 bilingual writing(雙語寫作)?或稱作 self-translation
(自我改譯)?一個作家把自己的作品翻譯成英文時會發生什麼

困難？很少有bilingual（雙語）的作家在把自己的作品從母語翻成英文時取得成功，除非是改寫。像納博科夫（Vladimir Vladimirovich Nabokov, 1899-1977），俄文是俄文，英文是英文。他的《蘿莉塔》（*Lolita*），完全是用英文為美國讀者寫的，根本沒有顧及到他的母語俄文。昆德拉（Milan Kundera, 1929-）後來的小說是用法文寫作的，不是使用捷克文寫成之後再翻譯成法文。他批評別人把他早期用捷克文寫的小說翻譯得不好，可是他沒有辦法自己把自己的作品翻成更好的法文或英文。

　　當然還有其他例子。最近有一位美國籍的印度女作家鍾芭・拉希莉（Jhumpa Lahiri, 1967-），她在義大利住了一年，學習了義大利文，最後完全用義大利文寫出一系列散文式的短篇，最近結集出版。余英時夫人專門寄給我，我讀了大為佩服。這本書的英文名字叫做 *In Other Words*，我不知道義大利文的名稱。她完全用義大利文寫成，講她個人如何學習義大利文，講她在義大利生活的經驗，講她如何發現印度的孟加拉（Bengali）口音有些和義大利文相似，這才是真正的雙語寫作bilingual writing，其實就是她用兩種外語的寫作。然而這位作家也可能走進另一個死角：回到美國之後，她是不是還要繼續使用英文寫作呢？她自己也不知道。這本書現在又由別人從義大利文翻譯成英文，她自己故意不翻譯。為什麼？這個問題幾乎可以襯托出張愛玲當時所面臨的困難。可是她急於求職找事，無暇顧及這些問題。一方面是她找不到別人幫她翻譯，另外英文比她還出色的華人少之又少，更不要說當年也沒有Karen Kingsbury教授，沒有現在各位高手為她翻譯。而且，當時也沒有中國現代文學研究，美國學界根本不關心中國作家，這種關心是後來60年代以後才出現的。

　　因此，從這個立場而言，我認為其實很可以做一些比較文化的研究。關於這種比較研究的難度在於，從張愛玲的立場而言，當她寫一部內容以華洋雜處為背景的作品，或語境本來屬於英國文化的時候，她的英文的功力就顯現出來了。所以我個人認為她的第二本英文小說——The Book of Change（《易經》）——裡寫香港大學的那一段非常精采。特別是那一段講她到酒店看望完母親以後，晚上回到學校，走在港大的大樓前，當時預防日本人轟炸的探照燈突然照在她身上，她覺得自己好像在演戲，彷彿變成一個主角。為什麼這一段特別精采呢？因為描寫的是一個特別的時辰和空間，而當年的港大完全是英語世界。在這本小說中張愛玲把她的母親也帶了進來。她母親在當時等於是一個交際花，我們可以問：她母親當時所交際的是什麼人呢？就是毛姆小說裡寫的那種人物，都是一些外國人，殖民地官僚和警察之類。當然張愛玲在〈傾城之戀〉中已經用中文描寫過，譬如那位印度公主交際花，但她的語言和形象是透過張愛玲的中文文筆表現出來的，還是有點模糊。其實她對范柳原的背景似乎也描寫得很模糊。范柳原是一個什麼人？是華人嗎？表面上是，可是他在英國住了那麼久，回來還可以背誦《詩經》嗎？這是不可能的事，但張愛玲這樣寫在小說裡了。小說裡的兩個人在香港見面就發生了戀愛，這在上海也是不可能的事。如果張愛玲把這篇小說改寫成英文，說不定會更精采。但她沒有改寫，因為這篇小說已經非常成功，她自己把它改編成話劇，之後也不停地有人在改編，包括香港的陳冠中和毛俊輝（Frederic Mao），把它改編為歌舞劇。

　　從中我們可以看出，在張愛玲的文體裡，至少在小說中有一

部分是跨語境的，即她把西方的事物，包括場景、對話以及電影上的一些東西（我以前論述過），甚至於異國情調，都融入到她的小說裡。所以我個人對於〈第一爐香〉非常感興趣，如果哪一位想改編電影，我覺得這一篇是首選，因為這篇小說中的 visual sense（視覺感）很強，場景非常漂亮。小說開端寫到的香港的那些花木，拍出來一定非常精采。可是這些事物和場景在張愛玲眼裡是一種異國情調，在上海找不到。所以她在寫上海的時候，那種氣氛和香港是完全兩樣的。在張愛玲的心目中，家園就是上海，香港是她比較熟悉的「異鄉」，但她在現實和想像中可以隨意往返於兩地之間。1940年左右張愛玲離開香港回到上海，是一種回歸，當她回憶香港的時候，香港變成一種美好的回憶。然而，到了美國之後情況就不同了，上海和香港都變成了她回憶的一部分。她可以從美國回到臺灣、在香港短期逗留，但心裡還是回不去了。她對臺灣印象很淺，我覺得她對臺灣不公平，因為她第二次來臺灣的時候，受到當地作家（特別是王禎和）隆重招待，她自己基本上卻只是把臺灣當作一個研究對象而已。她對香港頗有感情，可是她對於香港的了解也不深，她個人的經驗還比不上她書寫的那個香港。後來她在一篇英文文章裡面寫到她喜歡香港的一種布（她也喜歡日本的布），特別去買，又說她住在香港柏靈頓（Paddington）街上。她對香港的印象似乎僅限於中環一帶——我猜她連新界都沒有去過，更不要說真正香港人居住的深水埗。後來她住在宋以朗父母親在九龍的家裡時，我猜恐怕她極少外出，因為那附近有很多電影明星的住宅，她卻沒有交往。由此而言，我覺得張愛玲想像中的異國情調的場景，不完全是寫實，而是經過想像渲染的。

移居美國之後，她的異國想像變成中國的想像，也就是說她的回憶整個是上海的回憶。後來她獨居在洛杉磯的公寓，不大出門。我認為她很少在作品裡面提到洛杉磯的情況，除了在通信裡面。我第一次到洛杉磯的時候，想到張愛玲，就問莊信正，好像莊信正那時候說他正在幫張愛玲找房子，不停地找。他說張愛玲對於美國的整個城市的setting沒有興趣，她從伯克萊（Berkeley）搬到洛杉磯主要是因為氣候的關係，她說舊金山灣區的氣候太冷了。本次會議的有些文章裡也有提及此點。所以她基本上是生活在一個書寫回憶和想像的世界裡面，這個世界，為她帶來了各種煎熬和衝突，使得她終其一生沒有辦法在文體上和創作上獲得最終的解脫和成就。

「把我包括在外」

張愛玲與「治外法權」

王德威

　　今天我將以「把我包括在外」這個觀念作為切入點，嘗試把張愛玲研究置於一個更為廣義的語境之中。這個語境將更為現實，同時更可能使得大家感同身受，有利於張愛玲研究的進一步推進。

　　相信諸位「張迷」對「把我包括在外」這個題目並不感到陌生。這其實是《聯合報》副刊1979年2月26日發表的一封非常短的信──張愛玲為答覆《聯合報》副刊的邀請所寫的回信。儘管只是隨筆性質，但張愛玲確實是一名才女，居然將這封信寫得如此耐人尋味，以至於信的內容及主題「把我包括在外」日後被頻繁引用。而今天演講的副題「張愛玲與治外法權」，當然也是對這個主題的延伸。我作了一些非常初步的思考，包括理念上與歷史情境上的一些聯想，仍有許多欠成熟充分之處，希望各位不吝指正。

　　對我個人而言，「包括在外」這四個字具有特別意義，因為在2006年，也就是十年前，在中文教學和研究中出現了一個新

觀念，即「華語語系」研究（Sinophone Studies）。「華語語系」研究主要源於史書美教授的倡導。這個觀念出現之後，學者作出了不同回應，我自己也提出了一些看法，其中引用了張愛玲的「把我包括在外」這個觀念，將其作為一個在華語語境裡的自我定位策略。這個華語語境包括臺灣、香港，或是其他不同的華語社群所面臨的語境，包含廣義的中國文學現代化或是後現代化的情況，尤其是政治情況，因此屬於政治層面，實際上是關於我們如何定位自己、安頓自己，如何面對一個不同的政治環境或者法律環境，又或者是在面對更廣義的人與人之間接觸的挑戰時的回應方式。

「治外法權」這個詞——可能其英文 Extraterritoriality 更適合作為詮釋這個觀點的出發點，因為這個詞在英語世界裡，尤其在國際法領域裡是一個約定俗成的觀念。我並不是法律專家，今天也沒有充分時間展開這方面的探討，所以我只是使用這個詞來形容張愛玲書寫位置與策略的意義。首先我想「治外法權」最簡單的定義各位都了解，即在一個國家裡面，將一個小的社群空間劃分出來，該空間不受當地主法或母法約束。最簡單的例子當然是殖民地或租界——尤其是租界，租界裡的法律或商業行為往往不受主權國母法的限制，「治外法權」即指這種狀態。這張照片我想很多在座的來賓都見過（圖1），這是1904年上海公共租界裡的一次審判場景，通常在談到租界的法律管理時，都會使用這張照片作說明。從中可以看出在公共租界裡面，英、美各個不同的法律單位其實是干涉或介入了在上海這個地方發生的民事或刑事訴訟的過程。在租界範疇裡，清朝的律法並不能夠企及在當地有犯行的狀態或者犯罪者最後的法律裁量。這一非常特殊的情況，

即在主權定義的國土裡面，存在一個主權以外的行使律法及商業行為的狀態，就是「治外法權」最粗淺的定義。在座如果有對國際法研究更為深入的來賓，敬請批評指正。

圖1

　　在我非常有限的研究中，了解到「治外法權」的觀念是隨著現代政治——國與國之間政治狀態的流變而興起的。但如果推而廣之，「治外法權」的觀念倒不一定限制在現當代的政治狀態裡。有的歷史學者甚至指出來，在鄂圖曼帝國（Ottoman Empire）時期，或者在中國唐朝，已有這種「治外法權」現象興起，尤其是在唐朝的長安以及當時沿海的幾個通商口岸，對於外來商旅和波斯人等，特別劃定一個區域，允許在這個區域裡的外來居民保持他們約定俗成的風俗習慣、法律行為以及商業交易傳統。這種「治外法權」的建立，有的時候象徵著帝國——例如鄂圖曼帝國或唐帝國的權威。與此相對，時至清代，尤其鴉片戰爭以後，「治外法權」的問題顛倒了過來，變成帝國強加於被侵害的國家的、刻意劃分出來的一片領土，例如鴉片戰爭後在五個通商口岸

設置的「治外法權」。經歷了漫長的過程，直至十九世紀中期以後，尤其是在上海，列強設立了我們現在非常熟悉的租界，相衍而生的當然就是「治外法權」的管理問題。在我的研究過程中，很意外地發現原來美國是在當時廣義的殖民政治法律狀態之下積極地推動「治外法權」的國家。其實早在1840年代，美國就已經非常熱切地期望在上海的租界建立起自己的一套治理方式。「治外法權」在近現代中國歷史上當然屬於國家被羞辱和被壓抑的一面。從1842年到1944年，有超過一百年的時間，在不同的場域、不同的城市裡都有情況不等的「治外法權」現象發生。這是我今天演講內容的大背景，我只是用這個觀念作為引言，真正想談的是〈把我包括在外〉這篇文章。我希望藉由細讀文本的方式來說明張愛玲作品的複雜度可以引起很多歷史和政治方面的思考。然後我將對於一些流行的理論提出一些看法乃至建議。

　　〈把我包括在外〉這篇文章原來是一篇很短的文字。現在我把這篇文章放在演示文檔裡，我們大家一起來看看張愛玲後期的這篇作品，分析其豐富的內涵。《聯合報》副刊於1979年策劃了一個名為「文化街」這樣一個特別欄目。當時編輯寫信給張愛玲，請她填一張表，內容包括「你到底是誰？你住在哪裡？你的生辰八字」等等，就像我們今天參加會議和出席活動時填寫的個人信息表格一樣。但張愛玲並沒有按要求填寫這張表格，而是回了一封信。這封信很短，先來看第一部分。「過去好萊塢製片山謬‧高爾溫（Samuel Goldwyn）是東歐移民──波蘭猶太人，原姓高爾費施（Goldfish），十七歲就來到新大陸，活到九十高齡，英語始終不純熟。」張愛玲是一名電影迷，對好萊塢各色人

物及他們的軼事可謂如數家珍。用臺灣今天的話來講，高爾溫是那一代的難民。他去到美國，在美國重啟了他的事業，成為好萊塢最早和最重要的製片者之一。他在1914年第一次推出了好萊塢的標準長度故事片（full-length feature film），是一位非常重要的電影人。這段的重點，是他「活到九十歲高齡，英語始終不純熟」。因為是外國人，英語不夠好，總是沒有辦法像母語者（native speaker）那樣說出流利的、地道的正宗英語。但是，「據說個性強的人，沒有語言天才，大概添了點道理。」這是標準的張愛玲式反諷。正因為太聰明，而且個性太強，加上沒有語言天才，他的一錯「錯得妙趣橫生」。正因其非母語者（non-native speaker）身分，他反而使英語平添了許許多多閱讀以及言說上的趣味，所以字典裡添了一個新的單詞，叫作高爾溫主義（Goldwynism）。如果一個人講話前後夾纏，特別可笑，而且令人產生奇怪的聯想，就是高爾溫主義。高爾溫本人已經變成了美國英語的一部分。

接下來是第二段，這一段是重點部分。「許多人認為有些都是他麾下的宣傳部捉刀捏造的」，這個「宣傳部」當然引人遐思。什麼地方有宣傳部呢？──我相信好萊塢不會有「宣傳部」，這大概會讓我們產生很微妙的聯想。「讓影劇社交圈專欄報導，代為揚名。但是他最出名的幾句名言絕對不是任何人所能臆造的，例如『把我包括在外』（Include me out）。」在中文裡，我們約定俗成的說法是「把我包括在內」或「把你排除在外」。而他說的是「包括在外」，「include me out」，那麼他到底在哪裡？在裡面還是在外面？「我只要用兩個字告訴你：」這是另一句名言，「『不』『可能』（Im Possible）」，英文當然是不可能

（impossible）。通過這樣的拆解及重新錯置俚語、俗語，以及打破文法上約定俗成的習慣，就出現了許多意想不到的語言上節外生枝的情形。我們知道這種參差的、交錯的語言學或美學，甚至政治學，正是張愛玲本人生命一個最重要的寫照。

　　最後一段講到歷史事實，「新闢『文化街』一欄，寄了一份表格來讓我填寫近址的城鄉地名與工作性質。」我們對於此種表格習以為常，例如我想報名參加張愛玲研討會，就要把自己的名字、電子郵件、手機號碼之類的信息填妥遞交。在1970年代，電子通訊還沒有現在這麼發達，《聯合報》副刊寄了一封信請張愛玲填她的個人資料。「這又不是什麼秘密，而且我非常欣賞題名『文化街』。」行文至此，突然語鋒一轉，說認為這個專欄的名字叫「文化街」挺不錯。當然「文化街」一詞本身就是一個很奇怪的錯置，讓人聯想到文化與商業的混合，大街上的展覽式的行為。加之「在文化街蹓躂看櫥窗有我」，我們這些文學研究者自然就會產生各式各樣的聯想了。那麼，張愛玲寫到她在街上蹓躂，寫到這個重要的櫥窗，難道她曾讀過本雅明（Walter Benjamin）？在這個櫥窗裡面，「看櫥窗有我」，我們要怎麼來看這個中文句子的文法問題？「看櫥窗有我」的這個「我」到底是在櫥窗裡面，還是反射在櫥窗的玻璃上？抑或是她是在很自覺地把自己的位置指出來？不得而知。「遇到電臺記者採訪輿情」，突然又轉到這兒，「把擴音機送到唇邊──尼克遜總統辭職那天我就在好萊塢大道上遇見過一個」，突然再轉到了1974年的秋天，尼克遜（Richard Nixon）因為水門案（Watergate scandal）醜聞下臺，電臺訪問民眾的時候。這一連串的聯想其實包含著好幾個層次。

　　從《聯合報》副刊對填表的要求，聯想到「文化街」上的蹓

蹉，再聯想到《聯合報》的記者和電視臺的記者，進而聯想到一個撼動美國政治歷史的事件：尼克遜總統辭職，而且居然是發生在好萊塢大道（Hollywood Boulevard）上面，然後突然又轉到一個非常流行的層次，亦即流行文化的層次上，「我就不免引一句『把我包括在外』了。」如果仔細地思考張愛玲在這短短的幾十個字裡面所牽涉到的各種不同的文化、政治、商業的符號，無疑令人非常驚嘆其文字的密度，其各種反諷之妙，以及其矛盾的程度。寫了這麼多之後，「寫了這麼兩段，可否代替填表？」突然把這個球拋回到《聯合報》副刊的記者身上了。但我們知道，正是因為《聯合報》副刊的記者不太清楚張愛玲的住址或者生辰八字等等才要求她填表的，而張愛玲卻認為這並非秘密。現在講來講去好像寫了兩段很長的文字，把球拋回去，請《聯合報》副刊代為填表。試問《聯合報》副刊的編輯又怎麼可能知道張愛玲的個人秘密呢？這個祕密到底已經鋪陳了開來，還是包裹著另外一層張愛玲式的生花妙語呢？因此，這是一個標準的張愛玲式文字遊戲，或者用我個人的話來表述：文字的政治。為此，這封短信留下了這一段難忘的因緣，我想很多學者，包括在座的宋以朗先生都提過這一段故事。所以我今天把它特別提出來，再次讓我們回想張愛玲那異常機智的，而且很犬儒的，對文化以及傳播的問題非常嘲諷（cynical）的一面。

今天講的第二個問題，是關於目前一些流行的批評觀點如何幫助我們更了解「把我包括在外」這句話的複雜層次。我想我們大家都熟悉德勒茲（Gilles Deleuze, 1925-1995）和加塔利（Félix Guattari, 1930-1992）《反俄狄浦斯：資本主義與精

神分裂》（*Anti-Oedipus*）這個非常重要的觀點：「去疆域化」
（deterritorialization），1972年提出。他們兩位提到，在現代生存
的境界中，「去疆域化」不斷成為我們每一個現代人所面臨的生
存威脅。我們過去習以為常的、安身立命的各個領域不斷受到挑
戰，這個挑戰有時來自現代化進程的各種結果，有時來自歷史的
暴力，例如殖民主義，但更多時候來自於自我的選擇。這個「去
疆域化」有不同層次的語境。在這個觀點的觀照下，也許治外
法權化（extraterritorialization）這個新的看法具有潛在的研究意
義，現在我提出來供各位討論。「治外法權」的觀點，我想在法
學界不是一個新觀點——尤其在國際法學界討論得很多，我對其
進行了最粗淺的研究，已經覺得嘆為觀止。引起我興趣的討論
面向之一，是最近十年在英語世界流行的各種論述，這種論述
按照以往慣例很快流傳到了華語世界的中文語境裡。包括像施
密特（Carl Schmitt, 1888-1985），他提出「緊急狀態」（state of
exception），即在國家非常緊急的時候，政權或領導人可以聲明
進入戒嚴狀態，即一種緊急狀態，把國家突然放置在這個國家的
憲法所不能真正觸及的狀態裡。對憲法的暫時擱置，突顯了主權
以及主權者超乎法律之上的「無限的權威」，這是一個二律悖反
的論述。而施密特這個三、四〇年代的論述，在過去十幾二十年
裡突然深受歡迎，左派右派都很喜歡。喬治・阿甘本（Giorgio
Agamben, 1942- ），這位政治神學家把施密特的「緊急狀態」或
「例外狀態」進行加工，成為了現在耳熟能詳的各種觀點，包括
「裸命」、「神聖之人」（Homo sacer）的觀念等等。也就是說，
在任何一種政治社會情況下，當主權者或掌權者要突顯他個人或
各自的權威時，往往以個人的身分站在所設立的權威之外，製造

出一些緊急的狀態，或設定一些緊急的狀態來聲明其個人無上的權威。這個「權威」的觀念在西方是有神學背景的，所以阿甘本作為一個政治神學家並非沒有因緣。但如果把這個「緊急狀態」的觀點放在一個比較通俗和容易了解的狀況裡，就回到剛才所講的「治外法權」的現象。西方殖民帝國入侵中國的時候，為了強調殖民帝國本身無遠弗屆的權力，強烈地要求中國在上海、天津等地各劃出一個小小的區域。在這些區域裡面，中國的法律不能付諸實踐，反而占領國、殖民國能肆行其法律。在這個意義上，西方殖民帝國將其主權延伸到了海外，這類觀點可以獲得各種各樣的驗證。它牽涉到的是在現代語境裡國與國之間的外交關係，也牽涉到國家本身的治理方式。

於是，張愛玲的狀態特別值得我們研究。張愛玲出生於天津的租界，成長於上海的租界，她生命的前半段基本是在一個所謂「治外法權」的生存情境——不論是歷史或政治的情境——裡進行教育。而在她的感情世界裡，這個「治外法權」似乎變成她的遊走規則，變成一個遊戲。在一個似乎是約定俗成的、彼此意會、無需贅言的狀況裡，她把自己隔離出來，雖然明知這是一個大家都會奉行而遵守的狀態，卻希望自己是被「包括在外」的。

這是一個非常特別的姿態，這種姿態在今天其實有很多種表述方式，可以用來與目前流行的理論做一些互動與對話。張愛玲想像的那個自我的空間，類似於傅柯（Michel Foucault, 1926-1984）的「異托邦」（heterotopia），既不是在裡面，也不是在外面，而是在一個不進不退的狀態裡，成就了某一種自覺的、自為的，甚至是自治的空間。面對外面實際存在的壓力，處於動彈不

得的困境之中，在這個狹小的空間裡，卻展現出某種想像的餘地，這是一個最理想的做法。但我不覺得「包括在外」是一個快樂的詞，也不認為在今天的張愛玲會議上就必須因此說明張愛玲多麼痛快地把自己策略性地排除在一個既定的法的範疇的邊緣上，這些都是老生常談了。這其實也是一種非常無奈的對應，實為不得已之舉。那麼，推而廣之，這個「包括」的問題，這個畛域「疆域化」（territorialization）的問題，「去疆域化」、「治外法權化」，我認為都和整個現代性的生存情境不無關聯。廣義而言，在張愛玲的例子上產生，或說見證了一個所謂自我管理的技術性問題。（這個「自我的技術」〔technology of selfhood〕又是一種傅柯式的陳詞濫調〔cliché〕。）這個觀點現在一般同行都能琅琅上口，但在如此一個生存語境裡，怎麼決定自己的「內」和「外」？怎麼在策略上保存那個最小的方寸之地？我想這是貫穿一生的挑戰。

張愛玲從頭到尾都是在挑戰這個觀點，和它搏鬥。這個觀點不見得只體現在個人的層次上，如前所述，它和某一種危機意識、難民意識和逃逸意識是有關係的。如何面對和處理這個危機？這是一個大話題，是二十世紀——我想不只是中國人，也是全體人類在所謂現代主體興起的環境下面臨的話題。

前述高爾溫在二十世紀初年從波蘭逃到美國，或者是尼克遜在1970年代初期因為水門案的關係，違反了國家最高的憲法原則被強迫下臺，都是政治上的危機時刻。正是因為這些語境——美國的語境能承認這個危機時刻，把它當作一種不得不發生的「緊急狀態」、例外狀態，我們才能從而相對定義什麼叫「平常的狀態」，什麼是「不緊急的狀態」。所以這是相對的觀點，永

遠是在一個危機處理的方式之下進行的。對於這種觀點，即使在此時今日的臺灣或香港，我想每一個人都感同身受。什麼時候我們才能有這樣的勇氣說「請把我包括在外」？在今天的香港和臺灣，我想這都不是易事。所以，這句話可以輕、可以重。

另外，「包括在外」這個狀態在國家管理的層次上當然回到我對它最原始的說明，一方面可以是相當霸權式的──不論是殖民或帝國主義的，將殖民帝國的法律強加於一個被壓抑的國家裡面，在一個區域裡面行使「治外法權」，「把自己包括在外」是對國家主權的一種延伸，一種霸權的延伸。這種做法或是刻意的，在自己的國土之中，刻意地賦予某一類人「包括在外」的特定位置；或是給自己創造特權，在各個層次上延伸緊急狀態，或者說「把我包括在外」的一個狀態。所以我個人認為，在現在的華語語境裡，對這個「緊急狀態」討論得可能還不是那麼充分，因為往往看到了阿甘本我們已經覺得見獵心喜，立刻將他的觀點用在一個新的語境裡，但事實上我認為語境本身的問題是尤為重要的。今天藉著對張愛玲的探討，因為她處在一個很特殊的狀態裡，提出了「把我包括在外」這一話語，我在這裡節外生枝，引用在國家語境中類似「把我包括在外」的辯論為大家提供參考。

眾所周知，最近中國大陸的國家主義（Statism）特別流行，一些我們尊敬並認識的同行，像張旭東教授和汪暉教授等等都不約而同地使用「包括在外」和「緊急狀態」這樣的危機狀態來處理或說明過去幾十年共和國的歷史，有許多觀點令我們深有感觸。例如認為在1989年的天安門事件中，鄧小平在實施所謂的國家「緊急狀態」的時候，必須採取從法制上延伸出去的「違

反法律的裁量行為」，不如此，不足以維護國家主權的安定性以及延長性。這是近來的一些標準論述。文化大革命也與此類似。在這個延伸的過程裡，「緊急狀態」似乎變成了一個國家霸權的藉口，而不是必然的、內建的一種邏輯了。我個人認為這其實很令人憂慮。甚至對於1950年代的韓戰，也出現了是國家主權如何如何「代表人民」的說法。但我認為，這些同事申論這個話題時一方面沿用了西方當代流行的理論，另一方面是否把他們自己的言論立場也「包括在外」了呢？也就是說，當在讚美大饑荒和三千萬人滅亡的時候，批評者是否能有立場來說明他個人站在哪一個位置呢？如果站在主權者的位置，這個「包括在外」就變成一個非常血腥冷酷的最終結論，具有濃厚的政治弔詭意味。

　　相對而言，張愛玲從來沒有這樣的野心，在看待國家主權管理的時候，採用「在內」、「在外」的這種辯論思路。也就是說，從喬治・阿甘本的「緊急狀態」觀點來看她的立場，我們理解她並沒有站在一個教會、國家，或者是執政者的位置上來思考，行使權力。相對地，張愛玲將這個龐然大物一般的所謂「治外法權」的觀點，快速地、無限地濃縮到個人的生命管理的層次上，從而非常意外地在一篇短小的文字裡面，毫不隨俗地申論了自己「把我包括在外」這樣一種新的個人的政治學。因此，在看待過去十多二十年中各種關於「疆域化」的論述時，突然覺得張愛玲給我們的靈感，可能比目前這些偉大的主流政論家更為發人深省。小說家的力量可能比大說家的力量更能引起我們的共鳴，這是我重讀這一篇短文的一些感想。

因為這個話題可以無限延伸，最後我提出一些旁證來說明「治外法權化」，即「治外法權」或是「包括在外」的觀點。除了這些左翼批評者的觀點之外，像齊格蒙・鮑曼（Zygmunt Bauman, 1925-2017），也是一位難民，逃亡英國，以及喬治・斯坦納（George Steiner, 1924- ），他們都用過這個觀點，流動的治外法權權力（extraterritorial power on the move）。在二十世紀，我們是不斷在對自己「治外法權」的力量的不斷移動之中，思考它的局限還有它的力量的。那麼，關於喬治・斯坦納提出的「治外法權作為永恆流亡的戰略」（Extraterritoriality as a strategy of permanent exile）的觀點，這裡的「流亡」和「難民」其實都不是浪漫的概念，但這個觀點提出的危機意識，卻永遠讓我們保持在一個非常警覺的狀態裡，來看待現代性可能帶給我們的各種各樣的威脅。昨天的飛彈問題（編按：指2016年7月1日發生的雄三飛彈誤射事件）、前天的小狗問題（編按：指2016年6月27日報導的國軍虐狗事件）、土耳其機場爆炸問題（編按：指2016年6月28日發生的土耳其伊斯坦堡國際機場恐怖攻擊事件），這些林林總總的問題反映出我們是生活在一個充滿各種危機的時代。那麼，張愛玲式的「把我包括在外」真的是那麼浪漫嗎？還是隱含著生命中不得不然的一種隨機應變的抉擇、一種危機處理的方式？我覺得這也許是在這次張愛玲研討會上可供再思考的。

最後，回到今天話題的起點。我提到「包括在外」的觀點是在2006年，當時因為教學的關係提出了「華語語系」的立場。我跟史書美教授最大的不同之處，在於史教授要和中國大陸對抗，具有一條很清楚的切線。我認為這種分割是抽刀斷水的做

法，因為人們每天僅是旅行就已經跨越了無數的邊界。堅持如此清晰的冷戰或是後冷戰式的切割，或毫不含糊地堅持道德勇氣固然可嘉，其實是非常不容易的。在實際操作中，我卻覺得張愛玲式的「把我包括在外」給了我們更多游移的空間，不論是正面或負面的。我後來也想到，也正因為如此，這個「華語語系研究」——整個「包括在外」論述起來的淵源之一，我認為它永遠地，而且必然地具有一個「夷風」（xenophone）的層面。這個「夷風」（xenophone）是新造的字，這個「xeno」通常讓我們想到仇外情緒（xenophobia），意味害怕洋人洋務的心態。「夷風」（xenophone）是各種洋腔洋調，南蠻鴃舌之聲。我覺得在華語語系的研究中，尤其是在張愛玲的研究中，這個「華夷風」的問題，這個「華風」與「夷風」（Sinophone and xenophone）的問題永遠是相互包括在內，同時也永遠是相互「包括在外」的。在這個意義上，我覺得在張愛玲這篇短文裡面，各種包括在內，各種「包括在外」，各種「華風」跟各種「夷風」彼此交錯，產生了一個非常精采的「語言就是政治」的話題。

愛憎表

張愛玲

　　我近年來寫作太少，物以稀為貴，就有熱心人發掘出我中學時代一些見不得人的少作，陸續發表，我看了往往啼笑皆非。最近的一篇是學校的年刊上的，附有畢業班諸生的愛憎表。我填的表是最怕死，最恨有天才的女孩太早結婚，最喜歡愛德華八世，最愛吃叉燒炒飯。隔了半世紀看來，十分突兀，末一項更完全陌生。都需要解釋，於是在出土的破陶器裡又檢出這麼一大堆陳穀子爛芝麻來。

　　最怕死

　　我母親回國後，我跟我弟弟也是第一次「上桌吃飯」，以前都是飯菜放在椅子上，坐在小矮凳上在自己房裡吃。她大概因為知道會少離多，總是利用午飯後這段時間跟我們談話。

　　「你將來想做什麼？」她問。

　　能畫圖，像她，還是彈鋼琴，像我姑姑。

　　「姐姐想畫畫或是彈鋼琴，你大了想做什麼？」她問我弟弟。

　　他默然半晌，方低聲道：「想開車。」

　　她笑了。「你想做汽車夫？」

　　他不作聲。當然我知道他不過是想有一部汽車，自己會開。

「想開汽車還是開火車？」

他又沉默片刻，終於答道：「火車。」

「好，你想做火車司機。」她換了個話題。

女傭撤去碗筷，泡了一杯杯清茶來，又端上一大碗水果，堆得高高的，擱在皮面鑲銅邊的方桌中央。我母親和姑姑新近遊玄武湖，在南京夫子廟買的仿宋大碗，紫紅磁上噴射著淡藍夾白的大風暴前朝日的光芒。

她翻箱子找出來一套六角小碗用作洗手碗，外面五彩凸花，裡面一色湖綠，裝了水清澈可愛。

「你喜歡吃什麼水果？」

我不喜歡吃水果，頓了頓方道：「香蕉。」

她笑了，摘下一隻香蕉給我，喃喃地說了聲：「香蕉不能算水果。像麵包。」

替我弟弟削蘋果，一面教我怎樣削，又講解營養學。此外第一要糾正我的小孩倚賴性。

「你反正什麼都是何乾──」叫女傭為某「乾」某「乾」，是乾媽的簡稱，與濕的奶媽對立。「她要是死了呢？當然，她死了還有我，」她說到這裡聲音一低，又輕又快，幾乎聽不見，下句又如常：「我要是死了呢？人都要死的。」她看看飯桌上的一瓶花。「這花今天開著，明天就要謝了。人也說老就老，今天還在這裡，明天知道怎樣？」

家裡沒死過人，死對於我毫無意義，但是我可以感覺她怕老，無可奈何花落去，我想保護她而無能為力。她繼續用感傷的口吻說著人生朝露的話，我聽得流下淚來。

「你看，姐姐哭了。」她總是叫我不要哭，「哭是弱者的行

為，所以說女人是弱者，一來就哭。」但是這次她向我弟弟說：「姐姐哭不是因為吃不到蘋果。」

我弟弟不作聲，也不看我。我一尷尬倒收了淚。

我從小在名義上過繼給伯父伯母，因為他們就只一個兒子，伯母想要個女兒。所以我叫他們爸爸姆媽，叫自己父母叔叔嬸嬸。後來為了我母親與姑姑出國一事鬧翻了——我伯父動員所有說得進話去的親戚，源源不絕北上作說客，勸阻無效，也就不來往了，她們回來了也不到他們家去。我們還是去，但是過繼的話也就不提了。不過我的稱呼始終沒改口。我喜歡叫叔叔嬸嬸，顯得他們年青瀟灑。我知道我弟弟羨慕我這樣叫他們，不像他的「爸爸媽媽」難以出口。

有一天有客要來，我姑姑買了康乃馨插瓶擱在鋼琴上。我聽見我母親笑著對她說：「幸虧小煐叫嬸嬸還好，要是小煃大叫一聲『媽』，那才——」

其實我弟弟沒響響亮亮叫過一聲「媽媽」，總是羞澀地囁嚅一聲。

關於倚賴性，我母親的反覆告誡由於一曝十寒，並沒見效。七八年後我父親還憤憤地說：「一天也離不了何乾，還要到外面去！」

但是當時她那一席話卻起了個副作用，使我想到死亡。那時候我們住白粉壁上鑲烏木大方格的光頂洋房，我姑姑說「算是英國農舍式。」有個英國風的自由派後園，草地沒修剪，正中一條紅磚小徑，小三角石塊沿邊，道旁種了些圓墩墩的矮樹，也許有玫瑰，沒看見開過花。每天黃昏我總是一個人仿照流行的「葡萄仙子」載歌載舞，沿著小徑跳過去，時而伸手撫摸矮樹，輕聲唱

著：

「一天又過去了。

離墳墓又近一天了。」

無腔無調，除了新文藝腔。雖是「強說愁」，卻也有幾分悵惘。父母離婚後，我們搬過兩次家，卻還是天津帶來的那些家具。我十三歲的時候獨自坐在皮面鑲銅邊的方桌旁，在老洋房陰暗的餐室裡看小說。不吃飯的時候餐室裡最清靜無人。這時候我確實認真苦思過死亡這件事。死就是什麼都沒有了。這世界照常運行，不過我沒份了。真能轉世投胎固然好。我設法想像這座大房子底下有個地窖，陰間的一個衙門。有書記錄事不憚煩地記下我的一言一行，善念惡念厚厚一疊帳簿，我死後評分發配，投生貧家富家，男身女身，還是做牛做馬，做豬狗。義犬救主還可以受獎，來世賞還人身，豬羊就沒有表現的機會了，只好永遠沉淪在畜生道裡。

我當然不會為非作歹，卻也不要太好了，死後玉皇大帝降階相迎，從此跳出輪迴，在天宮裡做過女官，隨班上朝。只有生生世世歷經人間一切，才能夠滿足我對生命無饜的慾望。

基督教同樣地使人無法相信。聖母處女懷孕生子，這是中國古老的神話已有的，不過是對偉人的出身的附會傳說。我們學校的美國教師是進步的現代人，不大講這些，只著重「人生是道德的健身房。」整個人生就是鍛鍊，通過一次次的考驗，死後得進天堂與上帝同在，與亡故的親人團聚，然後大家在一片大光明中彈豎琴合唱，讚美天主。不就是做禮拜嗎？學校裡每天上課前做半小時的禮拜，星期日三小時，還不夠？這樣的永生真是生不如死。

　　但是我快讀完中學的時候已經深入人生，有點像上海人所謂「弄不落」了，沒有瞻望死亡的餘裕，對生命的胃口也稍殺。等到進了大學，炎櫻就常引用一句諺語勸我：「Life has to be lived.」勉強可以譯為「這輩子總要過的」，語意與她的聲口卻單薄慘淡，我本來好好的，聽了也黯然良久。

　　但是畢業前一年準備出下年的校刊，那時候我還沒完全撇開死亡這問題。雖然已經不去妄想來世了，如果今生這短短幾十年還要被斬斷剝奪，也太不甘心。我填表總想語不驚人死不休，因此甘冒貪生怕死的大不韙，填上「最怕死」。

　　或者僅只是一種預感，我畢業後兩年內連生兩場大病，差點死掉。第二次生病是副傷寒住醫院，雙人房隔壁有個女性病人呻吟不絕，聽著實在難受，睡不著。好容易這天天亮的時候安靜下來了，正覺得舒服，快要朦朧睡去，忽聞隔壁似有整理東西的綷縩響動，又聽見看護低聲說話，只聽清楚了一句：「才十七歲！」

　　小時候人一見面總是問：「幾歲啦？」答「六歲」，「七歲」。歲數就是你的標誌與身分證。老了又是這樣，人見面就問「多大年紀啦？」答「七十六了」，有點不好意思地等著聽讚嘆。沒死已經失去了當年的形貌個性，一切資以辨認的特徵，歲數成為唯一的標籤。但是這數目等於一小筆存款，穩定成長，而一到八十歲就會身價倍增。一輩子的一點可憐的功績已經在悠長的歲月中被遺忘，就也安於淪為一個數字，一個號碼，像囚犯一樣。在生命的兩端，一個人就是他的歲數。但是我十七歲那年因為接連經過了些重大打擊，已經又退化到童年，歲數就是一切的時候。我十七歲，是我唯一沒疑問的值得自矜的一個優點。一隻

反戴著的戒指，鑽石朝裡，沒人看得見，可惜鑽石是一小塊冰，在慢慢地溶化。過了十七就十八，還能年年十八歲？

所以我一聽見「才十七歲」就以為是說我。隨即明白過來，隔壁房間死了人，抬出去了，清理房間。是個十七歲的女孩子。在那一色灰白的房間裡，黎明灰色的光特別昏暗得奇怪，像深海底，另一個世界。我不知道是我死了自己不知道，還是她替我死了。

對於老與死，我母親過早的啟發等於給我們打了防疫針。因為在「未知生，焉知死」的幼年曾經久久為它煩惱過，終於搞疲了。說是麻木也好，反正習慣了，能接受。等到到了時候，縱有憬然的一剎那，也感動不深，震撼不大，所以我對於生老病死倒是比較看得淡。

最恨有天才的女孩太早結婚

我中學畢業前在校刊上填這份「愛憎表」的時候，還沒寫「我的天才夢」，在學校裡成績並不好，也沒人視為天才。不過因為小時候我母親鼓勵我畫圖投稿，雖然總是石沉大海，未經採用，仍有點自命不凡，彷彿不是神童也沾著點邊。

還沒經她賞識前，她初次出國期間，我就已經天天「畫小人」，門房裡有整本的紅條格帳簿，整大捲的竹紙供我塗抹。主人長年不在家，門房清閒無事，也不介意孩子們來玩。女傭避嫌，就從來不踏近這間小房間，只站在門口。這是男性的世界，敝舊的白木桌上，煙捲燒焦的烙痕斑斑。全宅只有此地有筆墨，我更小的時候剛到北方，不慣冬天烤火，烤多了上火流鼻血，就跑到門房去用墨筆描鼻孔止血，永遠記得那帶著輕微的墨臭的冰

涼的筆觸。

　　這間陰暗的小房間日夜點著燈，但是我大都是黃昏方至，在燈下畫小女俠月紅與她的弟弟杏紅，他剃光了頭只留一圈短髮，「百子圖」裡的「馬指蓋」，西方僧侶式的髮型。他們的村莊只有兒童，議事廳上飄揚著一面三角旗，上面寫著「快樂村」。

　　他們似乎是一個武士的部落，常奉君命出發征蠻。上午我跟我弟弟在臥室裡玩，把椅子放倒——拼成當時的方型小汽車，乘汽車上前線——吉甫車的先聲。

　　我母親和姑姑寄回來的玩具中有一大盒戰爭劇舞臺——硬紙板布景，許多小鐵兵士穿著拿破崙時代鮮豔的軍裝。想必是給我弟弟的。他跟我一樣毫無興趣。我的戰爭遊戲來自門房裡看見的《隋唐演義》、《七俠五義》。寄給我們的玩具中有一隻藍白相間的虎紋絨毛面硬球，有現代的沙灘球那麼大，但是沉甸甸的不能拋也不能踢，毫無用處，卻很可愛，也許她們也就是覺得可愛而買的。我叫它「老虎蛋」，征途埋鍋造飯，就把老虎蛋埋在地裡燒熟了吃。到了邊疆上，我們扠腰站在山岡上咕喇呱啦操蠻語罵陣，然後吶喊著衝下去一陣混戰，斬獲許多首級，班師還朝領獎。

　　我外婆家總管的兒子柏崇文小時候在書房伴讀，跟著我母親陪嫁過來，他識字，可以做個廉價書記。她走了他本來要出去找事，她要求他再多等幾年，幫著照看，他也只好答應了。他娶了親，新婚妻子也就在我們家幫忙。家裡小孩稱「毛姐」「毛哥」，他的新娘子我們就叫她「毛娘」。毛娘十分俏麗，身材適中，一張紅撲撲的小鵝蛋臉，梳髻打著稀稀幾根劉海，過不慣北方寒冷，永遠兩隻手抄在黯淡的柳條布短褐下。她是南京人，就

是她告訴我張人駿坐籮筐縋出南京圍城的事。

我玩戰爭遊戲隔牆有耳，毛娘有一次悄聲向我學舌，笑著叫「月姐，杏弟」，我非常難為情。月紅杏紅行軍也常遇見老虎。我弟弟有一次扮老虎負傷奔逃，忽道：「我不玩了。」我只好說：「好了，我做老虎。」

「我不要玩這個。」

「那你要玩什麼呢？」

他不作聲。

從此休兵，被毛娘識破以後本來也就不大好意思打了。

後院中心有一個警亭，是預備給守衛度過北方的寒夜的，因此是一間水泥小屋，窗下搭著一張床鋪，兩頭抵著牆，還是不夠長，連瘦小的崇文都只能蜷臥。我從來沒想到為什麼讓他住在這裡，但當然是因為獨門獨戶，避免了習俗相沿的忌諱——同一屋頂下不能有別人家的夫婦同房，晦氣的。毛娘與別的女傭卻同住在樓上，但是晚上可以到後院去。男傭合住的一間房在門房對過，都是與正屋分開的小方盒子，距警亭也不過幾丈遠，卻從來沒有人窺探聽房。不然女傭喊喊喳喳耳語，我多少會聽到一些。只見每天早上毛娘端一盆熱水放在臉盆架上，給崇文在院子裡洗臉，水裡總渥著一隻雞蛋，他在洋磁盆邊上磕破了一飲而盡，方才洗臉。

「生雞蛋補的，」女傭們說，帶著詭祕的笑容。

我覺得話裡有話，也沒往他們倆是夫妻上面想，只顧揣摩生雞蛋是個什麼滋味，可好吃。我非常喜歡那間玩偶家庭似的小屋，總是賴在崇文的床鋪上看他的《三國演義》，看不大懂，幸而他愛講三國，草船借箭，三氣周瑜，說得有聲有色，別人也都

聚攏來聽。

　　我母親臨走交代女傭每天要帶我們去公園。起初我弟弟有軟腳病，常常摔跤，帶他的女傭張乾便用一條丈尺長的大紅線呢闊帶子給他當胸兜住，兩端握在她手裡，像放狗一樣跟在他後面。她五十多歲的人，又是一雙小腳，走得慢，到了法國公園廣闊的草坪上，他全身向前傾仆，拚命往前掙，一隻鎖條上的狗，痛苦地扭曲得臉都變了形。一兩年後他好了，不跌跤了，用不著拴帶子，我在草地上狂奔他也跟著跑，她便追著銳叫：「毛哥啊！不要跌得一塌平陽啊！」震耳的女高音在廣大的空間內飄得遠遠的，我在奔跑中彷彿遙聞不知何家宅院的鸚鵡突如其來的一聲「呱」大叫。

　　每天中午，我幫著把拼成汽車型放翻的椅子又豎立起來，用作飯桌。開上飯來，兩個女傭在旁代夾菜。也許因為只有吃飯的時候特別接近，張乾總揀這時候一掃積鬱。她要強，總氣不憤我們家對男孩不另眼看待。我母親沒走之前有一次向她說：「現在不興這些了，男女都是一樣。」她紅著臉帶著不信任的眼色笑應了一聲「哦？」我那時候至多四歲，但是那兩句極短的對白與她的神情記得十分清楚。

　　「你這脾氣只好住獨家村，」她總是說我。「將來弟弟大了娶了少奶奶，不要你上門。」

　　「是我的家，又不是他一個人的家。」

　　「筷子捏得高嫁得遠，捏得低嫁得近。」

　　「我才不！我姓張，我是張家人。」

　　「你不姓張，你姓碰，弟弟才姓張。」又道：「你不姓張，你姓碰，碰到哪家是哪家。」

我當時裝不聽見，此後卻留神把手指挪低到筷子上最低的地方，雖然不得勁，筷子有點不聽使喚。

張乾便道：「筷子捏得低嫁得遠，捏得高嫁得近，」

「咦，你不是說捏得高嫁得遠？」

「小姐家好意思的？開口就是『嫁不嫁』。」

帶我的何乾在旁邊聽著，只微笑，從不接口。她雖是三代老臣，但是張乾是現今主婦的陪嫁，又帶的是男孩。女主人不在家，交給何乾管家，她遇事總跟張乾商量。我七歲那年請了老師來家教讀，「綱鑑易知錄」開首一段就是周武王死後，兒子成王年幼，國事由周公召公合管，稱為「周召共和」。我若有所悟地想道：「周召共和就是像何乾張乾。」

毛娘常說：「張奶奶好，有家業的，」輕聲一語帶過，略眨一下眼睛，別過臉去，不多說了，這種話說多了顯得勢利。隨又道：「鄉下有田有地，其實用不著出來幫人家的。」

粗做的席乾聽了，笑嘆道：「其實真是——！自己家裡過還不在家享福？不像我們是叫沒辦法。」

毛娘跟張乾同鄉，知道底細。似乎張乾是跟兒子媳婦不對，賭氣出來的。江南魚米之鄉，婦女不必下田耕種，所以上一代都纏足。其他的女傭來自皖北苦地方，就都是大腳。

「我們那兒女人不下田的，」張乾說過不止一次，帶著三分傲氣。

她身材較高，看得出中年以後胖了些，面貌依舊秀麗白淨。她識字，在大門口擔子上買了一本勸善的歌詞石印小書，唸給別的女傭聽。內中有兩句「今朝脫了鞋和襪，怎曉明天穿不穿？」年紀大些的聽了都感動得幾乎落淚，重複唸誦，彷彿從來沒想到

死亡。在她們這也就是宗教兼哲學了。

張乾拿了工資不用寄錢回家，因此只有她有這閒錢，這一天又在水果擔子上買了一隻柿子。我母親在我們吃上雖管得緊，只有水果儘吃，毫無限制，但是女傭們說柿子性涼，所以我從來沒見過這樣東西，覺得紅豔可愛，尤其是襯著蒼黑的硬托子葦子，嬌滴滴越顯紅嫩。

「還沒熟，要擱這些時，」張乾說，隨手把它放在我們房間裡梳妝臺抽屜裡。我們小孩不梳妝，抽屜全空著。她們女傭房間裡沒什麼家具，就光是「鋪板」——長板凳搭的板床與各人自己的箱籠。

我們這起坐間裡也只疏疏落落幾件家具，充滿了浮塵的陽光曬進來，照在半舊黃色橡木妝臺一角的蟠桃磁盒上。

過兩天我乘沒人開抽屜看看那隻柿子，看不出有什麼變化。此後每隔幾天我總偷看一下。是不是更紅了？在陰暗的小抽屜裡也無法確定。我根本沒想到可以拿出來看看。碰都不能碰。

一個月了。大概要擱多久才熟，我一點數都沒有。

「張乾，你的柿子還沒熟？」我想問。

那好，更有得說了：「小姐家這樣饞，看中了我的柿子？」

終於有一天張乾抽出抽屜一看，還是那柿子，不過紅得更深濃了，但是一捏就破，裡面爛成了一包水。

她憎惡地別過臉去，輕聲「吭」了一聲，喃喃地說了聲「忘了。」拈起來大方地拿出去丟在垃圾桶裡。我在旁邊看著非常惆悵，簡直痛心。多年後一直記得，覺得那隻柿子是禁果，我當時若有所失，一種預感青春虛度的恐懼。

「到上海去嘍！到上海去嘍！」毛娘走來走去都唱誦著。

「嬸嬸姑姑要回來嘍！」她有一兩次說，但是不大提這話，彷彿怕事情又有變化，孩子們會失望哭鬧。

我們是到上海去接她們。為什麼要搬到上海去住，我不清楚，但是當然很高興。

「張乾要走嘍！」這兩天毛娘又在唱唸著，「張乾要走嘍！」

似乎張乾本來預備跟我們到上海之後就辭工回南京，但是忽然這一個月半個月的工夫都等不及，寧可遠道自費返鄉。

她動身這天，毛娘又走來半警告半提醒地告訴我們：

「張乾要走了！」

我弟弟只當沒聽見。我卻大哭起來。這是我第一次變遷。這一段日子完了，當然依戀。我母親走的時候我不知，而且本來一直不大在跟前，不覺得有什麼不同。

「看這毛哥一點眼淚都沒有，」毛娘不平地說。「毛姐倒哭了。」

我弟弟不作聲。張乾忙出忙進料理行李，也不理會。總是衛護他，卻羞辱他。

我一面哭，也隱隱地覺得她會認為這是我對她的報復，給她難堪，證明她走得對。

男傭替她叫了一部人力車，上樓來替她搬行李。她臨走向我們正式道別：

「毛姐，我走了。你要照應弟弟，他比你小。毛哥，我走了，你自己當心，要聽何乾的話。」

何乾也沒接口，並沒叫她放心。我想她也覺得張乾像在向我們託孤，心裡有點難受，也不好說什麼。

這一段日子完了。霧濛濛的陽光黃黃地照進窗來，北方冬天

長，火爐上總坐著一罐麥芽糖，褐色小瓦罐裡插著一雙筷子。糖溶化了時候女傭拔出筷子，麥芽糖的金蛇一扭一扭長長地掛，我仰著頭張著嘴接著。她們病了，就用這小瓦罐「拔火罐」，點燃一小團報紙扔進罐裡，倒扣在有雀斑的肥厚的肩背上。

這裡老年人不老，成年人永遠年青，小孩除了每年長高一寸半寸，也不長大。沒有死亡，沒有婚姻，沒有生育。女人大肚子是街上偶然看見的笑話。多年後我姑姑有一次向我說起「從前嬸嬸大肚子懷著你的時候」，聽著很刺耳，覺得太對不起我母親，害她搞成這樣。這魔幻的冬陽照進天窗下的一個低溫的暖室，它也許成為我畢生的基調。十三四歲在上海我和我弟弟去看電影，散場出來，那天是僅有的一次我建議去吃點東西。北平公園附近新開了一家露天咖啡館叫惠爾康，英文「歡迎」的音譯。花園裡樹蔭下擺滿了白桌布小圓桌。我點了一客冰淇淋，他點了啤酒，我詫異地笑了。他顯然急於長大，我並不。也許原因之一是我這時候已經是有責任在身的人，因為立志學琴，需要長期鍛鍊，想必也畏懼考驗，所以依戀有保護性的繭殼。

我母親與姑姑剛回國那兩年，對於我她們是童話裡的「仙子教母」，給小孩帶來幸福的命運作為禮物，但是行蹤飄忽，隨時要走的。八九歲的小女孩往往是好演員，因為還沒養成自覺性而拘束起來。我姑姑彈鋼琴我總站在旁邊，彷彿聽得出神，彈多久站多久。如此志誠，她們當然上了當。

她們也曾經一再地試我，先放一張交響樂的唱片，然後我姑姑找了半天找不到一張合適的——我現在才想起來，大概因為輕性音樂很少沒歌唱的。終於她們倆交換了一個眼色，我母親示意「好了，就這個。」

下一張唱片叮叮咚咚沒什麼曲調，節奏明顯是很單薄的舞樂（可能是Ragtime或是早期爵士樂）。

「你喜歡哪一個？」

「頭一個。」

她們沒說什麼，但是顯然我答對了。帶我去聽音樂會，我母親先告訴我不能說話，不能動，不然不帶我去。

我聽她說過外國人有紅頭髮的。

「是真紅？」我問。

「真紅。」

「像大紅絨線那麼紅？」

她不答。

上海市立交響樂團連奏了一兩個鐘頭樂，我坐著一動都不動，臂彎擱在扶手上都酸了。休息半小時期間，有人出去走動，喝點東西，我們沒離開座位。我在昏黃的大音樂廳內回顧搜索有沒有紅頭髮的人，始終沒看見。

她終於要我選擇音樂或是繪畫作終身職業。我起初不能決定。我姑姑也說：「學這些都要從小學起，像我們都太晚了。」

她很欣賞我的畫，只指出一點：「腳底下不要畫一道線。」

我畫的人物總踩著一條棕色粗線，代表地板或是土地。

生物學有一說是一個人的成長重演進化史，從蝌蚪似的胎兒發展到魚、猿猴、人類。兒童還在野蠻人的階段。的確我當時還有蠻族的邏輯，認為非畫這道線不可，「不然叫他站在什麼地方？」也說是巫師的「同情魔術」（sympathetic magic）的起源，例如灑水消毒祛病、戰鬥舞蹈驅魔等等。

「叫你不要畫這道線——」我母親只有這一次生氣了。她帶

回來許多精裝畫冊，午餐後攤在飯桌上，我可以小心地翻看。我喜歡印象派，不喜歡畢卡索的立體派。

「哦，人家早已又改變作風多少次了，」她說。

我比較喜歡馬悌斯。她卻又用略一揮手屏退的口吻說：「哦，人家早又變了多少次了。」

我有點起反感，覺得他們只貴在標新立異。印象派本來也是創新，畫的人一多就不稀奇了。但是後來我見到非洲雕刻與日本版畫，看到畢卡索與馬悌斯的靈感的泉源，也非常喜歡。那是由世世代代的先人手澤滋潤出來的，不像近代大師模仿改造的生硬。

似乎還是音樂有一定不移的標準，至少就我所知──也就只限古典音樂的演奏。

我決定學音樂。

「鋼琴還是提琴？」我母親不經意似地輕聲說了句，立即又更聲音一低：「還是鋼琴。」我的印象是她覺得提琴獨奏手太像舞臺表演，需要風標美貌。

她想培植我成為一個傅雷，不過她不能像傅聰一樣寸步不離在旁督促，就靠反覆叮嚀。

有一天我姑姑坐在客廳裡修指甲，夾著英文向我弟弟說：「這漂亮的年青人過來，我有話跟你商量。」他走近前來，她攬他靠在沙發椅扶手上。「你的眼睫毛借給我好不好？我今天晚上要出去。」見他不語，又道：「借我一天，明天就還你，不少你一根。」他始終不答。

他十歲整生日她送了他一條領帶，一套人字呢西裝，不過是當時流行的短褲。我母親買了隻玩具獵鎗給他，完全逼真。我畫

了他的畫像送他，穿著這套西裝，一手握著獵鎗站在樹林中。隔兩天我在一間閒房裡桌上發現這張畫，被鉛筆畫了一道粗槓子，斜斜地橫貫畫面，力透紙背。我不禁心悸，怔了一會，想團皺了扔掉，終於還是拿了去收在我貯畫的一隻畫夾子裡。這從來沒跟他提起。

現在我畫的成年人全都像我母親，尖臉，鉛筆畫的絕細的八字眉，大眼睛像地平線小半個朝陽，放射出睫毛的光芒。

「嬸嬸姑姑你喜歡哪一個？」我姑姑問我，立即又加上一句：「不能說都喜歡。總有比較更喜歡的一個。」

她們總是考我。

終於無可奈何地說：「我去想想看。」

「好，你去想想吧。」

我四歲起就常聽見說：「嬸嬸姑姑出洋去嘍！」永遠是毛娘或是我母親的陪嫁丫頭翠鈴，一個少婦一個少女，感情洋溢地吟唱著。年紀大些的女傭幾乎從來不提起。出洋是壯舉而又是醜聞，不能告訴小孩的秘密。越是故作神秘，我越是不感興趣，不屑問。問也是白問。反正我相信是壯舉不是醜聞。永遠嬸嬸姑姑並提，成為一個單元，在我腦子裡分不開，一幅古畫上的美人與她的挽雙髻的「小鬟」。

「你說你更喜歡哪一個？」我姑姑逼問，我母親在旁邊沒開口。

「不知道。我去想想看，」我無可奈何地說。

「好，你去想吧。」

我背過臉去竭力思索。我知道我是嬸嬸的女兒，關係較深。如果使她生氣，她大概不會從此不理我。

「想好了沒有？」我姑姑隔了半晌又問。

「喜歡姑姑。」

我母親顯然不高興。我姑姑面無表情，也不見得高興。我答錯了，但是無論如何，我覺得另一個答案也不妥。我已經費盡心力，就也只好隨它去了。

親戚中就數李家大表伯母來得最勤，一日忽笑道：「小煐忠厚。」

我母親笑道：「聽見沒有？『忠厚乃無用之別名。』」

她還不知道我有多麼無用。直到後來我逃到她處在狹小的空間內，她教我燒開水補襪子，窮留學生必有的準備，方詫異道：「怎麼這麼笨？連你叔叔都沒這樣，」說著聲音一低。

她忘了我外婆。我更沒想起。她死得早，幾乎從來沒人提起我的外祖母，所以總是忘了有她這個人。我母親口中的「媽媽」與「你外婆」是從小帶她的嫡母。她照規矩稱生母為「二姨」。

毛娘是他們家總管的媳婦，雖然嫁過去已經不在他們家了，比較知道他們家的事。

「二姨太……」毛娘有一次說起，只一笑，用手指篤篤輕叩了一下頭腦。

我外婆大概不是有精神病，從前的人買姜檢查得很嚴格，不比娶妻相親至多遙遙一瞥，有些小姐根本「不給相」。她又是他們自己家鄉的村女，知道底細的，無法矇混過去。她又不過中人之姿，不會是貪圖美貌娶個白痴回來。蕩婦妖姬有時候「承恩不在貌」，鄉下大姑娘卻不會有別的本領使人著迷到這地步。

照片上的我外公方面大耳，眉目間有倨傲的神氣，只是長得有點杆頭杆腦的不得人心。

　　我母親有一次飯後講起從前的事，笑道：「他立志要每一省娶一個。」因為有點避諱，只說「他」，我先不知道是說我外公。可以算是對我姑姑說的，雖然她大概聽見她講過。

　　我聽了，才知道是我外公。

　　「那時候是十八行省，一省娶一個，也已經比十二金釵多了一半。換了現在二十二省，那好！」

　　「他是死在貴州——？」我姑姑輕聲說。她總是說「我這些事聽得多了！」向不留心。

　　「貴州。瘴氣呃！家裡不讓他去的，那麼遠，千里迢迢，就去做個縣丞——他非要去嚛！想著給他歷練歷練也好。」家裡想實在拿他沒辦法，像現在的父母送頑劣的兒子進軍校，希望他磨練成個男子漢。才二十四歲。「報信報到家裡，大姨太二姨太正坐在高椅子上拿著繃子繡花。二姨太懷著肚子，連人連椅子往後一倒，昏了過去。」

　　她顯然是愛他的。他死後她也沒活幾年。他要娶十八個不同省籍的女人，家裡給娶的太太也是同鄉，大概不算。壯志未成身先死，僅有的一兩個倒都是湖南人。第二個湖南人想必是破格看中的。她一定也有知己之感，「多謝西川貴公子，肯持〔紅燭賞殘花〕」，不過不是殘花是傻瓜。無疑地，即在村姑中她也是最笨的。

　　大姨太是「堂子裡人」，我趕得上看見的祖母輩唯一的一個，我稱好婆。她一口湖南話，想必來自長沙妓院。我八九歲到舅舅家去，表姐們帶我到三層樓上去見好婆。她獨住一個樓面，吸鴉片，在年青的時候照片上身材適中，老了只瘦小了，依舊腰背筆挺，一套石青摹本緞襖袴，緊身長襖下露出一小截筆管似的

袴腳，細緻的臉蛋上影沉沉垂著厚重的眼瞼，不大看人，也不像別的老太太喜歡小孩，但總是盡量招待，菸鋪上爬起來從紅木妝臺上大玻璃罐裡抓一把陳皮梅給我們，動作俐落。表姐們替好婆搥腿，我搥得手酸也不歇，總希望她說我比表姐們好。她如果說過，也是淡淡的一句半句，出於中國婦女例有的禮貌，誇讚別人家的孩子。

常常就剩我一個人在搥腿，她側臥著燒菸。沉默中幽暗的大房間裡沒什麼可看的，就那兩隻綠慘慘的大玻璃罐，比菸紙店的糖果罐高大，久看像走近細雨黃昏的花園，踩著濕草走很遠的路，不十分愉快的夢境。

「定柱倒是——」我母親講起來，不說「你舅舅」而叫姓名，也算是對我姑姑說的。「媽媽臨死的時候要他答應對大姨好，他倒是——。」

固然是大婦賢惠，總也是大姨太會做人，處得好。她從來不下樓，見了面稱「少爺少奶奶」，適如其度地淡淡而有分寸。她似乎是那種為男子生存的女人。房下有這妖姬，二姨太的日子不是好過的，上面又有正室與婆婆。四周都是虎視眈眈的搬嘴討好的婢僕。他們的老太爺以軍功封了男爵，雖說當時「公侯滿街走，伯爵多如狗」（見《孽海花》），因為長期內戰，太平天國後民窮財盡，酬庸別無他法。她一個鄉下人乍到大戶人家，越是怕出醜越會出亂子，自然更給當作瘋傻。

遺傳往往跳掉一代。沾著點機器的事我就是鄉下人。又毫無方向感，比鄉下人還不如。智力測驗上有「空間」一項，我肯定不會及格。買了吸塵器，坐在地毯上看著仿單上的指示與圖樣，像拼圖遊戲拼一整天。在飛機上繫座位帶每次都要空中小姐代

繫，坐出差汽車就只好自己來，發現司機在前座位的小鏡子裡窺視，不知道我把他的車怎樣了，我才住手，好在車禍率不高。

「是我外婆，」我快到中年才想起來，遇到奇笨的時候就告訴自己，免得太自怨自艾。

小學畢業那年演英文話劇，我扮醫生，戴呢帽戴眼鏡，提著一隻醫生的黑皮包出診，皮包裡有一瓶水，一隻湯匙。在臺上開皮包，不知怎麼機銛扳不動，掙扎了半天，只好仿照京劇的象徵性動作，假裝開了皮包取出藥瓶湯匙，餵病人吃藥。臺下一陣輕微的笑聲。

在中學做化學實驗，不會擦火柴，無法點燃本森爐——小酒精爐？不確定是否酒精。

小時候奶媽在北上的火車上煮牛奶打翻了，臉上身上都燒傷得很厲害。家裡女傭兔死狐悲，從此就怕失火，一見我拿起火柴盒便笑叫「我來我來」，接了過去。但是無論有什麼藉口，十五六歲不會擦火柴總跡近低能，擦來擦去點不著，美國女老師巡行到座前，我總是故作忙碌狀，勉強遮掩過去，下了課借同班生的實驗紀錄來抄。幸而她知道傳抄的人多，只要筆試還過得去，也就網開一面。

七八歲的時候在天津聽毛娘講故事，她一肚子孟麗君女扮男裝中狀元，戲女婿的笑話。這一天她說：「有一個人掮著把竹竿進城門，竹竿太長了進不去。城頭上一個人說：『好了好了，你遞給我，不就進去了嗎？』」

我點頭微笑領會，是真是聰明的辦法。

她倒不好意思起來，悄聲笑道：「把竹竿橫過來，不就扛進城門了？」

我呆了一呆，方才恍然。

其實這也就是最原始的物理。三歲看八十，讀到中學畢業班，果然物理不及格。那時候同學間大家都問畢業了幹什麼，沒升學計畫的就是要嫁人了。一九三〇年間女職員的出路還很有限。我急於表白，說出我有希望到英國進大學，也只告訴了我班一稱得上朋友的兩個室友，同房間多年的。就此傳了出去。學校當局為了造就人才，一門功課不及格畢不了業，失去留學的機會，太可惜了，破格著教物理的古柏小姐替我補習，單獨授課，補了一暑假再補考，還是不及格！不是不用功，像鐵鎚在腦殼上釘釘，釘不進去，使我想起京劇「雙釘計」。

教地理的閔老師寫過一篇東西關於我，說我在校刊上發表了一首打油詩嘲弄一位國文老師：「鵝黃眼鏡翠藍袍，一步擺來一步搖……」因而差點畢不了業。那是在年刊《鳳藻》外新出的一個小冊子期刊《國光》，九一八後響應抗日的刊物，文藝為副。校方本來反對，怕牽涉時事有礙，一向不重視中文部，我是物理不及格，差點畢不了，最後教務會議上提出討論，看在留學不易份上，還是讓我畢業。事後我就聽見

女孩學理化不成，還有可說，就連教會學校最注重的英文，用作課本的小說我沒一本看完的，故事情節都不知道，考試的時候矇混過關，勉強及格。初中二年級讀世界名著《佛蘭德斯（今比利時荷蘭）的一隻狗》，開首寫一個小男孩帶著他的狗在炎陽下白色的塵土飛揚的大道上走，路遠乾渴疲倦，行行重行行，行行重行行，我看了一兩頁就看不下去了，覺得人生需要忍受厭煩的已經太多。當時無法形容的一種煩悶現在可以說是：人生往往是排長龍去買不怎麼想要的東西，像在共產國家一樣。所以我對

輟學打工或是逃家的舉動永遠同情，儘管是不智的，自己受害無窮。我始終也不知道這小男孩是到什麼地方去。考試前曾經找同班生講過故事大綱，也早已忘得乾乾淨淨。

下年讀《織工馬南傳》也如此。最近在美國電視上，老牌「今宵」夜談節目的長期代理主持人芥·廉諾提起從前在學校裡讀《織工馬南傳》，說了聲「那賽拉斯·馬南」便笑了，咽住了沒往下說，顯然不願開罪古典名著引起非議。我聽了卻真有「海外存知己」之感，覺得過往許多學童聽了都會泛出一絲會心微笑。

在中學住讀，星期日上午做三小時的禮拜，每兩排末座坐一個教職員監視，聽美國牧師的強蘇白笑出聲來的記小過。禮拜堂狹小的窗戶像箭樓的窗洞，望出去天特別藍，藍得傷心，使人覺得「良辰美景奈何天」，「子兮子兮，如此良」辰「何」。烏木雕花長椅上排排坐，我強烈地感到我在做錯事，雖然不知道做什麼才對。能在禮拜堂外的草坪上走走也好。上街擺攤子？賣號外？做流浪兒童？這都十分渺茫，其實也就是我一度渴望過的輪迴轉世投胎，經歷各種生活。

做禮拜中途常有女生暈倒，被挾持著半抬半扶地攙出去，大家儘力憋著不回頭去看。天氣並不熱，不會是中暑。我很羨慕，有這種羅曼諦克的病！維多利亞時代的小說之外沒聽說過。高年級的課外讀物大都選擇《簡愛》等，我一本都沒看過，連林琴南譯的《塊肉餘生述》都看不下去。

我的英文課外讀物限於我姑姑的不到「三尺書架」，一部《世界最佳短篇小說集》，威爾斯的四篇非科幻中篇小說，羅素的通俗哲學書《征服快樂之道》，與幾本德國Tauching版的蕭伯

納自序的劇本。我姑姑喜歡這象牙色的袖珍本，是跟我父親借的，後來兄妹鬧翻了，就沒還。她只說了聲「這還是你叔叔的」，微笑中也許帶著點苦笑的意味。她吃過他的大虧，就落下他這點東西。

「叔叔給我取了個名字叫孟媛，」我告訴我姑姑。不知道是否字或號，我有點喜歡，比我學名「煐俠」女性化──我們是「煐」字排行，下一個字「人」字邊。

我姑姑攢眉笑道：「這名字壞極了。」

給她一說，我也覺得俗氣，就沒想到「孟媛」是長女，我父親顯然希望再多生幾個兒女，所以再婚後遷入一座極大的老洋房。我繼母極力開源節流，看報上婦女專欄上的家庭工業建議，買了兩隻大白鵝在荒廢的網球場上養鵝，天天站在樓窗前看它們踱步。老不下蛋，有的傭人背後懷疑是否兩隻都是公的或母的。

女傭工資通行每月五元，粗做三元。何乾因為是從前老太太的人，一直都是十元，後母當家降為五元，而且我後母說我現在住讀，何乾改帶我弟弟，男孩比較簡單，沒什麼事做，可以洗衣服。頭髮雪白還要洗被單，我放月假回來，聽見隔壁裝著水龍頭的小房間裡洗衣板在木盆中格噔格噔地響，響一下心裡抽痛一下。

我跟白俄女琴師學鋼琴很貴，已經學了六七年了，住讀不學琴不能練琴，只好同時也在學校裡學琴。教琴的老小姐臉色黃黃紅紅的濃抹白粉，活像一隻打了霜的南瓜。她要彈琴手背平扁，白俄教師要手背圓凸，正相反。

「又鼓起來了！」她略帶點半嗔半笑，一掌打在我手背上。

兩姑之間難為婦，輪到我練琴的鐘點，單獨在那小房間裡，

我大都躲在鋼琴背後看小說。白俄女教師向我流淚。我終於向我父親與後母說：「我不學琴了。」

他們在菸榻上也只微笑「唔」了一聲，不露出喜色來。

告訴我姑姑是我有生以來最痛苦的一件事。我母親在法國，寫信到底比較容易。

我姑姑不經意似地應了聲「唔」，也只說了聲「那你預備學什麼呢？你已經十六歲了，」警告地。

「我想畫卡通，」我胸有成竹地回答。我想可以參用國畫製成長幼咸宜的成人米老鼠。那時候萬氏兄弟已經有中國娃娃式的「鐵扇公主」等，我夢想去做學徒學手藝，明明知道我對一切機械特別笨，活動卡通的運作複雜，而且我對國畫性情不近，小時候在家裡讀書，有一個老師會畫國畫，教我只用赭色與花青。

我不能相信我的耳朵，又再問了一遍，是真只用兩個顏色，又是最不起眼的顏色，頓覺天地無光，那不是半瞎了嗎？

我姑姑並沒追問我預備怎樣從事學習，我自己心裡感到徬徨。

我選定卡通不過因為（一）是畫，（二）我是影迷。

以後她只有一次提起我不學琴的事，是在親戚間聽到我父親與後母的反響：「他們當然高興，說：『她自己不要學了嘛！』」

我背棄了她們，讓她們丟臉。

有個本家姪兒從家鄉來，又一個「大姪兒」，有二三十歲了，白淨的同字臉戴著黑邊眼鏡，矮墩墩陰惻惻的，大家叫他的小名阿傻，我和我弟弟當面不直呼其名，沒有稱呼。他找了個事做科員，常來陪我父親談天，混口鴉片菸吃。據他說沒吃上癮。

「阿傻結婚了，」我放假回來，我弟弟告訴我。

「阿僖少奶奶」我只見過一面，也是北邊人，還穿著喜筵上的淡橙色銀花旗袍，大紅軟緞鑲邊，胖嘟嘟的有點像阿僖，不過高大些，就顯得庸脂俗粉而又虎背熊腰。

又有一次我回家聽我弟弟說：「阿僖對他的少奶奶壞。」

我向我後母要了十塊錢去拍畢業照，照片洗出來不得不拿去給她和我父親看。

「真難看，」我不好意思地說。「像個小雞。」清湯掛麵的頭髮嫌難看，剪短了更像一隻小雞的頭。

她笑道：「都是這樣的呀。燙了頭髮就好了。你要不要燙頭髮？」

我遲疑著笑而不答，下次見到我姑姑的時候說：「娘問我要不要燙頭髮。」

我姑姑笑道：「你娘想嫁掉你。」

我怔了一怔，夷然笑了笑，卻從此打消了燙髮的念頭。都是一燙頭髮，做兩件新衣服，就是已經有人給介紹朋友，看兩場電影吃兩頓飯就結婚了。

但是我開始有一個白日噩夢──恐怖的白日夢。總是看見一個亭子間似的小房間擺滿了亮黃的桃花心木家具，像我後母的典型新房家具。我低著頭坐在床上，與對面的衣櫥近在咫尺。強烈的燈光照射下，東西太多擠得人窒息。櫥上嵌的穿衣鏡裡赫然是阿僖少奶奶。我不去看她她也在那裡，跟我促膝坐著。

「我在這裡幹什麼？」我在心裡叫喊。想跑已經太晚了，喜酒吃過，婚禮行過，喜帖發出去了，來不及了。

「她自己願意的嘛！」我後母向人說。

顯然是我自己受不了壓力與罪惡感，想遁入常人的生活，而

又有這點自知之明，鏡子裡是阿僖少奶奶而不是我漂亮的已婚表姐。阿僖的婚事是我心目中的雙方都俯就的婚事。

我所知道的唯一的早婚女孩是一個同班生葉蓮華。其實她大概比我們的平均年齡大好兩歲。她跟她妹妹葉蓮芬一樣高，顯然都長足了，而且都燙了頭髮，更顯得成熟。同樣頎長，她妹妹更健美些，不過一口白牙有點刨牙。她較近古美人型，削肩探雁脖兒掩護著線條柔軟的胸脯，細窄的鵝蛋臉與腰身，淡淡的長眉低低覆在微腫的眼泡上。上英文課，叫到她她總是一手扶著椅背怯怯站著，穿著件窄袖墨綠絨線衫，帶著心虛的微笑，眼睛裡卻又透出幾分委曲與不耐。她們是插班進來的，姊妹倆同班，功課跟不上，國學卻有根底。九一八後她做了首中秋詩，七絕末兩句老師濃圈密點，闔校傳誦讚嘆：

「塞外忽傳三省失，江山已缺一輪圓。」

下年她忽然輟學，傳出她結婚的消息，說是她家裡經濟情形壞，不得不把她嫁給一個當鋪老板。我們才高中一年級，大家駭異震動。

我想著：「如果是葉蓮芬，他們一定不敢。」她妹妹性格比較開朗。

一兩年內又聽說她死了。她妹妹紅著眼圈不說什麼。也不知是什麼病，卻也不是自殺。大家嗟嘆中帶著一些曖昧，使我聯想到《紅樓夢》中迎春之死，十二釵冊子裡詠迎春有「把公府千金當下流」句，當時印象模糊，現在看來想必是指雞姦（只有妓女，尤其是老妓才肯的），以及更變態的酷刑。迎春就是給糟蹋死的。當時的流行刊物上最常引的一句名言是「結婚是戀愛的墳墓。」就連我那表姐結婚是經過追求與熱戀，我們這些年紀小些

的表姊妹們都還替她惋惜，說她白紗下面的臉龐慘白得像死了一樣，彷彿她自己也覺得完了。

畢業那年大家都問「畢了業……」……等著嫁人了。……

我成績這樣糟，只有作文有時候拿高分，但是同班生中就有葉蓮華的舊詩，張如瑾還有長篇小說出版，我在校刊上登兩篇東西也不算什麼。進了大學之後我寫「我的天才夢」，至少對於天才不過是夢想。不比此地公然宣稱「最恨有天才的女孩子早婚」，分明自命為天才，再一看年刊上那張照片，似乎早婚的危險也是杞憂，難道我是指葉蓮華的悲劇？至少用義憤來掩藏我的白日噩夢？

這到底還是以小人之心度君子之腹──十幾歲的人沒有找藉口的習慣。乾脆就是大言不慚。但是正值我放棄了鋼琴，摧毀了自信心的時候？除非是西諺所謂「在黑暗中吹口哨」，夜行人壯自己的膽？

最喜歡愛德華八世
〔按：此部分殘缺零碎，疑寫於上兩節前。〕

青黑的天空，天心最高處一個大半滿的小白月亮邊上微光溶溶。

北方夏天也酷熱。晚上大家都到後天並乘涼，女傭們帶著她們餐桌邊的長板凳，我們端著小牛皮凳。她們一人一把大芭蕉扇。粗做的席乾要我替她在扇子上用蚊香燒出她的姓，就著門房的燈光燒焦一個個小點，要小心不燒破了。

「張奶奶你看這月亮有多大？」

「我看啊，總有個雙角子大。」

「席奶奶你看有多大？」

「我看才一毛錢大。何奶奶你看呢？」她反問。

「你小呢！我這老花眼不行嘍！」何乾似乎不敢說出她眼中的月亮有多麼大。

「你們這小眼睛看有多大？」她問我。

我舉起一截手指比著。有一毛錢大，但是那是我拿在手裡的一毛錢，拿得這些就小些。掛在空中的就更小。掛得那麼遠不更小得看不見了？我思路混亂起來，比了半天也無法回答。

「說是這兩天又在抓人殺頭。殺共產黨，」張乾幽幽地閒閒地說。

「怎麼叫共產黨，什麼都共？」席乾輕聲笑著納罕。

片刻的寂靜。窮人沒東西給人共，除非共別人的。就互避嫌疑。

毛娘應道：「噯。共產也共妻噯！」

大家都笑了。方才鬆弛下來。

「有土狗子，」何乾指著陰溝邊。我忙跑去看。

淡土黃色光亮亮的三寸長小動物，介於小肥狗與青蛙之間，依稀有四隻，頭上一邊一個小黑點是眼睛，肉唧唧的非常恐怖。伏在那裡不動，不細看還當是塊泥土。

門房對過的一個小屋是男傭合住的一間房，沒點燈。門口紅紅的香菸頭明滅，有人穿著汗衫坐在長板凳上，也有人穿著白布對襟唐衫的。

毛娘悄悄笑道：「史爺多規矩，看我們來了就進去加件小褂子出來。」

　　史祥從前因為我祖母忌諱他姓史音近「死」，吩咐讀「史」為say，上聲。至今家裡小孩與傭僕都呼他say爺。我祖母喪夫後這樣怕死，想也是為了擔憂子女太小，她死不得。結果還是只活到四十幾歲，彷彿也是一種預感。

　　地藏王生日，女傭們出得起錢的都出錢買了香插在院子裡，前面花園，後天並深溝邊，一枝枝都插遍了，黑暗中一點點紅色星火。似乎沒人知道地藏王是管什麼的。史爺乾瘦精壯，剃光頭暴露出頭角崢嶸，青頭皮，微方，沉默寡言，偶而有時候帶我出去玩，也從來不說話。我坐在他肩頭上街，他自掏腰包買冰糖葫蘆給我吃，串在竹籤上的鮮紅山楂果，亮晶晶的像塗上一層冰衣。有一次走遠了，到大羅天遊藝場。一進門就走上簡陋的寬闊樓梯，青灰色水泥牆壁與樓梯四面封牢了，監獄似地陰森可怕，沒人也沒人聲，大概因為時間還早。但是一上樓便也聽見鑼鼓聲，一個黑洞洞的窄門望進去，黑洞洞的劇場最遠的一端有明亮的戲臺在唱戲，一小長方塊的五彩畫面，太小又太遠，看不出什麼來。門口三三兩兩站著些人。史爺只在門口站了一會就又上樓去。同樣的淒寂的樓梯。樓上又演滑稽相聲，再上去又有各路大鼓，××××，我們都只在門口站著，遠遠看一會就走了。進去要再買票。

　　女傭們對史爺像修女敬重神甫一樣。「史爺娶過老婆，死了，」何乾有一次低聲告訴其他的幾位，幾乎是談論主人的私事似的。又有一回我聽見席乾竊笑著告訴何乾，我們楊黃來了。那是大奶奶家的男僕。「史爺到堂子裡去。」他說。

　　「堂子是什麼？」我問。

　　「唉噯×！」何乾斥黃，然後她們都笑了。但是我總覺得史

爺去的不會是什麼壞地方。

當然老八搬進來以後，我聽見說她是「堂子裡人」，也漸漸明白了。僕人背後都叫她老八，她做生意的時候是那家豔幟下的八小姐。我知道我去過小公館，見到的女人就是我父親的姨太太，但是不知道怎麼從來沒想到她跟我母親離去有關。也許因為我從來不把我父母聯想到一起。我不記得同時看見過他們倆。

我父親省錢，回掉了小公館的房子，搬到家裡來。進宅那天大請客，請姨太太的小姊妹們，不像平時陪酒不上桌吃飯。女傭們都避到樓上去，只有席乾在樓下幫忙，沒見過這等場面，很緊張。我乘亂躲在客廳與飯廳之間的穿門簾下，鑽在絲絨簾幕中偷看。我見過那苗條的女人招呼著一群女客進餐廳，一個個都打扮得很喜氣，深淺灰色褐色裙襖，比她矮些，面貌也都極平常，跟我們那些親戚女眷沒什麼分別，還是她梳著髻，兩根稀疏的前劉海拂額，薄施脂粉，鶴立雞群。隨後我父親也帶了兩三個男賓進去，拉門橫上了。我這才注意到客廳裡還有兩個十五六歲的女孩偎倚著坐在同一張沙發椅上，粉裝玉琢，像雙生子一樣穿著同樣的淡湖色襖袴，襟袖上亮閃閃一排鑲著一圈水鑽的小鏡子。映著××××的××地毯，我覺得她們像雕刻在一起的一對玉人，太可愛了。我漸漸露出半邊臉，邊上綴著小絨毯的墨綠絲絨門簾，又逐漸褪到肩頭，希望她們看見我，逗著我說話。

席乾在穿堂裡遇見何乾下樓來，低聲說客廳裡的兩個，有點恐懼地：

「說是不給她們吃飯。」

隔著拉門可以聽見我父親的語聲，照常是急促的，像是衝口而出的一個短句，斷句，放鎗似的一響，兩響，今天也許特別帶

點生氣的口吻。壁燈與正中一簇掛燈都開得雪亮。客廳裡靜悄悄空落落，她們倆只偶然輕聲對彼此說句話。我實在等得不耐煩，終於　一寸半時　門簾　漸漸現身　柔軟　只裹住下半身

　　我站在那裡太矮墩墩的，她們看不見？當然我不會也沒想到她們已經得罪了主人，不見得再去得個帶壞人家小女孩的罪名。僵持了許久，席乾上了菜，過來看見了我，著惱地說聲「唉噯×！」忙牽著我的手送上樓去。

　　「說是不要他們叫她，」次日席乾低聲告訴何乾張乾，罕皇地，彷彿聞所未聞。不要我們叫她姨娘或是有任何稱呼，我父親吩咐。

　　我們終於沒引見過，但是她常叫人帶我下樓來玩。她有時帶我出去吃西點宵夜，她自己只啜著檸檬紅茶，在豪華的起士林展示她自己，遊目四顧看有沒有熟人，也沒人上前招呼。

　　她從來不找我弟弟，免得說勾引男孩，無論多麼小。也許也是出於妒忌，她自己生不出一個繼承人。

　　我到門房去畫小人總經過樓下穿堂，常看見她父親站在她房門外一隻櫥櫃前挖鴉片菸斗裡的菸灰，去拿來過癮。一個高大的老人穿著淡灰洋布大褂，方肩膀扛得高，灰白色的大獅子臉，我也看見她一個人斜簽著身子坐在大理石心的紅木雕花獨腳桌前吃飯。我父親大概躺在菸榻上已要吃過了。

　　「就吃點鹹菜下飯，」席乾告訴同事們。

　　「她們堂子裡都是這樣，要等席散了才吃，也就吃點醃菜焙菜，」毛娘說。顯然中國傳統的妖姬的第一戒就是不給男人看見她們也有食慾。

　　除了席乾有時候替他們打掃房間，樓下並不要女傭伺候。她

們樂得清閒，等於放長假。

「下雨嘍，何奶奶！」席乾帶笑高叫，往樓頂上跑，何乾張乾跟笑著跟上天臺去搶收衣服竹竿。

刮起風來天變成黃色。關著窗，桌上還是厚厚一層黃沙，她們一面擦一面笑。

下雨雷聲隆隆，她們說：「雷神拖牌桌子了。」

男傭房間裡常常有牌局。何乾帶著我站在房門口，史爺一面打麻將一面問：「大姐，今天誰贏啊？」他們合肥人還是金瓶梅時代的稱呼，主人的女兒闔家上下都稱大姐。

一般都相信小孩說的話往往應驗。

何乾教我說「都贏。」

「都贏，那誰輸啊？」

「說『桌子板凳輸』。」

「桌子板凳輸。」

牌桌上的人都笑了。內中有燒菸的胡宏，一個橘皮臉的矮子。

「胡爺戒賭，斬掉一截手指，」廚子取笑他。

胡宏訕訕地笑著不作聲。我扳著他的手指看過。用刀斬斷了第四隻手指，剩下的一截尖端平滑，青白色。

史爺下鄉收租去了，好久才回來。何乾帶著我站在男傭住的小屋門口，打聽家鄉近況。

「鄉下就是亂，」史爺坐在方桌旁說。「現在就是亂。鬧土匪。」

他語焉不詳，慢吞吞半天說一句話，她迫切地等著，一字不漏地聽著，不時應著「哦，哦。」

　　我覺得他們都是正直的人，好心沒好報。一席話終，史爺沉默了下來，絕對再等也沒下文了之後，我突然說：「等我大了給史爺買皮袍子。」

　　他十分意外，顯然認真地高興起來。何乾便笑道：「我呢？我沒有啊？」

　　「給何乾買皮襖，」我說。

　　她向史爺半眨了眨眼，輕聲笑道：「大姐好」，彷彿告訴他一件秘密似的。他們合肥人還是金瓶梅時代的稱呼，闔家上下都稱西門慶的女兒為「大姐」。

　　老八又通知何乾帶我下去玩。照例總是我父親不在家的時候。裁縫來了，她叫他替我度身，買了一大捲絲絨衣料，夠她和我各做一套一式一樣的裙襖。

　　站在紅木雕花大穿衣鏡前，我胖，裁縫摸來摸去找不到腰身。老八不耐煩地走上來用力一把捏住我腋下的衣服，說「咳！」裁縫也只得把這地方算腰。

　　他走了。老八抱著我坐在膝上笑道：「你嬤嬤給你做衣裳總是零頭料子，我給你買整疋的新料子。喜歡我還是喜歡你嬤嬤？」

　　其實我一直佩服我母親用零頭碎腦的綢布拼湊成童裝，像給洋娃娃做衣服一樣；俄延片刻方〔答〕：「喜歡你。」似乎任何別的回答都沒禮貌。但是一句話才出口，彷彿就有根細長的葉莖管子往上長，扶搖直上，上造天聽。又像是破曉時分一聲微弱的雞啼，在遙遠的地平線上，裊裊上升。後來我在教會學校裡讀到耶穌在最後的晚餐桌上告訴門徒猶大曰：「在雞鳴前你會背叛我三次」，總是想到我那句答話。

老八也只笑了笑，便放我下地。衣服做了來，是新興的齊腰短襖，腰闊不開衩。窄袖及肘，長裙拖地，較近意大利仿製的西部片中的簡化世紀末女裝。老八生活時裝模特兒的身材，細腰沒肋骨，穿著道一色冷灰的雪青絲絨衣裙，越顯娉婷。那天我父親又不在家，她帶我出去，沒叫何乾跟去。何乾識趣，寒冬皓月，也並沒說給我夾襖上加件棉袍，免得破壞了老八苦心經營的形象。

老八抱著我坐在人力車上，笑道：「冷吧？」用她的黑絲絨斗篷包著我。我可以覺到她的嬌弱，也聞得見她的香水味中攙雜的一絲陳舊的鴉片菸味與不大洗澡的氣味。

人力車拉近一條長巷，停在一個雙扇朱紅門前，門頭上一丸白色圓燈上一個紅字是主人的姓。她撳了鈴半天沒人去開門，便從銀絲手提袋中取出一大疊鈔票來點數，也許是覺得被怠慢了，存心擺闊。強烈的門燈當頭照射下，兩旁都是一色灰白水泥長牆一直伸展到黑暗中，空蕩蕩的人踪全無。人力車已經走了。她手裡那捆鈔票有一塊磚頭大小。史爺收租帶回來的原捆未動。

〔內容有缺〕

她們走的那天是怎樣出門上車上船的，我根本不知道，大概是被女傭們圈在樓上起坐間裡玩，免得萬一哭鬧滋事。其實根本不覺得有什麼分別───一直不大在跟前。

女傭們絕口不提，除了毛娘，我外婆家從前的總管的媳婦。總管的兒子柏崇文自幼在書房伴讀。我母親出嫁，外婆就派他跟著陪嫁過來，好有個廉價的記室。娶了親便也寄住在我們家，幫忙做點雜事。雖然過了門好幾年了，在女傭們口中依舊是「崇文新娘子」。太累贅，我小時候說不上來，她稱我們「毛哥」「毛

姐」，我就叫她「毛娘」，就叫開了。她生過傷寒症，頭髮掉了再長出來，有點鬈曲，梳了頭也還不低伏點。雲髮蓬鬆，紅撲撲的小鵝黃臉，身材適中，不慣北方寒冷，總把兩隻手抄在鼠灰線呢棉襖襟下。

「嬸嬸姑姑到外國去嘍！」她常常走來走去都唱唸著。……

多年後我有一次跟我姑姑提起她來，我姑姑笑道：「那毛娘——嘰哩喳啦的！」

我母親嫁妝裡借下的男童女童衣服從嬰兒到十歲，但是我穿到五六歲早就成了老古董，穿不出去了，只能家常穿。大紅大綠的背心與短褲，深紫薄綢夾襖，我每天配搭著穿。毛娘便唱誦：「紅配綠，看不足。紅配紫，一泡屎。」

我偏喜歡紫襖上加大紅背心，顏色濃得化不開。讓她唱去。

她略識些字。一肚子的孟麗君女扮男裝中狀元，所以總是念叨著「嬸嬸姑姑到外國去嘍！」她也會講許多故事與朱洪武馬娘娘的軼事。她是南京人，就是她告訴我二大爺張人駿坐籠筐縋下城牆，逃出南京圍城的事。提起紫金山秦淮河與下關都是美麗親切的，雖然我後來有點疑心下關是個貧民窟。她還講南京附近沿海的巖洞有時候「出蛟」，非常恐怖。

「蛟是什麼樣的？」我問。

「好大。……」似是瀕於絕種的遠古的生物，挾著風雨巨浪一齊來的，難怪古文裡蛟龍兼稱。在我印象中是一種兩棲動物，介於大墨魚與放大的蝸牛之間，沒有頭與觸鬚，僅只有一大捲肌肉中嵌一隻獨眼。我後來有一次看到報刊上說「蛟」就是鯊魚，怎麼也不能相信。中國人會把鯊魚神化到這種變成後山洞裡出海的怪物？

南京有時候有人帶鹹板鴨來，也不知是我們的親戚還是崇文的。家裡就兩個小孩，我父親住在小公館裡。我們吃飯仍舊按照我母親規定的菜單，南京板鴨太鹹，至多嘗一口，都是給女傭吃。她們在下房裡擺張飯桌，互相讓著吃板鴨，都笑翠鈴喜歡吃鴨屁股。翠鈴微笑著不作聲，我在旁邊看見她面色凝重，知道她是因為沒人要吃鴨屁股，她年紀最小，地位最低。她是丫頭，只有她是女奴不是僱傭。而且黑屁股肥嫩，也很好吃。

三層樓上沒人住，堆箱子。樓梯口有一隻裝書的大籐籃攔腰綁著一根皮帶，書太多了蓋不嚴，我可以伸進手去，一次抽出一本《紅玫瑰》或《半月》，「鴛蝴派」流行小說雜誌。封底永遠是一張唐繼堯的照片，不知是軍閥還是已經是黨國元老。封底背面永遠是治白帶唐拾義烏雞白鳳丸廣告，唐拾義唐紹儀是否一家人，我久久感到困惑。籐籃上面牆上掛著我母親拍的照片，她自己著色的，穿著簡單的淡綠衣裙，低著頭站在荒草斜陽中若有所思。配了鏡框，玻璃上的反光淡化一切。

「那是誰呀？」翠鈴問我。

「是嬸嬸，」我不經意地拋出一句答案。她那口吻有點可憎，就彷彿我倒已經忘了，不認識了。

「噯。嬸嬸姑姑到外國去嘍！」翠鈴說。只有她和毛娘這兩個年青的女子相信我母親去得成，感到快心。照片改掛到三樓，人跡不到的地方，大概是怕姨奶奶搬進來之後，看見了會糟踐毀壞。也許沒等姨奶奶進宅，怕我父親回來看見了生氣。

男傭對小公館比較熟悉，背後都叫姨奶奶「老八」，她在堂子裡排行第八。

女傭們便也跟著叫老八。她還有個父親跟她住。

「也不知是不是真是她父親，」毛娘說。便都叫他老烏龜。

我父親為了節省開銷，回掉了小公館的房子。搬回來住樓下兩間相連的房間，自成一家。進宅那天賀新居請客，都是她的小姊妹們，破例上桌吃飯，不像吃花酒只坐在客人身後。那天只有粗做女傭席乾在樓下幫忙，很緊張，沒見過這等場面。我乘亂裡躲在客廳飯廳之間的穿門邊簾幕下，略帶灰塵味，她們終於從穿堂對過的房間裡過來了。一行人都梳著橫S髻，額前稀稀飄著幾根劉海，薄施脂粉，大都是密合色短襖，不長不短的鐵灰軟緞裙下緣鑲兩道同色闊花邊，花邊遍灑黑圓筒珠。面貌也都極平常，跟我們親戚女眷沒什麼分別。老八一路招呼著她們，還是她鶴立雞群，原比她們高。就連她繫上裙子也沒那次我在小公館看見她那麼妖冶。她先招待著她們從客廳走進飯廳。隔了一會，男賓也跟了進去。兩扇沉重的烏木拉門拉上了，只隱隱聽見我父親笑語聲。我這才注意到客廳裡還有兩個十五六歲的女孩子相偎相依坐在同一張沙發椅上……牽上樓去。

樓下除了一個燒菸的男傭胡宏，只席乾進去打掃。

「說是不要他們叫她，」席乾……罪惡感。

我們反正還是整天在樓上那間房裡玩。兩個窗戶之間……（冬火罐）

「嬸嬸姑姑寄來給你們玩的，」……　（鼻血）

按：以上部分內容已見第三部分之前，無題橙色紙疑是初稿，白紙較後。

〔信封草稿節錄〕

1. 自從姨奶奶搬了進來，我們家成了淫窟。不但妞大姐姐從此絕跡，連她兄弟們二十歲以上的都不便來了。只有最小的一個游大姪姪有時候還來。××上午，×他們樓下還沒起床。

除了妞大姐姐兩個有特徵的，胖大姪姪與游大姪姪。後者還像他祖父張人駿一樣留著髮辮沒剪，不知是忠於清室，還是僅只是向他祖父示愛，也許是混合著同情憐憫的憐愛。

他大概有十七八歲，個子相當高，長長的一張小白臉，比兄姊都漂亮，卻拖著一條油鬆大辮，到處被目為怪人，確實需要勇氣，尤其在他這年齡。我母親與姑姑在家的時候提起來都帶著輕微的笑聲，但是也不當作笑話講。她們走了他盡職地來看我弟弟和我，一會就走了，根本沒坐下，在我們那間充滿了陽光的起坐間裡站著翻閱一本紅線條格的藍布面帳簿，我從門房裡拿上來寫小說的。第一句「話說隋末唐初時候，」寫到半頁就寫不下去了。

「喝！寫起隋唐演義來了！」游大姪姪說。

我留神不看他背後。

2. 自從姨奶奶搬了進來，我們家成了淫窟。不但妞大姐姐從此絕跡，連她弟兄們過了二十歲以上的都不便來了。只有一個最小的游大姪姪有時候來。總是揀上午，乘樓下他們還沒起床。除了妞大姐姐還有個和大姐姐是稱名字的，此外還有兩個有特徵的胖大姪姪與游大姪姪。後者還像他祖父張人駿留著髮辮沒剪，也不知是忠於清室，還是僅只是向他祖父示愛，也許是敬仰中混合著憐

憫同情的憐愛。他大概有十七八歲，個子相當高，長長的一張小白臉，比兄姊都漂亮，長袍背後卻拖著一條大辮子，還不像遺老們盤在頭頂上，再戴著瓜皮帽，看不出來。這樣招搖過市，到處被目為怪人，確實需要勇氣，尤其在他這年齡。我母親姑姑在家的時候提起他總帶著輕微的笑聲，但是也不當作笑話講。她們走了他盡職地來看我弟弟和我，沒多逗留，根本沒坐下，在我們那充滿了陽光的起坐間裡站著翻閱厚厚一本紅線行格藍布面的空白帳簿，我拿上樓來寫小說的。第一句「話說隋末唐初時候，」以下不到小半頁就寫不下去了。

「喝！寫起隋唐演義了！」

我微笑，留神不看他的辮子。

3. 我不肯吃蔬菜，勸我吃的何乾××哄道：「鄉下霞子可憐…沒的吃！」「霞子」不知是「孩子」還是「芽子」。

又道：「有時候我打個雞蛋，多加水，蒸碗雞蛋騙騙霞子們。」

「鄉下苦！真是沒得吃，實在沒辦法了，去跟我大伯借升豆子××××說了半天，一面聽眼淚直往下掉。

××××我父親我姑姑都笑她是「養媳婦，膽子小。」她自己從來不提做童養媳的事，只說她守了寡撫養兩個孩子的事，顯然覺得寡母的尊嚴洗掉了家裡窮得不得不送她去做童養媳的羞恥。

我要她講故事，她肚子裡有限的幾個故事已經聽過無數次了，就要她講鄉下。

附：

1.第三部分大綱

Toys, game。畫小人。棉袍。麥芽糖。爐，火罐。赤兔馬下火，
門扇。

籐籃書，二唐。西山。「這是誰？」翠，毛，fexxxxxx。孟麗
君，下關，蛟。全Nanking，「張・・・」小腳追。Proud of腳。
Lunch張。

Lunch何乾。養媳，但……bxxxx,「大姐。」遊XX。「霞子。」
大姐。羨遊。席老鬼。浴・Wondering苦命。

「何奶奶，下雨……」雷。瓦上霜。風。長假。夏夜。火。大羅
天。何。不省衣料。

妾入。Housewarming，獨食。

門房麻將。

史下鄉回。「皮袍」。

妾賭。衣—this demand紅、學。

賜符。辯。（淫窟）妾上樓，弟病。

何還鄉。蕨餅。

天哥。師來。紫綠光，首陽山。亭，蛋。No peeping tom。

板鴨。花紅。新房子。拜年。

（X俱樂部。）左字，郎中。課子。高發——怪胎。胡宏。

師去。Back to天並，換季。父bandaged。八爺。姑姑老怨，
Never thought why junk皆帶去。崇文信。回×，危。

張先生。End of era。

漚，父溫馴。針藥瓶。舅字，妾。伯壽，鄉氣衣。「舅妾蝦。」
兜風——閻瑞生。

母歸夜。

新屋，牆。狂喜。（Even 父壽）芹，便宜貨。Vacation.「My
XXX」「I only have…」

布置，紅藍。「喜大姐二姐？」

Xmas（dumb waiter）崇買書。小說日報。Greek Myth. Cinderella
shoes.「喜姑姑嬸嬸？」——「一人不喜即……」only criticism,
&「告 film plot，」X

父，七，傘。Love sc.。Metier ——晚年喜英 stage, never would
consider anyway.

暑假二月 hosp.，then 照光。黃氏。父去。母姑 visit××。

父戒癮。返，hosp. bill。吵。New apt. opp. 逸園。警戒 divorce。
父匿舅術——奇。

校 last visit。「心狠，」ship 送行，舅家掩護。新年買梅。抽換書。
仿疑淚。

父婚，姑×情死。站椅上看。「老氣，」loyal。入車俐落。「燙
死你。」姑賣力，謊。母歸妒。

翠訴，我訴。髮橫雲。

孫小姐。父 "Gold-digger." ∴填 Ed VIII。

2. 第三、四部分內容概覽

愛憎表

一貫「語不驚人死人休」，Edward VIII亦太……in XXXX。但卻清晰如昨。母re王子。（& Gary）。

喜旅行，傾囊遠遊，形貌近似。〔瘦削，×而有風韻。〕離婚被歧視。歐less than Chinese（活人妻），但英王室仍……宮庭震動。時尚未退位，但僵持中。母顯然quite滿足，avenged。我亦痛快。

半世紀後，great romance tarnished。當時已顯「承恩不在貌」。英政界loyal自律，悉suppressed。爭待遇。對她尊稱，不漂亮。親Hitler。幾被擄作傀儡。Bahamas冤獄。懼內——她挑眼擒微。Expl…her hold over him，愛特權。他風流，但皆有夫之婦（avoid marriage rich）；美社交界名美人，美國女less obsequious more experienced.

但當時不知。純快心，崇敬。填此項時，躊躇，終悍然。

喜吃炒飯卻完全inexplicable。

張人駿。「新房子。」（自豪tho'主皆scandalized）尚小雲，∴四大。烟臺出美人與果。大姨太。（愕叱——趙姨，環）老太「坐帳」，問。內線，知……逐，迫打。遣妾。∴母stipulated返滬。否則離不成。

返滬船上，紅燒肉。（∴阿英）解禁，但炒飯junk food快餐。Only火車上。Then back for HK：「地氣。」炒飯。逍遙法外for母rule。草爐。鴿——不是味。'37省未吃苦。二，填——bravado？×。

感謝宋以朗先生及皇冠文化集團授權轉載本文

卷 1

〈愛憎表〉的寫作、重構與意義

馮晞乾

〈愛憎表〉是張愛玲在上世紀90年代寫的未刊稿，體裁是散文，完整部分有大約一萬四千字。本文將從以下四方面簡介〈愛憎表〉：一，手稿來歷及相關文獻回顧；二，寫作過程；三，重構〈愛憎表〉方法；四，整理〈愛憎表〉的意義。

一、手稿來歷及相關文獻回顧

張愛玲的遺稿，可出版的，近年已悉數付梓[1]，僅餘小部分為未刊稿。2015年夏，宋以朗給我看一疊張愛玲的草稿，讓我幫忙整理。當時草稿尚未詮次，僅按紙張大小、顏色和類型（如信封或信紙）稍作分類，內容以作者往事為主，但很零碎。由於每頁均字跡潦草，東塗西抹，宋以朗只能初步確定，手稿中包括一篇〈愛憎表〉散文，但原稿次序未明，也不知道頁數。他大膽猜

---

[1] 包括《重訪邊城》（臺北：皇冠文化，2008）、《小團圓》（臺北：皇冠文化，2009）、《雷峯塔》（臺北：皇冠文化，2010）、《易經》（臺北：皇冠文化，2010）、《少帥》（臺北：皇冠文化，2014）。另外還有〈異鄉記〉，收入張愛玲，《對照記》（臺北：皇冠文化，2010）。

測，其中可能還有張愛玲晚年未寫完的〈小團圓〉散文。我根據草稿內容及其他線索，從中區分出二十三頁紙，再排列次序，成功重構出部分的〈愛憎表〉。

談〈愛憎表〉前，首先要回答一個基本問題：什麼是「愛憎表」？張愛玲初次向人提起這篇文，是在1990年寫給宋淇和鄺文美的信。1990年，陳子善發掘出張愛玲中學時期一些舊作，並發表〈雛鳳新聲──新發現的張愛玲「少作」〉一文[2]，提及她高中畢業時在校刊填過一個調查欄。張愛玲就是為了解釋那個調查欄，才跟宋淇夫婦提及自己在寫〈愛憎表〉，而「愛憎表」就是張愛玲本人對那調查欄的稱呼。

在1937年的聖瑪利亞女校校刊《鳳藻》，有個名為「學生活動記錄，關於高三」的專欄，當中刊出「一碗什錦豆瓣湯」的專題調查結果──「豆瓣」是對三十五位畢業生的暱稱──調查分為六項，每位「豆瓣」用一句話作答。張愛玲的答案如下[3]：

一，最喜歡吃：叉燒炒飯；

二，最喜歡：Edward VIII；

三，最怕：死；

四，最恨：一個有天才的女人忽然結婚；

五，常常掛在嘴上：「我又忘啦！」

六，拿手好戲：繪畫。

調查答案只是孤零零一句話，沒附帶任何解釋，陳子善只能

2　〈雛鳳新聲──新發現的張愛玲「少作」〉一文，已收入陳子善，《張愛玲叢考》（北京：海豚出版社，2015）。

3　陳子善，〈雛鳳新聲──新發現的張愛玲「少作」〉，《張愛玲叢考》（北京：海豚出版社，2015），上卷，頁22。

這樣評[4]：

> 張愛玲當時才十七歲，怕死是很自然的事。她最恨一個有天才的女人忽然結婚，最喜歡英王愛德華八世，兩個答案都表現出強烈的個性。

值得留意的是，陳子善的文章並沒有稱呼那調查為「愛憎表」。

張愛玲中學時期的國文科老師汪宏聲，在1944年《語林》發表〈記張愛玲〉一文，末段提及張愛玲的同學張如瑾和校刊那個調查[5]：

> 我今天記張愛玲，同時我懷念著她的同班同學張如瑾君。如瑾是較愛玲更為努力的學生。我在聖校造成了極濃厚的文藝空氣之後，如瑾寫了一篇長篇《若馨》，我代她交給良友趙家璧兄，只因戰事沒有出版。後來她自己印了數百本。可是一直到現在她不再寫，聽說她結婚了，我對她已經不再希望。愛玲在畢業年刊上的調查欄裡，關於「最恨」一項，她寫：「一個有天才的女子忽然結了婚。」愛玲是有天才的，我希望她暫時──我只好希望暫時──不結婚！

4　同上，頁22-23。

5　汪宏聲，〈記張愛玲〉，《語林》第1卷，第1期，1944年12月，參見王一心編，《你若盛開，清風自來：民國人眼中的張愛玲》（西安：陝西人民出版社），頁42。

　　這裡有兩點須注意。其一，同陳子善一樣，汪宏聲並沒稱呼那調查欄為「愛憎表」，可見「愛憎表」只是張愛玲自己想出來的叫法，其後拿來用作〈愛憎表〉一文的題目。其二，儘管汪宏聲在同一段提及張如瑾結婚和張愛玲的「最恨」，但不表示他認為張愛玲寫的「有天才的女子」就是張如瑾。按照上文所述，汪宏聲也不可能如此理解，因為文章寫於一九四四年，汪宏聲說張如瑾畢業後一直不寫作，即接以「聽說她（張如瑾）結婚了」一句，即表示1937年畢業那年，張如瑾根本尚未結婚，那麼張愛玲「最恨」的那件事自然不可能跟張如瑾有關，這是憑常理已可推斷的事。

　　張子靜後來在《我的姊姊張愛玲》引述汪宏聲的話，同樣沒有明言「有天才的女子」是張如瑾[6]。但後來陸續有張愛玲研究者誤解了汪宏聲或張子靜的話，例如張惠苑編的《張愛玲年譜》提及畢業年刊的調查表時，引用徐新華1998年刊於《上海檔案》的〈張愛玲早期習作一瞥〉，直指「一個天才的女子」就是「張愛玲在聖瑪利亞女校的同學張如瑾」[7]。這顯然是不幸的誤會。那麼「有天才的女人」是否真有其人呢？若然，指的又是誰呢？這問題要在我重組張愛玲〈愛憎表〉後才有圓滿答案。

6　張子靜說：「她（張如瑾）是聖瑪利亞校刊《鳳藻》的編輯，高中的時候就寫過一部長篇小說《若馨》，姊姊還在校刊上寫過一篇《若馨評》。根據汪宏聲的說法，張如瑾後來結婚了，不再寫作；而我姊姊在畢業年刊上的調查欄裡，關於『最恨』一項，她寫：『一個天才的女子忽然結了婚。……』」參見張子靜，《我的姊姊張愛玲》（臺北：時報文化，1996），頁85。

7　張惠苑編，《張愛玲年譜》（天津：天津人民出版社，2014），頁27。

二、寫作過程

〈愛憎表〉的寫作過程，只能在張愛玲與宋淇、鄺文美的通信中找到線索。提及〈愛憎表〉的信只有五封，皆寫於1990年至1991年。現摘錄相關內容如下，並按需要附加按語。

第一封信是1990年8月16日張愛玲致鄺文美及宋淇：

> 書名我想改為《張愛玲面面觀》。中國時報轉載校刊上我最討厭的一篇英文作文，一看都沒看就扔了，但是「愛憎表」上填的最喜歡愛德華八世，需要解釋是因為辛潑森夫人與我母親同是離婚婦。預備再寫段後記加在書末，過天寄來。

按：「書名」是指後來出版的《對照記》，張愛玲當初本打算稱為《張愛玲面面觀》，並計畫以散文〈愛憎表〉為「後記」。

第二封信是1990年10月21日張愛玲致鄺文美及宋淇：

> 現在先寫一篇〈填過一張愛憎表〉，很長，附錄在《面面觀》末。

第三封信是1990年11月15日宋淇致張愛玲：

> 真給你弄得糊塗。
> （一）原稿寄來時，書名為《對照記》——看老照相簿。
> （二）八月二日信中仍稱《對照記》。

（三）八月十六日來信，有云：我想改名為《張愛玲面面觀》。

（四）九月廿四日信說我偶然提及的「有相為證」不妥，信中仍用《對照記》。

（五）十月廿一日信，卻又說：「先寫一篇〈填過一張愛憎表〉很長，附錄在《面面觀》末。」

　　按：宋淇提及〈愛憎表〉，只此一處，此後也不見追問那篇文的進度。

　　第四封信是1990年12月23日張愛玲致鄺文美及宋淇：

　　擱了些時沒寫的長文（暫名〈愛憎表〉）把《小團圓》內有些早年材料用進去，與照片無關。作為附錄有點尾大不掉，我想書名還是用《張愛玲面面觀》，較能涵蓋一切。

　　第五封信是1991年8月13日張愛玲致鄺文美及宋淇：

　　我每次搬家都要丟掉點要緊東西，因為太累了沒腦子。這次是寫了一半的長文，怕壓皺了包在原封未啟的一條新被單一起，被小搬場公司的人偷新貨品一併拿走了，連同住址簿。只好憑記憶再寫出來，反正本來要改。《對照記》一文作為自傳性文字太浮淺。我是竹節運，幼年四年一期，全憑我母親的去來分界。四期後又有五年的一期，期末港戰歸來與我姑姑團聚作結。幾度小團圓，我想正在寫的這篇長文與書名就都叫《小團圓》。全書原名《對照記》我一直覺得

uneasy，彷彿不夠生意眼。這裡寫我母親比較soft-focus。我想她rather this than be forgotten。她自己也一直想寫她的生平。這篇東西仍舊用〈愛憎表〉的格局，輕鬆的散文體裁，剪裁較易。

按：張愛玲在1970年代寫的《小團圓》小說，由於宋淇勸阻而沒有出版[8]；但張愛玲一直念念不忘想寫自己的過去[9]，故此90年代初她又改寫《小團圓》為長文[10]，到1994年仍未完成[11]。

綜合這五封信，我們知道的主要事實有如下四點。其一，寫作〈愛憎表〉的動機，是解釋新出土的校刊調查表答案。其二，文章最初叫〈填過一張愛憎表〉，後來改題作〈愛憎表〉。其

8　參見宋以朗，〈《小團圓》前言〉，《小團圓》（臺北：皇冠文化，2009）。

9　1982年2月1日張愛玲致鄺文美及宋淇信：「《三字經》是Stephen記錯了，現在『三字經』指『丟那媽』等罵人的話，我不會用作題目。這故事雖好，在我不過是找個acceptable framework寫《小團圓》，能用得上的也不多。」這裡的「三字經」指《少帥》。張愛玲一直想把《小團圓》內容（即自己的過去）寫進小說，《少帥》就是其中一個框架。

10　1990年1月9日張愛玲致鄺文美及宋淇信：「想寫的兩三篇小說都還缺一點什麼。等到寫出來也與出全集無關了。就連正在改寫的《小團圓》也相當費事，改了又改，奇慢。『才盡』也就隨他們去說了，先要過了自己這一關。」另外，從1991年8月13日張愛玲致鄺文美及宋淇的信，可知90年代寫的《小團圓》不是小說，是長文。

11　1994年12月8日張愛玲致鄺文美及宋淇信：「《對照記》出版前寄了個合同來，等於賣斷，沒港版，連電影版權都歸皇冠。想必他們看這本書可能銷路好，想撈一票補償以前《赤地之戀》與這次接辦大陸版諸書的虧損。我雖然躊躇，覺得也還公平。這本書沒什麼情節可改編影視，除了引《孽海花》部分。作為我的傳記，一看《小團圓》也頓然改觀。等寫完了《小》要聲明不另簽合同，還照以前的合約。」

三，〈愛憎表〉是輕鬆的散文，用上《小團圓》小說內一些早年材料。其四，張愛玲曾花了約兩個月寫〈愛憎表〉，已寫得很長，但未寫完。關於第四點，怎麼知道她寫了約兩個月呢？張愛玲在1990年8月16日說「預備再寫段後記」，即表示未開始寫；同年10月21日說「現在先寫一篇〈填過一張愛憎表〉，很長」，似乎表示已寫了很長，或至少已有初稿，知道篇幅將會很長，而由「預備」到「很長」，兩句話相隔大約兩個月，可知〈愛憎表〉在兩個月內已有雛形。怎知道未寫完？第四封信形容〈愛憎表〉為「擱了些時沒寫的長文」，用「擱」字，即意味著未寫完。張愛玲本打算將〈愛憎表〉當作附錄收入《對照記》，但嫌「有點尾大不掉」，終於沒有採用；也許在《對照記》出版後，她就沒有衝勁再續寫了。

三、手稿狀況與重構方法

我整理的〈愛憎表〉手稿共二十三頁，包括：十六張稍大於A4的長方形白紙、三張A4大小的橙紙和四張A4大小的白紙。文章首段是引言，點出寫作動機，接著分兩部分解釋「最怕死」和「最恨有天才的女孩太早結婚」，這兩部分尚算完整，也可確定為〈愛憎表〉的內容，全數寫在那十六張稍大於A4的長方形白紙上。但校刊的「愛憎表」共有六項，我找不到關於其餘四項的完整部分，極其量只有些懷疑屬於〈愛憎表〉的零碎段落，以及草草寫在信封背面的文章重點，字跡模糊，難以辨認。我相信直到張愛玲逝世，〈愛憎表〉也沒有完稿，跟她在信中描述的〈愛憎表〉狀況吻合。至於全文字數，可以分兩方面講：一是可

確定為〈愛憎表〉的內容，即完整的引言和頭兩部分，約一萬四千一百字；二是包括其他零碎部分和提要，則合共二萬三千字。

重構〈愛憎表〉有四大困難。其一，一大疊草稿之中（包括普通的紙、信封、用過的信紙等），只有小部分同〈愛憎表〉有關，我要小心翼翼判斷哪頁可用，哪頁不可用。其二，草稿本來雜亂無章，即使我找出似乎跟〈愛憎表〉相關的手稿，由於次序亂了，我不知道哪張紙是下一頁，甚至不肯定是否有下一頁。其三，手稿是張愛玲寫給自己看的，為求便捷，很多字用特殊的簡筆書寫，例如「的」字寫成兩端分別向上、下微彎的「一」字；又用上自訂意義的符號，例如在句子旁畫三角形，表示要插入別處，插入處有時在同頁出現，句子開頭寫上①②作相認暗號，有時會寫在另一張紙，跟本來那段話天各一方。其四，張愛玲有時會將一段話改了又改，寫在不同地方，我重組時須要考慮哪個版本是她決定不用的，哪個又是她的「最終版本」，過程中難免有自己的臆斷，但也沒有其他辦法。

重構程序主要分三步。第一步是輸入文字，這個步驟最費時。手稿的字跡太潦草，也太多塗抹，難以直接閱讀，所以我只能愚公移山，逐字逐句地猜——不是看——然後逐字逐句地搬入電腦文字檔案。手稿每一頁紙，我都以不同檔案分開儲存，並逐一編上01、02、03等檔案稱號。第二步是排序，這個步驟比較輕鬆。輸入文字時，我盡可能遵照文章原本的次序，但有時實在找不到下頁，只好先隨便輸入一頁，直到跟〈愛憎表〉有關的手稿都全數輸入後，再按文理把不同檔案黏合起來，這樣就重組出一篇長文。第三步是校訂，這個步驟最難掌握。校訂功夫中，有些當然是很簡單的，例如張愛玲講母親期望她學好鋼琴，手稿這

樣寫：

> 她想培植我成為一個傅雷，不過她不能像傅聰一樣寸步不
> 離在旁督促，就靠反覆叮嚀。

「傅雷」和「傅聰」的位置反轉了，修訂這種錯誤當然不困
難。

比較棘手的，是我上文提及的重構過程中第四個困難：當作
者對同一件事有不同敘述時，我就要判斷該用哪一個。我需要一
個指導原則，不能胡亂猜測。按照常理，後出的版本通常比初版
含有較多信息，所以我的大原則就是「以繁代簡」。舉一個例，
在檔案「01」中，亦即〈愛憎表〉的開頭，有以下一段：

> 我跟我弟弟第一次「上桌吃飯」──以前都是坐在小矮凳
> 上，用椅子當飯桌飯後撤去碗筷，換上一杯清茶，皮面鑲銅
> 邊的方桌中央擱著她們最近遊玄武湖，在夫子廟買的一隻仿
> 宋大碗，紫紅磁上噴射出淡藍夾白的朝日光芒，裝了一碗水
> 果。我母親又翻箱子找出一套蓮子碗用作洗手碗，外面浮雕
> 彩花，裡面一色湖綠，盛了水清澈可愛。

張愛玲雖然在這段文字上打了大交叉，但同頁並無其他版本
替代，我只好照樣錄入檔案。一直到檔案「11」──重申一次，
每個檔案代表獨立一張紙──我才見到以下文字，現在把全頁原
封不動引述出來：

　　我母親回國後，我跟我弟弟也是第一次「上桌吃飯」，以前都是飯菜放在椅子上，坐在小矮凳上在自己房裡吃。她大概因為知道會少離多，總是利用午飯後這段時間跟我們談話。

　　「你將來想做什麼？」她問。

　　能畫圖，像她，還是彈鋼琴，像我姑姑。

　　「姐姐想畫畫或是彈鋼琴，你大了想做什麼？」她問我弟弟。

　　他默然半晌，方低聲道：「想開車。」

　　她笑了。「你想做汽車夫？」

　　他不作聲。當然我知道他不過是想有一部汽車，自己會開。

　　「想開汽車還是開火車？」

　　他又沉默片刻，終於答道：「火車。」

　　「好，你想做火車司機。」她換了個話題。

　　女傭撤去碗筷，泡了一杯杯清茶來，又端上一大碗水果，堆得高高的，擱在皮面鑲銅邊的方桌中央。我母親和姑姑新近遊玄武湖，在南京夫子廟買的仿宋大碗，紫紅磁上噴射著淡藍夾白的大風暴前朝日的光芒。

　　她翻箱子找出來一套六角小碗用作洗手碗，外面五彩凸花，裡面一色湖綠，裝了水

　　這一頁寫到「裝了水」就戛然而止。張愛玲沒有打上什麼記號，表明有待插入其他段落的文字，但我們可見「01」和「11」寫的是同一片段，只是詳略不同。按照「以繁代簡」原則，我用「11」版取代「01」版，然後在「11」版結尾的「裝了水」後，補上「01」的「清澈可愛」四字，這樣就拼貼成如今重組的版

本。從這例子可看到「以繁代簡」原則既合理又合用，為什麼呢？不妨從另一角度看：作者寫到「裝了水」就沒有下文，顯然心中有數，知道該怎樣接下去（答案在「01」），於是略過不提，這間接證明「11」是後來增補的文字，不是初稿。這個角度本身合情合理，而運用「以繁代簡」原則，我們也能得出相同結論，可見「以繁代簡」作為校訂原則，不單簡潔，而且有效，按照它來重構〈愛憎表〉是合理的。

　　再舉一例，因為比較複雜，更能說明重構的困難。檔案「03」的其中一段是這樣的：

　　　　或者僅只是一種預感，我畢業後兩年內連生兩場大病，差點死掉。第二次生病是副傷寒住醫院，雙人房隔壁有個女性病人呻吟不絕，聽著實在難受，睡不著。好容易這天天亮的時候安靜下來了，正覺得舒服，快要朦朧睡去，忽聞隔壁似有整理東西的窸窣響動，又聽見看護低聲說話，只聽清楚了一句：「才十七歲！」還當是說我，我震了一震。隨即明白過來，是死了人抬出去了，清理房間。是個十七歲的女孩子。在那一色灰白的小房間裡，黎明的灰色的光特別奇異昏暗。我不知道是我死了自己不知道，還是她替我死了。

　　整段文字既沒有打交叉，也沒有三角形，似乎不必修訂。但檔案「19」卻有幾段沒頭沒尾的話，以下是全頁內容：

　　　　△小時候人一見面總是問：「幾歲啦？」答「六歲」，「七歲」。歲數就是你的標誌與身分證。老了又是這樣，人見面

就問「多大年紀啦？」答「七十六了，」有點不好意思地等著聽讚嘆。沒死已經失去了當年的形貌個性，一切資以辨認的特徵，歲數成為唯一的標籤。但是這數目等於一小筆存款，穩定成長，而一到八十歲就會身價倍增。一輩子的一點可憐的功績已經在悠長的歲月中被遺忘，就只有活到這一把年紀是值得驕傲的成就。至少在人生的兩端，一個人就是他的歲數。但是從六七歲一直延伸到十七八歲大都還是這樣。那時候，「我十七歲」是我唯一沒疑問的值得自矜的一個優點。

在我心目中「十七歲」就是說我，聽了十分震動，幾乎不相信自己的耳朵。

就也安於淪為一個數字，一個號碼，像囚犯一樣。

在生命的兩端，一個人就是他的歲數。

但是我十七歲那年因為接連經過了些重大打擊，已經又退化到童年，歲數就是一切的時候。我十七歲，是我唯一沒疑問的值得自矜的一個優點。一隻反戴著的戒指，鑽石朝裡，沒人看得見，可惜鑽石是一小塊冰，在慢慢地溶化。過了十七就十八，還能年年十八歲？

所以我一聽見「才十七歲」就以為是說我。隨即明白過來，隔壁房間死了人，抬出去了，清理房間。是個十七歲的女孩子。在那一色灰白的房間裡，黎明灰色的光特別昏暗得奇怪，像深海底，另一個世界。我不知道是我死了自己不知道……

開首三角形表明這段文字該插入正文，但插入哪裡呢？我憑

內容判斷是「03」。兩頁講的分明是同一情景，但「03」較簡略，「19」較詳細，意象亦較豐富，於是我按「以繁代簡」原則，在「03」那句「才十七歲！」後插入「19」的內容，並取代了「03」部分文字，重組出現在的版本[12]。

　　以上兩例，相信已清楚解釋了我的編訂原則和具體做法，再舉例就會顯得繁瑣。現在要討論一下手稿中比較零碎的部分。〈愛憎表〉首兩部分有明顯的開頭和結尾，重構不成問題，但其餘零碎部分就沒有那麼簡單。首先，我們怎麼知道〈愛憎表〉還有其他部分，而不是只有首兩部分呢？這問題不難回答。張愛玲在1990年8月16日寫給鄺文美及宋淇的信中已明言：

---

12 以下為我的重構本：

　　……又聽見看護低聲說話，只聽清楚了一句：「才十七歲！」

　　小時候人一見面總是問：「幾歲啦？」答「六歲」，「七歲」。歲數就是你的標誌與身分證。老了又是這樣，人見面就問「多大年紀啦？」答「七十六了」，有點不好意思地等著聽讚嘆。沒死已經失去了當年的形貌個性，一切資以辨認的特徵，歲數成為唯一的標籤。但是這數目等於一小筆存款，穩定成長，而一到八十歲就會身價倍增。一輩子的一點可憐的功績已經在悠長的歲月中被遺忘，就也安於淪為一個數字，一個號碼，像囚犯一樣。在生命的兩端，一個人就是他的歲數。但是我十七歲那年因為接連經過了些重大打擊，已經又退化到童年，歲數就是一切的時候。我十七歲，是我唯一沒疑問的值得自矜的一個優點。一隻反戴著的戒指，鑽石朝裡，沒人看得見，可惜鑽石是一小塊冰，在慢慢地溶化。過了十七就十八，還能年年十八歲？

　　所以我一聽見「才十七歲」就以為是說我。隨即明白過來，隔壁房間死了人，抬出去了，清理房間。是個十七歲的女孩子。在那一色灰白的房間裡，黎明灰色的光特別昏暗得奇怪，像深海底，另一個世界。我不知道是我死了自己不知道，還是她替我死了。

但是「愛憎表」上填的最喜歡愛德華八世，需要解釋是因為辛潑森夫人與我母親同是離婚婦。

然而首兩部分並沒有解釋「最喜歡愛德華八世」的理由[13]，可知必定還有別的部分。另外，張愛玲的草稿中有她的寫作大綱，當中出現「填 Ed VIII」和「喜吃炒飯」字樣，可見她至少還打算多寫兩部分。至於「我又忘啦！」和「拿手好戲：繪畫」，即使在寫作大綱也不見提及，是作者也認為沒有什麼好講？只能存疑。根據現有資料，我估計〈愛憎表〉本來有四部分，但現在僅存頭兩部分的初稿。

另一問題是：怎麼知道其餘零碎部分都屬於〈愛憎表〉呢？我的答案是：不知道，大概也沒可能知道。但我們可以推測，假如零碎部分屬於〈愛憎表〉，它很可能寫於〈愛憎表〉首兩部分之前，理由是：零碎部分中有些材料跟首兩部分相同。例如第二部分已介紹柏崇文和毛娘，零碎部分又再講一次[14]；假如第二部

---

13 宋以朗對此作個猜測，他說：「即使知道辛普森夫人跟她（張愛玲）母親一樣是離婚婦，而愛德華八世又為了辛普森夫人而放棄皇位，我們依然不太肯定張愛玲為什麼就一定要喜歡愛德華八世，中間的邏輯有些留白了。我自己猜，她母親是離婚婦，所以她對所有離婚婦都分外同情，但一般男人卻認為離婚婦只是『二手貨』，看不起她們，偏偏愛德華八世卻為了別人看不起的貨色，而放棄大家都覺得最寶貴的江山，應該就是這種強烈的愛憎吸引了張愛玲吧。」參見宋以朗，〈張愛玲沒有寫的文章〉，《宋淇傳奇》（香港：牛津出版社，2014），頁295-297。

14 〈愛憎表〉第二部分有如下一段：

我外婆家總管的兒子柏崇文小時候在書房伴讀，跟著我母親陪嫁過來，他識字，可以做個廉價書記。她走了他本來要出去找事，她要求他再多等幾

分先於零碎部分寫成，張愛玲就不必在後者再提了，而零碎部分也不可能是第一部分，因為現存第一部分是緊接引言的，可知在現有前提下，零碎部分該先於第二部分寫成——即是說，零碎部分的寫作時間，是先於現在這個版本的〈愛憎表〉。當然，上述推測在以下兩個情況是不成立的：一，張愛玲決定重寫整篇文章，把第一、二部分一筆勾銷；二，張愛玲索性放棄〈愛憎表〉，再用相同素材寫另一篇文。

　　我儘管不知道零碎部分是否屬於〈愛憎表〉，但可以提供兩個說法。一，它屬於〈愛憎表〉，前提是我們要將至少一部分的零碎段落視為先於「重構本」寫成的〈愛憎表〉第一稿，以解釋剛才提及的內容疊床架屋問題。此假設的最大漏洞是：零碎部分並無解釋「愛憎表」的任何答案。但這個假設也不是完全沒有理據：零碎部分的某些內容的確見於〈愛憎表〉寫作大綱，所以它可能屬於〈愛憎表〉。例如懷疑是〈愛憎表〉第三部分的寫作大綱有以下一行[15]：

年，幫著照看，他也只好答應了。他娶了親，新婚妻子也就在我們家幫忙。家裡小孩稱「毛姐」「毛哥」，他的新娘子我們就叫她「毛娘」。

零碎部分寫於橙紙：

女傭們絕口不提，除了毛娘，我外婆家從前的總管的媳婦。總管的兒子柏崇文自幼在書房伴讀。我母親出嫁，外婆就派他跟著陪嫁過來，好有個廉價的記室。娶了親便也寄住在我們家，幫忙做點雜事。雖然過了門好幾年了，在女傭們口中依舊是「崇文新娘子」。太累贅，我小時候說不上來，她稱我們「毛哥」「毛姐」，我就叫她「毛娘，」就叫開了。

15　我之所以懷疑那寫作大綱屬於〈愛憎表〉第三部分，是因為它最後一行這樣寫：「父 "Gold-digger." ∴填 Ed VIII。」Ed VIII 表示那是解釋「最喜歡愛德華八世」。

<u>籐籃書，二唐</u>。西山。「這是誰？」翠，毛，fexxxxxx。<u>孟麗君，下關，蛟</u>。全Nanking，「張…」<u>小腳追。Proud of 腳</u>。Lunch張。

字下橫線是我加的，表示那重點已見於〈愛憎表〉首兩部分或零碎部分：「籐籃書，二唐」和「孟麗君，下關，蛟」均見於零碎部分[16]；「小腳追。Proud of腳」則見第二部分[17]——可見第三

16「籐籃書，二唐」指下文：

> 三層樓上沒人住，堆箱子。樓梯口有一隻裝書的大籐籃攔腰綁著一根皮帶，書太多了蓋不嚴，我可以伸進手去，一次抽出一本「紅玫瑰」或「半月」，「鴛蝴派」流行小說雜誌。封底永遠是一張唐繼堯的照片，不知是軍閥還是已經是黨國元老。封底背面永遠是治白帶唐拾義烏雞白鳳丸廣告，唐拾義唐紹儀是否一家人，我久久感到困惑。籐籃上面牆上掛著我母親拍的照片，她自己著色的，穿著簡單的淡綠衣裙，低著頭站在荒草斜陽中若有所思。配了鏡框，玻璃上的反光淡化一切。

「孟麗君，下關，蛟」指下文：

> 她略識些字。一肚子的孟麗君女扮男裝中狀元，所以總是念叨著「孀孀姑姑到外國去嘍！」她也會講許多故事與朱洪武馬娘娘的軼事。她是南京人，就是她告訴我二大爺張人駿坐籠筐縋下城牆，逃出南京圍城的事。提起紫金山秦淮河與下關都是美麗親切的，雖然我後來有點疑心下關是個貧民窟。她還講南京附近沿海的巖洞有時候「出蛟」，非常恐怖。

17「小腳追」指下文：

> 我母親臨走交代女傭每天要帶我們去公園。起初我弟弟有軟腳病，常常摔跤，帶他的女傭張乾便用一條丈尺長的大紅線呢闊帶子給他當胸兜住，兩端握在她手裡，像放狗一樣跟在他後面。她五十多歲的人，又是一雙小腳，走得慢，到了法國公園廣闊的草坪上，他全身向前傾仆，拚命往前掙，一隻鎖條上的狗，痛苦地扭曲得臉都變了形。一兩年後他好了，不跌

部分的寫作大綱也可能先於第二部分寫成，只是後來張愛玲改變主意，將部分重點移到第二部分。大綱尚有其他內容寫入零碎部分，恕不逐一列出；即使我全數列出來，也無法確鑿證明什麼，因為大綱內容見於零碎部分，不表示零碎部分就必然屬於〈愛憎表〉，它也可能屬於另一篇題材相近的自傳性文章，比如說，屬於長篇散文《小團圓》。

零碎部分是否屬於〈愛憎表〉？另一個說法：它不屬於〈愛憎表〉，而是屬於《小團圓》散文。張愛玲在1990年1月已向宋淇夫婦透露，自己在改寫《小團圓》為散文[18]，而〈愛憎表〉則在同年8月才預備寫，由於兩篇文都涉及張愛玲早年生活，而零碎部分又似乎較早寫成，那麼零碎部分也可能屬於《小團圓》。

不管哪個說法，我都無法證實，我只能將零碎部分和第三、四部分大綱附錄於首兩部分之後，供讀者參考和判斷。

四、重構〈愛憎表〉的意義

宋以朗本來沒打算出版〈愛憎表〉，主要理由有二：一，他

跤了，用不著拴帶子，我在草地上狂奔他也跟著跑，她便追著銳叫：「毛哥啊！不要跌得一塌平陽啊！」

「Proud of 腳」指下文：

毛娘跟張乾同鄉，知道底細。似乎張乾是跟兒子媳婦不對，賭氣出來的。江南魚米之鄉，婦女不必下田耕種，所以上一代都纏足。其他的女傭來自皖北苦地方，就都是大腳。

「我們那兒女人不下田的，」張乾說過不止一次，帶著三分傲氣。

18 見注10。

相信〈愛憎表〉根本未寫完，有多少內容也不清楚；二，手稿太雜亂無章，恐怕難以整理。未寫完，這是無法改變的事實；但《紅樓夢》未完，其文學價值依然甚高。手稿也的確很亂，但我勉力而為，總算令僅存的部分得見天日，即使成果不是無懈可擊，亦自有可觀。另外，外界一直猜測，宋家的遺稿中還藏著一篇《小團圓》散文，連宋以朗自己也不確定有沒有，這次整理〈愛憎表〉，正好順帶澄清這個疑團。照目前狀況來看，遺稿中並沒有一篇完整的《小團圓》散文，即使有一些初稿，也是非常零碎的。

重構〈愛憎表〉的意義，可以從以下四方面講。一是〈愛憎表〉本身的文學價值。重構的〈愛憎表〉雖然是未完稿，而現存部分也極可能只是初稿，但張愛玲的獨有筆觸依然隨處可見，確實是「輕鬆的散文」，賞心悅目。〈愛憎表〉呈現的寫作風格，跟《小團圓》小說一樣，也是迂迴曲折地講自己的過去，尤其是童年；而所謂解釋「愛憎表」，到頭來不過是個自敘的框架，否則兩句就寫完了，何需萬言書？張愛玲不想讓往事一瀉千里，而要它們在筆端細水長流，〈愛憎表〉展現的正是這種迴環往復式寫法。

二是張愛玲的寫作過程。重構〈愛憎表〉有一意外收穫，就是讓我們知道張愛玲的寫作方法：首先，她會用列點形式，擬定寫作大綱（但不一定嚴格遵守）；其次，同一段話她會反覆重寫，添補內容，力求盡善盡美。看她的草稿，我們知道她每篇文章皆慘澹經營，非一揮而就。

三是傳記價值。〈愛憎表〉這方面的意義是顯而易見的，例如本文第一部分回顧相關文獻時，已問了一個問題：校刊調查欄

中，那個忽然結婚的有天才的女子是誰？大家沒有答案，很易以
訛傳訛，但〈愛憎表〉清晰告訴讀者：那女子叫葉蓮華，是張愛
玲的同班同學，她有一個妹妹叫葉蓮芬。在張愛玲之前已發表的
所有作品中，我們都找不到「葉蓮華」這個名字，自然無法猜到
她就是「有天才的女子」的真身[19]。儘管〈愛憎表〉的回憶片段
多已散見《小團圓》小說，不算新鮮，但有自傳性的小說畢竟還
是小說，不能當事實寫入傳記；〈愛憎表〉則不同，它不是小說
體裁，是作者坦蕩蕩的自述，既可拿它印證張愛玲小說，亦可理
直氣壯地將散文內容視為傳記素材，對張學研究者有莫大裨益。

　　四是〈愛憎表〉與張愛玲其他作品的關係。重構〈愛憎表〉
後，我拿它跟《小團圓》對照著看，每發現散文和小說有相應的
段落，就加一個注，暫時已有約九十個注。張愛玲寫〈愛憎表〉
時，手邊沒有《小團圓》小說的稿（1970年代已寄給宋淇了），
她只憑記憶寫自己的往事。我們發現，兩部作品對同一件往事的
描述大致相同，可見小說大多不是虛構，而是以真實經歷為素
材。舉一個例，《小團圓》有一段說[20]：

　　　　她有個同班生會作舊詩，這年詠中秋：「塞外忽傳三省
　　失，江山已缺一輪圓！」國文教師自然密圈密點，學校傳
　　頌。九莉月假回家，便笑問她父親道：「怎麼還是打不起

---

19 萬燕，〈算命者的預言〉記張愛玲中學畢業時「預言」同學命運，提及葉蓮
　　芬：「船在一個遺棄的島上遇難，她變成了用愛和公正統治叢林的公主」。文
　　章沒有提及葉蓮華。參見止庵、萬燕，《張愛玲畫話》（天津：天津社會科學
　　院出版社，2003），頁130。
20 張愛玲，《小團圓》（臺北：皇冠文化，2009），頁109。

來？」說著也自心虛。她不過聽人說的。

〈愛憎表〉的相應片段則說：

　　她們（葉蓮華姊妹）是插班進來的，姊妹倆同班，功課跟不上，國學卻有根底。九一八後她做了首中秋詩，七絕末兩句老師濃圈密點，闔校傳誦讚嘆：

「塞外忽傳三省失，江山已缺一輪圓。」

《小團圓》只說「同班生」，〈愛憎表〉則明言這位同學是葉蓮華；《小團圓》有回家「笑問父親」一句，〈愛憎表〉則沒有。

《小團圓》的角色多用化名，主角或名人固然可以猜到影射對象，但小人物就比較困難。看了〈愛憎表〉，我們等於有了解密的鑰匙：

《小團圓》角色	現實人物
鄧爺	史爺
韓媽	何乾
余媽	張乾
碧桃	毛娘
老三	老八
碧桃	翠鈴
毓恆	柏崇文

　　留意碧桃一角，實際由毛娘和翠鈴兩人合成[21]。除了《小團圓》，〈愛憎表〉也可用來印證、闡釋張愛玲其他作品。我在〈《少帥》考證與評析〉一文，曾指出《少帥》小說中提及的「十七歲」有重大意義，是作者刻意為之的[22]；本來這不過是我的個人詮釋，但〈愛憎表〉卻意外地為這詮釋提供了有力佐證：

　　　但是我十七歲那年因為接連經過了些重大打擊，已經又退

21　碧桃即毛娘的一個證明，先看〈愛憎表〉：

　　「到上海去嘍！到上海去嘍！」毛娘走來走去都唱誦著。

　　再比較《小團圓》：

　　「到上海去嘍！到上海去嘍，」碧桃漫聲唱念著。

　　見張愛玲，《小團圓》（臺北：皇冠文化，2009），頁216。碧桃即翠鈴的證明，先看〈愛憎表〉：

　　我們吃飯仍舊按照我母親規定的菜單，南京板鴨太鹹，至多嚐一口，都是給女傭吃。她們在下房裡擺張飯桌，互相讓著吃板鴨，都笑翠鈴喜歡吃鴨屁股。翠鈴微笑著不作聲，我在旁邊看見她面色凝重，知道她是因為沒人要吃鴨屁股，她年紀最小，地位最低。她是丫頭，只有她是女奴不是傭傭。

　　再比較《小團圓》：

　　她想碧桃在她家這些年，雖然沒吃苦，也沒有稱心如意過。南京來人總帶鹹板鴨來，女傭們笑碧桃愛吃鴨屁股，她不作聲。九莉看見她凝重的臉色，知道她不過是吃別人不要吃的，才說愛吃。只有她年紀最小，又是個丫頭。

　　見張愛玲，《小團圓》（臺北：皇冠文化，2009），頁223。
22　參見馮睎乾，〈《少帥》考證與評析〉，《少帥》（臺北：皇冠文化，2014），頁252-254、287-288。

化到童年，歲數就是一切的時候。我十七歲，是我唯一沒疑問的值得自矜的一個優點。一隻反戴著的戒指，鑽石朝裡，沒人看得見，可惜鑽石是一小塊冰，在慢慢地溶化。過了十七就十八，還能年年十八歲？

《少帥》再版的話，〈愛憎表〉此節應該補入我的附錄文章。再細心一點的讀者，甚至可以看到〈愛憎表〉和《半生緣》之間的微妙關係。〈愛憎表〉有一句說：

阿僖的婚事是我心目中的雙方都俯就的婚事。

試比較《半生緣》此段最後一句[23]：

鴻才給她這樣一來，也就軟化了，他背著手在房間裡踱來踱去，說：「好，好，好，依你依你。沒有什麼別的條件了吧？沒有什麼別的，我們就『敲』！」曼璐噗哧一笑道：「這又不是談生意。」她這一開笑臉，兩人就又喜氣洋洋起來。雖然雙方都懷著幾分委屈的心情，覺得自己是屈就，但無論如何，是喜氣洋洋地。

曼璐與鴻才那種雙方都俯就的婚姻，靈感很可能來自張愛玲親戚阿僖的婚事。以上略舉數例，相信已足夠說明〈愛憎表〉在張愛玲作品中的角色和分量。

---

23 張愛玲，《半生緣》（臺北：皇冠文化，1991），頁28-29。

結語

　　張愛玲寫〈愛憎表〉，當初只為解釋高中畢業時填的調查專欄。但由於《小團圓》、《雷峯塔》和《易經》這幾部有濃厚自傳性的小說，均未能在她有生之年出版，〈愛憎表〉就成為她老來追憶似水年華的替代品，可惜沒有寫完。文章以解釋調查欄答案為框架，實際上用類似《小團圓》的筆法，將自己的童年和少年往事娓娓道來，當中小部分故事更是讀者前所未見。〈愛憎表〉不但為研究者提供豐富的傳記素材，以文學價值論，它洋溢著張愛玲的獨有筆觸，也是賞心悅目的散文佳作。

　　本文簡介了〈愛憎表〉的寫作背景和整理方法，旨在拋磚引玉，重構〈愛憎表〉的意義多寡，實取決於今後張學研究者能對它有多大發揮。

張愛玲的「超文典」表演書寫

張英進

一、「張愛玲學」：文學經典的建構和重構

本文討論的「超文典」的概念取自戴若什（David Damrosch）為回應美國比較文學協會2004年發表的十年一度的學科回顧報告而寫的文章。戴若什建議把世界文學中「主要作家」和「次要作家」的傳統兩分法修改為一種新的三級劃分系統：一是超文典（hypercanon），即那些老一輩的主要作家，他們歷經歲月的考驗，在至現今所謂的後文典（postcanonical）時期，其魅力依然不減；二是反文典（counter-canon），即「庶民的」（subaltern）和「抗爭性的」（contestatory）作家，他們要麼使用在西方大學課堂不經常教授的語言進行創作，要麼使用強勢語言創作所謂次要文學，挑戰菁英文典；三是影子文典（shadow canon），即那些老一輩的次要作家，他們正漸漸地退出研究者的記憶[1]。我認為

---

1 David Damrosch, "World Literature in a Postcanonical, Hypercanonical Age," in *Comparative Literature in an Age of Globalization*, ed. Haun Saussy（Baltimore, MD: Johns Hopkins University Press, 2006）, 45.

在當今世界的華語、華人文學中，中文圖書市場的「張愛玲熱」和中西學術領域的「張愛玲學」之所以經久不衰，是因為張愛玲本身的超文典性，超文典性因此提醒我們再次關注文典的建構和重構[2]。

　　我曾指出，從學術史角度來說，「張愛玲學」的起點，本應回到1944年[3]。當年胡蘭成作為《中華日報》總主筆，在上海《雜誌》撰文〈評張愛玲〉，稱「魯迅之後有她。她是個偉大的尋求者」，因為張愛玲讓「文學從政治走回人間……尋求……自由、真實而安穩的人生」[4]。然而，至今學界還是傾向將「發現」張愛玲的業績歸屬夏志清，因為後者1961年初版的英文書籍《中國現代小說史》（*A History of Modern Chinese Fiction*）以長於魯迅的文字篇幅醒目推出張愛玲，而其後的英文修訂版（1971）和中文版（1979）在海內外頗具影響力。在當年的冷戰高峰時期，夏志清毫不掩飾地將張愛玲建構成對抗「一種不同於主要由左翼和無產階級作家書寫的文學傳統」的一個反文典[5]。與馬克思主義的歷史發展觀相反，夏志清確定張愛玲是「一位抗拒時代精神的獨行天才，她才可能對那個時代提出終極概括，其意

2　有關文典的討論，參見張英進，〈從反文典到後文典時期的超文典：作為文本和神話的張愛玲〉，《當代作家評論》，2012年第6期，頁37-49、126。

3　張英進，〈魯迅……張愛玲：中國現代文學研究的流變〉，《作家》，2009年第7期，頁2-9。

4　胡蘭成，〈評張愛玲〉，載金宏達主編，《回望張愛玲・華麗影沉》（北京：文化藝術出版社，2003），頁27-28。

5　C. T. Hsia, *A History of Modern Chinese Fiction* (New Haven, CT: Yale University Press, 1961), 431.

義絕非一群在時代後面亦步亦趨的二流作家所能比擬」[6]。這裡，
夏志清指出張愛玲與時代既疏離（「抗拒」）又關聯（「概括」）
的特殊關係。

「張愛玲學」在半個世紀以來持續開拓張愛玲的反文典特
徵，但張愛玲所「反」的對象卻隨著海內外文學理論與方法的變
遷而被解構和重構。在1960到1980年代期間，從夏志清到耿德
華（Edward Gunn）[7]，新批評範式的文本細讀挖掘了張愛玲作品中
堪與西方現代文學相媲美的美學價值（如象徵、反諷），顯現了
與當年中國大陸流行的意識形態批評截然相反的一條另類的
（alternative）文學研究軌跡。1990年代以來，張愛玲一再被重新
解讀，其創作目的分別被重構為：或以日常生活顛覆「現代性」
的宏大概念，或從「女性主義」的角度瓦解中國的父權制度，或
甚至走向類似「後現代主義」美學的語言遊戲。周蕾突出張愛玲
作品的細節碎片，以此責問「啟蒙」和「革命」、「『人』、『自我』
或『中國』等一系列理想主義概念」[8]。林幸謙描繪張愛玲一以貫之
的女性主義視角，指出其表現形式是以不同的手法反抗父權，如
象徵性的閹割、肢解、嬰兒化、女性化及以其他形式「妖魔化」
各個年齡組的男性人物[9]。黃心村也強調張愛玲散文的性別批判精

6　C. T. Hsia, *A History of Modern Chinese Fiction*, 439.

7　Edward M. Gunn, *Unwelcome Muse: Chinese Literature in Shanghai and Peking, 1937-1945*（New York: Columbia University Press, 1980）.

8　Rey Chow, *Woman and Chinese Modernity: The Politics of Reading between West and East*（Minneapolis, MN: University of Minnesota Press, 1991）, 114, 120.

9　林幸謙，《女性主體的祭奠：張愛玲女性主義批評II》（桂林：廣西師範大學出版社，2003）。

神：「通過把男性的幻想轉變為敘事策略，利用男性的聲音以增強作品的戲劇化色彩，張愛玲給她的文學世界及與之相關更廣闊的現實，賦予了一種充滿自信而至於倨傲的性別批評方式。」[10]

　　仔細閱讀1990年代以來的「張愛玲學」，不難看出諸多理論重構之間的縫隙、矛盾與悖論[11]。與周蕾「女性細節」的建構不同，王斑將張愛玲作品的細節解讀為類似後現代主義「漂浮的能指」（floating signifiers），指出它們並無深意，僅僅點綴仿象的表層，卻也表達了張愛玲「對語言反映現實之可能性的懷疑，對世事無常的感傷，對蒼涼、毀滅、死亡的悲哀」，因此同魯迅的散文具有可比性[12]。與王斑著意於語言與現實的距離不同，王德威指出張愛玲屬於「小說中國」的敘事傳統，以日常生活對抗政治歷史（類似上述胡蘭成的觀點）[13]。令人驚訝的是，張愛玲「小說中國」的表述，尤其是她1954年的長篇小說《秧歌》中塑造的飢餓婦女的形象，結果預見了行將到來的歷史性災難（1960年前後的大饑荒），其筆下的「歷史」因此呈現為一頭深不可測的「怪獸」[14]。

---

10 Nicole Huang, introduction to Eileen Chang, *Written on Water*, trans. Andrew F. Jones（New York: Columbia University Press, 2005），xviii.

11 參見張英進，〈多樣性的誘惑：張愛玲，文學史，文化研究〉，載陶東風、金元浦、高丙中編，《文化研究》，第五輯（桂林：廣西師範大學出版社，2005），頁169-180。

12 Ban Wang, *The Sublime Figure of History: Aesthetics and Politics in Twentieth-Century China*（Stanford, CA: Stanford University Press, 1997），90, 97-99.

13 王德威，〈小說中國〉，載《想像中國的方法：歷史，小說，敘事》（北京：生活・讀書・新知三聯書店，1998），頁i-iii。

14 David Der-wei Wang, *The Monster That Is History: History, Violence, and*

　　對於張愛玲，研究者可以同時從新批評、現代性、女性主義、後現代主義等流行於不同時期的西方理論進行闡釋，說明她已經不是簡單的反文典或另類文典（即上文提到的「另類的文學研究軌跡」），而是進入了超文典的行列。從超文典的視角，王德威的「歷史怪獸」說敦促我們重新思考張愛玲與歷史和時代的關係。我認為，張愛玲既並不像夏志清所描述的那樣刻意「抗拒時代精神」，也不在乎對所謂的「時代提出終極概括」，因為張愛玲的歷史觀是超越時代的，她關心的首先是「小說」（敘述），其次才是「中國」（對象），而其「中國」不是「概括」性的抽象的國族整體，而是碎片式的個體拼圖而成的人民──如其1947年的〈中國的日夜〉中的詩歌所言，「補了又補，連了又連的，／補釘的彩雲的人民」[15]。

　　這裡我們不妨用敘事理論中的「歷史目的」（telos）和「距離」（tele）的差異來闡釋歷史和敘述之間的張力。文學理論家史密斯（Barbara H. Smith）指出，當代故事的敘述展開了歷史行程中已被跨越的距離，並將此距離保存為「從未彌合的縫隙」（a gap never closed）；正因為這段距離「從未彌合」，所以需要一次次地重述，「講述一個說不完的故事，這故事自己的角色就是不可避免的重複──然而，如同其他所有的重複，這裡的重複又總有不同，可能總是擁有……改變性的（transformative）、更易性的（alterative）力量」，由此產生「非對抗的變異」（alteration

---

Fictional Writing in Twentieth-Century China（Berkeley, CA: University of California Press, 2004), 131-137.

15　張愛玲，〈中國的日夜〉，載陳巧孫編，《怨女：張愛玲小說選集》（福州：海峽文藝出版社，1987），頁240。

without opposition）[16]。敘述因此相對於歷史而存在，既在其中，亦在其外，而且具有變異的力量，但不必動輒就對抗、顛覆。當然，並非所有的敘述都願意超越或疏離歷史，被建構成中國現代文學主流的現實主義就不然，因其目的是全面反映歷史，直接干預現實。我認為，張愛玲體現的是作為主流現實主義寫作之外的另類選擇，是一種同時遊戲於歷史內外的超文典表演書寫，而表演正是其中關鍵的關鍵。

二、表演研究：觀眾期待與批評預設

其實，學者所津津樂道的張愛玲的「參差的對照」美學本身就是一種有意的表演書寫方式，而這種表演書寫所建構的意義——借用表演研究的理論闡述——「並不只是發生在某一具體情境之中（in），而是在不同情境之間（between）往復展現」[17]，即在二者甚至多者的對應和互動之中產生。這類對應和互動，用張愛玲的名言來說是「蔥綠配桃紅」的「參差的對照」，而不是「大紅大綠」的「強烈的對照」[18]。「參差的對照」所預設的結果完全不是翻天覆地的「革命」，而是「非對抗的變異」，這類變異是超越二元對立、承認多元共存的即此亦彼（紅綠之間的多層糅

---

16 Barbara H. Smith, *Contingencies of Value: Alternative Perspectives for Critical Theory* (Cambridge, MA: Harvard University Press, 1988), 116-119.

17 Richard Schechner, *Performance Studies: An Introduction* (London: Routledge, 2002), 24.

18 張愛玲，〈自己的文章〉，載《張愛玲全集》，第三卷，《流言》（臺北：皇冠文化，1991），頁18。

合），而不是水火不相容、「斬釘截鐵的」即此非彼（大紅大綠的極端對立）。用張愛玲在1944年〈自己的文章〉中的分析，「強調人生飛揚」的「超人是生在一個時代裡的」，因此受制於特定歷史；「而人生安穩的一面則有著永恆的意味……它存在於一切時代」，是一切時代的共同基礎，因此超越了特定的歷史[19]。

　　表演理論所闡釋的交互性（interaction）和複現性（repetition）能讓我們更清晰地理解張愛玲獨特的超越歷史的表演書寫。誠如表演理論家謝克納（Richard Schechner）所言，「事件的本質不在於它的自身性，而在其交互性，因為，事件發生和被感知的語境如此不同，使得每一次的複現瞬息生變。」[20]換言之，表演書寫所展現的意義不是單一的，而是即興的和多義的，變異（alteration）因此成為表演書寫的特殊功能，既凸顯其意義產生的不穩定性和他者性（alterity）──因為不可能每次表演的所有因素（表演者、場景、觀眾等）都完全相同──也開拓更多可替代的（alternative）和可更易（altering）的異質空間。表演文本的意義因每次表演者、場景、觀眾等因素的變換而更易或調整，其結果是重寫文本（palimpsest）式的重疊和交錯，而不是一張白紙的首創或銷毀原文的再創。作為「重現的行為」，表演本來就是「能指」的不斷重寫，我們因此必須轉移研究重心，關注表演在「複現」過程中所展現的那些異義和新意。

　　表演理論可以解釋為什麼張愛玲很少堅持某種片面、極端的立場，為什麼她要不斷地重新改寫自己的作品，從一種觀點到另

---

19 張愛玲，〈自己的文章〉，載《張愛玲全集》，第三卷，《流言》，頁18。

20 Richard Schechner, *Performance Studies*, 23.

一種觀點，從一種語言到另外一種語言，從一種媒介到另外一種
媒介……永不滿足於單一的敘述。借用《金鎖記》結尾的話，
「三十年前的月亮早已沉下去，三十年前的人也早已死了，然而
三十年前的故事還沒完——完不了」[21]。完不了，這是因為表演書
寫的交互性和複現性敦促張愛玲及其後續者／後敘者進行不同文
本的重寫。如莊宜文的研究所示，該故事既有張愛玲1943年的
中篇小說《金鎖記》、1966年的長篇小說《怨女》，以及這兩個
版本張愛玲自己的中英文互譯，還有其他作者後續的改編或重創
的舞臺劇、電視劇和電影[22]。按張愛玲自己的解釋，「我的小說
裡，除了《金鎖記》裡的曹七巧，全是不徹底的人物」；作為重
寫的變異，二十多年後《怨女》中的銀娣自然回歸不徹底的人
物，以證明張愛玲的原意：「用參差的對照的手法寫出現代人的
虛偽之中有真實，浮華之中有素樸。」[23]這一表述再次闡釋張愛玲
一貫的消融、化解極端的既此亦彼的思維和表達。

　　「參差的對照」式的表演無疑是張愛玲書寫人生的一貫母
題，表演既貫穿她的人生，也塑造她的書寫。在題為〈私語〉的
自傳式的文章中，張愛玲這麼回憶她的童年：

　　　　常常我一個人在公寓的屋頂陽臺上轉來轉去，西班牙式的

21　張愛玲，〈金鎖記〉，載《張愛玲全集》，第五卷，《傾城之戀》（臺北：皇冠
　　文化，1991），頁186。

22　莊宜文，〈百年傳奇的現代演繹——〈金鎖記〉小說改寫與影劇改編的跨文
　　本性〉，載林幸謙編，《張愛玲：文學‧電影‧舞臺》（香港：牛津大學出版
　　社，2007），頁97-98。

23　張愛玲，〈自己的文章〉，載《張愛玲全集》，第三卷，《流言》，頁19-21。

白牆在藍天上割出斷然的條與塊。仰臉向著當頭的烈日，我
覺得我是赤裸裸的站在天底下了，被裁判著像一切的惶惑的
未成年人，困於過度的自誇與自鄙。[24]

蘇偉貞認為張愛玲這一情緒如此激烈的私人化寫作屬於一種「書
信演出」，「過度的自誇和自鄙」之間所構成的戲劇性張力將伴隨
其一生[25]。張愛玲似乎只有通過無休止的重寫去改易兩極之間的
「過度」，尋求二者之間的平衡或交融。「自誇」的例證可取張愛
玲1947年上海《傳奇》的〈再版自序〉：「呵，出名要趁早呀！
來得太晚的話，快樂也不那麼痛快」[26]；「自鄙」或許可從張愛玲
1947年去溫州探望出逃、出軌的丈夫胡蘭成後回上海寫給後者
的信函：「那天船將開時，你回岸上去了，我一人雨中撐傘在船
舷邊，對著滔滔黃浪，佇立涕泣久之」[27]；而改易後持平衡的自慰
則可取1954年香港版《張愛玲短篇小說集》的〈自序〉：「我們
明白了一件事的內情，與一個人的曲折，我們也都『哀矜而勿
喜』吧。」[28]正如上述張愛玲典型的化解、消融極端的表述，她經
常在一句話裡同時列出對立的雙方，讓讀者意識到其實二者共存
於「參差的對照」：虛偽／真實、浮華／素樸、自誇／自鄙、趁
早／太晚、快樂／不快、哀／喜、紅／綠──這些文字也就逐一

24　張愛玲，〈私語〉，載《張愛玲全集》，第三卷，《流言》，頁168。

25　蘇偉貞，〈自誇和自鄙──張愛玲的書信演出〉，載《張愛玲：文學・電影・
　　舞臺》，頁27-28。

26　張愛玲，〈再版自序〉，載《張愛玲全集》，第五卷，《傾城之戀》，頁6。

27　胡蘭成，《今生今世》（臺北：三三書坊，1990），頁437。

28　張愛玲，〈自序〉，載《張愛玲全集》，第五卷，《傾城之戀》，頁5。

成為她表演的道具。

社會學家戈夫曼（Erving Goffman）認為，「表演是既定參與者在給定情境下彼此相互影響的行為」[29]。張愛玲的表演書寫預設了觀眾（如熱情的讀者、背情的丈夫、同情的出版中介），為不同的觀眾而即興發揮（如自誇、自鄙、自慰）。當然，張愛玲的表演書寫更多地出現在她的小說中，重寫的人物和故事雖然似曾相識，卻又有所改易，有時甚至推出意料之外的驚人變異。從這個意義上說，從1975年動筆後幾度改寫、直到2009年才出版的長篇小說《小團圓》，再次見證了讀者觀眾與歷史情景（如冷戰、國家主義、全球化）的變遷與張愛玲表演書寫之間三十多年不可理喻的互動，也展示張愛玲作為天才式的女性表演者，在其1995年去世之後仍然保持著超越歷史的變異能力。難怪在《小團圓》的結尾，她再次提醒讀者時空的相對性和敘事的複現性：「二十年前的影片，十年前的人。她醒來快樂了很久。這樣的夢只做過一次。」[30]

三、書寫變異：遊戲歷史、超越時代

我在反思中國現代文學變遷的近作中提及，「遊戲」概念（play）提供了在文本世界中消解歷史暴力的可能，不僅可以重構無可挽回的消逝之物，而且可在當下預先呈現新生之物。無論

---

29 Erving Goffman, *The Presentation of Self in Everyday Life*（Garden City, NY: Doubleday, 1959）, 15-16.

30 張愛玲，《小團圓》（臺北：皇冠文化，2009），頁325。

是對自身還是對他者，遊戲都意味著更替和改易，它拒絕接受一成不變的分野和答案，反而則謀求另類的選擇。遊戲中充滿複現和模仿，講求角色的扮演和反串，其結局永遠是不可預料和開放的，這就意味著它總在不斷進行場景再造，跨越時間、空間、性別、種族以及一切既定的區隔。遊戲可以建構如此開闊的場域，因此作者可以策略性地把歷史中的各種力量置於其間，營建出一個虛擬卻富有想像力的世界，對現實世界而言，它不是純粹的順應，亦非正面的反抗，而是創生瞬息生變、模稜兩可的世界[31]。

　　雖然遊戲說是西方美學的一個傳統，但「遊戲」一詞在中文裡偏向貶義，因而民國初年上海的文學雜誌經常力圖建構遊戲的正面形象。1913年11月30日《遊戲雜誌》在上海創刊，其序言將古代歷史中諸多的豐功偉績一一等同於遊戲：「不世之勳，一遊戲之事也。萬國來朝，一遊戲之場也。號霸稱王，一遊戲之局也。……顧遊戲不獨其理極玄，而其功亦偉。」[32] 1914年10月創刊的《眉語》也點明遊戲的變異功能：「雖曰遊戲文章、荒唐演述，然譎諫微諷，潛移默化於消閒之餘，亦未始無感化之功也。」[33] 應該承認，這兩個表述與近年海外的表演研究具有某些相通之處，當然後者更為理論化。

---

31 有關「遊戲」概念的進一步討論，參見 Yingjin Zhang, "Witness outside History: Play for Alteration in Modern Chinese Culture," *Modernism/Modernity* 20, no. 2. (2013): 353；張英進，〈華語電影中的遊戲與仲介區間：表演理論和明星研究結合的進路〉，《文藝理論研究》，2014年第2期，頁21-31。

32 愛樓，〈《遊戲雜誌》序〉，載芮和師等編，《鴛鴦蝴蝶派文學資料》，上冊（福州：福建人民出版社，1984），頁4。

33 〈《眉語》宣言〉，載《鴛鴦蝴蝶派文學資料》，上冊，頁8。

　　歐洲的遊戲語境與中文迥然不同。從詞源上考證，語言學家赫伊津哈（Johan Huizinga）發現「play」源自古英語「plegan」和德語「pflegan」，二者都有「擔保」、「承諾」、「冒險、把自己置於險地」的意思，因此，「遊戲和危機、冒風險、機遇、技藝這些概念處於同一語義領域，是在危急關頭的行為」[34]。顯然，「遊戲」一詞蘊含「危險」的意思。人類學家特納（Victor Turner）深受啟發，就此進一步闡發：

　　　　歡樂嬉戲是恣肆而不加節制的，有時甚至是狂躁和危險的，因此，既有的文化機制總是試圖對它加以控制……遊戲無處不在，無時不有，它模仿和戲仿一切，卻從不最終認同任何東西……故遊戲……可能改變我們的目標，甚至對既定的文化現實進行改易和再造。[35]

特納既承認遊戲的危險性，也指出遊戲的創造性潛能。

　　作為表演理論的重要概念，「遊戲」創生了一種「中介區間」（liminality，亦翻譯為「閾域」）。按特納的界定，中介區間遊走於現實的邊緣，是一種過渡的臨界狀態，此間新舊並存，虛實相生，充滿風險和變數[36]。中介區間的功能在於將正在經歷儀式的人置於脆弱和易於改變的狀態，隨時可能過渡到一種新的身

34　Johan Huizinga, *Homo Ludens: A Study of the Play Element in Culture* (New York: Harper, 1970), 38-40.

35　Victor Turner, "Body, Brain, and Culture," *Zygon* 18, no. 3 (1983): 233-234.

36　Victor Turner, *From Ritual to Theatre: The Human Seriousness of Play* (New York: Performing Arts Journal Publications, 1982), 44.

分，或者在幾種身分之間來回往復。在特納看來，中介區間因此
展現了無限的可能性，「既不執著於自己的立場，也不站在任何
其他的社會立場上，可望構想出無數潛在的另類的社會方案」[37]。
這種對現實的替代性、甚或是可變性構想，由此突出了表演書寫
的魅力和潛力。

　　張愛玲的小說世界充滿了各種遊戲中介區間。1943年的短
篇小說〈封鎖〉就推出這麼一個暫時脫離日據上海歷史的中介區
間：「『叮玲玲玲玲玲』，每一個『玲』字是冷冷的一小點，一點
一點連成一條虛線，切斷了時間與空間。」[38]在這麼一個封鎖的中
介區間內，已婚的華茂銀行會計師呂宗楨與未婚的大學英文助教
吳翠遠被困在電車上，無聊之餘開始調情，眉來眼去，不由自主
地「戀愛著了」。直到「封鎖開放了，『叮玲玲玲玲玲』搖著
鈴」，此時吳翠遠「震了一震」才明白：「封鎖期間的一切，等
於沒有發生。整個的上海打了個盹，做了個不近情理的夢。」[39]更
不近情理的是1943年的中篇小說《傾城之戀》的結尾，香港淪
陷造就了一個中介區間，香港的花花公子范柳原和上海新近離婚
的淑女白流蘇真正戀愛而結婚了：

　　香港的陷落成全了她。但是在這個不可理喻的世界裡，誰
　　知道什麼是因，什麼是果？誰知道呢？也許就因為要成全

37　Victor Turner, *Dramas, Fields, and Metaphors: Symbolic Action in Human Society*（Ithaca, NY: Cornell University Press, 1974), 14.

38　張愛玲，《封鎖》，收入《怨女》，頁92。

39　張愛玲，《封鎖》，收入《怨女》，頁100、102-103。

她，一個大都市傾覆了。……流蘇並不覺得她在歷史上的地
位有什麼微妙之點。她只是笑吟吟的站起身來，將蚊煙香盤
踢到桌子底下去。[40]

流蘇笑吟吟的舉動是面對讀者期待的表演，因為「傳奇裡的傾城
傾國的人大抵如此」，她也不能例外。「到處都是傳奇……說不
盡的蒼涼的故事──不問也罷！」[41]小說的結尾處就這麼重複了小
說開頭第二段中的文字，而張愛玲的文字遊戲回應了她筆下人物
的遊戲，歷史也就變成她表演書寫的一個複現對象。「不問也
罷！」因為故事自然要重複，而且在不同的藝術媒介（如電
影）、不同的文學類型（如續作）中重複[42]。

張愛玲的人生經驗也充滿了中介區間。從1940年代初上海
孤島的一夜成名到1940年代末戰後的低谷沉迷，從1950年代初
香港時期身不由己的「反共小說」（如《秧歌》和《赤地之戀》）
到1950年代中開始的美國時期欲罷不能的故事重述（如英文版
的《北地胭脂》和中文版的《怨女》），從1940年代上海小說中
典型的蒼涼手勢（如《金鎖記》到1950年代末至1960年代初香

---

40 張愛玲，〈傾城之戀〉，載《張愛玲全集》，第五卷，《傾城之戀》，頁230。

41 張愛玲，〈傾城之戀〉，載《張愛玲全集》，第五卷，《傾城之戀》，頁231。

42 許鞍華執導改編的《傾城之戀》1984年在香港上映，引起香港的懷舊片熱
潮。1999年，李歐梵在其英文學術著作《上海摩登》（*Shanghai Modern*）出
版之前，忍不住用中文虛構了一部《范柳原懺情錄》（臺北：麥田出版，
1998），繼續想像張愛玲《傾城之戀》的故事。參見 Leo Ou-Fan Lee, *Shanghai
Modern: The Flowering of a New Urban Culture in China, 1930-1945* (Cambridge,
MA: Harvard University Press, 1999)。

港電影新穎的喜劇風格（如1956年攝製的《情場如戰場》[43]），張愛玲在不同的表演書寫中變異自己的角色，既遊戲她的人生及其背後的歷史，也遊戲她的讀者（包括學者）和他們的期待[44]。王德威認為，在1994年出版的《對照記》中[45]，張愛玲一反1970年代以降在美國極為低調的隱居，似乎演繹了一個從「自我流放到自我揭露」的中介區間的過渡，但這演繹究竟是她為華文世界的張迷們提供了一個「意外驚喜的禮物」，或是她為他們做出一次「圖文並茂的訣別」[46]？王德威這裡的設問既尊重張愛玲「參差的對照」的一貫作風，也保留後人模稜兩可的解讀方式，並畫龍點睛地將張愛玲描述成「後現代主義的遊戲裡一個無意的遊戲者」[47]。

從表演的角度看，我認為張愛玲的遊戲是有意、甚至刻意的。正因為有意和刻意，她的遊戲並不接受「後現代主義」的制約，而具有一種跨文化禮儀的原始性。因為其原始性，張愛玲的遊戲具有驚人的變異和複現的潛能。電影《色｜戒》（2007）的編劇沙姆斯（James Schamus）這麼解釋在新世紀中張愛玲對李安導演和他的團隊的吸引力：「張愛玲的作品本身就是一種『行

43　劇本參見張愛玲，《張愛玲全集》，第十二卷，《惘然記》（臺北：皇冠文化，1991），頁171-239。

44　相關討論見張英進，〈張愛玲電影劇本的性別，類型和表演〉，《東吳學術》，2012年第1期，頁37-50。

45　張愛玲，《張愛玲全集》，第十五卷，《對照記──看老照相簿》（臺北：皇冠文化，1994）。

46　David Der-wei Wang, forward to Eileen Chang, *The Rice-Sprout Song: A Novel of Modern China* (Berkeley, CA: University of California Press, 1998), xii.

47　David Der-wei Wang, forward to Eileen Chang, *The Rice-Sprout Song*, xii.

為』（act），是對中國1940年代占統治地位的戰爭意識形態結構的抗議。」[48]沙姆斯的「抗議」一說有待商榷，因為李歐梵認為李安「在電影中體現一種微妙而迂迴的言說方式，而不是明顯的爭辯、抵制和抗爭」[49]。但沙姆斯的「行為」一詞則再次強調張愛玲表演書寫一貫的特性，而且一針見血地指出她的表演其實預設了觀眾的參與：

> 　　對於表演者來說，表演總是做給某些人看的行為。觀眾哪怕看得再入神，對表演者的意圖也心領神會，深知演員的表演不是真實的，但同時他們也知道，只有在「被表演」的情況下，表演者極力要表現的真實才能被觀看到。[50]

張愛玲寫於1950年間、其後多次修改的短篇小說〈色，戒〉就這麼表演了民族主義和浪漫愛情的真實和不真實，而她自己也確定了作家像演員那樣認同角色的經驗：「只有小說可以不尊重隱私權。但是並不是窺視別人，而是暫時或多或少的認同，像演員沉浸在一個角色裡，也成為自身的一次經驗。」[51]這裡的經驗是一種作者或讀者在中介區間認同多種角色的可能。到了2007年的電影《色｜戒》，導演李安更大膽地增加中介區間可能的角色，

48　James Schamus, "Why Did She Do It? " in Eileen Chang, *Lust, Caution: The Story*, trans. Julia Lovell（New York: Anchor Books, 2007）, 65.

49　Leo Ou-fan Lee, "Ang Lee's *Lust, Caution* and Its Reception," *boundary 2*, 35, no. 3（2008）: 226.

50　Schamus, "Why Did She Do It? " in Eileen Chang, *Lust, Caution*, 63-64.

51　張愛玲，〈憫然記〉，載《張愛玲全集》，第十二卷，《憫然記》，頁3。

將跨越歷史的文本內外的「表演者」——王佳芝（角色）／湯唯
（演員）／鄭萍如（原型）／張愛玲（作者）和易先生（角色）／
梁朝偉（演員）／丁默邨（原型）／胡蘭成（他者）等——所
「極力要表現的真實」（如自我、身分、暴力、愛情、性慾等）
彰顯得淋漓盡致，驚心動魄，成為觀眾「窺視」、想像、重寫、
「表演」張愛玲的一個嶄新的文本[52]。

四、餘論：遊戲於歷史內外

我們現在可以從表演的角度重新回看張愛玲與歷史和時代的
關係。作為二十世紀40年代張愛玲在上海成名的一位扶持者，
柯靈在1984年發表〈遙寄張愛玲〉，文中感慨地評說：中國現代
文學史幾十年，「偌大的文壇，哪個階段都安放不下一個張愛
玲；上海淪陷，才給了她機會」[53]。當時，柯靈認為中國大陸的
「文學史家視而不見」張愛玲「毫不足怪」，但他寄希望於歷
史：「往深處看，遠處看，歷史是公平的。張愛玲在文學上的功
過得失，是客觀存在；認識不認識，承認不承認，是時間問
題。」[54]柯靈所指的「歷史」是大陸的中國現代文學史。不論公平
或客觀與否，如今張愛玲在中國大陸圖書市場和學界不是默默缺
席，而是無處不在，時間似乎已經澄清張愛玲的「功過得失」。

---

52 相關電影分析，參見 Peng Hsiao-yen and Whitney C. Dilley, eds., *From Eileen
Chang to Ang Lee: Lust/Caution*（New York: Routledge, 2014）；張英進，〈華語
電影中的遊戲與仲介區間〉，頁21-31。

53 柯靈，〈遙寄張愛玲（代序）〉，載《怨女》，頁viii。

54 柯靈，〈遙寄張愛玲（代序）〉，載《怨女》，頁ix。

夏志清在2000年抱病到香港開一個張愛玲的國際研討會，時過境遷，感慨萬千，不禁問道：「不知怎麼地歷史的發展就站在我這一邊。這是怎麼一回事呢？」[55]夏志清這裡的「歷史」是冷戰歷史，「我這一邊」指資本主義的全球滲透，他四十年前反對的共產主義陣營似乎已退出歷史，他的《中國現代小說史》也確定為「紀念碑式、開拓性的」「經典著作」的地位[56]。

　　王德威比夏志清更進一步，將張愛玲尊為「祖師爺爺」（後改為「祖師奶奶」），並「帶出」一大批「張派作家」，其中包括臺灣的白先勇、施叔青、鍾曉陽、朱天文、袁瓊瓊等，以及中國大陸的蘇童、葉兆言、王安憶等[57]。為了確定「張派作家」的譜系，王德威這麼從文學史角度概括張愛玲作品的「三種時代意義」：「第一，由文字過渡（或還原？）到影像時代」；「第二，由男性聲音到女性喧譁的時代」；「第三，由『大歷史』到『瑣碎歷史』的時代」[58]。王德威認為這些時代意義凝結成一種另類的、被壓抑的現代性：「她的頹廢瑣碎，成了最後與歷史抗頡的『美麗而蒼涼的手勢』，一種無可如何的姿態。正是在這些時代

---

55 夏志清，〈講評：張愛玲與魯迅及其他〉，載劉紹銘、梁秉鈞、許子東編，《再讀張愛玲》（濟南：山東畫報出版社，2004），頁61。

56 David Der-wei Wang, introduction to C.T. Hsia, *A History of Modern Chinese Fiction*, 3d ed.（Bloomington: Indiana University Press, 1999）, xxxii-xxxiii.

57 參見王德威，〈張愛玲成了祖師爺爺〉，《中國時報》，1991年6月14日，第31版；〈落地的麥子不死——張愛玲的文學影響力與「張派」作家的超越之路〉，《中國時報》，1995年9月11日，第40-42版；〈「世紀末」的福音〉，《中國時報》，1995年9月13日，第39版。

58 王德威，《落地的麥子不死：張愛玲與張派傳人》（濟南：山東畫報出版社，2004），頁64。

『過渡』的意義裡，張愛玲的現代性得以凸顯出來。」[59]

「由……到……」的時代過渡是一個線性發展的時間概念，似乎總是後來居先，所以產生另一表述——二十世紀中國文學的發展從魯迅的「吶喊」到張愛玲的「流言」和「私語」[60]。但是，文學史並非總是單線性的發展，而是充滿了反溯、輪迴、斷裂的現象，可以與所謂的「時代」，或逆勢、反向而行，或持空間上的平行而形成一種外在歷史的狀態[61]。從文學史的角度看，在「文字過渡」、「還原到影像」方面，1920年代末、1930年代初上海「新感覺派」作家（如劉吶鷗、穆時英等）的成就並不亞於張愛玲；在「女性喧譁」和「瑣碎歷史」方面，五四時期的女作家（如丁玲、廬隱）早已挑戰父權價值，為性別寫作做出不可磨滅的貢獻。張愛玲自己列舉影響她創作的有《紅樓夢》、《金瓶梅》、《海上花列傳》、《九尾龜》、張恨水等風格不盡統一的作品與作家，可見她並不是一位憑空創造一個新的江湖門派的「祖師爺爺／奶奶」，而更確切地說是一位有選擇地集大成而又保持獨特風格的作家。

其實，張愛玲並不想承擔特定的「時代意義」，並早於1944年就宣布：「一般所說『時代的紀念碑』那樣的作品，我是寫不出來的，也不打算嘗試。」[62]顯然，張愛玲通過表演書寫「與歷史抗頡」的真正目的，不在建構文學史中聳立的紀念碑（因為紀念

---

59 王德威，《落地的麥子不死》，頁64。

60 王德威，〈「祖師奶奶」的功過〉，載劉紹銘等編，《再讀張愛玲》，頁344-347。

61 相關闡述參見 Yingjin Zhang, "Witness outside History", 349-369。

62 張愛玲，〈自己的文章〉，載《張愛玲全集》，第三卷，《流言》，頁20。

碑會隨著時代的消失而頹敗），而在通過不斷的表演書寫去解構
和重構「歷史」（因為表演可在不同的時代反覆進行，從而超越
歷史）。張愛玲並不是一個歷史虛無主義者，因為她在戰爭時期
清醒地認識到歷史存在的「恐怖」：「人們只是感覺日常的一切
都有點兒不對，不對到恐怖的程度。人是生活於一個時代裡的，
可是這個時代卻在影子似地沉沒下去，人覺得自己是被拋棄
了。」[63] 正因為被歷史拋棄（而不是主動拋棄歷史），張愛玲讓敘
事者和讀者能夠想像歷史內外的變異空間，想像自由進出歷史的
可能——即一種表演書寫所提供的遊戲歷史的可能。

　　在戰後六十多年出版的遺作《小團圓》中，張愛玲通過虛構
的自我原型人物盛九莉這麼回應1941年的香港，遊戲了國家主
義的歷史：

> 她希望這場戰事快點結束……
>
> 這又不是我們的戰爭。犯得著為英殖民地送命？
>
> ……
>
> 國家主義是二十世紀的一個普遍的宗教。她不信教。
>
> 國家主義不過是一個過程。我們從前在漢唐已經有過了的。
>
> ……
>
> 她沒想通，好在她最大的本事是能夠永遠存為懸案。也許
> 要到老才會觸機頓悟。她相信只有那樣的信念才靠得住，因
> 為是自己體驗到的，不是人云亦云。[64]

---

63 張愛玲，〈自己的文章〉，載《張愛玲全集》，第三卷，《流言》，頁19。
64 張愛玲，《小團圓》，頁64。

這裡的關鍵是「自己體驗」，即通過人物的表演所獲得的個體經驗，而不是「人云亦云」，重複宗教般的言說。值得注意的是，雖然強調獨立思維，但張愛玲顯然到老也並沒有「觸機頓悟」，面對「永遠」的「懸案」，她只能繼續不斷地重複敘述。從1992年3月寫信交代宋淇和鄺文美、敦促他們「《小團圓》小說要銷毀」，到1993年7月致信皇冠出版社編輯、解釋「《小團圓》恐怕年內也還沒寫完」[65]，張愛玲一直重寫自己的體驗。用她對同樣重寫多年的小說〈色，戒〉的評語說：「此情可待成追憶，只是當時已惘然。」[66]正因其「惘然」，更有待「追憶」書寫。

從遊戲歷史的角度看，張愛玲神話自1990年代以來成為上海懷舊的一個重點對象，這其實是一種歷史的反諷，因為張愛玲早就以「後懷舊」的重複表演預設了這種懷舊。張愛玲去世後，「美文作家」余秋雨寫了這樣的悼詞：「是她告訴歷史，二十世紀的中國文學還存在著不帶多少火焦氣的一角。正是在這一角中，一個遠年的上海風韻永存。」[67]「不帶火焦氣」的文學在二十世紀並非張愛玲首創（廢名、沈從文的小說可為證，而詩歌、散文方面的例子更是不勝枚舉），可何時這一特徵卻成了張愛玲獨家的「註冊商標」？何況從《傾城之戀》到《秧歌》再到《小團圓》，「火焦氣」不時瀰漫在張愛玲的作品之中。「遠年的上海風韻」揭示張愛玲作為1990年代以來上海懷舊偶像的魅力，可類似的「風韻」不只存在於張愛玲的文字作品，更存在於張愛玲成

---

65 張愛玲，《小團圓》，頁3、16。

66 張愛玲，〈惘然記〉，載《張愛玲全集》，第十二卷，《惘然記》，頁4。

67 余秋雨，〈張愛玲之死〉，載《回望張愛玲》，頁286。

名之前的上海畫報（如《良友》）、電影等都市文本中[68]。

張愛玲顯然比上海懷的舊推手們聰明，因為她承認懷舊的必要，所以提供懷舊的意象（「生命是一襲華美的袍」），但同時又設定跳出懷舊的「後懷舊」機制（「爬滿了蚤子」）──她典型的「參差的對照」式的表演書寫[69]。她既彰顯作為「美麗而蒼涼的手勢」的懷舊情緒，又指涉該手勢背後隱含的自我反思、跨越歷史的體驗。無疑，張愛玲這裡的「手勢」是遊戲的手勢，早在1947年的《傳奇》再版序言中就揭示了這麼一個淒涼徹骨的世界：「將來的荒原下，斷瓦頹垣裡，只有蹦蹦戲花旦這樣的女人，她能夠夷然地活下去，在任何時代，任何社會裡，到處是她的家。」[70]荒原暗示歷史的終結與後歷史的開始，只有作為女性表演者的花旦（而非男性英雄）才能跨越時空界線，夷然地遊戲於歷史內外。遊戲成全了張愛玲的角色經驗認同，也設定了她成為超文典的根本機制。

在結束本文前，我們不妨最後看看張愛玲夷然地遊戲於歷史內外的又一次精采表演。1979年張愛玲寫了〈把我包括在外〉的一文，引用好萊塢製片商高爾溫（Samuel Goldwyn）「錯得妙趣橫生」的名言「include me out」，以回應臺灣《聯合報》副刊

---

68 參見張英進編、蘇濤譯，《民國時期的上海電影與城市文化》（北京：北京大學出版社，2011）；Paul G. Pickowicz, Kuiyi Shen, and Yingjin Zhang, eds., *Liangyou, Kaleidoscopic Modernity and the Shanghai Global Metropolis, 1926-1945*（Leiden: Brill, 2013）。

69 語出張愛玲十九歲時寫就的《天才夢》，載《張愛玲全集》，第八卷，《張看》，頁242。

70 張愛玲，〈再版自序〉〉，載《張愛玲全集》，第五卷，《傾城之戀》，頁8。

「文化街」專欄要她「填寫近址的城鄉地名與工作性質」的表格要求。雖然張愛玲說她的地址和職業「又不是什麼秘密」，但她寧可寫了〈把我包括在外〉這篇短文，進而反問編輯（及讀者）「可否代替填表？」[71] 填表是為了確定個人身分，屬於檔案記錄行為，所以張愛玲既不願意一勞永逸地限定自己（何況美國的加州並非她的最愛），也不允許他人將她蓋棺定論（如所謂的「祖師爺爺／奶奶」、「上海風韻」等）。相反，張愛玲更樂意讓世人將她「包括在外」，或「排斥在內」，因為她願意同時保留內外，拒絕定性的歷史發展觀和定型的疆域化思維，指出定向思維的一錘定音的不合理性。在這個意義上，柯靈所謂偌大的中國文壇自然無法將張愛玲排斥在外，因為文學史的排斥並不證明她就不在文壇之內，何況文典尚需不斷的解構和重構。而王德威的「張派作家」譜系或許只不過將張愛玲包括在外，因為她畢竟更像夏志清描述的「獨行天才」那樣，我行我素，一以貫之，通過複現的文字遊戲，一次又一次地推出精采的「把我包括在外」的表演書寫，想像性地自由進出歷史，跨越時代，最終進入超文典的文學境界。

---

71 張愛玲，〈把我包括在外〉，載《張愛玲典藏》，第十二卷，《散文集二，一九五○～八○年代》（臺北：皇冠文化，2010），頁123-124。

張愛玲（未公開）書信的
檔案考察與蚤患病痛

林幸謙

一、引言：身體病痛的「災難」與「隱喻」

　　這裡所言未公開的張愛玲書信文獻，計畫將分幾篇加以分析整理。因此本文只是其中一篇較基礎性的報告，以及有關張愛玲整體書信資料的整理，同時也整理部分已出版書信集中有關疾病書寫等內容資料[1]。

　　從張愛玲長年抱恙蚤子／皮膚病痛，以及她臨終前用日光燈自行治療而死於治療過程中的事實來看，研究張愛玲的蚤子／皮膚病不但是重構張愛玲生平／傳記的重要工作，也是研究張愛玲疾病誌書寫及其創傷敘事的重要參考。而在張愛玲的文本中，也很多人物都患有各種各樣的、生理或心理上的病痛[2]；現實生活中

1　有關已出版的張愛玲書信中的病痛與蚤患書寫，已另外專文探討，詳參〈病痛與蚤患書寫：張愛玲已出版書信探微〉，《南方文壇》，1.2018：159-166。

2　張愛玲的弟弟張子靜曾回憶說：「我姊姊的小說人物，不是心理有病就是身

的張愛玲，更是常年遭受著感冒、傷風等病痛的折磨，其中最受
人關注的，莫過於讓她產生蚤子嚙噬感受的皮膚病。

　　現今賴雅、宋淇、鄺文美、夏志清、莊信正、蘇偉貞及林式
同等人所保留的張愛玲的信件，是研究與重組張愛玲中晚年在美
生活的核心第一手資料，許多張學專家如夏志清、王德威、陳子
善等人，不約而同地都認為張愛玲的書信，是現今文學史和「張
學」研究中最重要的材料之一。正如王德威在夏志清《張愛玲給
我的信件》一書的後記〈「信」的倫理學〉中指出，張愛玲現今
所留存的信件是重要的文學史與學術研究材料[3]。因此，研究這些
未公開的張愛玲書信，自有其獨一無二的重要性[4]。

　　在《張愛玲私語錄》中，宋以朗透露現今保留在宋家的張愛
玲與其父母的信件，約共六百餘封信[5]。然而確實的數字應該是

體有病。有的甚至心理、身體都病了。」（張子靜著，《我的姊姊張愛玲》。
上海：學林出版社，1997，頁139）張愛玲筆下這些受各種疾病折磨的人
物，男女皆有，而女性居多：如〈第一爐香〉的梁太太和葛薇龍、〈第二爐
香〉的靡麗笙母女、〈金鎖記〉的曹七巧和芝壽、〈花凋〉的鄭川嫦與鄭夫
人、〈連環套〉的霓喜、〈創世紀〉的金少奶奶和戚紫微、〈小艾〉中的小
艾、〈年輕的時候〉的麗蒂亞、〈心經〉的許小寒、〈多少恨〉的夏太太、《半
生緣》／《十八春》的顧曼璐、《怨女》的柴銀娣和玉喜等人；男性人物如
〈金鎖記〉的姜二爺、〈茉莉香片〉的聶傳慶、〈殷寶灩送花樓會〉的羅潛
之、〈琉璃瓦〉的姚先生、《怨女》的姚二爺、《半生緣》的祝鴻才等人。

3　王德威，〈「信」的倫理學〉，載夏志清編註，《張愛玲給我的信件》（臺北：
　　聯合文學，2013），頁392。

4　這裡所言未公開的張愛玲書信文獻，計畫將分兩或三篇加以分析整理，因此
　　本文只是其中一篇較基礎性的報告，主要有關張愛玲整體書信資料和已出版
　　書信集中有關疾病書寫資料的初步整理。

5　張愛玲、宋淇、宋鄺文美著，宋以朗主編，《張愛玲私語錄》，頁123。

753封（可能還待最後統計），張愛玲寫給宋淇夫婦的有461封（包括其中六封不是寫給宋淇夫婦的信，如王鼎鈞、平鑫濤、夏志清等人）；而宋淇夫婦寫給張愛玲的信則有292封（由於當年影印並不普及，宋淇夫婦的信寄給張愛玲後遺失了大部分；而宋家則保全了所有張愛玲的來信）。這是本人在宋以朗家裡所看到的數字，第一封是張愛玲寫於1955年10月25日，最後一封是鄺文美寫於1995年8月9日。

張愛玲的疾病書寫被學界視為隱含了作家的「災難」與「隱喻」。王德威不只是把張愛玲書信中的病痛書寫視為身心一種「病的隱喻」敘事，亦認為那是信與病的「倫理學」，隱含「身體藝術意味」。現當代文壇中許多重要的現代主義作家如卡夫卡、芥川龍之介、貝克特，皆有相關的病痛隱喻：

> 在人與蟲的抗戰裡，在地獄裂變的邊緣上，在白茫茫一片
> 真乾淨的恐怖或歡喜中，張愛玲書寫著。她以肉身、以病、
> 以生命為代價，來試煉一種最清貞酷烈的美學。[6]

二、「跳蚤可馬虎不得」：張愛玲書信與蚤患／皮膚病

現今已有幾本專書結集出版了張愛玲寫給幾個學者的書信集，亦有個別發表的書信，其中不乏有關張愛玲病況的內容[7]。當

6　同上，頁395-397。

7　現今主要有四種已出版的張愛玲書信資料：2007年蘇偉貞，《魚往雁返：張愛玲的書信因緣》；2008年莊信正，《張愛玲來信箋註》；2013年夏志清編注，《張愛玲給我的信件》；以及2010年宋以朗編，《張愛玲私語錄》。這幾

年，最早為文壇所透露張愛玲皮膚或心理病情的應是1985年水晶那篇引起注目的文章〈張愛玲病了〉，文中他引述宋淇的信件內容：

> 關於張愛玲，她自去年（一九八四年）起搬家，即染上跳蚤。為了省錢，買了一只二手貨冰箱，跳蚤即從箱底繁殖，弄得她走投無路，連頭髮也剃了，每日要洗頭，後來只得穿plastic（塑膠）衣服，再脫扔掉，狼狽不堪，茶飯無心，也無定時。三天換一個motel（汽車旅館）。以她的身體如何吃得消？去看醫生，說她是心理作怪，然而每天晚上兩足會咬得紅腫。[8]

按宋淇的說法，張愛玲是自1984起「染上跳蚤」，三天換一個汽車旅館，說的正是張愛玲皮膚病情最為嚴重的避蚤歲月。而從近年已經出版的張愛玲的書信中，與蚤患相關的記錄最早則出

本張愛玲書信錄內容大部分是有關出版、文學寫作、電影版權、金融投資，以及她遭受的各種病痛（主要為非皮膚病）等內容。

8　詳見水晶，〈張愛玲病了〉，載蘇偉貞主編，《魚往雁返：張愛玲的書信因緣》，頁85。對於水晶公開自己書信的行為，宋淇顯然不悅，他在給張愛玲的書信中表示抱歉：「……我想他一向是你的忠實讀者，訪問過你，又蒙你的介紹才見到我，可以信得過。因為志清信中始終認為你患的是心理病，而且信中無法詳細解釋，我竟不假思索將你三月十五日致我們的私函影印了前一大半給他，以證明你的困擾是有心理上根據的。事先事後我都不以為意，也沒有同Mae商量，就此忽略了私函的private（私人）和confidential（保密）性質，真是罪莫大焉。」（張愛玲、宋淇、宋鄺文美著，宋以朗編，《張愛玲私語錄》，頁251）。

現在1983年10月26日給莊信正的信中。張愛玲對蚤患情況及她的應對措施做了這樣的描述：

> 公寓派人來噴射蟑螂，需要出清櫥櫃，太費事，很少人簽名要他來。……東西攤了一地，半年沒打掃，鄰居貓狗的fleas傳入，要vacuum後再噴毒霧。但是牆上粉刷的片片剝落，地毯上的粒屑揀不勝揀，吸入吸塵器，馬達就壞了。我叫了個殺蟲人來噴射，只保卅天，不vacuum無法根除。只好搬家，麻煩頭痛到極點。久住窗簾破成破布條子，不給換我也不介意，跳蚤可馬虎不得。[9]

這封信顯示張愛玲採用打掃清理、噴灑毒霧的一般方法應對蚤患；但她對蚤子的排斥及恐懼程度，對居室潔淨程度的要求，卻遠遠超越一般人。於她而言，蚤子必須被一次性根除，否則這個地方便不可以繼續居住。

而在張愛玲未公開的這批書信中，張愛玲以「皮膚病」描述的信最早應出現於1981年12月11日的信中：

> 我手上的皮膚病近來惡化，多年前醫生開的方子失效，看樣子又要兩隻手都不能下水了，年底放假無法找醫生，只好提前去。同時又看牙齒又看手，忙亂可想而知。

9　莊信正，《張愛玲來信箋註》，頁144。

倘若再往前追溯，張愛玲在1955年10月25日寫給鄺文美的信中，提及船上的菲律賓人幫小孩子捉「頭上的蚤子」一事，或許是另一次值得注意的關於蚤患的起點。

> 同船的菲律賓人常常在太陽裡替小孩頭上捉蚤子，小女孩子們都是一頭鬈髮翹得老高，我看著實在有點怕蚤子跳上身來，惟一的辦法是隔幾天就洗一次頭，希望乾淨得使蚤子望而卻步。10

此臆想或許可視為在潛意識中的始發期，內心裡始作俑的恐懼意識。此外，在這批未發表的信中，張愛玲首次提到「fleas」（蚤子）是1983年10月10日，說是傳進了住處：

> 久不打掃，公寓裡貓狗的fleas傳了進來，需要地毯吸塵後全apt.噴毒霧，等於職業殺蟲人的工作，但是街口藥房就買得到，不免要試一下，真是不行再找人來。

從這些書信中，可見張愛玲提及各種病情的內容從80年代開始占據愈來愈大的比例，成為她生活中揮之不去的夢魘。

張愛玲在1983年10月26日寫給莊信正的書信中的描述，是目前已出版書信中關於蚤患的最早記錄。然而，在《張愛玲私語錄》中，她在最後一封給宋淇夫婦的信中提到了另一個說法：

---

10 張愛玲、宋淇、宋鄺文美著，宋以朗編，《張愛玲私語錄》，頁145。

　　我的皮膚病就是在三藩市住了兩年老房子──維修得也還好──下一年去香港就告訴 Mae 從臉盆上染上「睫毛頭皮屑」症，那就是開始。[11]

　　以此推測，張的皮膚病可能在 1959 年已曾發作，而此信的說法似乎比其他資料更為準確。根據張愛玲給賴雅、鄺文美的書信記錄，1958 年 11 月 13 日他們在南加州亨廷頓哈特福基金會居住，1959 年 5 月 13 日移居舊金山租住布什（Bush）街六百四十五號。1961 年 8 月 11 日張計畫到香港，順便去臺灣蒐集《少帥》和寫作資料，1961 年 10 月到 1962 年 3 月，張愛玲在香港待了五個月[12]，期間去臺灣一個星期，大概是 1961 年 10 月 13 日到 20 日[13]。1962 年 3 月 16 日搭乘飛機回美國，18 日回到華盛頓。

11　張愛玲、宋淇、宋鄺文美著，宋以朗編，《張愛玲私語錄》，頁 317。

12　在 1961 年 9 月 12 日給鄺文美的信中，張愛玲寫道：「飛機是十月三日（星期二）夜離三藩市，幾時抵港，昨天打電話到那小航空公司去問，不得要領，今天跑去問過，星期五下午四時三刻才到香港。」而在 10 月 2 日的信中，張愛玲寫道：「USOA 忽然改了時間表，兩星期一次飛港，（據說是因入秋生意清）十月三日一班機改十月十日。我為了省這一百多塊錢，還是買了十日的票。……如果你們已經代我找到房間，房租請先代付。」（張愛玲、宋淇、宋鄺文美著，宋以朗編，《張愛玲私語錄》，頁 182。）根據本人和宋以朗的談話，張愛玲在香港的這段時間，應住在旺角一帶的花園街。

13　根據陳若曦的回憶，張愛玲是 1961 年 10 月 13 日到臺灣（「十三日，張愛玲果然乘飛機，一個人飄到臺灣來了。」），在臺灣待了一個星期（「總算一下，她在臺灣剛好住了一個禮拜。」）。（陳若曦，〈張愛玲一瞥〉，載金宏達編，《回望張愛玲‧昨夜月色》〔北京：文化藝術出版社，2003〕，頁 256、258。）至於為何選擇當時去臺灣，張愛玲在 10 月 2 日給鄺文美的那封信中也有解釋：「我以前曾告訴你想寫張學良故事，而他最後是在臺。我本來打算幾個

又據王禎和的回憶，張愛玲在臺灣期間他陪同張愛玲遊覽了花蓮，也談到了臉盆和臭蟲[14]。由此可以推斷，張愛玲最後一封信中所談到的皮膚病，應該是1959年5月13日到1961年10月10日在舊金山居住的兩年，但更具體的時間，根據目前已公開資料，尚無法確定。

而若從已出版的書信集來看，有關皮膚病描述最早出現在給莊信正的書信中，即在1984年4月20日的信中，張愛玲寫道：

> 在看皮膚科醫生，叫搽一種潤膚膏汁，倒是辟fleas，兩星期後又失效——它們適應了。腳腫得厲害，內科醫生查出是veins毛病，治好了又大塊脫皮，久不收口，要消炎等等。[15]

此處提到搽潤膚膏汁，開始有效後又失效，因腳腫而被內科醫生診斷為靜脈（veins）所引發。而在1985年2月16日給他的信中又寫道：

月後去臺住幾個星期，但這班機也可以在臺stopover〔中途停留〕，比下次去省錢。」（馮睎乾，〈《少帥》考證與評析〉，載張愛玲著，馮睎乾譯，《少帥》〔香港：皇冠出版社，2014〕，頁203。）

14 在這篇回憶文章裡，王禎和還談到自己後來與張愛玲關於「臭蟲」問題的交流：「她回美國之後，為 *The Reporter* 雜誌寫了一篇文章，題目叫 Back to the Frontier，寄一份給我。水晶看了題目就有意見：怎麼能說到臺灣是『回返邊疆』呢？文章中提到臭蟲，水晶又說：怎麼可以說臺灣有臭蟲？哪裡有臭蟲？……我就剪報寄給她，順便抗議『臭蟲事件』。……她淡淡的寫了一句：臭蟲可能是大陸撤退到臺灣帶來了。」（〈張愛玲在臺灣〉，載金宏達編，《回望張愛玲・昨夜月色》，頁251-252。）

15 同上，頁150。

　　前幾年有個醫生說我整個皮膚是eczema-ish condition，
（也並看不出，除了手臂上褪皮；不過一碰就破，多走點路
腳就磨破了，非得穿拖鞋──我也喜歡散步，不過是拿著大
包東西趕路的時候居多），無疑地是fleas鍥而不捨的原因。[16]

　　此信指醫生說是濕疹之類的皮膚病，然而她仍然堅信是蚤子
緊追不捨所導致。這種病情同樣出現在1988年4月6日寫給夏志
清的信中：

　　才發現鄭緒雷的一張上附有「聖誕信」，介紹醫生。去看
這醫生，是UCLA教授，診出是皮膚病過度敏感，敷了特效
藥馬上好了。大概fleas兩三年前我以為變小得幾乎看不見
的時候就已經沒有了。[17]

　　這些張愛玲已出版的關於皮膚病的書寫大都十分簡短，與這
批寫給宋淇夫婦的信相比，張愛玲對她的蚤患有詳盡的描述，構
成鮮明對比。從張愛玲書信可見，她所受到的皮膚病情的種種不
適，都被她認為是蚤子噬咬引發的。
　　在這一種心理之下，將她的皮膚被噬咬的種種感受僅僅歸因
於生理疾病，顯然缺乏說服力。因此，自從她的蚤患問題被水晶
披露，學界便出現她患有心理疾病的猜想。

16　同上，頁164。
17　夏志清編註，《張愛玲給我的信件》，頁340。

三、「皮膚病又更惡化」：皮膚病或心理病之爭疑

前文提及的水晶所披露的宋淇先生書信中的皮膚病情，提及夏志清認為張愛玲可能患有心理疾病：

> 去看醫生，說她是心理作怪，然而每天晚上兩足會咬得紅腫。我於四個月前即去信給她，把你的地址給她，讓她如有任何為難時，立即找你。夏志清也有信來，說她可能是精神病，並囑她與你接洽。她只有一 forwarding address（轉信地址），是她從前住過的。信中云一個月去收一次信。自三月十七日後即無消息。現在唯有將此信影印寄上，請你們去追查線索。我們擔心她身體不支，大病一場，否則她不會沒有消息的。[18]

水晶在文章中透露，他也和夏志清一樣擔心張愛玲的「蚤病」是源自張愛玲心理：

> 不過我也跟夏志清一樣，懷疑她這一恐蚤病，來自內心深處，也就是醫生給她的處方，是「女帽上的一條絲緞」，因為，「世上沒有人是一個孤島」，而張女士偏偏要打破這條至理名言，結果——恕我直言，被她堅拒於公寓墻外的那些人（不是無頭冤鬼），也不清楚包不包括唐文標，化成了千

---

18 水晶，〈張愛玲病了〉，載蘇偉貞主編，《魚往雁返：張愛玲的書信因緣》，頁85。

萬隻跳蚤，咬她叮她。生命真的變成了「一襲華美的袍子，
爬滿了蚤（虱）子。」（見〈天才夢〉）[19]

　　水晶所引述的宋淇的話，讓張愛玲的「蚤病」成為文壇所關
注的話題，也讓關於心理病的猜測成為最受學界關注，獲得最多
探究的議題。此後多年，學者們由心理疾病的猜測出發，展開了
種種不同走向的文化解讀。本文亦對張愛玲的蚤患、皮膚病作出
文化層面的解讀，但並不將張愛玲患有心理疾病這一猜想作為分
析的出發點，而是結合生理、心理兩個層面，對她所患疾病作出
猜測。同時，將張愛玲其他文本中關於病痛的書寫，社會文化狀
況納入考察氛圍，對她的疾病書寫作較為系統的研究[20]。

　　張愛玲的皮膚病和蚤患課題，在張愛玲中晚年生活中占有重
要位置。若從張愛玲死亡的角度審察，這些未經研讀整理的書信
文獻的重要性亦可得見：即她的死亡直接和這皮膚病有關。從張
愛玲臨終前寫給宋淇夫婦的幾封信件可知她皮膚病復發，情況嚴
重。

　　在張愛玲寫給宋家的最後一封信裡，可探索到有關病情的嚴
重性。1995年7月25日，在張愛玲臨終前兩個月餘，她最後寫

---

19 水晶，〈張愛玲病了〉，載蘇偉貞主編，《魚往雁返：張愛玲的書信因緣》，頁
　 86。

20 從已出版的書信中可知，張愛玲的病痛書寫主要可以分為兩部分：第一部分
　 是對蚤患／皮膚病的描述；第二部分是關於她應對蚤患及皮膚病時的感受及
　 行為描述。前部分對蚤患／皮膚病的描述屬於事實層面，且兩者緊密相連，
　 構成因果及遞進關係；後一部分則涉及心理層面。兩個層面的描述並存於書
　 信，使得學界就其病情實質爭論不休。

給宋淇夫婦的、共五頁信紙的信裡提到，由於她的皮膚病十分惡化，藥物已經失效，以前用過的日光燈療法對皮膚病有效，因此她新買了紫外線光燈自行治療。張愛玲日後就被發現赤裸地躺在日光燈依然亮著的床上，溘然長逝。

在這封最後的信中，張愛玲對自己的種種感受都做出了詳盡具體的描述，這些描述將她極度糟糕的身體情況和精神狀態清晰地呈現出來。以下的原文可看出張愛玲文句已流露出混亂不清的跡象：

> 前信說過皮膚病又更惡化，藥日久失靈，只有日光燈有點效力。是我實在無奈才想起來，建議試試看。醫生不大贊成，只說了聲「要天天照才有用。」天天去 tanning salon 很累，要走路，但是只有這一家高級乾淨，另一家公車直達，就有 fleas，帶了一隻回去，嚇得連夜出去扔掉衣服，不敢用車房裡的垃圾箱，出去街角的大字紙簍忽然不見了，連走幾條街，大鋼絲簍全都不翼而飛，不知道是否收了去清洗。只好違法扔在一條橫街上，回去還惴惴好幾天，不確定有沒留下 flea 卵。Tanning salon 天冷也開冷氣，大風吹著，又著涼病倒。決定買個家用的日光燈。現在禁售，除非附裝計時器，裝了又太貴沒人買，$600 有價無市。舊的怕有 fleas 卵，但是連舊的都沒有。好容易找到這郊一個小公司有售，半價，又被搞錯地址幾星期才送到。我上次信上說一天需要照射十三小時，其實足足廿三小時，因為至多半小時就要停下來擦掉眼睛裡鑽進去的小蟲，擦不掉要在水龍頭下沖洗，臉上藥沖掉了又要重敷。有一天沒做完全套工作就睡著了，

醒來一隻眼睛紅腫得幾乎睜不開。沖洗掉裡面的東西就逐漸消腫。[21]

信中不但有所謂的蚤、新蚤和舊蚤，還有更加不可思議的蚤卵。此外，除了描述她舊藥方失效，以及對日光燈治療的執迷外──照足廿三小時；也透露出張愛玲除了蚤患病痛以外、還有另一個被忽略的眼疾病情。

可見蚤患不但只是影響她的皮膚，也嚴重影響到她的眼睛，可視為蚤患的另一個病痛的後果：「每天至多半小時就要停下來擦掉眼睛裡鑽進去的小蟲，擦不掉要在水龍頭下沖洗」；如此頻繁的沖洗眼睛，不難讓我們想起某種強逼疾的表現。同時不難想像，張愛玲所採取的日光燈療法，可能導致她的皮膚更加脆弱，對她身體造成的損害也可能大於療效。這一點在此信中亦得到了呈現：有一次她去取信，「背回郵袋過重，肩上磨破了一點皮，就像鯊魚見了血似地飛越蔓延過來，團團圍住，一個多月不收口。」

然而，她寧願承受著被曬傷的痛苦，還是堅持要長時間接受日光燈照射治療，因為此時的她已經將自己的身體視為蟲子棲息繁殖的「窩巢」。為此，她還「隔幾天就剪髮」，因為「頭髮稍長就日光燈照不進去」，蟲子便會趁虛而入，同時也影響到耳朵：

本來隔幾天就剪髮，頭髮稍長就日光燈照不進去。怕短頭髮碴子落到創口內，問醫生也叫不要剪。頭髮長了更成了窩

21　張愛玲、宋淇、宋鄺文美著，宋以朗編，《張愛玲私語錄》，頁316。

巢，直下額、鼻，一個毛孔裡一個膿包，外加長條血痕。照射了才好些。當然烤乾皮膚也只有更壞，不過是救急。這醫生「諱疾」，只替我治 sunburn，怪我曬多了，正如侵入耳內就叫我看耳科，幸而耳朵裡還沒灌膿，但是以後源源不絕侵入，耳科也沒辦法。[22]

可見，惡化的皮膚病使她陷入空前糟糕的精神狀態，與此同時，也引發或加重了她的其他病情，如眼睛「輕性流血」。這顯然和 60 年代她在香港寫劇本時眼睛流血的病情有點類似[23]。而如今她寫這封信的時候，她眼睛的情況已經糟糕到「過街連紅綠燈都看不清楚」。這些病使得原本就多病的她「元氣大傷，常透不過氣來，傴僂著走路。」對於一個七十多歲的老人來說，這種種情況都是十分危險的。即將降臨的死亡因此不再顯得突兀[24]。而從這信中所交代的事件與內容來看，張愛玲似乎有意把一些生活與病情細節留給宋淇夫婦。

張愛玲去世之後，遺囑執行人林式同去接收遺體時記載當時的場景：

---

22 張愛玲、宋淇、宋鄺文美著，宋以朗編，《張愛玲私語錄》，頁 316。

23 在 1962 年 1 月 31 日給賴雅的信中，張愛玲提到：「眼睛因為長時間工作，又出血了。」周芬伶在詢問過醫生後對這個情況作出解釋：「……『結膜下出血』，症狀應該只是充血，看起來很可怕，卻不會痛，也不會影響視力，原則上是不會真正流血出來，可能是用手去揉導致微血管破裂，或者凝血功能不佳，容易流血：她因戴隱形眼鏡，眼睛曾有潰瘍的症狀，再加上長期工作而發炎。」（周芬伶著，《孔雀藍調：張愛玲評傳》〔臺北：麥田出版，2005〕，頁 186-188。）

24 張愛玲、宋淇、宋鄺文美著，宋以朗編，《張愛玲私語錄》，頁 315-317。

　　張愛玲是躺在房裡唯一的一張靠牆的行軍床上去世的，身
下墊著一床藍灰色的毯子，沒有蓋任何東西，頭朝著房門，
臉向外，眼和嘴都閉著，頭髮很短，手和腿都很自然地平放
著。她的遺容很安詳，只是出奇的瘦，保暖的日光燈在房東
發現時還亮著。[25]

　　從中可確知張愛玲的死與皮膚病情有關。因此，從張愛玲用
日光燈自行治療皮膚病而死於治療過程中的事實來看，皮膚病是
研究其生平的一個十分重要的課題。

四、「我天天搬家」：高齡避蚤者的旅漂歲月

　　除臨終前最後的日子深受皮膚病的磨難以外，張愛玲中晚年
亦曾有過一段深受皮膚病折磨的歲月。約於1984年6月至1988
年2月間，她以六十四歲高齡在洛杉磯及其以北的山谷區過了長
達數年的旅館漂泊生活。這是她遷徙流離的「避蚤歲月」，平均
每一個星期換一個旅館。她未公開的信件甚至提到天天搬的情
況。這是張愛玲生平最黑暗的日子，是現今所知（除臨終前）、
張愛玲蚤患最為嚴重的一段時期。

　　這期間除了仍然和宋淇夫婦互通書信以外，張愛玲幾乎斷絕
了與外界的一切交往，她最親近的學術界友人夏志清、莊信正有

---

25 林式同，〈有緣得識張愛玲・噩耗傳來〉，載《華麗與蒼涼：張愛玲紀念文
　　集》（香港：皇冠出版社，1996），頁58。

三年多時間幾乎完全失去和她的聯繫[26]。

　　宋家現今所保留的這時期的信件，可以說是了解張愛玲這三年生活的唯一現存資料。1983 年，張愛玲在信中首度提及蚤患，1984 年，她開始輾轉於各種旅館的漂泊生活，1987 年底，她重回較為安穩的定居生活。這幾年間，她共寫給宋淇夫婦 66 封書信。經過初步統計，1983 年有 31 封信，1984 年 15 封，1985 年六封，1986 年二封。1987 年以後回復較為「正常」通信量，共有 12 封信。

　　由此可見，只有在與宋淇夫婦的通信裡，張愛玲全面、細緻地描述了自己的皮膚病情和蚤子咬嚙感受。

　　上述所提這批未公開的 753 封信件中，可找到許多有關張愛玲記述蚤子或／與皮膚病情有關的內容。按信件內容加以歸類整理，主要分為以下兩大項要點：

　　第一大項為皮膚病與非皮膚病；

　　第二大項為張愛玲應對「蚤患」的反應。

　　皮膚病約有濕疹、敏感、乾燥等，非皮膚病主要有幻想以及蚤／寄生蟲；而張愛玲應對「蚤患」的反應則構成書信的主要內容，主要分生理／身體，以及心理、行為兩類。身體反應的問題較簡單，如奇瘦、傷口久難癒合、易破損等，而心理與行為的影

---

26 在張愛玲寄來的寫於 1988 年 4 月 6 日的書信後，夏志清做了按語：「這是我自一九八四年十月廿六日以來，三年收到愛玲的第一封信，我給她的信，H2、H3、H4、H5、H6，她都沒有拆。這三年她倒每年給莊信正寫一封信，因躲『蟲患』，常搬家，沒有固定地址，她忙於看病搬家，每日累得精疲力盡，『剩下的時間，只夠吃睡，才有收信不拆看的荒唐行徑。』看了令人心酸。」（夏志清編註，《張愛玲給我的信件》，頁 341。）

響則較為複雜：包括長時間住旅館，怪異行為如進門前脫光衣服，頻繁殺蟲／清理，改變衣物鞋襪穿著習慣，處理頭髮，長時間日光浴／照射紫光燈，自我疑心病症如神經衰弱、精神分裂症等，收集蚤子、蚤蛋、蚤腿、頭蝨及相關簡報等，因「避蚤」產生的「次生災害」等。

從宋以朗家這批信件中，可發現張愛玲當年的遭受蚤患的磨難生活遠遠超乎一般讀者的想像。蚤患對她的侵害在日常生活中幾乎無所不在，她甚至表現出一種特有的「蚤子狂躁」的心理現象。避蚤歲月占據了張愛玲的海外安居生活，也奪取了她中晚年的健康。這避蚤旅漂的歲月期間，張愛玲唯一與外界聯繫人宋淇夫婦，常常收到張愛玲對其皮膚病患的抱怨與傾訴之情。

在1985年7月27日的長信中，張愛玲有以下一段描述，道出她尋找無蚤居所的內心真實感受：

> 有一天剛「出浴」，還沒擦乾，肩頭一陣癢，一看，有一抹灰，中間許多小黑點。在潔無纖塵的旅館房間裡——天冷，小旅館暖氣熱水時有時無，無法執行午前三小時的消毒，所以一直住＄50一天的中上級旅館——門窗緊閉，哪來的煤灰？我最近告訴一個醫生，他說那一抹灰應當送去化驗。其實體內擦下的小黑點，上次也已經送去過了。長形稍大的我想是蟲，小圓點是蛋。前兩天有兩隻大一點的淹死在溫熱的牛奶裡，黑白分明，看得清清楚楚，長喙與蜷曲的身體一樣長。我神經緊張太久，一panic，馬上倒掉了牛奶。下一隻保存了下來，但是太小了點，醫生說過太小沒用。（見圖1）

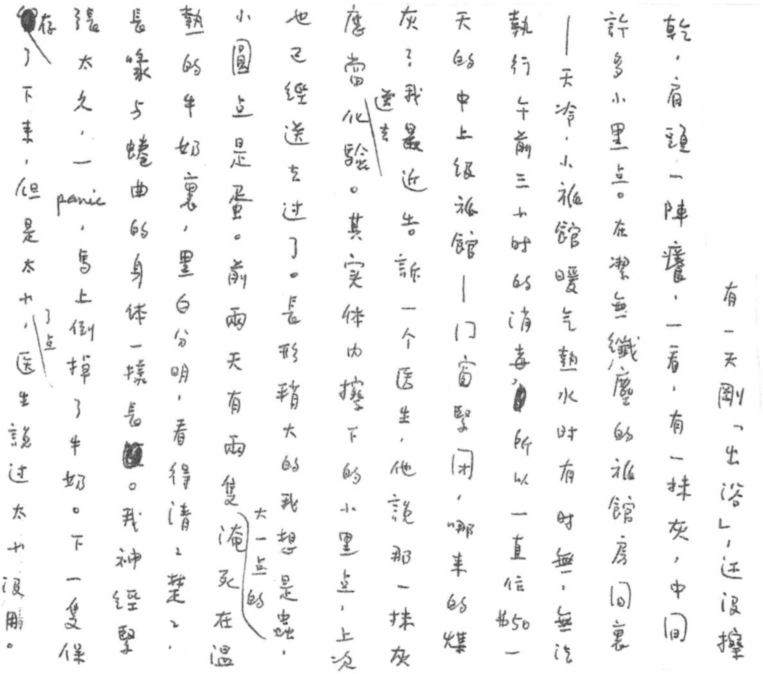

有一天剛「出浴」，還沒擦
乾，肩頭一陣癢，一看，有一抹灰，中間
許多小黑點。在絕無纖塵的旅館房間裏
——天冷，小旅館暖气熱水時有時無、無法
執行午前三小時的消毒，所以一直信賴50一
天的中上級旅館——門窗緊閉，哪來的煤
灰？我最近告訴一个医生，他說那一抹灰
應當化驗。其實體內擦下的小黑點，上次
也已經送去過了。長形稍大的我想是蟲，（太一点的）
小圓點是蛋。前兩天有兩隻淹死在溫
熱的牛奶裏，黑白分明，看得清清楚楚。
長痠与蜷曲的身体一樣長短。我神經緊
張太久，一 panic，馬上倒掉了牛奶。下一隻保
（住）了下來，但是太小，医生說过太小沒關。

圖1　張愛玲信1985.7.27。

©宋以朗、宋元琳　經皇冠文化集團授權。

　　洗浴時落在皮膚上的、牛奶中出現的黑點，在這時的張愛玲
看來，都是蟲子。而根據黑點的大小、形態，她還作出了詳細
的、讓自己更加堅定猜想的解釋：「長形稍大的我想是蟲，小圓
點的是蛋。」這種在醫生化驗之前便迅速產生的猜測本身，就說
明她的確如自己意識到的那樣：「神經緊張太久」。只不過，她
認為自己的「緊張」只體現在「一panic（慌張），馬上倒掉了牛
奶」的行為中。可見對於「黑點」就是「蟲」的這一個人臆測，

她是深信不疑的——這和她深信有蚤、還有蚤卵等物體，在現代
醫學上都是相當典型的臨床表徵。

晚年的張愛玲，在她頻繁更換汽車旅館的那幾年，她寫給宋
淇夫婦的書信顯示出，在尋找心目中無蟲無蚤的乾淨旅館的過程
中，她一再遭遇受挫體驗。她想尋求的無蚤無蟲患的居所一直遙
遙無望，成為烏托邦一般的存在：

> 迄今還沒碰上一家有 fleas 的旅館，這次終於碰上了！連
> 夜又把行李搶救出來，原來奄奄一息的 fleas 輸入新血，又
> 惡化，最近這兩天更是一天一個 crisis。

除了皮膚病情惡化以外，張愛玲甚至開始了每天搬家的避蚤
生活：

> 我天天搬家這一點，大概實在史無前例。最善適應的昆蟲
> 接受挑戰，每次清剿到快沒有了就縮小一次，（現在小得像
> 鬍子渣，而細如游絲）變得像細菌一樣神出鬼沒。還是會飛
> 躍叮咬刺痛。我最近才知道螞蟻叮也沒痕跡，大群螞蟻咬了
> 才有一片 rash。變小的 fleas 一度也叮了有一條幾寸長的紅紅
> 的 rash，再小就 rash 也沒有了。（1986.6.9）

在這一段的蚤患書寫中，除了留下足有幾寸長的紅紅的皮疹
（rash）痕跡外，蚤子如同強勢進犯的侵略者，讓張愛玲陷入可
怕的拉鋸戰，將生活環境變成了只有她自己深受其害的亂世。身
處其中的她如同驚弓之鳥，時時感受到焦慮和恐懼。在這樣的心

理狀態下，她的種種異常行為也就可以理解了。

　　早在1984年1月13日的信中，張愛玲已對宋淇夫婦講述了自己一些外人看起來十分驚人的行為。從中可見皮膚病幾乎全然改變了她的日常作息，使得她的生活超乎一般人的日常模式，而接近「異常」的程度：

> 　　已經開始天天換（汽車）旅館，一路拋棄衣物，就夠忙著添購廉價衣履行李。……又病倒。因為我總是乘無人在戶外閃電脫衣，用報紙連頭髮猛擦，全扔了再往房裡一鑽。當然這次感冒發得特別厲害，好了耳朵幾乎全聾了，一時也無法去配助聽器，十分不便。也還是中午住進去，一到晚上就繞著腳踝營營擾擾，住到第二天就叮人，時而看見一兩隻。看來主要是行李底、鞋底帶過去的。（1984.1.13，見圖2）

　　在天天換旅館天天搬家的環境底下，在寒冷的1月中旬，張愛玲為了不把蚤子帶進旅館房間，每次趁沒人時在進酒店房門前把衣服脫了，以撥弄的方式手抓頭髮以圖甩脫蚤子，其舉止異常程度由此可見。她遭受的不只是單純的單一蚤子／皮膚病痛，還有皮膚病引發的其他的病痛，如「特別厲害的、幾乎導致耳朵全聾的感冒」，進一步加重身體的負擔與病情。蚤子所導致的皮膚病痛對於張愛玲中晚年生活造成的巨大影響，從這一段話中就能窺見一二。

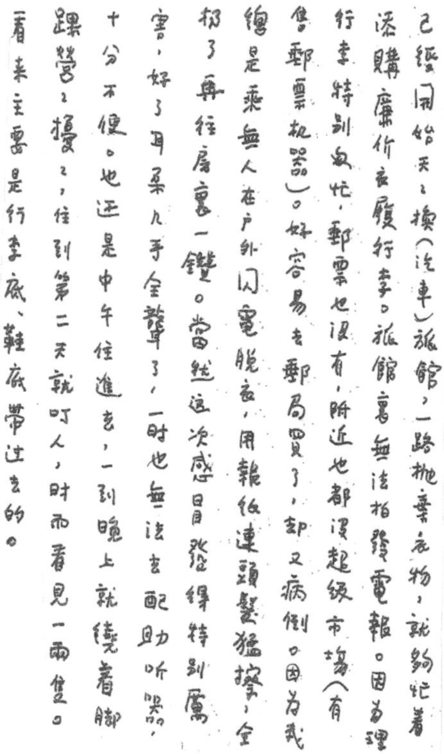

己經開始下。換（汽車）旅館，一路拋棄衣物，就夠忙著添購廉价衣履行李。旅館裏無法拍發電報。因為理行李特別匆忙。郵票也沒有，附近地都沒趕級市場（有售郵票机器）。好容易去郵局買了，却又病倒。因為我總是乘無人在戶外閃電脫去，用報紙連頭髮猛擦，全找了再往房裏一鑽。當然這次感冒發得特別厲害。好了耳朵几乎全聾了，一时也無法去配助听器，十分不便。地正是中午住進去，一到晚上就繞着腳踝營營擾擾，住到第二天就咬人，时而看見一兩隻。看来主要是行李底、鞋底帶过去的。

圖2　張愛玲信1984.1.13。

五、「二者並存，錯綜複雜」：張愛玲蚤患初步研斷

　　除以上呈現出來的，在這批書信中還有大量相關描述。這裡希望通過對這些內容的分析與整理，為這方面的張愛玲研究提出更加有真實根據的判斷。如此可進一步斷絕現今市面上張愛玲傳記、生活及病情研究方面，各種各樣的「想當然」的推測、謬誤

與不真實言論。

有關皮膚病抑或非皮膚病的記述[27]，在這批未刊書信中，張愛玲和醫生之間存在不同的見解，如1984年5月27日的信中提及：

> 我那皮膚病醫生就一直不大相信，因為沒有flea-bites（蚤嚙）。那是因為旅館的fleas（蚤子）來不及長大，不大叮，叮了也一小時就消失了。近來我只有一次看見一隻在桌上滑走，a darting zigzagging motion，也無法捉去給他看。此外還有撞死在TV玻璃上的，「血肉模糊」，只看得出沒翅膀，不是果蠅。醫生背後告訴另一醫生我是dry skin erosion（乾性皮膚糜爛），但是對我說他不是不信，fleas有時候是非常麻煩。（1984.5.27，見圖3）

從中可見張愛玲對於自身皮膚病的看法，以及她的醫生對此的診斷。信中除了涉及蚤子、模糊的並非果蠅的「未知物」、以及乾性皮膚症等多樣內容外，也透露出病患與醫生，以及患者醫生與其他醫生對有關病徵的不同見解。不難理解當年張愛玲所面對的蚤患／皮膚病病症，是何等的複雜難解。

基於張愛玲蚤患／皮膚病的複雜性與迂迴性，本人經過請教相關皮膚科醫生，提出張愛玲的蚤患／皮膚病，可能也有雙重疾病的可能空間：既有妄想症又有實際的皮膚病痛。這是基於此批

---

27 有關張愛玲皮膚蚤患的課題，另有拙文討論已出版書信中的蚤患論述，這裡不贅述。

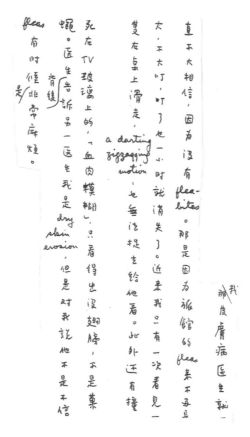

圖3　張愛玲信 1984.5.27。

© 宋以朗、宋元琳 經皇冠文化集團授權。

信件中不少有關皮膚紅疹、紅皰等記錄。這些皮膚病徵的真實體現，讓張愛玲堅信是有某種小蟲咬嚙她；而蚤子的妄想症則進一步加重有關病情的複雜性。例如1986年12月29日的信中記有嚙噬皰斑痕跡：

東西全扔掉，只留絕版的書等，全在一隻大木箱裡，⋯⋯
地上 fleas 最多。沒想到倉庫的電動大門，不駕車出不去，
要等工役接送。擔心被關在裡面過夜，忙亂中防範欠周，搬
運過程中全污染了。結果箱外的 fleas 轉移到袋內。當時毫
無 fleas 跡象，回去才發現兩腿沿著內褲一邊一排三四個大
皰，整齊得嚇死人。（1986.12.29）

除了兩腿各有一排三四大皰的蚤子咬囓痕跡外，張愛玲的這
些書信中找到許多有關她描述蚤子咬囓的相關內容。而這些描述
往往和醫生的有所相左。

面對蚤子的咬囓，皰傷雖不嚴重：「略有些皰，很快的消
失」，然而惡化後則導致張愛玲生活在消毒頭皮和內衣的噩夢
中，以阻止蚤子「鑽入體內」。可見這蚤患對張愛玲心理侵害之
重。而在 1985 年 3 月 3 日寫給宋淇夫婦的信中，她描述了自己如
何以消毒方法對抗蚤病，同樣令人心折：

有一天累極了，沒執行三小時消毒手續，下午有事出去，
好幾個鐘頭不能用火酒擦，就此紮了根。大量用消毒劑，都
蠕蠕爬了出來。（也還是半小時後就又 re-infested，不過好
些，儘管一天消毒兩次）這次收集了些標本，預備送到診所
化驗。太小，（比蜢蟲還小，蛋只是一個小黑點）又浸濕模
糊，恐怕沒用。以前送去的兩個普通大小的，一個是「一種
seed」，（別的房客吃的麵包上的）一個「也許是個 flea
腿」。（1985.3.3，見圖 4）

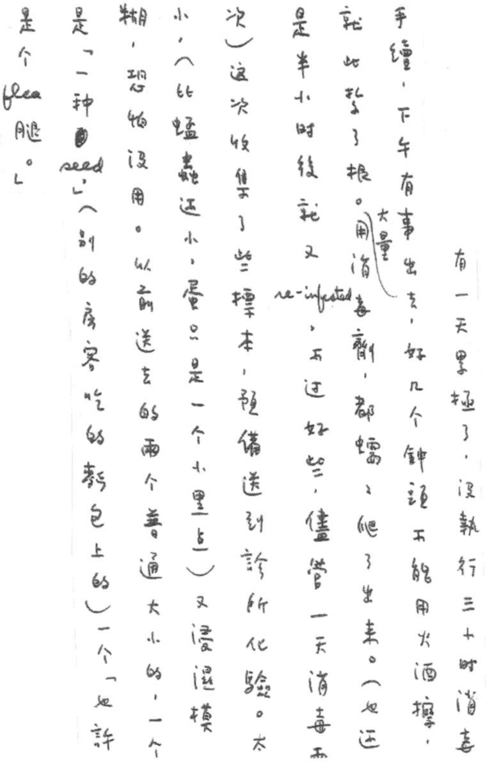

圖4　張愛玲信1985.3.3。

©宋以朗、宋元琳　經皇冠文化集團授權。

從張愛玲深信有蚤子到消毒意圖消滅蚤患，再到不只一次收集蚤子的蛋和腿等去診所化驗等，可見出她已有相當深重的心理幻想和負擔。

張愛玲信中對蚤子的感受描述，讓人看起來有點想像的空間；這種蚤患書寫情況，在其他如1984年11月27日的信，她指

說這些蚤子不但存在於家居坐臥各地點，而且已經繁殖了好幾代，近於匪夷所思：

> 坐臥都在地上，地毯是 fleas（蚤子）的溫床，一個月住下來，更糟了。fleas 已經不知多少代了，適應演變得快，又屢經殺蟲人清剿，變得細小得（加上 speed）肉眼看不見——至少在我這近視的人——而專逐體溫。

以上各信所提及的「變得細小」的、進化了的蚤子，以及蚤子的卵蛋、蚤腿等描述，亦可能是妄想性寄生蟲病者的某種言行／病徵。

其實，張愛玲也對自己時常感覺蚤子存在的心理產生過各種可能的疑慮與猜測，但她最後給出的解釋往往能堅定蚤子存在的猜想，如在 1988 年 2 月 12 日的信中，她寫道：

> 我每次懷疑 fleas 的存在，就想著可會是這怪異的 sort of allergy。但是我一直告訴自己這與 fleas 的存在並不是 mutually exclusive。現在看來，二者並存，錯綜複雜，兩三年前我以為 fleas 忽然變小得幾乎看不見，其實就是絕跡了。照樣騷擾，那是本來不過是皮膚 irritated，但是 sensations externalized 到這地步——在頭髮裡距頭皮半吋遠，或在帽子、頭巾外——實在難於想像。現在搭抗生素特效藥，馬上好了。（從前那「無為而治」的醫生也說過特效藥也許有效，當時只是為了跌傷流血不止，給吃藥片防炎，說也許會產生副作用抗 fleas。結果沒有。）

可見，張愛玲自己也很清楚自己皮膚病的複雜性，很有可能是皮膚敏感所致（sort of allergy），但也不排除蚤子的存在（mutually exclusive）：二者並存，錯綜複雜。蚤噬咬感受可能是源於皮膚敏感症並非沒有懷疑，只不過皮膚的反應過於強烈，讓她不得不確信蚤子的存在。可見張愛玲的蚤患感受究竟多少源於心理，多少源於生理，在此又成為一個可以探討的問題。

其他如1985年7月27日、1986年6月9日的信裡都有相關的病情描述。這些再三出現的不斷被蟲咬嚙的體驗，應該不是無中生有的幻覺，而是真實出現在皮膚上的病痛。

不論是從上述1986年6月9日的信中所提及的「紅紅的皮疹（rash）」，或是給莊信正1985年2月16日所言的「像rash似的一大條紅，略有些皰」等描述，可見這種皮膚性的疹狀現象，在皮膚科醫學中可能屬於紅疹性皮膚炎，發作時數粒皮色丘疹出現在皮膚表層；例如丘疹性蕁麻疹，或稱蕁麻疹性苔蘚（lichenurticatus）等都有此丘疹症狀，類似被蟲、蚊或蚤等咬嚙而成。其他較為罕見的、如慢性苔蘚樣糠疹（Pityriasis lichenoides chronica），在醫學界中仍是無確實藥物可治根的皮膚病，是一種突然來襲又突然消失無蹤的丘疹性皮膚病。此慢性皮膚病在今醫學界裡仍然是謎，既不知病因，亦沒有專屬特效藥可治療，亦未發現明確的病原體或病因[28]。

總的來看，張愛玲對於蚤子咬嚙病痛的書寫，在蚤子的侵襲陰影中試圖超越自我的痛苦，書信敘事的語言顯然較有波動起

---

28 此病可經紫外線照射治療（或配合抗生素），可能有療效，並可降低復發機率。這也是張愛玲信中所言，認為紫外線照射治療有效的佐證。

伏；而蚤子的騷擾在她筆下意象紛沓，蚤子已然被張愛玲視作一種符號，在她的各種想像與描述中被推到極致。符號化的蚤子深具多元意象，不但是流動性的，同時也解構了蚤子的符號性。蚤子病情與受害者的身體屬性相互推舉，在她的書信文本中建構出一種無意識衝動的敘事模式，大有隱含文化意義之勢。通過獨特的書信體敘事與紀實語言將作者受蚤子病痛之苦的焦慮、幻影、哀傷與孤獨，都一一納入她筆下符號化的蚤子意象之中，充分發揮了作家的創發性。

卷 2

張愛玲的門，迷悟，
方（反）向感

宋偉傑

現實這樣東西是沒有系統的，像七八個話匣子同時開唱，各唱各的，打成一片混沌。在那不可解的喧囂中偶然也有清澄的，使人心酸眼亮的一剎那，聽得出音樂的調子，但立刻又被重重黑暗上擁來，淹沒了那點了解。

——張愛玲，〈燼餘錄〉[1]

門坎和與其相鄰的階梯、穿堂、走廊等時空體，還有相繼而來的大街和廣場時空體，是情節出現的主要場所，是危機、墮落、復活、更新、徹悟、左右人整個一生的決定等等事件發生的場所。

——巴赫金，〈小說的時間形式和時空體形式〉[2]

1　張愛玲，〈燼餘錄〉，初載於 1944 年 2 月上海《天地》第 5 期，收錄《華麗緣》（臺北：皇冠文化，2010），頁 64。此版本為《張愛玲典藏》第 11 卷，《散文集一・一九四〇年代》。

2　巴赫金，〈小說的時間形式和時空體形式〉，白春仁、曉河譯，收錄《巴赫金

　　「門」，是張愛玲小說中反覆出現、具有啟示意義的時空體形式。〈封鎖〉中的鐵門、電車門，〈傾城之戀〉裡面的白公館門、旅館門、門檻，〈紅玫瑰與白玫瑰〉中的浴室門、玻璃門、公寓房門、客室門，〈色，戒〉中珠寶店櫥窗夾嵌的玻璃門，《小團圓》裡面的玻璃門、浴室門、古建築門、柵欄門、站著一尺來高木雕的鳥的門框、鐵門、石門、紙門……。「門」既區分「內」與「外」，也作為門內、門外的間隙，連通「內」、「外」兩個世界。

　　張愛玲曾借用Samuel Goldwyn的「include me out」（把我包括在外）[3]，定位她本人在文學史中的位置與歸屬：是例內，也是例外，既包括，也排除。阿甘本（Giorgio Agamben）則提請我們注意，「例外」是「包括式的排除」，「例內」是「排除式的包括」[4]。此一「包括在外」以及「排除在內」的位置，恰可與「門」、「門檻」的臨界狀態、中間性（in-betweenness）相呼應。特納（Victor Turner）在其《儀式過程：結構與反結構》一書，尤其是「閾限與交融」（Liminality and Communitas）一章，指出了「閾限」這一門檻狀態，即個人、社會從一種狀態向另一種狀態過渡、轉換期間的邊緣、曖昧、模糊等特徵[5]。熱奈特（Gérard

　　全集》第3卷（河北：教育出版社，1998），頁450。

3　張愛玲，〈把我包括在外〉，初載於1979年2月26日《聯合報》副刊，收錄《惘然記》（臺北：皇冠文化，2010），頁123-124。此版本為《張愛玲典藏》第12卷，《散文集二‧一九五〇～八〇年代》。

4　Giorgio Agamben, *Homo Sacer: Sovereign Power and Bare Life*, trans. Daniel Heller-Roazen（Stanford: Stanford University Press, 1998）, p. 21.

5　Victor Turner, *The Ritual Process: Structure and Anti-Structure*（New Brunswick,

Genette）借用米勒（J. Hillis Miller）對「para」（準，類，近似）的界定——近而且遠、類似也不同、內在也外在、是邊界線、門檻、邊緣而又不止於此——從而發展出「準文本」（paratext）這一概念，認為「準文本」是「詮釋的門檻」，並將「門檻」理解為邊界模糊、難以定義、內外相連的區域，不僅僅關乎轉折、過渡（transition），更是協商、交易（transaction）的場所[6]。巴赫金在研究小說的時間形式與時空體形式時，曾鉤沉小說敘事中的核心空間場景——門檻、城堡、沙龍、街道、廣場等，並指出「像門坎這樣滲透著強烈的感情和價值意味的時空體……它也可以同相會相結合，不過能成為它最重要的補充的，是危機和生活轉折的時空體。『門坎』一詞本身在實際語言中，就獲得了隱喻意義（與實際意義同時），並同下列因素結合在一起：生活的驟變、危機、改變生活的決定（或猶豫不決、害怕越過門坎）……是危機、墮落、復活、更新、徹悟、左右人整個一生的決定等等事件發生的場所」[7]。

〈封鎖〉（1943）開篇的「鐵門」，即凸顯了戰亂封鎖之際的上海市民失去方向感，在鐵柵欄門兩側，也在街道左右，無序衝撞、驚恐互看的畫面。商店「沙啦啦拉上」的「鐵門」，拖老帶小的太太們欲進門而被拒，而「鐵門裡的人和鐵門外的人眼睜睜

NJ: Transaction Publishers, 1969, 1997新版），pp. 94-130.

6　Gérard Genette, *Paratexts: Thresholds of Interpretation*（Cambridge University Press, 1997），pp. 1-2.熱奈特所援引的米勒的論述，見於J. Hillis Miller "The Critic as Host" 一文，收錄Harold Bloom等編，*Deconstruction and Criticism*（New York: Seabury Press, 1979）.

7　巴赫金，〈小說的時間形式和時空體形式〉，頁450。

對看著，互相懼怕著」[8]。淪陷的孤島緊閉的鐵門，更確切地說，是鐵條拉門，彷彿封鎖之際危險與安全之間的「閾限」與「閘門」，其「物性」或作為物的特徵，雖然冰冷、堅硬，卻並非鐵板一塊，而是縱橫交錯，遍布孔洞與開口，既隔離又聯繫著鐵門兩側失控的人群。在張愛玲筆下，戰亂上海發狂的路人，尤其是普通的女性（女太太們），在鐵柵欄門兩側的對望中，共享著危機、恐懼、無奈與掙扎。

對照之下，電車車門之內的乘客卻相當鎮靜；車門之外的街道上，一個外鄉乞丐在戰時上海的祈求與慨嘆，「可憐啊可憐！一個人啊沒錢！」被張愛玲寫出了時間感，從剎那到悠久：是長時段歷史中反覆回響的貧窮、困頓、哀嘆與顛沛流離，「從一個世紀唱到下一個世紀」[9]，卻仍不失響亮與勇敢，與封鎖之際市民的混亂、驚恐大相逕庭。乞丐的口音觸動了同樣來自山東的電車司機，他靠在電車門上，在電車門內隨聲應和。這是通過「門」而「包括在外」的一處例證：電車司機靠著車門，用慨嘆與跟唱，將同是天涯淪落人的同鄉、戰時上海的客居者「包括」進來而又在車門「之外」。也正是因為「門」的異常緊閉，電車，一個滬上日常的交通工具，突變為張愛玲〈封鎖〉中主要的「行動場所」與造夢空間，打開並展示了吳翠遠與呂宗楨生活世界與情感生活的沉悶與渴望，日常的危機與若有若無的轉機，瞬時的慾望，不近情理的綺夢，以及情感期待的錯位。

8　張愛玲，〈封鎖〉，初載於1943年11月上海《天地》第2期，收錄《傾城之戀：短篇小說集一‧一九四三年》（臺北：皇冠文化，2010），頁164。此版本為《張愛玲典藏》第1卷。

9　張愛玲，〈封鎖〉，頁165。

　　〈傾城之戀〉（1943）（許鞍華，電影改編版，1984）裡面的白公館門，則凸現了白流蘇在門內既徹悟又迷茫的反觀自省：自鳴鐘機括的失靈，脫離紙面的漂浮文字，世俗時間與神靈時間的混淆，以及白流蘇失重般的漂浮感：「流蘇覺得自己就是對聯上的一個字，虛飄飄的，不落實地。」[10]范柳原與白流蘇的調情、算計、追逐閃躲的遊戲，通過敘事發展中的一個重要的道具旅館門，以及門的半開半掩，顯影了二人情感的進展：旅館房門打開，流蘇筆直走向窗口看海景，柳原說話的聲音就在流蘇耳根子底下，並讓流蘇「不覺震了一震」[11]；而房門沒有關嚴，柳原說到流蘇的善於低頭，「無用的女人是最最厲害的女人」，說自己就住在隔壁，讓流蘇「又震了一震」[12]。作為物件與物像的「門」，以及門的半虛半掩，成為流蘇一震、再震、剎那啟悟的關鍵場景。

　　結尾處的門檻，是流蘇和柳原送別薩黑夷妮之時所占據的空間位置，也是二人情感確認的見證。「流蘇站在門檻上」[13]，柳原在門檻之內，立在流蘇身後，二人手掌相抵，談婚論嫁，而流蘇無言以對，低頭垂淚。此處的門檻，成為巴赫金所說的「復活、更新、徹悟、左右人整個一生決定的場所」。可是張愛玲又不忘加上她風格化的、自反的、模稜兩可的慨嘆：「但是在這不可理

10　張愛玲，〈傾城之戀〉，初載於1943年9月、10月上海《雜誌》第11卷，第6期、第12卷，第1期，收錄《傾城之戀：短篇小說集一‧一九四三年》（臺北：皇冠文化，2010），頁184。

11　張愛玲，〈傾城之戀〉，頁193。

12　張愛玲，〈傾城之戀〉，頁193。

13　張愛玲，〈傾城之戀〉，頁219。

喻的世界裡，誰知道什麼是因，什麼是果？」[14]悲歡離合，福禍生死，說不清，道不明，誰又能辨識出生活的方向？

〈紅玫瑰與白玫瑰〉（1944）（關錦鵬，電影改編版，1994）中的浴室門（從巴黎到上海）、玻璃門（參差映襯王嬌蕊與孟煙鸝）、公寓房門（與穿堂、門洞子相連）、客室門，以及門與燈的譬喻，同樣聯繫著性別、權力、情感、家庭生活的危機與轉機。

張愛玲這樣描寫巴黎浴室門的場景：妓女把一隻手高高撐在浴室門上，不放心、下意識地聞著她自己的氣味，歪著頭向佟振保笑——香臭混雜的氣味，單手撐門的姿態，衰變成透明玻璃球的藍眼睛，性別倒錯的臉，讓作為恩客的振保在羞憤交加中，感官世界「不對到恐怖的程度」[15]。神經大受震動的振保痛下決心，「要創造一個『對』的世界，隨身帶著。在那袖珍世界裡，他是絕對的主人」[16]。張愛玲微妙的文學表述，關錦鵬電影改編版豐富的視覺語言，都在這「浴室門」處，描畫出振保快感與恥感的混合，以及通篇試圖確立絕對的主—奴關係卻屢戰屢敗的事跡。在嬌蕊上海公寓的浴室門外抱著毛巾的振保，面對浴室門內滿地滾的、散亂的頭髮，情不自禁看到「牽牽絆絆的」、淆亂的、煩惱的慾望。這散亂的頭髮是真髮，也是假髮；是慾望，也是慾望對象，卻已經失去生命，成為脫落的、被遺棄的，卻也是難以忘記、心煩意亂之物。

14　張愛玲，〈傾城之戀〉，頁220。

15　張愛玲，〈紅玫瑰與白玫瑰〉，初載於1944年5-7月上海《雜誌》第13卷，第2-4期，收錄《紅玫瑰與白玫瑰：短篇小說集二‧一九四四～四五年》（臺北：皇冠文化，2010），頁133。此版本為《張愛玲典藏》第2卷。

16　張愛玲，〈紅玫瑰與白玫瑰〉，頁133。

　　紅玫瑰的公寓房門，也「滲透著強烈的情感和價值意味」。虛掩的起坐間房門，見出振保的進、退、躲閃和窺視。嬌蕊服飾「那過分刺眼的色調是使人看久了要患色盲症的」[17]，而紅玫瑰的公寓房門，以及相鄰的幽暗的穿堂[18]，使得振保情愫漸生，在打開公寓房門，捻開電燈，照亮黑暗的甬道之時，領悟到「這穿堂在暗黃的燈照裡很像一節火車，從異鄉開到異鄉。火車上的女人是萍水相逢的，但是個可親的女人」[19]。從門、穿堂、燈光、紅玫瑰的舉止行跡，振保心領神會從異鄉到異鄉旅行的感覺、萍水相逢的幻覺，以及與嬌蕊逐漸親近、親密的情感。

　　另一個與「門」有關的核心物像玻璃門，彷彿構成審視他人、也反觀自己的一面鏡子。早在〈第一爐香〉中，張愛玲便讓上海女子葛薇龍在華洋夾雜、新舊並置的香港殖民地，在姑母家位於山頭華貴住宅區的白房子裡面，借走廊上的「玻璃門」審視自己矛盾的形象：「在玻璃門裡瞥見她自己的影子——她自身也是殖民地所特有的東方色彩的一部分」，「非驢非馬」般雜糅著滿清末年賽金花般的模樣，以及新學堂女學生身著現代制服的著裝；「對著玻璃門扯扯衣襟，理理頭髮」，葛薇龍挑剔地端詳著自己「溫柔敦厚的古中國情調」式的、過時的粉嫩的「平淡而美麗的小凸臉」，卻也欣幸地覺察到因為身處殖民地香港粵東佳麗橄欖色的皮膚當中，自己珍稀的白淨反而轉獲新寵——「物以希為貴，傾倒於她的白的，大不乏人」；以及「如果湘粵一帶深目

17　張愛玲，〈紅玫瑰與白玫瑰〉，頁143。
18　張愛玲，〈紅玫瑰與白玫瑰〉，頁142。
19　張愛玲，〈紅玫瑰與白玫瑰〉，頁148。

削頰的美人是糖醋排骨，上海女人就是粉蒸肉，……薇龍端相著自己，這句『非禮之言』驀地兜上心來。她把眉毛一皺，掉過身子去，將背倚在玻璃門上」[20]。林幸謙認為張愛玲「既把薇龍的慾望話語置於帝國興亡史及香港殖民地的時空脈絡之中，又賦於其自身的無可理喻性。……敘事者巧妙地通過玻璃門，介紹了她的身分與模樣，既讓讀者看到薇龍是怎樣的女子，也讓她的自我意識亮相」，以及背倚玻璃門「暗示了後來重複出現的她的自省和警覺」[21]。〈紅玫瑰與白玫瑰〉則以玻璃門作襯，從振保的視角審視她人：將紅玫瑰、白玫瑰加以參差的對照。對紅玫瑰，振保「立在玻璃門口，久久看著她，他眼睛裡生出淚珠來，因為他和她到底是在一處了，兩個人，也有身體，也有心」[22]。振保長久的凝視，生淚的眼睛，又是迷亂的啟悟。相形之下，玻璃門邊的白玫瑰孟煙鸝（諧音，夢魘裡），卻是籠統的白，中間總像是隔了一層白的膜（白色的隔膜）。

　　恰恰是在自家客室門，振保發現煙鸝與癩頭裁縫的私情，並在進入家門前後，發生著奇特的預感：「一直包圍在回憶的淡淡的哀愁裡，十年前的事又重新活了過來。他向客室裡走，心裡繼續怦怦跳，有一種奇異的命裡注定的感覺。」[23] 白天，大敞著門的客室，無線電裡有理、專斷的男子的聲音，使得振保「站在門洞

---

20 張愛玲，〈第一爐香〉，初載於1943年5-7月上海《紫羅蘭》第2-4期，收錄《傾城之戀：短篇小說集一・一九四三年》（臺北：皇冠文化，2010），頁7-8。

21 林幸謙，《張愛玲：文學・電影・舞臺》（香港：牛津大學出版社，2017），頁248。

22 張愛玲，〈紅玫瑰與白玫瑰〉，頁150。

23 張愛玲，〈紅玫瑰與白玫瑰〉，頁171。

子裡，一下子像是噎住了氣」[24]。而在雨天之中恍惚走出家門，糊裡糊塗坐上黃包車，發現姦情之後失控的、無法抑制的感覺的錯亂，見於振保透過半開的浴室門，審視燈下的煙鸝時產生的錯覺：黃色的燈光，污穢、蓊鬱的人氣。

張愛玲用關於門的迷悟，寫出煙鸝在外遇現形之後的窺視、擔心和鬆懈，以及更為重要的，振保的醒悟、猜忌和自我疑惑：

　　像兩扇緊閉的白門，兩邊陰陰點著燈，在曠野的夜晚，拚命地拍門，斷定了門背後發生了謀殺案。然而把們打開了走進去，沒有謀殺案，連房屋都沒有，只看見稀星下的一片荒煙蔓草──那真是可怕的。[25]

「緊閉的白門」，「曠野的夜晚」，打開門後出乎意料的虛無，「稀星下」「荒煙蔓草」，……這是典型的張看世界所呈現的情感圖景：荒涼、孤獨、空虛、迷茫。〈紅玫瑰與白玫瑰〉最後段落振保的失控發作與重新自控，同樣圍繞「門」的時空體展開：振保砸碎臺燈、熱水瓶，將臺燈的鐵座子連著電線擲向煙鸝，將煙鸝關在門外，把自己關在門內。在善惡之間掙扎，在懲罰與寬恕之間搖擺。

此處的「門」連接門內（振保）、門外（煙鸝）兩個家庭空間，既關乎轉折、過渡，也聯繫著協商、交易。換言之，此處的

24　張愛玲，〈紅玫瑰與白玫瑰〉，頁172。
25　張愛玲，〈紅玫瑰與白玫瑰〉，頁174。也請參見林幸謙，《荒野中的女體：張愛玲女性主義批評I》（廣西：師範大學出版社，2003）。

「門」是關於「包括在外」與「排除在內」的另一個範例。振保將煙鸝打敗，先是排除在房門之外，隨後卻只能宣稱不徹底的得意與勝利，因為振保半夜被蚊子咬醒，打開臺燈，看到「地板正中躺著煙鸝一雙繡花鞋，微帶八字式，一隻前些，一隻後些」，讓振保領悟到，這散亂的繡花鞋，「像有一個不敢現形的鬼怯怯向他走過來，央求著」[26]，而煙鸝憑借遺留在門內的鞋子，再一次進入振保的情感與生活世界，雖被「排除」而仍舊「在內」。振保進一步的啟悟（也是讓步），見於張愛玲如下的描述：「振保坐在床沿上，看了許久。再躺下的時候，他嘆了口氣，覺得他舊日的善良的空氣一點一點偷著走近，包圍了他。無數的煩憂與責任與蚊子一同嗡嗡飛繞，叮他，吮吸他。」[27]第二天一覺醒來，幡然醒悟，「振保改過自新，又變了個好人」[28]，但這也不是對白玫瑰徹底的寬恕，而是將煙鸝「包括」而「在外」。

〈色，戒〉（1978）（李安，電影改編版，2007）中類似的辨識、啟悟與迷失，見於珠寶店櫥窗夾嵌的「玻璃門」，生死決斷錯愕、恍惚於一瞬。也正是在「玻璃門」這裡，我們可以發現張愛玲與李安的不同。張愛玲小說裡面，「玻璃門」在王佳芝背後，而且那「玻璃門」與櫥窗張力滿漲，彷彿隨時可以崩裂爆

---

26 張愛玲，〈紅玫瑰與白玫瑰〉，頁177。

27 張愛玲，〈紅玫瑰與白玫瑰〉，頁177。

28 張愛玲，〈紅玫瑰與白玫瑰〉，頁177。關於煙鸝占據浴室，關門自審，以及便秘與中國現代性的討論，參見Rey Chow, "Seminal Dispersal, Fecal Retention, and Related Narrative Matters: Eileen Chang's Tale of Roses in the Problematic of Modern Writing," *differences: A Journal of Feminist Cultural Studies* 11, 2（1999）: 153-76。

破。李安的《色，戒》裡面，「玻璃門」不在身後，而在眼前，佳芝通過「玻璃門」望出去，再從「玻璃門」走出去，看見暗殺的失敗，以及街道上的封鎖、戒嚴、危險與宿命。而且電影改編本一開始還將王佳芝從「玻璃門」看出的目光，從門外的上海街景，引申、連接、閃回到王佳芝戰時香港的求學經驗、情色教育、間諜培訓，以及家庭創傷記憶。李安電影中三場不同凡響的情慾戲的第一場，王佳芝與易先生初次幽會，房間桌案積塵，通向陽臺的「玻璃門」半開半合[29]。佳芝在關門之際，突然在「玻璃門」上看到易先生陰冷端坐、不動聲色凝視的身影，大驚失色。電影結尾，易先生衝出「玻璃門」後，王佳芝迷悟的目光，也射向眼前的「玻璃門」以及門外即將封鎖的街道。

　　具體說來，在張愛玲的小說裡面，「玻璃門」、門兩側的櫥窗，都位於王佳芝身後；佳芝聽出去，「只隱隱聽見市聲」[30]。而腦後寒風颼颼的感覺、門窗隨時可以爆破的錯覺，突顯了佳芝似夢似醒的覺悟與迷失，一種精神分裂式的迷悟——半個她身陷夢境、不祥的預感，另半個她似乎清醒，恍惚知道不過是個夢。

　　「門」在身後的描寫，讓筆者想起〈金鎖記〉（1943）裡面的房門，曹七巧「睜著眼直勾勾朝前望著，耳朵上的實心小金墜子像兩只銅釘把她釘在門上——玻璃匣子裡蝴蝶的標本，鮮豔而

---

29 關於張愛玲作品中「陽臺」的寓意，參見吳曉東，〈「陽臺」：張愛玲小說中的空間意義生產〉，收錄李歐梵、夏志清、劉紹銘、陳建華等著，陳子善編，《重讀張愛玲》（上海書店，2008），頁28-64。

30 張愛玲，〈色，戒〉，初載於1978年1月臺北《皇冠》第12卷第2期，收錄《色，戒：短篇小說集三‧一九四七年以後》（臺北：皇冠文化，2010），頁202。此版本為《張愛玲典藏》第3卷。

淒愴」[31]。門，彷彿是用來固定蝴蝶標本的玻璃匣子，而七巧／蝴蝶則失去鮮活的生命，變成乾枯的標本，保留蝴蝶的形狀，從人變成物，失去生的氣息，失去觀看的能力，成為被查考、觀看的物體和對象。

「在這幽暗的陽臺上，背後明亮的櫥窗與玻璃門是銀幕，在放映一張黑白動作片。」[32]在此處的迷悟中，王佳芝將自身的命運與困境投影為平面銀幕上的黑白電影，是驚險的刺殺動作、是流血與刑訊的暴力場景，是童年記憶／夢魘的重現，是與生俱來的恐懼和躲避。王佳芝時間感的錯亂，也發生在珠寶店「玻璃門」內，不知時間長短、天明天暗；隔著「玻璃門」，外面的街道、行人可望而不可即，「只有她一個人心慌意亂關在外面」[33]。

張愛玲筆下王佳芝的女人心，仍舊是「半明半昧」的迷悟：「她不信」自己「有點愛上了老易」，「但是也無法斬釘截鐵地說不是」。只不過導向迷悟的剎那光影如此強烈：「只有現在，緊張得拉長到永恆的這一剎那間」，而且時空感也發生突變：「這室內小陽臺上一燈熒然，映襯著樓下門窗上一片白色的天光。」那情感也是曖昧矛盾的：「臉上的微笑有點悲哀」[34]。

---

31 張愛玲，〈金鎖記〉，初載於1943年11月、12月上海《雜誌》第12卷，第2期、第3期，收錄《傾城之戀：短篇小說集一・一九四三年》，頁249。

32 張愛玲，〈色，戒〉，頁202。

33 張愛玲，〈色，戒〉，頁207。趙毅衡指出，讓・瓦爾（Jean Wahl）最早把超越（transcendence）分為「向上超越」（trans-ascendance）與「向下超越」（trans-descendence），參見其《符號學》（臺北：新銳文創，2012），頁449；許紀霖曾以汪精衛為例，討論「任性」犧牲的個案與複雜涵義，〈虛無時代的「任性犧牲」〉，《讀書》，第3期（2015年），頁65-76。

34 張愛玲，〈色，戒〉，頁205。參見李海燕對〈色，戒〉「偶然超越」（contingent

　　這是門內的迷悟，方向感的迷失，刺殺使命在剎那間的遺忘：「此刻的微笑也絲毫不帶諷刺性，不過有點悲哀。他的側影迎著臺燈，目光下視，睫毛像米色的蛾翅，歇落在瘦瘦的面頰上，在她看來是一種溫柔憐惜的神氣。……這個人是真愛我的，她突然想，心下轟然一聲，若有所失。」[35]張愛玲還說：「他們是原始的獵人與獵物的關係，虎與倀的關係，最終極的占有。她這才生是他的人，死是他的鬼。」[36]這是張愛玲筆下易先生情感世界的圖像，他對她的猜測，從易先生的視角道來，果敢決絕；但筆者以為，王佳芝爆破般的情感湧流與衝動，其實沒有這麼決然果斷，因為王佳芝更多的是猶豫、遲疑、衝動、悔恨和無奈，李安的電影改編版，恰好細膩地鋪陳了王佳芝剎那間啟悟之後愈演愈烈的迷茫、神傷、香消玉殞。電影結尾處，易先生將易太太阻擋在王佳芝昔日居室的房門之外，將易太太打發到樓下，自己則在離開房門之際，轉身回望，燈光下易先生頭部的陰影，投射、疊加到被他坐皺的床單，李安的演繹也突顯了易先生曖昧的感傷與留戀。戴錦華從個人與歷史、身體與國族、文化政治實踐等視角，論及李安電影改編版結尾處所暴露的曖昧：「李安將張愛玲的故事托舉到人性撫慰的『高度』：個人，是歷史人質。審判歷史，同時赦免個人。但赦免了『個人』的歷史，是一具空殼？一處懸浮舞臺？或者，只是一張輕薄的景片？當身體，或身體所銘

---

transcendence）問題的討論，Haiyan Lee, "Enemy under My Skin: Eileen Chang's 'Lust, Caution' and the Politics of Transcendence," PMLA 125, 3（May, 2010）, 640-656。

35 張愛玲，〈色，戒〉，頁205。

36 張愛玲，〈色，戒〉，頁210。

寫的微觀政治將故事───一個血雨腥風的大時代的故事，李安所謂的『非常勇敢、愛國，具有男子氣概』的女人的故事，『大歷史背景下她個人的行為───好比一小滴水落下，卻掀起巨大的波浪』的故事，帶離歷史與現實的政治角力場，成就的卻是別一份文化政治的實踐。儘管這一文化政治定位或許只是某種政治潛意識的顯影或源自一份商業敏感。」[37]

　　張小虹借助德勒茲與瓜塔里的「生成流變」觀念，認為李安《色｜戒》中那一豎垂直線不只是一種界線、隔離、圍牆，反而是一種「介面」，在標示出「差異」的同時，也同時暗含了「相似」，而且是在一種流動生成的動態之中，辯證地生產出新的差異與相似[38]。

　　在我看來，這色、戒之間垂直線，恰可點出「色」與「戒」既「包括在外」，又「排除在內」的區隔與關聯。也許正是張愛玲所理解的「門」的中間性，或是巴赫金、熱奈特、米勒、特納等學者論及的「門檻」，以及相關的危機、恐懼、猶疑、衝動

---

37 戴錦華，〈時尚・焦點・身分───〈色，戒〉的文本內外〉，《藝術評論》2007年第12期，頁5-12，尤其是頁7；另請參見彭小妍，〈女人作為隱喻，《色｜戒》的歷史建構與解構〉，《戲劇研究》（臺灣）第2期（2008），頁209-236。

38 參見林文淇等，〈關於《色｜戒》的六個新觀點：中研院國際學術研討會特別報導〉，http://www.funscreen.com.tw/headline.asp?H_No=208; Peng Hsiao-yen and Whitney Crothers Dilley eds., *From Eileen Chang to Ang Lee: Lust/Caution*（New York: Routledge, 2014）；以及 Gina Marchetti, "Eileen Chang and Ang Lee at the Movies: The Cinematic Politics of Lust, Caution," in Kam Louie, ed., *Eileen Chang: Romancing Languages, Cultures, and Genres*（Hong Kong University Press, 2012）, pp. 131-154.

──方向感的辨識與錯認，啟悟與迷失的同體。俯視「色」「戒」之間的那條垂直線，它彷彿是三元之門被壓縮、平面化到二維空間的「門」的圖影。而門的平面化縮影，讓我們想起張愛玲回應傅雷對《傾城之戀》的批判時擲地有聲的自辨：「浮雕也是一種藝術」[39]。當生命、個體、存在與虛無被擠壓到同一個平面，如同沒有深度的浮雕，或者失去向上的昇華、向下的沉淪，而被束縛在同一個層面時，張愛玲的小說藝術所提供的，正是無方向感的方向感，是方向感的錯亂，是旁觀、陌路、甚至逆向而行，它與左／右、菁英／通俗、啟蒙／頹廢的向度相悖，構成一種特立獨行的、反方向的方向感，一如她在《傳奇》的插畫中所描繪的，調轉頭顱、抽象回望、僅留輪廓不留眉眼的觀察，這是從一扇窗、一道門（出口／入口）試圖回到前現代卻不得而入。這不是本雅明歷史天使所背對的風暴，在張愛玲眼裡，歷史的風暴也許尚未成形，張氏所見所感，是變動時代的逼迫、重負，以及人物定位的尷尬。

「門」與迷悟，是張愛玲反覆重寫的時空體及其情感寄託。王德威指出，對於張愛玲來說，重寫既是祛魅的儀式，也是難以擺脫的詛咒，「重複不只是有樣學樣而已。化一為二，對照參差，重複的機制一旦啟動，即已撼動自命惟我獨尊的真實或真理。重複阻撓了目的論式的動線流程，也埋下事物時續延異播散

---

39 參見李歐梵的專論，Leo Ou-fan Lee, "Eileen Chang: Romances in a Fallen City," in *Shanghai Modern: The Flowering of a New Urban Culture in China, 1930-1945* (Cambridge, MA: Harvard University Press, 1999), pp. 267-303. 中文譯本，參見李歐梵著，毛尖譯，《上海摩登：一種新都市文化在中國1930-1945》（北京：大學出版社，2001），頁283-317。

的可能」[40]。張愛玲「回旋」和「衍生」的小說敘事，借助對「門」的邊界、跨界、越界的重複描述（一種典型的張看），「門」的開啟、關閉、半開半掩，以及「門」與男女人物之間的時空定位、移位、錯位等敘事安排，書寫了筆下人物在日常生活的小世界與戰時漂泊離散的大世界中的「迷悟」（啟悟與迷惑，「心裡半明半昧」），以及方向感或反向感的辨識與體認。

---

[40] 王德威，〈張愛玲再生緣──重複、迴旋與衍生的美學〉，收錄《後遺民寫作：時間與記憶的政治學》（臺北：麥田出版，2007），頁161-179，尤其是頁167-168。

冷戰格局中的個人安妥
張愛玲後期的文學書寫

姚玳玫

1952年夏天，張愛玲離開中國，這是她對大陸政治現實的一種自主抽離。《浮花浪蕊》寫及洛貞從深圳過境的感受：

> 羅湖的橋也有屋頂，粗糙的木板牆上，隔一截路挖出一隻小窗洞，開在一人高之上，使人看不見外面，因陋就簡現搭的。……她拎著兩只笨重的皮箱，一步一磕一碰，心慌意亂中也像是踩著一軟一軟。……橋墩有一群挑夫守候著。過了橋就是出境了，但是她那腳夫顯然認為還不夠安全，忽然撒腿飛奔起來，倒嚇了她一大跳，以為碰上了路劫，也只好跟著跑，緊追不捨……

「自從羅湖，她覺得是個陰陽界，走陰的回到陽間，有一種使命感。」如果說洛貞是張愛玲的夫子自道，「走陰的回到陽間」的死裡逃生感，已表明她在那一刻的政治取捨及其自我放逐的難民定位，且油生一種使命感。

從那一年起，她終於可以「安全地隔著適當的距離崇拜著神聖的祖國」，或稱，可以隔著安全的距離審視和言說自己的祖國了。1949年底，大陸與臺灣的分權統治開始，之後幾年間全球性冷戰陣營迅速形成。海峽兩岸政權背後的支持者由幕前轉入幕後，由真槍實彈的戰爭轉入文化宣傳的冷對峙。香港成為新一輪政治角力的中間地帶，布滿各式為冷戰服務的間諜機構，一種網及政治、經濟、文化方方面面的冷戰背景已經形成。

一、投石問路與政治表態

張愛玲怎樣應聘美國駐港總領事館新聞處（簡稱「美新處」），至今未見有確鑿的資料。宋淇說：「張愛玲一九五二年由滬來港，初期寄居女青年會，靠翻譯工作維持生活。」實際上，張愛玲1952年8月到香港大學復學，11月離開港大去日本，三個月後從日本回來，那應該是1953年2月前後了。離開港大，寄居女青年會，靠翻譯為生，是1953年的事。

1953年初，離開港大的張愛玲受聘於香港美新處──「支持美國的外交政策」的美國政府在港頭號冷戰機構。麥卡錫事後回憶：「愛玲不是美新處的職員。她與我們協議提供翻譯服務，翻譯一本就算一本。」與美新處合作，提供翻譯服務，除了謀生，是否還有別的考慮？比如，尋找「赴美捷徑」？拓展寫作新空間？美新處特殊的政治背景，肩負的「中國報告計畫」（「從事反共的宣傳」），張愛玲的受聘是自覺的或不自覺的？麥卡錫說：「我們請張愛玲翻譯美國文學，她自己提議寫小說。」寫小說是她自己的建議。宋淇也說：

　　她一方面從事翻譯，一方面還在撰寫和潤飾第一次用英文寫作的小說《秧歌》。起先她很少在我們面前提起這本書，⋯⋯那時我們認識不久，友誼還沒有發展到日後無話不談的地步。等到有一天她讓我們看時，已是完整的初稿了。

　　《秧歌》是受聘美新處之前抑或之後動筆的？1949年7月第一屆文代會之後，張愛玲參加過土改隊，在北方鄉下住過三四個月，《秧歌》的構思及草稿，也許那時就開始了？它即便是在香港寫的，來港前至少已有構思或腹稿？

　　《秧歌》是張愛玲真正意義上用文學參與國家政治敘事的開始。寫土改背景下人為饑荒的災難，是一種關涉政治、經濟諸命題的大敘述。只是她將這種災難落實為個人的「體己事」，突顯個人在政治大變局中的位置和困境，血緣親情在政治統制、物質資源匱乏乃至個人權益受剝奪中的隕落。從家常溫飽寫起，依據日常生活邏輯來鋪排。筆觸綿密，層層鋪墊，悲劇的發生也顯得水到渠成。從縱向來看，《秧歌》與《小艾》有其底層勞動者生活想像的連貫性，儘管兩者的政治指向恰好相反。在新社會背景下，上海女傭終於回鄉。張愛玲仍用寫《小艾》那種新環境與舊人物相嵌合的筆法，寫個人在時代裏挾下趔趄著走的情形。金花當新娘了，「她穿著厚墩墩的新棉襖，身上圓滾滾的，胸前佩著一朵大紅絹花，和勞動英雄們戴的一樣，新參軍的人在會場裡坐在臺上，也是戴著這樣的花」。勞模戴的紅花被移植到婚禮上，「社會主義新農村」的國家敘述滲透於個人生活中，獲得一種似是而非的置換。

　　（王同志）把棉制服穿得非常髒，表示他忙於為人民服
務，沒有時間顧到自己本身。亮晶晶的一塊油泥，從領口向
下伸展著，成為一個 V 字形。他也仿照老黨員中的群眾工作
者，在腰帶後面掖著一條毛巾，代替手帕，那是戰爭期間從
日本兵那裡傳來的風氣。金根也仿效著這辦法，在他的褲帶
後面掖著一條毛巾。……他有點害羞，彷彿在學時髦。

　　流行裝束背後有其政治學內容，透出社會風氣對個人的模
塑。能說會道的譚大娘短短幾年已能自如說出一套新話：「咳，
現在好嘍！窮人翻身嘍！現在跟從前兩樣嘍！要不是毛主席，我
們哪有今天呀？要不是革命黨來了，我們窮人受罪還不知要受到
哪年呵！」但生活窘境不斷動搖他們的這種配合。譚大娘藏豬床
上逃避捐徵，月香想藏點私房錢以應對變故，金根和其他農民的
暴動搶糧，餓肚子的事不是說幾句話就能解決的。「飢餓的滋味
他還是第一次嘗到。心頭有一種沉悶的空虛，不斷地咬嚙著他，
鈍刀鈍鋸著他」。回鄉的月香「感覺日常的一切都有點兒不對，
不對到恐怖的程度」。這種恐怖在日常口角中慢慢積聚、蔓延，
終於把事態逼上了的高潮。

　　用夏志清的話說，「《秧歌》是一部人的身體和靈魂在暴政
下面受到摧殘的記錄」；她著眼於「一個普通的人，怎樣在一個
完全陌生的制度下，無援無助地，去為著保存一點人與人之間的
愛心和忠誠而掙扎的過程」；它「巧妙地保存了傳統小說對社會
和自我平衡的關心」。胡適也稱它「寫得細緻，忠厚，可以說是
寫到了『平淡而近自然』的境界」。由家庭生活、個人溫飽切入
的政治敘述，既符合張愛玲處理文學與政治關係的一貫主張，也

是她自跨出國門之後首次「向國家機器（左右不論）交代心事」，那是她「思辨政治與文藝轇輵」的重要文本，是她家、國敘事的對接。

如果說《秧歌》由「家」述「國」，經由月香家及其親戚在新社會的掙扎，浮現一段大歷史，《赤地之戀》（以下簡稱《赤地》）則以「個人」述「國」，經由劉荃在剛解放五年間，從下鄉參加土改到回上海參加「三反」、「五反」到赴朝抗美的經歷，以新政權編制內的異己者，見證這段歷史。前者夾雜大量的家長裡短的非政治性的日常鋪陳，後者則基本是一個有政治判斷力的個人對現實從懷疑、審視到離心離德的指控，一種經由個人指控國家的敘事。至此，張愛玲完成其從「家」敘述向「國」敘述的轉換。

《赤地》將個人擺在高壓的政治經緯中來寫，將私人經驗帶進政治公共視域中，在政治的公共性宰制中注視個人境遇。作為政府工作人員，這群人物的兒女私情、個人友誼均為政治巨掌所拿捏，「出賣」成為人與人關係的流行色。弱小的個人在政治強大履帶的碾壓下隕落，唯一能做的，是以螳臂當車式的抵擋和疏離來對付這種宰制。小說到處流淌著離心離德的文字。劉荃和張勵乘火車過黃河鐵橋，聽說常常有游擊隊或特工人員炸毀鐵橋，劉荃心裡想：

　　真要是那樣倒又好了，至少可以覺得中國的地面並不是死氣沉沉。但是恐怕不見得有這樣的事。不過，也不怪共產黨這樣神經質──不要說中國才解放了一兩年，就連蘇聯，建國已經三十年了，尚且是經常地緊張著，到處架著機關槍，

經常在戰鬥狀態中，每一個國民都可能是反動分子與奸細。

小說最後，朝鮮戰場上被俘的劉荃在戰俘營中作了回國的選擇，「他要回國，離開這裡的戰俘，回到另一個俘虜群裡。只要有他這樣一個人在他們之間，共產黨就永遠不能放心。」意氣用事的個人「反動」，扭曲而誇張的反派書寫，帶來敘述的破碎和失真，文學分寸感和節制感漸失，某種程度上落入反共文宣的公式化窠臼。

一直以文學規則把控自己的張愛玲，至《赤地》幾乎有些失控。政治表達熱情的高漲，直接間接地傷損了文學。事後有兩種說法頗為牴牾：宋淇和張愛玲本人都多次稱《赤地》「大綱由別人擬定」，多少在推卸其藝術失真的責任。而香港美新處處長麥卡錫則說：「《秧歌》之後，她還有話要說。當時我們期待張愛玲繼續翻譯美國文學，她自己要寫《赤地之戀》。」兩種說法道出了事情真相的兩個側面：一是較之《秧歌》，美新處對《赤地》加強了「授權」、約束的力度；二是比起翻譯，張愛玲本人更願意寫《赤地》。她說：「我逼著自己譯愛默森，實在是沒辦法。即使是關於牙醫的書，我也照樣會硬著頭皮去做的。」「譯華盛頓・歐文的小說，好像同自己不喜歡的人說話，無可奈何地，逃又逃不掉。」寫《赤地》她則全力以赴，宋淇說，「她對《赤地之戀》並沒有信心，雖然寫時態度同樣的認真」。「愛玲當時把全副精神放在《赤地之戀》上，同時在申請移居美國，根本沒有心思寫劇本」。張愛玲也稱，在香港「寫作的速率已經打破自己的紀錄」。從上述情況看，《赤地》是美新處與張愛玲默契合作的結果。前者的嚴管與後者的熱情回應可能是同步的，只是

隨著政治涉陷的加深，尤其是《赤地》營銷情況不理想之後，才引發張愛玲對「授權」的抱怨。及至英文版，張的抱怨更直接：「寫《赤地之戀》（英文）真怨。Outline公式化——好像拚命替一個又老又難看的婦人打扮——要掩掉她臉上的皺紋，吃力不討好。」面對英語讀者，政治指向的清晰度要求更高，小說的家常質地更難顯現，讓張感到無奈。這是文學涉足政治的卡掐。

　　由《秧歌》和《赤地》而攪入的冷戰漩渦，為剛踏出國門的張愛玲設定了日後的道路，也讓她實現了離國後從生存空間到心理安妥的過渡性調整。她向國共兩黨、左右兩派文化人，向世人，表明其政治心跡，也招來海峽兩岸向背截然的後果：在大陸，她完全遭到屏蔽，為其時開始修訂的中國現代文學史著所排拒。與之相反，她開始為臺灣和美國華人學術圈所關注，她的反共姿態及以個人書寫抵抗宏大敘事的方式，與後者相吻合，為他們提供重寫現代中國文學史及其相關規則的案例，因之備受推崇。

二、「家」「國」僭越與個人凸顯

　　張愛玲應該意識到《赤地》作為反共文化宣傳小說的缺陷。她一方面抱怨「授權」，將責任推給外部人為的制約；另一方面也做出相應的調整。後者體現於她定居美後不久所寫的〈色，戒〉和《少帥》上。這回，她小心翼翼地止步於個人情慾與國族利益兩敗俱傷的書寫上，不作深究。

　　與受聘香港美新處需要表明其政治態度不同，立足於美國英語出版界及其圖書市場，張愛玲的態度要模糊而複雜得多。決定

移居美國，張愛玲開始揣摩幾位華裔作家的作品。其中，韓素音尤為讓她注意。1952年，張愛玲抵港當年，韓素音的英文自傳小說，以她在香港從醫期間邂逅英國記者伊里奧・馬克（*Mark Eliot*）的情感經歷為素材的《瑰寶》（*A Many-Splendoured Thing*）問世，此作奠定了韓素音在歐美文壇的地位。不久，《瑰寶》被好萊塢改編成電影《生死戀》（*Love Is a Many-Splendored Thing*），1956年獲得三項奧斯卡獎。那幾年張愛玲正在香港求生存求立足。女人天生是對手，同為女性，同為作家，甚至年齡相仿，韓素音的成功對張愛玲觸動之大，可以想像出來。她與鄺美文說過一番話：

> 我要寫書——每一本都不同——（一）《秧歌》；（二）《赤地之戀》；（三）*Pink Tears*（《粉淚》）；然後（四）我自己的故事，有點像韓素音的書——不過她最大的毛病就是因為她是個Second rate writer（二流作家），……雖然她這本書運氣很好，我可以寫得比她好，因為她寫得壞，所以不可能是威脅，就好像從前蘇青成名比我早，其書的銷路也好，但是我決不妒忌她……

她用「二流作家」貶稱韓素音，且拿蘇青作陪襯，口口聲聲「不妒忌」背後正流露她的妒忌。在韓的刺激下，張愛玲列出一個七本書的計畫，除上述四本，還有「（五）《煙花》（改寫《野草閒花》）；（六）那段發生於西湖上的故事；（七）還有一個類似偵探小說的那段關於我的moon-face表姐被男人毒死的事……」這個寫作計畫包含兩部分：一是「他人的故事」，如

《秧歌》、《赤地》、*Mesh*（《網》（中文名為〈色，戒〉）、《五四遺事》乃至後來的《少帥》；一類是「自己的故事」，如《浮花浪蕊》、《異鄉記》、《小團圓》和兩卷本英文小說 *The Book of Change*（《易經》）和 *The Fall of the Pagoda*（《雷峯塔》）等。張愛玲沒有韓素音的幸運。《秧歌》的影響不如韓的《生死戀》和賽珍珠的《慈禧太后》，令她憤憤不平。她思忖如何寫為英語國家讀者喜歡的中國故事，歷史買點？政治／情色奇觀？人性迷障？從〈色，戒〉到《少帥》，她開始新的嘗試。

動筆於1950年代、1978年正式發表的〈色，戒〉，顯示了新的格局。這回，張愛玲將背景推至1940年代日據期的淪陷區上海，迴避國共對壘的逼仄現實，涉及更廣泛內容——民族／國家／個人、忠／奸、男／女、愛／憎諸命題。但似有更大的觸犯——其超越民族正義的諜戰「陷情」書寫，直接觸犯忠正奸邪的價值規則。這是國族保衛戰舞臺上的一場個人表演，一個因「陷情」而損害民族／國家利益的個人故事。她讓「個人」再次遊走於政治的刀光劍影之中。

王佳芝的走近老易，張愛玲有個合乎情理的鋪墊：一個業餘特工，一個沒有受過職業冷血殺手訓練的普通女孩，引誘老易只是一個模糊的目標，前此王佳芝為執行該任務所遭遇的一切，瓦解了她為民族正義獻身的實感，她得不到意義的肯定和心的安妥，孤獨而絕望。直到將老易誘上鉤，她才感到「一切都有了個目的」，有了意義的肯定。也因此，後面在珠寶店，面對老易用十一根金條換購那只有市無價的六克拉粉紅鑽戒指，她突然有愛的實感——「難道她有點愛上了老易？她不信，但是也無法斬釘截鐵的說不是，因為沒有戀愛過……有一陣她以為她可能會喜歡

鄺裕民，結果後來恨他，恨他跟那些別人一樣」。她將老易與鄺裕民相對比，一個是懷疑「有點愛上了」，一個是「恨」。活生生的六克拉鑽戒擺在眼前，可能是愛的證明，有一種看得見靠得住的實感，讓感情無靠的王佳芝頓感恍惚，終至臨陣失手，引火燒身。

　　張愛玲寫得絲絲入扣，寫個人私情與國族公事的悖論關係。王佳芝的身體以愛國的名義被徵用，成為國家的工具。在色誘結構中，身體只是工具，不含個人內容。但實際上身體仍是個人的，充滿種種欲念和衝動，冷不防會收回「徵用」，往相反方向奔赴，那是「身體」背叛了「國家」。張愛玲再次以個人私情解構國家論說。其時，日本侵華已事過境遷，漢奸問題不再那麼觸目，在「號召團結反共，不問其人過去的政治經歷」的政策下，胡蘭成正在臺灣訪問。〈色，戒〉於此時發表，別有意味，顯示了政治的網開一面。但即便政治集團不追究，民間的正義之士仍會發出質疑之聲：「歌頌漢奸的文學——即使是非常曖昧的歌頌——是絕對不值得寫的。因為過去的生活背景，張愛玲女士在處理這類題材時，尤其應特別小心慎重，勿引人誤會，以免成為盛名之瑕。」「當我讀完這篇作品時，我對愛、憎、忠、奸應該怎樣定義和分際，即變得一片惘然，甚至有點不知所措了。」這事讓宋淇著急，他明白忠／奸敘事的規約性，他強調這個間諜的「業餘」身分，淡化鄭蘋如之說，拉出燕京大學學生的另一種說法，一口咬定「王佳芝的原型也根本和中統特務鄭蘋如無關」。1977年，就〈色，戒〉該如何寫，張、宋之間不斷通信，從中可見國家敘事顧慮對張愛玲創作的制約。域外人的文章一刊載，張愛玲即寫〈羊毛出在羊身上——談「色，戒」〉，解釋、辯

護、反駁，口氣激烈且緊張。這是張愛玲又一次自覺或不自覺地觸犯了政治。

相比之下，直接有歷史原型的《少帥》反倒弱化政治集團衝突描寫，明顯打市場的主意，有與韓素音的《生死戀》、賽珍珠的《慈禧太后》比高低之意。西安事變的中外影響，張學良與趙四小姐的婚外浪漫情緣，都能預見到這個故事的市場前景。赴臺灣想訪問張學良未遂之後，張愛玲花大量時間在華盛頓國會圖書館等處蒐集張學良的資料。對生活轉機的寄望，《少帥》讓她全力以赴。

趙四說過，沒有西安事變，她跟小帥早就完了。張愛玲也說「是終身拘禁成全了趙四」。從西安事變的成全張、趙情緣中，張愛玲再次窺見「傾城之戀」式的大歷史與小個人互為玩轉的格局。《少帥》基本以周四小姐（趙一荻的形象）為敘述視角，國事只在男人們的酒席閒談中作交代，少帥與周四小姐的床第之事才是敘述的中心，以男女主人公的私情沉迷擱置多事之秋的家國焦慮，將「歷史」壓進「個人」背景中，這部寫給洋人看的通俗歷史小說，已無暇於做人性深究或衝突情勢鋪排，只致力於把小說寫得好看，花繁葉茂，充滿女童趣味和畸戀特點。從《少帥》看來，張愛玲對張學良史事其實缺乏直觀感受，

　　能力所及的就只有「偏重愛情故事」，那是她的第一手經驗，最鮮活的素材。從這個角度看，不妨說《雷峯塔》、《易經》和《少帥》才是張愛玲六〇年代的「自傳」三部曲。七〇年代她寫《小團圓》，坦蕩蕩講她與胡蘭成的故事，已經豁出去了，於是那部未完的「影射」自己的《少

帥》，便難免成為雞肋。

　　的確，《少帥》未及將西安事變納入統籌安排的框架中，除了用華麗而通俗筆法寫男女主人公床笫交往外，別無所為。既缺乏〈色，戒〉那種寫大歷史與小個人相夾纏的張力，也缺乏《小團圓》解構人性預設的顛覆力。其格調與《慈禧太后》之流，相去不遠。

　　1952年離開中國之後，張愛玲屢屢涉足政治或泛政治命題。從質詢政體合理合法性的《秧歌》、《赤地》，到觸犯民族正義規則的〈色，戒〉，到以「私情」擱置「國事」的《少帥》，顯示她身居海外前十年的情況：一方面隔著安全的距離，她放膽涉足政治。借政治議題，澆心中塊壘，重新擺置家國關係，整理自我安身立命的秩序線索，為變動不居的「個人」確定位置。另一方面身陷各方政治力量的牽扯中，她左右磕碰，動輒得咎。在遵循自我記憶、參與政治表態和迎合市場需求幾者間徘徊，以占卜測試前程，自始至終充滿難以調適的緊張。《少帥》整體水準的滑坡呈現了某種失控感。如溺水者，腳手自由，卻無依無助。

三、「自己的故事」與難民安妥

　　個人在政治歷史變局中的位置和處境是去國後的張愛玲最為關切的問題。在諸種敘述中，「自己的故事」是她的重頭戲。1950-60年代寫離鄉背並感受的紀實小說或散文《浮花浪蕊》、《異鄉記》、〈憶胡適之〉、〈重訪前方〉，1960年代寫英文自傳小說《易經》、《雷峯塔》，1970年代寫長篇自傳小說《小團圓》、

《同學少年都不賤》，1980-90年代寫遊記散文〈一九八八至
──？〉、《對照記》，都是關於「自己的故事」。這批自傳性作
品以小說與散文為界，分為虛構性和紀實性兩類。前者如《易
經》、《雷峯塔》、《小團圓》，後者如《浮花浪蕊》、《異鄉記》、
〈憶胡適之〉、〈重訪前方〉、〈一九八八至──？〉。虛構類作品
生活素材止步於她1952年離國前的生活，是她上半期的人生故
事。將早年〈傳奇〉、〈流言〉、〈童言無忌〉、〈燼餘錄〉等加以
重寫，多為自我療傷式的想像性演繹；紀實類的素材多為去國後
的生活，是她下半期的人生故事。且以遊記短章，寫回鄉／異鄉
之感、遺民／難民之境。

　　1957年動筆的兩卷本英文小說《雷峯塔》和《易經》，是張
愛玲赴美後試圖走進美國讀者世界的敲門磚。至1961年2月，
The Book of Change（《易經》）「照原來計畫只寫到一半，已經很
長，而且可以單獨成立⋯⋯」1963年6月，「《易經》決定譯，至
少譯上半部《雷峯塔倒了》，已夠長，或有十萬字」。但此兩卷
最終沒有譯成中文本。她的理由是：「《雷峯塔》因為是原書和
前半部，裡面的母親和姑母是兒童的觀點看來，太理想化，欠真
實，一時想不出省事的辦法，所以還沒譯。」此話包含兩層意
思：一是此作觀點仍嫌太理想化、欠真實，二是此作以琵琶（張
的自我形象）為視角，所謂「兒童的觀點」。重寫老家庭故事，
較之〈傳奇〉、〈流言〉諸篇，《雷峯塔》有新角度，強調「我」
的記憶，關注自我安妥問題：

　　　　羅氏一門不准入仕民國政府。羅家與親戚都靜坐家中，愛
　　惜自家的名聲。大清朝瓦解了，大清朝就是國家。羅家男人

過著退隱的生活，鎮日醇酒美人，不離煙鋪，只要不忘亡國
之痛，這一切就是入情入理。自詡為愛國志士，其實在每一
方面都趨於下流，可是不要緊。哀莫大於心死。琵琶一直不
明白她父親遊手好閒還有這麼一個冠冕堂皇的藉口。

　　去國後，張愛玲更清楚看到老家庭遺民生活背後的巨大空虛
——改朝換代後以坐食山空式的隱居安妥自己、保持遺臣名節的
虛妄。「作為已逝的政治、文化的悼亡者，遺民指向一個與時間
脫節的政治主體，他的意義恰巧建立在其合法性及主體性搖搖欲
墜的邊緣上。」而兒孫一輩，既沒有父輩的亡國之痛，也沒有隱
居、自棄的理由。懸空、逃離，「將失去的對象內化，形成主體
本身此恨綿綿的憂傷循環」，是她的方式。從這裡出發，《易經》
兩卷並沒有理想化的「兒童的觀點」。四歲女童對成人世界已洞
若觀火。揭醜，捅漏子，母女、姑侄之間的信任決堤，杜撰弟弟
早逝以斷絕溫情後路，一股冷涼寒意，鑽進骨髓裡。琵琶一直在
逃離：從父親家逃往母親家，從母親住的香港淺水灣飯店奔回學
校宿舍……死裡逃生，六親無靠，噩夢追逐，一輩子沒有轉過神
來。逃出瘋狂牢獄，卻幽閉於自我繭居。「精神官能症或偏執狂
般聚精會神玩著骨牌遊戲，一遍一遍的推倒長城，然後重建。」
所謂憂傷循環。

　　到了《小團圓》，她的故事又推倒重建。這回，遺老家族背
景漸漸隱去，自我放逐者的故事被放到前臺。第一代家庭出走者
母親在第二代出走者九莉的冷血審視下，呈露其不堪的內質。九
莉如偵探般搜索母親的情事，剝開母親這位「灰姑娘的仙子教
母」綺麗的外裝，暴露其淫蕩、冷酷的內質。九莉排遣傷痛的方

式是拿母親開刀。小說末處，母女一場對質，寫得冰冷透骨：九莉回房間取出二兩金子裹在手帕裡。之前她問過楚娣：「二嬸為了我大概一共花了多少錢？」楚娣算了算，道：「照現在這樣大概合二兩金子。」閒談之間，九莉拿出二兩金子：「那時候二嬸為我花了那麼多錢，我一直心裡過意不去，這是我還二嬸的。」「我不要！」蕊秋流下淚來：「就算我不過是待你好過的人，你也不必對我這樣。『虎毒不食兒』嗳！」「我那些事，都是他們逼我的——」九莉覺得滑稽，她怎麼裁判起二嬸來？時間一分一秒在過去，從前的事凝成了化石，把她們凍結在裡面。九莉盡量的使自己麻木。也許太徹底了，不光是對她母親，整個的進入冬眠狀態。

往事、親情已凝成化石，凍死在九莉的心中，她整個人處於雖生猶死的冬眠狀態。以「冬眠」的方式應世，可能正是張愛玲去國後一種自我安妥、處理自我與他人關係的方式。

《小團圓》對男性人物的處理頗有意思。「趕寫《小團圓》的動機之一是朱西甯來信說他根據胡蘭成的話動手寫我的傳記，我回了封短信說我近年盡量de-personalize讀者對我的印象，希望他不要寫。」「《小團圓》是寫過去的事，……胡蘭成現在在臺灣，讓他更得了意，實在犯不著，所以矛盾得厲害，一面補寫，別的事上還是心神不屬。」「心神不屬」道出其時她對胡蘭成仍懷剪不斷理還亂的感情。「小團圓」譏諷「三美團圓」，邵之雍當然是靶子。但對邵之雍，九莉沒像對待母親那樣決絕，即便他的三美共享讓她痛苦到想自殺，她仍欲罷不能。她努力替邵的拈花惹草辯護，將他對所有情侶的「不放棄」理解為「情義」。對同樣多妻的荀樺則是另一回事。荀樺的現實形象是柯靈，那篇比

《小團圓》早十年問世的《遙寄張愛玲》，讓人看到一個與人為善的溫厚的柯靈。《小團圓》中的荀樺卻頗不堪。九莉對這個山羊臉的男子沒好感，荀的多妻隱約見其人格的缺陷：朱小姐「在一家書局做女職員，與荀樺有三個孩子了。荀太太也不是正式的，下鄉還有一個⋯⋯」「三個老婆兩大批孩子，這樣拖泥帶水的，難道是作掩護？」反倒是荀樺被憲兵隊帶走，讓邵之雍得到一次表現的機會，是邵救了荀樺。此舉既顯邵之雍的仁厚，也反襯荀樺後來在公共汽車上非禮九莉的忘恩負義及卑劣。對邵、荀的不同鋪寫，有個不經意的細節值得注意，荀樺可能是共產黨員。政治身分是男人的表徵，張愛玲對男人好壞的判斷似乎更簡單明瞭，「荀樺在文化局做了官了，人也白胖起來，兩個女人都離掉了，另娶一個。」冷冷的揭醜筆調背後包含其貶抑態度。

　　成年時期在「二戰」背景中度過，「大戰像是個固定的東西，頑山惡水，也仍舊構成她的地平線」，九莉視頑惡為當然，以之構成其人生的地平線，也造就其「黑暗」的個人主義的生活態度和政治偏激。「她內心有一種混亂，上面一層白蠟封住了它，是表面上的平靜安全感。」九莉希望戰爭永遠打下去，不覺得良心上過不去。她對邵之雍說：「我不過因為要跟你在一起。」她有意擱置民族正義、人道關懷一類東西，強調個人利益至上。白流蘇式的，一座城傾覆了，成全了她的婚姻。張愛玲後來演繹趙一荻，也沿用這一套邏輯。

　　這種方式也讓張愛玲在現實中觸礁。1950年代末60年代初，*Pink Tears*（《粉淚》）在美國聯繫出版時四處碰壁，Knopf有一位編輯給她寫來一封憤激的退稿信：「所有的人物都令人起反感。如果過去的中國是這樣，豈不連共產黨都成了救星。我們

曾經出過幾部日本小說，都是微妙的，不像這樣squalid（污穢，卑劣）。我倒覺得好奇，如果這小說有人出版，不知道批評家怎麼說。」對人性頑劣的耽溺式渲染，不僅令帶有冷戰二元對立思路的美國出版商反感，也讓隔著重重文化風俗屏障的異國讀者難以接受。

不同於上述對「家」的傷逝、揭發和悼亡，張愛玲紀實類自傳作品著眼於離「國」後的個人境況訴說，採用「社會小說做法」──鬆散的，沒有主人公和主線索的，紀實式的眾生相的多視點的遊記筆法。從逃離家國（《浮花浪蕊》）到異鄉飄流（《異鄉記》），到揮霍鄉愁（《同學少年都不賤》）到陷入本鄉人與觀光客的恍惚（《重返邊城》、〈一九八八至──？〉），她在放逐與回歸、遺忘與記憶、原鄉與異鄉之間徘徊。永遠在途中，永遠是洪荒亂世的過客。

在張愛玲所有的逃離中，離國赴港是連根拔起的一次。洛貞從深圳過境：「悄然通過一個旅館甬道，保養得很好的舊樓，地毯吃沒了足音，靜悄悄地密不通風──時間旅行的圓筒形隧道，腳下滑溜溜的不好走，走著有些腳軟。」這條時間的隧道會將她引向何方？穿過羅湖關口，她走得「一步一磕一碰」，「走陰的回到陽間」似的。將逃離視為生死越界，將未來託付給無涯的洪荒，懸空，飄流，何處安身？「安全地隔著適當的距離」的同時是永遠的被放逐。而異鄉處境中自我位置何在？她不斷重複過同一段話：

　　每人都是幾何學上的一個「點」──只有地位，沒有長度、寬度與厚度。整個集會是一點一點，虛線構成的圖畫；

而我，雖然也和別人一樣的在厚棉袍外面罩著藍布長衫，卻是沒有地位，只有長度、闊度和厚度的一大塊，所以我非常窘，一路跌跌衝衝，踉踉蹌蹌的走了出來。

一個異鄉者，她不是當地芸芸眾生中的一個點，她沒有點的地位。但她有長、寬、厚的體積，既占空間又是子虛烏有的，她該如何安置自己？這一切讓她窘。1961年底赴香港寫劇本途中她短暫逗留臺灣。一年後她在美國 *The Reporter* 雜誌上發表訪臺港遊記 "A Return to the Frontier"，稱臺港為「前線」、「前方」或「前沿」（the Frontier），可見其戰爭位置意識。這前線同時是自己家鄉的延伸物，家的兩岸仍有緊張的軍事對峙，她夾在二者之間。在臺灣，她追尋原鄉的感覺，「一下鄉，臺灣就褪了皮半卷著，露出下面較古老的地層……我也算是還鄉的複雜的心情變成了純粹的觀光客的遊興」。臺灣仍有一水之隔，香港則接壤大陸，返鄉探親者絡繹不絕，聲息相通——「地平線外似有山外山遙遙起伏，大陸橫躺在那裡，聽得見它的呼吸」。地平線以外的那片山脈讓人緬想卻又回不去了。駐足，玄想，伴以時空的斷裂錯置。那是她居美後唯一一次赴臺和返港。

自從大陸自我放逐之後，美國的冷，香港的實，都讓張愛玲碰壁，唯有臺灣例外。無論文化根性或是冷戰格局中的政治取向，她與臺灣之間更天然的默契。臺灣作為張愛玲原鄉的替代物、中文世界的延伸，有著更為特殊的牽繫。自1957年臺灣《文學雜誌》上夏志清兄弟聯手將她推出，至1967年她與臺灣皇冠出版社簽署出版全集合同，再到1995年《中國時報》贈予她的《對照記》以文學「特別成就獎」。以「臺灣」為中介，她步

步走向中國現代文學舞臺的中心。而1961年的臺灣之行，讓她找到一種似是而非的回鄉感覺。

二十多年後，幽居美國的她，再次邂逅這種感覺。洛杉磯是華人密集居住地，老華僑稱它「羅省」。〈一九八八至──？〉寫她在羅省郊外候公車時，公車站椅背上一排白粉大字：「Wee and Dee 1988...?」讓她玩味：「這裡的『狄』與魏或衛並列，該是中國人的姓。在這百無聊賴的時候忽然看見中國人的筆跡，分外眼明。」坐公車者應為沒錢人，候車的乏味，「異鄉特有的一種枯淡」，打工怕遲到，時間的重壓，沉悶得要發瘋，才會摸出從英文補習班黑板下撿來的粉筆，吐露出心事。「亂世兒女，他鄉邂逅故鄉人，知道將來怎樣，要看各人的境遇了。」她說的，何曾不是自己的心情和境遇？公交站背後是一個山谷社區，山上山下橋下，三層蛋糕式的三層街景，分成三重世界。時空錯亂，他鄉、己鄉糾纏交織。這是一個分裂而無聲的世界：「三個廣闊的橫條，一個割裂銀幕的彩色旅遊默片，也沒配音，在一個蝕本的博覽會的一角悄沒聲地放映，也沒人看。」1988年3月結束了三年多流離遷徙的汽車旅館生涯後，張愛玲在洛杉磯這個衛星城安居下來，常坐公車去看牙醫，「等上半個多鐘頭也一個人都沒有」。她心領神會「異鄉特有的一種枯淡」，她也是一部默片。

去國之後，張愛玲嘗試過「把前朝或正統的『失去』操作成安身立命的條件，……強『沒有』以為『有』。……串聯出一個可以追懷或恢復的歷史……」她對「自己的故事」有多方鋪排，傷逝既往，感懷當下，既有虛構也有紀實。飄泊成為一種恆常的姿態，無家之家生造出一種空茫的鄉愁。她夾在近與遠、虛與實、順與逆之間，「以回顧過去的不可逆返性，來成就一己獨立

蒼茫的位置」。實際上，在異邦，流亡者的邊緣身分，決定她再
怎樣自編自演也是一部默片，悄然無聲地在一角放映，沒人看。
她的作品一直沒法打進美國市場，正是其證明。

張愛玲與摩登女郎

桑梓蘭

　　張愛玲寫摩登女郎，自出機杼，獨具慧眼。但這話得從新感覺派開始說起。

　　在中國現代文學中，摩登女郎是一道異樣絢麗的風景。自從許多學者——如嚴家炎、吳福輝、張英進、李歐梵、陳子善、李今、史書美、彭小妍、張勇——都特別青睞摩登女郎出現在1930年代海派文學特別是新感覺派作品中的嫵媚身影後，上海新感覺派小說就儼然成為中文書寫摩登女郎的經典[1]。在外觀上，

1　嚴家炎，《新感覺派小說選》（北京：人民文學出版社，1985）；吳福輝，《都市漩流中的海派小說》（長沙：湖南教育出版社，1995）；張英進，《中國現代文學與電影中的城市：空間，時間，與性別構形》（南京：江蘇人民出版社，2007）；李歐梵，《上海摩登：一種新都市文化在中國1930-1945》（香港：牛津大學出版社，2000）；陳子善，《摩登上海——30年代的洋場百景》（南寧：廣西人民出版社，2001）；李今，《海派小說論》（臺北：秀威，2006）；史書美，《現代的誘惑：書寫半殖民地中國的現代主義》（南京：江蘇人民出版社，2007）；張勇，《摩登主義：上海文化與文學研究，1927-1937》（臺北：人間出版社，2010）；彭小妍，《浪蕩子美學與跨文化現代性》（臺北：聯經，2012）。其中李歐梵、張英進、史書美、彭小妍的著作都有更早的英文版，不一一註明。

新感覺派所塑造的摩登女郎和同時期畫報中常見的女明星熱女郎有許多共同之處——光鮮亮麗，打扮入時，身材曼妙，饒富自信，舉手投足散發著性的誘惑力[2]。而在性格上，新感覺派小說中的摩登女郎往往妖冶冷血，令人捉摸不透，是道地的危險尤物。也寫過小說的漫畫家郭建英曾用畫筆再三地誇張地表現了摩登女郎拜金虛榮，煙視媚行，玩弄男性於股掌之間的特質，為新感覺派摩登女郎做了形象化的註腳[3]。如若論起上海新感覺派摩登女郎的淵源，嚴家炎、李歐梵、史書美、彭小妍都認為法國意象派作家保羅‧穆杭（Paul Morand）和日本新感覺派橫光利一等人的影響頗深。張勇則認為「海派都市作家對摩登男女尤其是摩登女郎的印象與其說得之於現實，毋寧說得之於好萊塢電影和時尚雜誌。」[4]而如果進一步從心理層面分析，彭小妍一針見血地指出，「近年來已成為跨文化研究及跨國研究核心議題的摩登女郎，根本是浪蕩子的凝視所創造出來的產物」；「她是浪蕩子的自我投射——浪蕩子對摩登女郎的迷戀，是自戀的展現。更有甚者，摩登女郎是浪蕩子存在的合法理由：摩登女郎是他維持浪蕩子形象的必要條件。但摩登女郎是低他一等的她我。身為品味及風雅的把關者，浪蕩子以教導摩登女郎的行為舉止及穿著品味為己任。他一方面執迷於她的容貌風華，一方面不信任她的智力及貞操，透露出根深蒂固的女性嫌惡症（misogyny）。」[5]

---

2 關於女明星和熱女郎（It girl），見周蕙玲，《表演中國：女明星，表演文化，視覺政治，1910-1945》（臺北：麥田出版，2004）。

3 郭的多幅漫畫收集和重刊於陳子善，《摩登上海——30年代的洋場百景》。

4 張勇，《摩登主義》，頁69。

5 彭小妍，《浪蕩子美學》，頁34、37、38。

我們不妨注意，新感覺派浪蕩子（dandy）作家帶著深入骨髓的女性嫌惡症對摩登女郎所做的投射與想像，其實與1930年代中國報章媒體上頻繁出現的對摩登女郎的抨擊如出一轍[6]，圍繞在享樂主義，奢侈虛榮，和性解放這幾個問題上。只不過新感覺派小說運用的是先鋒的藝術手法，並不做明顯的道德批判，不像報章雜誌上批評摩登女郎的文章大多是簡明論說文，使用概括性的語言指責摩登女郎之罪[7]。那麼，30年代報章雜誌上眾多抨擊摩登女郎的言論到底是不是根據實地觀察呢？在大多數情況下這已無從查考。筆者認為，與其說評論者們描述的都是實情，毋寧說他們表達了在動盪的時代對於女性角色發生變化的強烈焦慮。評論者所攻擊的是他們所最擔憂的最糟情況，不無以偏概全或誇大其詞之處。

事實上，在對摩登女郎的一片撻伐之聲之中，也出現了一些為摩登女郎挺身而出，呼籲社會大眾勿詆毀摩登也勿以貌取人的言論，儘管這樣的聲音相對微弱。例如，1933年，在以女性編者、作者為主幹，以女性為主要讀者的《女聲》雜誌（又名《女聲社半月刊》）上，就出現了一篇署名佩珂的〈摩登論〉，針對

6　張勇也注意到海派小說的厭女症與媒體譴責摩登女郎的聲音不謀而合，見《摩登主義》，頁260。

7　批評摩登女郎的文章不勝枚舉，例如蔣志超，〈摩登女子的恐慌〉，《中國攝影學會畫報》第6卷，第263期（1930）：7；胡同光，〈摩登女子是個活動的衣架〉（漫畫），《華安》第2卷，第2期（1933）：33；李瑞琼，〈摩登婦女的摩登病〉，《玲瓏》第3卷，第23期（1933）：1088-1089；壹，〈對於摩登女子的檢討〉，《南開女中校刊》婦女專號（1932）：41-44。更多例子可見張勇，《摩登主義》；焦婕，《三十年代前後「摩登」文化論爭研究》，遼寧大學，碩士論文（中國近現代史），2013。

摩登女郎成為眾矢之的的現象分析道：

　　摩登女子就是時代的女子，或現在的女子，這樣按字面上
講起來，並無所謂好，亦無所謂壞。中國女子從三從四德的
封建社會裡跳出，而擠進時代的車輪裡，而被稱為時代女
子，這正是數十年來奔走呼號的婦女運動者所早夕盼禱的一
件事。本來，時代的車輪向前不息的轉著，不前進就會後
退，女子站在人的立場上，有跟隨時代的責任，而應做一個
時代女子，是無可疑異的。

　　但是摩登女子被人唾罵，卻究竟為什麼呢？這裡因摩登論
而須引起裝飾論了。原來社會上稱為摩登女子者，都是在裝
飾上做工夫，穿了一九三三的衣服，一定有被稱為摩登女子
的資格。這樣，摩登女子也就成了漂亮皮囊與美麗衣架的代
名詞了。這裡不知是女子們的穿上一九三三的衣服，而自命
為摩登女子呢？還是社會上顧名思義的看見穿一九三三年的
衣服就名之曰摩登女子呢？這也不及深論。

　　佩珂指出，「摩登女子」這一名詞本來不應有負面的意思，
然而，因為社會上已經習慣把打扮時髦當作摩登女子的資格條
件，摩登女子已經成為「漂亮皮囊與美麗衣架的代名詞」，因此
成為眾人攻擊的箭靶。佩珂繼續說：

　　若是摩登女子僅僅是金玉其外，敗絮其中的虛有其表的一
個空架子，卻幽閒自得，充塞於市面之間，縱然欲求不被人
唾罵，亦何可得。女子站在人的立場，有追隨時代的責任，

而做一個時代女子，上面已經說過，而欲負起追隨時代的責任，僅僅一個虛架子，是沒有用的，這很明白；最大的要件，還須得要有內在精神；內在精神是什麼呢？內在精神就是包含著，有充分的學識，有堅強的意志，還有清楚的頭腦；以充分的學識，以為社會上做事的工具，以堅強的意志，以排除外界的誘惑，以清楚的頭腦，來分析社會的種種矛盾！而促進新社會的到來。[……]

　　在另一方面，也似乎不能不論到一點的，就是一個有內在精神的時代女子，穿上了美麗的衣服，覺得這並無可非議之處！我們很不希望格殺勿論的一同推入市場商品之例，因為這也近於以貌取人，不準確的。穿美麗衣服，而不妨害別人，這原是沒有罪惡的。寫到這裡，記起日本新進理想主義文學家武者小路在《母與子》的一本小說上，曾經說過這兩句話：「綾子不厭棄穿美麗衣服，在這一點上，還是一個平凡的女子。」這大概是男性中心的社會心理的一般。穿美麗衣服的是平凡女子，不平凡的女子，是不穿美麗衣服的，這理由頗費解，我們也希望這種心理會漸漸的改掉。[8]

佩珂明確指出，女子若單單有美麗的衣裳，實不足以承擔起「追隨時代的責任」，值得譴責。然而，她也反對社會上許多人先入為主地認定打扮美麗時髦的女人就一律都十分膚淺而自甘墮

8　佩珂，〈摩登論〉，《女聲社半月刊》第1卷，第22期（1933）：5；原文有一句做「推入市場商品之例」，「例」疑為「列」之誤。四年後佩珂另有一文：〈談女子衣裝問題〉，《婦女月報》第3卷，第4期（1937）：1-2。

落為「市場商品」。她認為，單憑女人的外貌去評斷她是否具有新時代的精神內涵是不準確的，是一種男性中心的社會心理。她督促摩登女子要重視提升自己的內在精神，但同時，她也把追求美麗的權利還給摩登女子。她不認為一個女人打扮得漂亮就是過錯，就一定當不成學識豐富、意志堅強、頭腦清楚的時代女子。佩珂的觀點顯然與當時甚囂塵上的保守言論大異其趣──後者把摩登女子和奇裝異服畫上等號，把摩登女子的著裝問題上升到影響到國家存亡的高度，甚至要求「真正的」（意即正確的）摩登女子應該衣著樸素，或至少愛用國貨[9]。佩珂有心為摩登女子的時尚外表洗刷名聲，她護衛女人選擇衣著的自主權，賦予摩登女子內外兼修的自由。

　　另一個為摩登女郎辯解的例子是林語堂。這位幽默大師亦莊亦諧地指出摩登女郎之所以燙髮穿高跟鞋，只不過是投男人所好罷了。因此，與其指責摩登女郎太注重外表，不如先讓男人們反省他們為什麼喜歡時髦漂亮的女人。林語堂還在一波波批評摩登女子的聲浪中看到了中國自古以來的紅顏禍水說。在〈摩登女子辯〉中他說：

9　對於摩登女子華服奢靡的批評在1933國貨年、1934婦女國貨年，和1934年新生活運動展開後達到高峰。參考 Karl Gerth, *Made in China: Consumer Culture and the Creation of the Nation*（Cambridge: Harvard University Asia Center, 2003），第七章；潘君祥主編，《中國近代國貨運動》（北京：中國文史出版社，1996），頁437-443；張勇，《摩登主義》，第7章。關於摩登女性服裝的暴露和曲線問題，見 Antonia Finnane, *Changing Clothes in China: Fashion, History, Nation*（New York: Columbia University Press, 2008), pp. 167-175；張小虹，《時尚現代性》（臺北：聯經，2016），頁305-312。

向來中國女子應當代人受過，已成為古今史論家顛撲不破之至理名言。若西施亡吳，妲己亡商，褒姒亡周，及近代陳圓圓亡明，皆是其例。大概男子所治之國已亡，求一他方代為受過並不困難。其言外之意便是說：商室並非亡于紂王之虐政，西周並非亡于幽王之淫昏，而明朝亦並非亡于魏忠賢及其孝子順孫之擅權。政論如此，道德更不必說，因為淫字向來是女子之專有品，裹足原以防範婦女之踰嫻，惟步步蓮花乃陳後主所以正心誠意之功課也。故今日凡談道德，亦必先想及摩登女子而糾正之，勖勵之，訓勉之，刺諷之，幾乎以為東三省之亡，由于人心不正，而人心不正皆當由摩登女子尸其咎也。此說不絕，將來必有摩登女子亡國之論，而文武老爺皆可告無罪于天下矣。前年胡蝶在京受警告，便是此一類思想之表現，此地也無須一一細舉了。[10]

林語堂為摩登女子打抱不平，認為自從（1931年底）東三省淪陷日本之手之後，輿論之所以越來越責怪摩登女子有道德問題是男人諉過的結果，摩登女子只不過是代罪羔羊罷了。他又說：

摩登女子之大罪有三：（一）淫蕩無恥，（二）打扮妖媚，（三）虛榮薄倖，此男子所常指出之弱點也。即以此為摩登女子之弱點，我想其罪也不大到怎樣。淫蕩無恥乃投男人之所好，而打扮妖媚，充其量也不過要討男子之喜歡而

---

10 林語堂，〈摩登女子辯〉，《論語》，第67期（1935年），頁917。在原文中林語堂使用了許多簡寫字，引文一律改成正體字。

已。向來在男權社會，男子所喜歡，女子樣樣都做到。[11]

　　他指出在男性中心的社會，如果現在男人們不再強調貞節甚至還對淫蕩妖媚的女子趨之若鶩，則女人們自然會不再重視貞節而朝另一個方向發展。而針對第三項「虛榮薄倖」的罪名，他說：

　　　虛榮薄倖是男人所最憎惡的一点。摩登女子，果有虛榮薄倖水性楊花的，也不可舉一概百，但我頗想替薄倖小姐作一辯，甚至可以再退一步，替善敲竹槓的青樓妓女作一辯。倘是青樓女子敲竹槓沒有什麼大罪，則摩登女子更可不必勞仁人君子之處處關情了。
　　　女子善敲竹槓者，英文有一妙語叫做「挖金姑娘」（Gold-diggers）。我想挖金姑娘是現代社會最常被誤解的一流人。有現此社會制度，必有挖金姑娘，而在這種社會，我想巾幗之有挖金姑娘，也不過如鬚眉中間之有富賈豪商，錢莊店倌，銀行巨擘實業大王等。挖金姑娘比她的姊妹頭腦清楚，猶富賈豪商之比他人算盤打得實在吧了。富賈與挖金姑娘在世的目的相同——錢；他們的手段也相同——有奇貨都是得善價而沽諸，而又都不惜用最欺詐的手段以達其目標。[12]

　　也就是說，挖金姑娘只不過是在利用自身的美色作一筆精明

11　林語堂，〈摩登女子辯〉，頁917。
12　林語堂，〈摩登女子辯〉，頁918。

的生意罷了，其本質上與手腕靈敏，老謀深算的男性商人並無不同。但最林語堂最有意思的見解是：

> 　　富賈與挖金姑娘都有兩層道德，一是職業上的，一是私人上的，各不相關。實業大王銀行巨擘在家為慈父，在外為信友，但是在他商業競爭場上，若斤斤以打倒同行為不仁不義而不屑為，便不成其為實業大王了。能夠耍弄玄虛，人不知鬼不覺把某公司股票壟斷入手，或把某貨高抬，逼死多少寡婦孤兒，而操奇計贏，勝人一著，人人且將敬其手腕之靈敏，謀慮之老當，羨之慕之，稱他為模範成功者。挖金小姐在職業上，也許有一樣的硬狠心腸，但是同時我相信也許她在家事母至孝，待較不會打算盤的姊妹行也許是一位疾病相扶患難相助的快友。[13]

　　這幾句話說明他不認為挖金姑娘就一定是徹頭徹尾的壞人。她們也許在與男人的周旋上精明，但對父母和姊妹朋友們是忠誠的。

　　佩珂和林語堂的文章透露出一個事實，那就是1930年代對於摩登女子的想像並不是單一的。在看似一面倒的負面言論中，也不乏為摩登女子辯解，給予另類評價的聲音。佩珂強調打扮得漂亮並不妨礙內在精神的提升，而林語堂則認為挖金姑娘賣色時的奇貨可居只不過是生意經，和資本家追求最大獲利是一樣的，無可厚非。而且挖金姑娘的私德有可能是高尚的，未可一概而論。

13　林語堂，〈摩登女子辯〉，頁918。

在文學上，上海新感覺派作家往往將摩登女郎扁平化，用以象徵現代都市的誘惑和危險[14]。「摩登女郎在浪蕩子的漫遊白描藝術描摹下，轉化成現代主義的人工造物」；「既然女人只不過是一個象徵或概念，新感覺派作家對她的內心情感毫無興趣，更遑論其思想。」[15]這些分析可謂一刀見血，再精闢不過了。那麼，如果把問題擴大，其他類型的文學是否也都採取這樣的描寫模式呢？很有趣的，如果我們把目光從新感覺派這樣的先鋒書寫移向通俗小說，則我們看到的摩登女郎，實具有迥然不同的風貌。這種情況在通俗言情小說之中尤其明顯。由於文類的需求，言情小說中的摩登女郎往往是情感豐富，多愁善感的。雖然言情小說中的摩登女郎未必都如佩珂所期許的「有充分的學識，有堅強的意志，還有清楚的頭腦」，但她們也不盡然都是金玉其外敗絮其中的空架子。她們往往在面臨道德難題時經歷內心的掙扎，陷入戀愛三角時在情緒上困惑不安。她們有具體的家庭背景，有時受到父母的束縛，不像新感覺派筆下的摩登女郎總是那麼神秘性感，毫無牽掛，談起戀愛來講求速度毫不拖泥帶水。

也就是說，文學類型、作家對於讀者趣味的假設，以及作家想吸引什麼樣的讀者，會在很大程度上影響到作家們對於摩登女郎的塑造。摩登女郎人物雖然可能透露出作家個人的世界觀、社會觀和藝術觀，但她們同時也是文學類型和文學市場的產物。張愛玲描寫摩登女郎就深明箇中奧妙。

在發表於1944年的〈論寫作〉一文中，張愛玲曾討論了作

---

14 參考史書美，《現代的誘惑》第十章對於劉吶鷗的分析。

15 彭小妍，《浪蕩子美學》，頁81。

者與讀者的關係。她說:

> 　　要迎合讀者的心理,辦法不外這兩條:(一)說人家所要
> 說的,(二)說人家所要聽的。
> 　　說人家所要說的,是代群眾訴冤出氣,弄得好,不難一唱
> 百和。可是一般輿論對於左翼文學有一點常表不滿,那就是
> 「診脈不開方」。[⋯⋯]
> 　　那麼,說人家所要聽的罷。大家願意聽些什麼呢?越軟性
> 越好——換言之,越穢褻越好麼?這是一個很普通的錯誤觀
> 念。我們拿「紅樓夢」與「金瓶梅」來打比罷。拋開二者的
> 文學價值不講——大眾的取捨並不是完全基於文學價值的
> ——何以「紅樓夢」比較通俗得多,只聽見有熟讀「紅樓
> 夢」的,而不大有熟讀「金瓶梅」的?但看今日銷路廣的小
> 說,家傳戶誦的也不是「香豔熱情」的而是那溫婉,感傷,
> 小市民道德的愛情故事。[16]

　　在這裡,張愛玲認為廣大讀者們所喜好的並不是最色情的作
品,而是「溫婉,感傷,小市民道德的愛情故事」。同時,她也
表明自己的寫作立場,非常重視一般讀者。她說:「文章是寫給
大家看的,單靠一兩個知音,你看我的,我看你的,究竟不行。

16　張愛玲,〈論寫作〉,《張看》(臺北:皇冠文化,1995),頁235。筆者曾在
　　他文中論證了張愛玲對於通俗小說,特別是《紅樓夢》和民國時期鴛鴦蝴蝶
　　派後期大將張恨水小說的臨摹與突破,見桑梓蘭,〈張愛玲《十八春》及
　　《半生緣》研究〉,彭小妍編,《文藝理論與通俗文化》(臺北:中央研究院中
　　國文哲研究所籌備處,1999),頁677-705。

要爭取眾多的讀者，就得注意到群眾興趣範圍的限制。」[17]

如果拿這些話來衡量張愛玲小說中的摩登女郎，倒是很符合這樣的寫作哲學。她筆下的摩登女郎雖然美麗性感，穿著時髦的旗袍或洋裝，具有不難辨認的摩登特質，卻仍然身陷在溫婉感傷的愛情故事中，其是非善惡之心並不違背小市民的庸常道德觀。她們與新感覺派浪蕩子劉吶鷗、穆時英等人所精心構造出的遊戲人間，無羞恥心，缺少靈魂的「白金女體塑像」大異其趣。

比如，〈沈香屑──第一爐香〉裡的葛薇龍，她本來是個極普通的上海女孩子，為了躲避上海的戰事，隨父母搬到了香港，兩年後，父母亟欲搬回上海，她因為不想拋下在香港再過一年就能完成的中學學業，於是去投靠有錢的姑母梁太太。沒想到，富孀梁太太美人遲暮，色心不減，慣用手下年輕漂亮的丫頭作誘餌，招引青年男子作其入幕之賓。薇龍這一上門，不啻一塊肥肉送到了虎口邊。且看薇龍搬進梁夫人深宅大院的第一晚有何奇遇：

> 薇龍打開了皮箱，預備把衣服騰到抽屜裡，開了壁櫥一看，裡面卻掛滿了衣服，金翠輝煌；不覺咦了一聲道：「這是誰的？想必是姑媽忘了把這櫥騰空出來。」她到底不脫孩子氣，忍不住鎖上了房門，偷偷的一件一件試穿著，卻都合身，她突然省悟，原來這都是姑媽特地為她置備的。家常的織錦袍子、紗的綢的、軟緞的、短外套、長外套、海灘上用的披風、睡衣、浴衣、夜禮服、喝雞尾酒的下午服、在家見

---

17 張愛玲，〈論寫作〉，頁235-236。

客的半正式的晚餐服，色色俱全。一個女學生那裡用得了這麼多？薇龍連忙把身上的一件晚禮服剝了下來，向床上一拋，人也就膝蓋一軟，在床上坐下了，臉上一陣陣的發熱，低聲道：「這跟長三堂子裡買進一個人，有什麼分別？」[18]

　　梁太太給薇龍置備下的除了家常穿的織錦袍子，也包括各種社交場合的洋服。雖然這些華服不是一般女學生用得到的，卻是最摩登的社交名媛所不可缺少的。這段描寫，除了點明梁太太的豔窟買進了薇龍，也是薇龍被召喚成為一摩登交際花的關鍵場景。她雖然隱隱感到不安，但畢竟抵抗不了衣服的誘惑，結果「在衣櫥裡一混就混了兩三個月，她得了許多穿衣服的機會；晚宴、茶會、音樂會、牌局，對於她，不過是炫弄衣服的機會罷了。」[19]

　　衣服在這裡是重點。雖然故事發生的地點在香港，薇龍的形象與1930年代上海的時尚雜誌封面上的名媛十分類似。她是一名女學生，但又妝點得像個電影明星。她出入有汽車接送，生活有僕人伺候，上學之餘還參加茶會、晚宴，且不時被梁太太帶到上等舞場去亮相。然而與真正的富家名媛不同的是，薇龍很快便不由自主地成了梁太太吸引男人的誘餌。她原本還天真地以為姑媽只是拿她當個幌子，不會真要她去犧牲色相，但不幸地，她不小心愛上了混血花花公子喬琪喬，幾經掙扎之後終於接受梁太太的勸告，要用錢來拴住喬琪喬的心，而她唯一有可能賺得巨款的

---

18 張愛玲，《張愛玲小說集》（臺北：皇冠文化，1968），頁296-297。

19 張愛玲，《張愛玲小說集》，頁299。

方式便是運用交際手腕，去討好那些覬覦自己年輕貌美的富商大賈。於是，她跟喬琪喬結婚了，然後就「整天忙著，不是替喬琪喬弄錢，就是替梁太太弄人。」在故事最後，她行走在陰曆三十夜的灣仔，被街上喝醉的水兵誤以為是妓女，一撲而上。受了驚嚇的薇龍躲進汽車裡，喬琪喬安慰她，罵那些醉鬼看走了眼，她卻傷心地說自己其實和妓女沒什麼兩樣，有的話也只不過是她們是不得已，而她是自願的。

顯然，薇龍即使與不少闊男人廝混之後也並沒有完全喪失自己原先的是非觀念。她外表光鮮，交際廣闊，生活奢侈糜爛，看似一位典型的拜金摩登女郎，然而她的靈魂卻深陷痛苦之中。張愛玲成功塑造了一個因為愛情而迷失了自己，陷於道德兩難的摩登女郎。雖然薇龍的物質生活距離小市民很遠，她的道德感卻仍然是貼近小市民的。

張愛玲筆下還有不少摩登女郎也有著騷動不安的靈魂。〈傾城之戀〉裡的白流蘇已經二十八歲了，可是因為嬌小，顯得比實際年齡年輕。她生長在守舊人家，但在前夫的影響下，學會了時髦的跳舞。離婚以後她住在娘家，但哥哥嫂嫂們嫌她累贅和不祥，於是她不得不放手一搏，同意多金華僑范柳原的邀請到香港去。她與他談的是一場高風險的戀愛，成功了，她就是別的女人豔羨的范夫人，若失敗了，那她就是「雙料的淫惡，殺了她也還污了刀」。在被范柳原送回上海並冷落了一段時間之後她又被召回了香港，終於和柳原成其好事。本來柳原仍然不打算娶她，但香港戰事突然爆發，使得這名花花公子忽然想把握住眼前的幸福，因而成就了兩人的婚姻。

從表面看來，流蘇可說是一個浪漫的摩登女郎，她善於跳

舞，膽子不小，居然動手搶了自己妹妹的相親對象范柳原，又不顧顏面不辭千里地去香港和他交往。雖然抵抗了柳原幾個月，但後來畢竟在沒有婚約的情況下就與柳原發生了親密關係。如果不是戰爭爆發，很可能她就成了柳原的情婦，或情婦之一。但是張愛玲的妙筆給我們的是一個內心戲和情感多麼豐富的摩登女郎！張愛玲拋棄了摩登女郎的刻板印象，賦予流蘇的所作所為合理性──一切都和守舊的大家庭給她的壓迫有關。她和柳原的調情也是極風雅的，並非速成的性愛遊戲。如果不仔細品味，我們甚至可能不會把楚楚可憐令人同情的流蘇跟摩登女郎這個飽受爭議的字眼聯繫起來。

其他，如〈茉莉香片〉中的陽光女大學生言丹朱，〈封鎖〉中外型接近教會派少奶奶的大學女教師吳翠遠，〈紅玫瑰與白玫瑰〉中的愛匠王嬌蕊，《十八春》中的紅牌舞女顧曼璐和引起她嫉妒的妹妹顧曼楨，還有〈色·戒〉中色誘特工頭子的女大學生王佳芝，她們或多或少都有一些微妙的心理。張愛玲給這些摩登女郎注入了靈魂，揭示了她們內心的情感與思想。她服膺自己「得注意到群眾興趣範圍的限制」的寫作原則，不賣弄色情以廣招徠，腳踏實地的寫著小市民能夠理解和同情的摩登女郎的故事。也許，她的摩登女郎從浪蕩子的眼光看來不夠神秘也不夠典型，但正是這些不典型的摩登女郎更具有生活味，更具「事實的金石聲」[20]。

---

20 借用張愛玲的一個形容詞，見〈談看書〉，《張看》，頁189。

電影、收音機與市聲
張愛玲與聲音景觀

王曉珏

　　技術化的聲音作為媒介是現代文化不可或缺的一部分。本文的著眼點在於張愛玲對聽覺文化和聲音景觀的關注和處理方式。張愛玲的作品以對感官世界的精準捕捉和描繪見長，很多學者都做過分析討論。從周蕾的女性細節、瑣碎政治到張小虹的戀物張愛玲，許多研究主要集中於視覺這一感官，探究的是與觀看相關的圖像、意象和視覺文化。畢竟，自啟蒙時代以降，在種種現代性話語中，視覺和視覺文化占據了主導地位，而聽覺是往往被忽略的感官模式[1]。正如Kahn所言，儘管現代主義創造出了比以往任何時期都多得多的聲音，更多地強調聆聽的重要性，然而，

1　有關視覺文化在現代性話語中的中心地位，參見Martin Jay, *Downcast Eyes: The Denigration of Vision in Twentieth-Century French Thought*（Berkeley and Los Angeles: University of California Press, 1993）; and David Michael Levin, ed., *Modernity and the Hegemony of Vision*（Berkeley and Los Angeles: University of California Press, 1993）.

「現代主義的每個細節都是被閱讀和觀看，卻鮮有被聆聽」[2]。

　　雖然聲音和聽覺文化直到近些年才真正成為一個學術研究的領域，有關聲音和聽覺文化的思考和論述，卻從未間斷過，覆蓋了從文化、音樂、美學、哲學到技術、城市和環境等等領域。在西方哲學論述中，視覺與聽覺在美學上是所謂的高級感官。嗅覺、味覺和觸覺則被稱為低一級的感覺，雖然它們對於審美也能產生作用，卻一直處於美學思考的邊緣位置。人類的各個感官不是相互孤立的，而且，感官具有歷史性。對藝術、技術和現代性有過深刻探討的本雅明指出，「在歷史的很長階段中，人類的感覺模式隨著整個人類的生存模式的變化而變化」[3]。科技的影響尤為重要，「技術的發展，以一種複雜的方式，訓練了人類的感覺官能」[4]。人類的感覺官能絕非是與生俱來的，而是深深地植根於歷史文化和科技發展的脈絡之中，在重重影響中後天養成的。

　　與其他感官形式一樣，聲音不僅是物理的，技術的，也是文化、認知、情感和審美意義上的。所以，聽覺行為和聽覺文化具有重要的社會、歷史與文化維度。近些年，有不少學者試圖對聲音和聽覺研究提出更系統的範式和跨界理論整合，做出許多有意思的討論和嘗試。在2012年編輯的《聲音研究讀本》的導言中，Jonathan Sterne指出，所謂聲音研究，就是要「有聲地思考」

2　Douglas Kahn, *Noise Water Meat: A History of Sound in the Arts* (Cambridge, Mass.: The MIT Press, 1999), p. 4.

3　Walter Benjamin, "The Work of Art in the Age of Mechanical Reproduction," in *Illuminations* (New York: Schocken Books, 1969), p. 222.

4　Walter Benjamin, "On Some Motifs in Baudelaire," in *Illuminations* (New York: Schocken Books, 1969), p. 177.

（think sonically），進一步說，把聲音和文化結合在一起研究[5]。怎麼聽，聽到了什麼，聽不到什麼，什麼叫做動聽、悅耳，什麼叫做喧囂、噪音，許多有意思的問題值得探討。

市聲、聲音景觀和現代都市

張愛玲的早期寫作即以對現代都市經驗的濃墨重彩聞名。與許多書寫上海的作家相比，張愛玲對聲音尤其關注。聲音和聽覺感官是她體驗都市現代性的重要媒介。比較一下茅盾《子夜》和張愛玲〈封鎖〉的開篇。兩部作品都以描寫上海城市景觀見長。茅盾的《子夜》開篇呈現上海炎夏的外灘暮色：

> 太陽剛剛下了地平線。軟風一陣一陣地吹上人面，怪癢癢的。蘇州河的濁水幻成了金綠色，輕輕地，悄悄地，向西流去。黃浦的夕潮不知怎的已經漲上了，現在沿這蘇州河兩岸的各色船隻都浮得高高地，艙面比碼頭還高了約莫半尺。風吹來外灘公園裡的音樂，卻只有那炒豆似的銅鼓聲最分明，也最叫人興奮。暮靄挾著薄霧籠罩了外白渡橋的高聳的鋼架，電車駛過時，這鋼架下橫空架掛的電車線時時爆發出幾朵碧綠的火花。從橋上向東望，可以看見浦東的洋棧像巨大

5　Jonathan Sterne, ed., *The Sound Studies Reader*（Abingdon and New York: Routledge, 2012）, p. 3.近年來的重要研究還包括，例如，Francis Dyson, *The Tone of Our Times: Sound, Sense, Economy, and Ecology*（Cambridge, MA: MIT University Press, 2014）; Veit Erlmann, *Reason and Resonance: A History of Modern Aurality*（New York: Zone Books, 2010）；等等。

的怪獸，蹲在暝色中，閃著千百隻小眼睛似的燈火。向西望，叫人猛一驚的，是高高地裝在一所洋房頂上而且異常龐大的霓虹電管廣告，射出火一樣的赤光和青燐似的綠焰：Light，Heat，Power！

張愛玲的〈封鎖〉聚焦防空警報拉響那一剎那的街景：

> 如果不碰到封鎖，電車的進行是永遠不會斷的。封鎖了。搖鈴了。「叮玲玲玲玲玲，」每一個「玲」字是冷冷的一小點，一點一點連成了一條虛線，切斷了時間與空間。
>
> 電車停了，馬路上的人卻開始奔跑，在街的左面的人們奔到街的右面，在右面的人們奔到左面。商店一律地沙啦啦拉上鐵門。女太太們發狂一般扯動鐵柵欄，叫道：「讓我們進來一會兒！我這兒有孩子哪，有年紀大的人！」然而門還是關得緊騰騰的。鐵門裡的人和鐵門外的人眼睜睜對看著，互相懼怕著。
>
> 電車裡的人相當鎮靜。他們有座位可坐，雖然設備簡陋一點，和多數乘客的家裡的情形比較起來，還是略勝一籌。街上漸漸地也安靜下來，並不是絕對的寂靜，但是人聲逐漸渺茫，像睡夢裡所聽到的蘆花枕頭裡的趕咐。這龐大的城市在陽光裡眠著了，重重地把頭擱在人們的肩上，口涎順著人們的衣服緩緩流下去，不能想像的巨大的重量壓住了每一個人。
>
> 上海似乎從來沒有這麼靜過──大白天裡！一個乞丐趁著鴉雀無聲的時候，提高了喉嚨唱將起來：「阿有老爺太太先

生小姐做做好事救救我可憐人哇？阿有老爺太太……」然而他不久就停了下來，被這不經見的沉寂嚇噤住了。[6]

茅盾對上海入夜外灘的景象的描寫主要集中於視覺性的主觀感受，著眼點顯然是視界，即通過觀看所建構的視覺文化景觀：「蘇州河的濁水金綠色，」「電車線爆發出碧綠的火花，」「洋棧閃著千百隻小眼睛似的燈火，」「霓虹電管廣告，射出火一樣的赤光和青燐似的綠焰」──是光，影，色彩，尤其是現代工業、機器所產生的光和影的交織和絢爛迷幻。唯一一處與聲音有關，風傳來的外灘公園裡的音樂，尤其是「那炒豆似的銅鼓聲」。因為發聲的主體不在可見的景觀內，聽覺描寫是在與視覺脫鉤時發生的。這段文字是跟隨敘述者的眼睛的觀看，凡視覺傳達的景觀都是無聲的，所以，這段敘述讀起來似乎是靜音的，如同觀看默片電影。城市景觀當然不會是無聲的，可是聲音並沒有出來，因為文字描寫主要聚焦了視覺感官，其餘則近乎無感。茅盾感興趣的更是上海的視界和視覺環境，而非聽覺景觀。

而張愛玲筆下的上海，卻包涵了更多的感官體驗。尤其是聲音和聽覺經驗，雜亂喧囂，躍然紙上。聽覺與視覺的感官一樣，成為觀察、記錄城市的主要媒介和功能。她所關注的是城市的聲音文化，或者，聲音景觀：這段文字中可聆聽到人說話的聲音，人群活動的聲音，現代機械和交通的聲音，等等。從封鎖警報之下停滯的城市的喧譁無序到剎那沉寂，動和靜，有聲和無聲，裁

6　張愛玲，〈封鎖〉，收錄於《傾城之戀：短篇小說集一・一九四三年》，《張愛玲典藏》第1卷（臺北：皇冠文化，2010），頁164-165。

剪出城市緊急狀態下的音景——聲音的形態每一刻都在發生、變動，是一個城市正在生存、正在活動的證據。這裡，與《子夜》相比，城市更是以聲音型態（acoustic form）出現的。

張愛玲特別強調市聲。她在常德公寓住過五年之久，在〈公寓生活記趣〉這篇關於個人生活的散文中，她寫道：「我喜歡聽市聲。比我較有詩意的人在枕上聽松濤，聽海嘯，我是非聽得見電車聲才睡得著的覺的。在香港山上，只有冬季裡，北風徹夜吹著常青樹，還有一點車的韻味。」[7] 相比於中國文人的樂山樂水，她更親近人造環境，世俗景觀。葡萄牙現代詩人 Fernando Pessoa（1888-1935）在書寫都市體驗時，起句寫道：「在白晝，連聲音都會發光」（In broad daylight even the sounds shine）。他以光線（light）來比喻聲音（sound），指出視覺和聽覺的感官聯繫和不可分割。「我曾渴望如聲音般因物而活」（I have wanted, like sounds, to live by things），聲音和光線一樣，只是媒介，它托物而存在，物的繁響才是城市靈魂真正的生機所在，而這種繁響所匯成的文化景觀就是所謂城市的音景（soundscape）。張愛玲將這些現代城市日常生活的種種聲音的匯集指稱為「市聲」。

在聲音文化研究中，1960年代末期1970年代初期由加拿大作曲家 R. Murray Schafer 創立了「世界音景計畫（The World Soundscape Project; W.S.P.）團體」，關注社會的、自然的、文化的聲音等，Schafer 將這些聲音稱之為「環境的音樂」（The Music of the Environment），並認為聲音環境是人類生存環境的

7　張愛玲，〈公寓生活記趣〉，收錄於《華麗緣》，《張愛玲典藏》第11卷（臺北：皇冠文化，2010），頁36。

重要組成部分[8]。他提出了音景這個概念，用來定義和理解在特定時間、特定地點一切聲音的總和，一種整體的聲音景觀。在這個概念的形成過程中，我們可以看到許多學者和藝術家的影響，比如，Richard Wagner。在寫於1870年的一篇題為〈貝多芬〉（Beethoven）的文章中，Wagner提出「聲音世界」（sound world）這個概念，用來對應和補充「光的世界」（light world），並在自己的歌劇創作中試圖實現這樣一個融合了聲音和影像的整體藝術作品（Gesamtkunstwerk）。近些年前，普林斯頓大學歷史系教授Emily Thompson進一步提出，聲音景觀不僅是外在於人的存在，也內在於人的聽覺感知中，是物質和感知的統一體。在2004年出版的《現代性的聲音景觀：美國1900-1933年的建築聲學及聽覺文化》一書中，她實踐了這一想法，探討二十世紀早期美國現代聽覺文化史，尤其探索了聲音、城市與現代性的關係[9]。

　　在現代都市層層疊疊的市聲中，經由機械複製所傳播的聲音尤其為張愛玲所注意。張愛玲與現代科技與傳媒的關係是一個非常有意思的研究課題。本文關注的是張愛玲如何處理現代科技生產的聲音，即技術化聲音（the technologized sound），如，話匣子（留聲機）、電話、有聲電影和電影音軌技術，以及無線電。這些技術化的聲音與人聲、市聲、自然的聲音相互作用，構成現代都市的聲音景觀。這些技術化的聲音怎樣改變和影響了都市生活的音景？文學和藝術作品又是如何去表現這些新聲音和新的聽覺經

8　R. Murray Schafer, *The Music of the Environment*（Vienna: Universal Edition, 1973）; *The Tuning of the World*（Random House, 1977）.

9　Emily Thompson, *The Soundscape of Modernity: Architectural Acoustics and the Culture of Listening in America, 1900-1933*（Cambridge, MA: MIT Press, 2002）.

驗？機械複製的聲音和技術如何進入日常生活，改變人與人的關係，調節了人在現代生活中的感受方式、自我定位和倫理關係？

技術化聲音與作為媒介的文學

在張愛玲的作品中，現代媒體的聲音迴旋往復：〈創世紀〉裡頭那驕傲地昂著盛開花朵似的大喇叭的留聲機；〈留情〉裡米先生老式留聲機的狗商標，開了話匣子跳舞；在大而破的夜晚，警車的刺耳呼嘯伴隨著遠處跳舞廳傳來的女人尖細喉嚨唱的「薔薇薔薇處處開」。技術化聲音模糊了私人和公共空間的界線，聲波的穿透力本有自身的路徑和獨特空間，在現代複製和傳播技術的幫助下，更是在時間和空間層面得以不斷延展。誠然，如本雅明所言，現代機械複製時期的新媒體，可能加強主體在現代都市生活中的震驚體驗，放大支離破碎的官能感受。但聲音的複製技術所帶來的不一定是日常生活體驗的疏離感，威脅私人生活的親密性和家庭空間。它同時也可以成為新的因素，帶來新的觀看、聆聽和感覺方式，從而拓展日常生活空間。無線電是張愛玲作品中常常出現的現代城市音景的不可或缺的一部分。

自從收音機和無線廣播在1930年代普及開來，對於這種新的聲音媒體及其帶來的新的聽覺實踐和文化，學界湧現出許多精采的討論和研究。不少學者對無線電帶來的民主潛能興奮不已，例如Rudolf Arnheim稱讚無線電為藝術家、受眾和理論家帶來了一種全新的體驗[10]。無線電促成了新的群體的誕生，這個群體可

---

10 Rudolf Arnheim, *Radio*, p. 14.

以是民族的、政治的、族群的，Michelle Hilmes 受 Benedict Anderson 的啟發，探討了廣播在美國民族形成過程中的關鍵作用，一代聽眾在聆聽貫穿各州的無線電節目中想像一個共同的民族[11]。唐小兵在他對1940年代延安文化的研究中，則強調聽覺經驗和聲音文化形塑了革命的主體性，激發了民族共同體的想像。在缺乏現代聲音複製科技的延安，大合唱和詩歌朗誦會起到了以聲音想像創造新的革命群體的作用[12]。

　　在這種理想的聆聽共同體之外，還有許多其他的聆聽方式，順著聽，被迫聆聽，逆向聆聽，隨機性聆聽，或是 Douglas Goodman 所謂「心不在焉的聆聽」（distracted listening），等等[13]。對包括張愛玲在內的許多現代性的思考者，心不在焉的聆聽更能捕捉日常生活的真實面貌。以〈紅玫瑰與白玫瑰〉的一個場景為例：

　　……振保向煙鸝道：「待會兒我不定什麼時候回來，晚飯不用等我。」煙鸝迎上前來答應著。似乎還有點心慌，一雙手沒處安排，急於要做點事，順手捻開了無線電。又是國語新聞報告的時間，屋子裡充滿了另一個男子的聲音。振保覺

---

11 Michelle Hilmes, "Radiating Culture," *Radio Voices: American Broadcasting 1922-1952* (Minneapolis, MN: University of Minnesota Press, 1997).

12 唐小兵，〈聆聽延安：一段聽覺經驗的啟示〉，《現代中文學刊》，第1期（2017年）。

13 Douglas Goodman, "Distracted Listening: On Not Making Sound Choices in the 1930s," in *Sound in the Age of Mechanical Reproduction*, edited by David Suisman and Susan Strasser (Philadelphia: UPenn Press, 2010), pp. 15-46.

得他沒有說話的必要了，轉身出去，一路扣鈕子，不知怎麼有那麼多的鈕子。[14]

此刻，無線電傳來「另一個男子的聲音」，進入私密的家庭空間。在1927年的德國，Martin Heidegger在談及無線電時，指出無線電為聽眾帶來了「消遠性」的可能（de-distancing），延展同時解構了日常空間[15]。在張愛玲筆下，在疏離隔閡的家庭關係中，無線電通過聲音維度，為妻子與丈夫提供了安全距離，緩解了兩個人之間的緊張空氣，創造了一個新的空間。這裡，新聞報告的聲音，應該是面向普通聽眾，不帶個人情感色彩的、非個人的聲音。但在這個特定的時間和空間裡，這種非個人的聲音卻以一種個人的方式被聆聽。聆聽的興趣點顯然不在其新聞價值，而在其純粹的聲音價值。心不在焉的聆聽，使得這第三者的聲音暫時填充了夫妻間無話可說、尷尬沉默的聲音空間。

張愛玲在〈談音樂〉一文中談到對交響樂的排斥：「大規模的交響樂自然又不同，那是浩浩蕩蕩五四運動一般地沖了來，把每一個人的聲音都變了它的聲音，前後左右呼嘯喊嚷的都是自己的聲音，人一開口就震驚於自己的聲音的深宏遠大；又像在初睡醒的時候聽見人向你說話，不大知道是自己說的還是人家說的，

---

14 張愛玲，〈紅玫瑰與白玫瑰〉，收錄於《紅玫瑰與白玫瑰：短篇小說集二‧一九四四～四五年》，《張愛玲典藏》第2卷（臺北：皇冠文化，2010），頁172。

15 Martin Heidegger, *Being and Time: A Translation of Sein and Zeit* (New York: State University of New York Press, 1996), p. 98.

感到模糊的恐怖。」[16]對她來說，恐怖之處在於個人的聲音被集體的所淹沒、吞噬和代替。以個人化的方式心不在焉的聆聽，主體處於技術化聲音空間之內同時之外，或許是大時代中更多個人的聽覺經驗。

在〈燼餘錄〉中，張愛玲寫道：「現實這樣東西是沒有系統的，像七八個話匣子同時開唱，各唱各的，打成一片混沌。在那不可解的喧囂中偶然也有清澄的，使人心酸眼亮的一剎那，聽得出音樂的調子，但立刻又被重重黑暗擁上來，淹沒了那點了解。」[17]嘈雜的都市聲音景觀喻示了張愛玲所理解的現實：現實本身不具有整體性和目的性，但同時又是完整的、延續的。面對這樣的現實，文學和藝術尋求的不是人為的編譜和和諧，而是偶爾的啟示。這樣，如同無線電等新的聲音媒體，文學和藝術其實也是媒介的一種模式，面對雜亂沒有系統的現實，進行情感與信息的編碼與解碼，解讀、轉換與傳播現實的一種版本，用以連接不同時空的人、人與城市、人與歷史、人與民族。Richard Jean So在他最近發表的研究中，提出一個很新穎的見解，從信息科學角度來解讀張愛玲的文學作品。他認為，張愛玲的早期創作是一種以文學為媒介，把無序破碎的現實通過文學的過濾、處理和組織，轉換成可讀的、有意義的信息傳達給讀者[18]。

---

16 張愛玲，〈談音樂〉，收錄於《華麗緣》，《張愛玲典藏》第11卷（臺北：皇冠文化，2010），頁200。

17 張愛玲，〈燼餘錄〉，收錄於《華麗緣》，《張愛玲典藏》第11卷（臺北：皇冠文化，2010），頁64。

18 Richard Jean So, "Literary Information Warfare: Eileen Chang, the US State Department, and Cold War Media Aesthetics," in *American Literature*, 2013

　　讓我們以〈中國的日夜〉為例。這篇散文呈現了兩種有關現實構成的描述，一種是影像和視覺想像的，另一種是聲音和聽覺意義上的。「街上一般人穿的藍布衫大都經過補綴，深深淺淺，都像雨洗出來的，青翠醒目。我們中國本來是補釘的國家，連天都是女媧補過的」。張愛玲所理解的現實是補丁式的，一塊一塊的斷片組合而成；可以是沒有秩序、隨機的、雜亂的，但也生成意義，而意義的解碼即是偶然、驚喜的時刻，是文學的功能。現實在視覺上是拼湊的，而在聲音上更是無系統的支離破碎：

　　再過去一家店面，無線電裡媚媚唱著申曲，也是同樣的人情人理有來有去的家常是非。先是個女人在那裡發言，然後一個男子高亢流利地接口唱出這一串：「想我年紀大來歲數增，三長兩短命歸陰，抱頭送終有啥人？」我真喜歡聽，耳朵如魚得水，在那音樂裡翅棚游著……

　　申曲還在那裡唱著，可是詞句再也聽不清了。我想起在一個唱本上看到的開篇：「譙樓初鼓定天下──隱隱譙樓二鼓敲……譙樓三鼓更淒涼……」第一句口氣很大，我非常喜歡那壯麗的景象，漢唐一路傳下來的中國，萬家燈火，在更鼓聲中漸漸靜了下來。……快樂的時候，無線電的聲音，街上的顏色，彷彿我也都有份；即使憂愁沉澱下去也是中國的泥沙。總之，到底是中國。[19]

Volume 85, Number 4: 719-744.

19 張愛玲，〈中國的日夜〉，收錄於《華麗緣》，《張愛玲典藏》第11卷（臺北：皇冠文化，2010），頁300-301。

四處嘈雜喧囂的人聲、市聲和無線電的申曲，化緣的道士「托
——托敲著竹簡，也是一種鐘擺，可是計算的是另一種時間；彷
彿荒山古廟裡的一寸寸斜陽」。「譙樓初鼓定天下」，譙樓鐘鼓，
如她在〈論寫作〉中所言，「五更三點望曉星，文武百官上朝
廷。東華龍門文官走，西華龍門武將行。文官執筆安天下，武將
上馬定乾坤。」呈現的是一種天真純潔的宇宙觀，光整的社會秩
序。歷史與時間不是線性，沒有既定的軌道，而是拼湊而成，雜
亂無章。補釘的碎片和市聲的雜亂是她意下的中國的日夜，視覺
和聽覺想像中的宇宙觀，各種模式的時間和空間層層疊疊而成的
社會秩序。譙樓鐘鼓和無線電是傳統與現代的傳播工具。譙樓鼓
角晚連營，自漢代以來的晨昏鐘聲，暗合一年氣候節律，傳播的
是歷史時間，協調的是天下秩序；而無線電這種現代的傳播工
具，通過現代科技，連結社會人事，調解人情倫理。依賴技術化
的聲音的穿透性和無處不在，無線電創造了新的聲音空間和聆聽
環境，從而改變了私人和公共空間的間隔，促成了新的社會空
間。更重要的，通過她的文字想像，以文學為媒介，聆聽和觀
看，連結了不同的人、時、事，跨越時空，完成歷史傳承，並加
以傳播。

圖像與聲音：電影中的收音機

　　在小說與散文中，張愛玲通過文字意象捕捉感官經驗，虛實
相生，呈現獨到的對現實的理解和把握。在她的電影劇本中，由
於媒介的不同，得以進行更多的實踐，來表現現代都市生活中的
主體感官體驗。張愛玲1952年到達香港時，恰逢香港廣播節目

迅速發展。香港電臺和麗的呼聲為爭取更多的聽眾，開發推出多檔節目，講古、粵曲、時代曲、廣播劇（天空小說）、家庭時間、兒童節目，精采紛呈。1960年代初，原子粒收音機進入香港，成為普通居民購買力所能及的商品，商業電臺加入無線電廣播的競爭。1949年後，大量移民進入香港，導致人口暴增，之後中國內地往返香港的邊境關閉後，香港作為傳統中西商業門戶，歷經艱難的經濟轉型，貧富不均，社會動盪。這時，廣播幫助建立社會想像的共同體，重塑主體認同，起了巨大的作用。

在五六〇年代，張愛玲為電懋公司創作了十個電影劇本，拍攝成電影的有八部之多，主要聚焦冷戰初期香港的移民社會和都市眾生相。收音機常常出現在她的電影世界中，不僅僅作為現代文明的象徵物件，也具有敘述功能，藉以探討城市生活的聽覺經驗，以及現代技術如何改變或生產日常生活中的人倫關係和生活空間。用電影來表現收音機這種聲音媒介，是探索視覺和聽覺兩種感覺模式的關係的嘗試。

先來看看早期電影史上對收音機的呈現。1920年代以來，世界上多個無線電廣播實驗開播，早期電影就開始把無線電廣播作為表現對象。電影史上最早的一次例子是法國印象派電影先鋒Marcel L'Herbier的1924年的作品《無情的女人》（L'Inhumaine）。影片講述的是一位瑞典機械家和發明家Einar Norsen，如何運用種種神奇的現代科技，最終拯救了高傲的歌劇女神Claire Lescot，並贏得芳心。影片最經典的一幕發生在機械家的實驗室，這個由圓柱體、圓錐體和球體搭建而成的空間，充滿了各種神秘機器和機械發明，是L'Herbier的好友法國機械派立體主義大師Fernand Léger設計建造的。在這些發明中，有一個遠程聲音圖像傳播機

器：Claire 對著麥克風演唱，她的歌聲通過遠程傳播器傳遞到世界各地。在實驗室的屏幕上，出現一系列圖像，圖像顯示的並非聲音發出的演唱者，而是聲音的聽眾。世界各地通過揚聲器聆聽演唱的受眾如醉如癡，驚嘆於天籟之美，卻不知聲從何來；而演唱者則陶醉在觀看聽眾的反應的影像之中。所以，此發明的重點不在於聲音和影像的合而為一，反而是二者的割裂。這一幕所凸顯的不僅是聲音的遠程傳播，更是聽覺經驗和效果，以及聽覺行為的視覺呈現。銀幕上出現更接近我們今天所熟悉的視頻電話，是 1927 年德國表現主義大師 Fritz Lang 的經典之作《大都會》（*Metropolis*）。影片中首次出現了圖像和聲音相結合的遠程傳播器圖像電話，不多久，這一預想在現實科技中成功實現了。要知道，在這些早期無聲電影中，聲音都是通過「看」的，不是「聽到」的，所以，以圖像表現聲音，表現重點不僅在於聲音本身，更是聲音的製造和傳播方式、社會效應、聆聽模式與行為。

　　在中國電影史上，探索無線電和電影兩種媒體的交叉結合的一部影片是 1931 年聯華出品史東山導演的《銀漢雙星》。這是無聲片向有聲片過渡時期的一部作品，講述的是銀漢公司培養出的歌星李月英和影星楊倚雲的愛情悲劇。兩人在合作古裝片《樓東怨》中產生了感情，但楊倚雲在鄉下已有妻室，為了不影響李月英的前程，楊倚雲毅然決定離開。影片高潮在銀漢公司《樓東怨》首映慶功會上，晚會舞臺上突然出現了一臺巨大的收音機。電臺正在播送影片中李月英的戲曲唱段，通過收音機的媒介，聲音與身體遭遇，月英在《樓東怨》中飾演的古代悲劇人物的哀婉唱腔詭異遭遇了現實生活中的歌唱巨星月英，經由聲音的中介，前世今生縫合，預示了月英即將經歷的愛情故事的悲劇收場。此

片表現的聲音和女性主體的關係，張真已有詳細解讀，此處不再
贅述[20]。筆者想強調的是，在這一幕中，無線電聲波因其不可觸
摸和觀看，更因其與發聲主體的割裂，既是現代技術產生的媒
介，又是靈媒，溝通了悲劇女主人公的前世今生[21]。

聲音倫理學：媒介與調解

　　張愛玲為電懋編劇的《南北一家親》於1962年上映，講述
香港本地青年沈清文和內地新移民李曼苓之間跨省籍的戀愛故
事，在在透出香港戰後不同省籍文化之間的衝突與融合。跨省籍
戀愛遭受雙方家長的阻撓，訂婚的破裂與最後的調解與大團圓兩
個橋段，都是通過收音機和電話的聲音介入而完成的。張愛玲所
感興趣的，是技術化的聲音如何進入現代都市的日常生活空間，
隨著新的聆聽方式和聽覺文化的出現，產生了信息傳播和交流的
新路徑，人與人之間交往的新模式，最終調適和溝通不同區域文
化、代際或性別之間的關係。

　　清文和曼苓的父親都反對兒女與不同省籍的人交往。曼苓說
一口流利的國語和粵語，在電臺主持《快樂家庭》節目，調解家
庭倫理、情感紛爭。清文的父親是這檔節目的忠實聽眾，卻不知
道主持人並非本港出生。張愛玲通過刻畫家庭空間所迴盪的各種
模式的聲音和聽覺經驗來表現城市中產階級的日常生活。在一幕

---

20 See Zhang Zhen, *An Amorous History of the Silver Screen: Shanghai Cinema,
1896-1937* (Chicago: University of Chicago Press, 2005).

21 有關現代科技和靈媒的關係，參見Jeffrey Sconce, *Haunted Media: Electronic
Presence from Telegraphy to Television* (Durham: Duke University Press, 2000).

沈家客廳的場景中，數種模式的聲音相互干擾和競爭：無線電廣
播、電話、打字機的機械聲音和家人日常說話的聲音。清文的父
親在收聽電臺的《快樂家庭》，曼楨親切家常的聲音通過無線電
波傳入沈家客廳，以聲音的方式成為沈家每天不在場的在場者。
曼楨在節目中調解家庭矛盾、情感紛爭，勸導叛逆的年輕人應該
尊重父母的意見，善解人意的女性聲音娓娓道來。女兒在窗前打
字，機器聲粗暴地攪擾著收音機傳出的曼楨的循循善誘，遭到父
親的訓斥。父親權威的聲音尚未結束，女兒跑到客廳另一頭去接
聽電話，在電話中與朋友旁若無人地聊著影院新上映的電影。

　　無線廣播中播音員經由機器傳播的聲音無孔不入，揚聲器賦
予無線電的聲音一種公共和共享的性質，而電話則相對更具有排
他的私密性。Michèle Martin 在對電話文化的研究中指出，儘管
電話最初發明和普及是為了男性的公務來往便利，卻很快給女性
生活帶來了更加深刻的影響。煲電話粥取代了傳統社交行為中登
門拜訪的麻煩，聽筒和話筒的設計保證了聲音傳遞和接聽的隱
私[22]。用McLuhan的話來說，通過電磁波訊號的遠程傳播，與對
方在電話線兩頭進行口耳交流，這種新的談話方式賦予女性一種
前所未有的私密性和親密感[23]。朋友間的交談變得便捷、頻繁。
這種口頭文化的擴展意想不到的侵占了之前女性個人書寫的主要
空間，即，日記。但另一方面，電話鈴可能隨時隨機地響起，也
侵犯了家庭固有的私人空間。張愛玲這一場景的戲劇衝突正是建

---

22 Michèle Martin, "Gender and Early Telephone Culture," in Jonathan Sterne, ed.
　　The Sound Studies Reader, pp. 336-350.

23 McLuhan, *Understanding Media*（New York: Signet, 1964）.

構在電話文化的私密性和侵略性兩種特性之上。這裡，不同的技術化聲音之間的彼此競爭和搶奪家庭空間，表現的是父女之間的有關文化、家庭、情感價值的牴牾。

　　每天準時收聽曼苓節目的沈父，從未見過發出聲音的人，卻把這個無線電遠程傳播的溫婉的聲音當作理想中的女兒。當他終於發現兒子的女友十分「耳熟」，居然就是節目的主持人，而且竟是他最排斥的外江女，不由勃然大怒，認為被小輩欺騙了。當聲音與身體得以縫合，也正是影片棒打鴛鴦之時。矛盾的最後解決是通過一場用假電話謊報私奔軍情的橋段完成的。沈家女兒假裝與曼苓通電話，討論曼苓與哥哥私奔的安排，誘引父親偷聽電話。電話的私密性為隔牆有耳提供了傳達秘密消息的假象。父母信以為真，既不願失去孩子，也為真情所打動，最終達成和解，影片大團圓。《南北一家親》是張愛玲喜愛的都市浪漫喜劇，輕鬆諧謔之餘，巧妙點出現代技術化聲音和聲音媒介在日常生活中多樣性的存在、參與和協調。

　　本文解讀了張愛玲的一些小說、散文和電影劇本，著眼點在於她對聲音，尤其是現代技術化聲音的探討和理解。在張愛玲筆下，聲音——不論是技術化聲音還是人聲、市聲，不僅是用以描繪現代都市生活和主體生存體驗的渠道，也是調和與溝通人與人、人與都市景觀之間關係的重要媒介。儘管她一生對左派意識形態沒有好感，但是對待現代技術，從攝影到電影，從留聲機到無線電，張愛玲與她的丈夫，左派作家 Ferdinand Reyher（賴雅）以及他的朋友 Bertolt Brecht 一樣，充滿了強烈的興趣和好奇。以收音機為例，在1930年代初期，Brecht 就強調收音機影響大眾主體性形成的巨大潛能，認為收音機為塑造新的人際關係提供了

重要的藝術實驗平臺[24]。同樣的，張愛玲相信文學與藝術與現代技術相輔相成，共同開闢新的感覺和表達的可能性，來面對現代體驗造成的人的焦慮與惘惘的威脅。

---

24 Bertolt Brecht, "Radio as a Means of Communication," in *Radiotext(e)*, eds. Neil Strauss and Davi Mandl（New York: Semiotext(e)）, pp. 15-16.

卷 3

傳記與虛構

張愛玲與陳舜臣及其他日本作家的對照

池上貞子

前言

　　如果我的本篇論文再加上更加貼切的具體題目，也許會加上
「圍繞丁默邨暗殺未遂事件與鄭蘋如的印象及形象（表象）化」
這句副標題。關於張愛玲〈色，戒〉題材，即1939年12月在上
海發生的丁默邨暗殺未遂事件（1940年2月鄭蘋如被槍斃），當
然是與日本密切相關，不僅當時的直接相關者，而且諸多作家或
歷史學家等其他日本人也頗為關心，從事件發生後到戰前戰後，
就已有多數的論述。雖然早期出版物，大多數為某種形式直接相
關者的體驗記或回憶錄，可是詳細內容也並不完全一致。直到二
十一世紀的今天，基於研究調查的新報告或與此事相關的軼事及
以該人物為題材的虛構故事仍然不斷被大做文章。

　　本次，有幸得到在華語圈的各位學者面前發表論文的機會，
暫且將理論性的考察限定在最小限度內，僅就在日本的代表性
作品具體介紹一下，在「傳記與虛構」這一主題下與張愛玲進

行對照。

一、參考文本

在日本自從村松梢風（1889-1961）的《魔都》（小西書店，1924／ゆまに〔YUMANI〕書房，2002）[1]出版以來，許多文人對上海抱有特殊的興趣，隨之關於上海的書籍大量湧現。高橋信也的《魔都上海に生きた女間諜　鄭蘋如の伝說（魔都上海的女間諜　鄭蘋如的傳說）1914-1940》（平凡社新書，2011）是比較新的相關書籍，直到李安導演的電影《色｜戒》（2008年日本上演），將這些著書都納入視野，在這裡舉出的主要參考文獻，根據高橋分析的七大範疇，合計約50部。

關於該事件，電影人松崎啟次[2]率先出版《上海人文記》（高

---

1 「我去上海是去年──1923年3月中旬。而我離開上海是近5月末的時候。是前後住了兩個多月。如果有人問我說其間你做什麼了？我還真的立即回答不上來。我似乎在那裡體驗了各種各樣的事情。本來我去上海的目的是想看看不同的世界。只是想要體驗富有變化和刺激的生活。最符合我這個目的的地方就是上海。從某種角度來看，它確實是一個非常不可思議的世界。那裡雜居著世界各國的人種，而且各個國家人的感情、風俗、習慣紛然雜呈。那是一個巨大的國際主義者的俱樂部。那裡燦然散射著文明之光的同時，所有的秘密和罪惡也像魔窟似的捲起漩渦。（後略）」村松梢風，《魔都》（YUMANI 書房，2002，頁1，序言）。

2 松崎在上海為成立電影公司而奔走，1938年1月在「大上海放送局」與擔任播音員播出「南京陷落」新聞的戴志華（鄭蘋如）初次相遇。高橋信也《魔都上海的女間諜　鄭蘋如的傳說1914-1940》（平凡社新書，2011），頁64。

山書院，1941，之後大空社，2002），憲兵隊員兼「76號」的日
方負責人晴氣慶胤的《謀略的上海》（東亞書房，1951，之後改
名為『上海テロ工作76号（上海暗殺工作76號）』，每日新聞
社，1980），以及參與過梅機關的政治家犬養健《揚子江仍在流
淌》（文藝春秋新社，1960，之後中央公論社，1984）等，進入
二十一世紀後，或是在與「上海」的關連網中，或是圍繞這一單
獨事件，還在相繼出版了諸多「傳記」或虛構的文學作品。

　　其中，松崎與晴氣的著作，對其後的鄭蘋如的形象塑造產生
了較大的影響。當時，站在戰勝國的立場身居上海的松崎，用高
橋的話來說是「他並不自知是侵略者之一，而在《上海人文記》
中也沒有顯出謹小慎微，而非常直率」[3]，我親自看也感到相當主
觀的。並且，高橋對於我未看的晴氣慶胤的著書，雖然給予高度
評價說：「本書的特徵是，作為日中戰爭野史的生動內容＝作為
事實的迫力以及現役憲兵隊的純敘述來看具有可信性」[4]，可是關
於暗殺行動的描寫以及對鄭蘋如的記述，他批評說：「始終是表
現主義的、誇張的、印象性的羅列」[5]，「這裡有著無以復加的模式
化的『惡女』影射的洪水。間諜＝背叛，這種模式套在女人身上
時，一般會產生『惡女』的印象，基於『惡女』＝敵人＝重慶方
面這種近乎可怕的單線性的解釋，在文章裡連篇累牘。也許出於
作者的性格，還可以感覺到他對間諜具有一種倫理性的反感」[6]。

3　同書，頁206。

4　同書，頁255。

5　同上。

6　同書，頁256。

產生這種結果的理由，在重要的丁默邨暗殺未遂事件當時，晴氣本人因調動臨時歸國而沒有在上海。也就是說，事件的來龍去脈都是通過採訪得到資料的。以下高橋的話語充滿了警告性。

> 鄭蘋如的不幸源於根據本書的引用而使鄭蘋如的形象被眾多著者簡單而反覆地採用。因此形成了鄭蘋如＝「妖豔之花」「重慶的白蛇」這一模式。不僅是日語的文獻，在華語的資料中也被引用，不得不承認其影響之大。[7]

本次，撰寫本論文之際，無暇親自確認所有的原始資料，談事件（傳記）的部分，主要依據柳澤隆行的勞作《美貌の女スパイ 鄭蘋如（美貌的女間諜鄭蘋如）》（光人社，2010）柳澤對該事件花費了大量精力的資料調查以及實地調查而編寫。關於虛構故事，因為如後文所述，多為依據掌握的初期流傳的固定概念性信息而演義的通俗小說性作品，所以在此僅列舉一些文學處理的手法等各具特色的，而且可能與《色，戒》進行對照以下數篇。

1. 陳舜臣的《七十六号の男（七十六號的男人）》初版1964年
2. 山崎洋子的《魔都上海オリエンタル・トパーズ（魔都上海東方黃玉）》1990年
3. 西木正明的《夢顔さんによろしく（請問候夢顔先生）》1999年

---

7 同書，頁257（原文是日語，以下亦同）。

4. 辻原登的《ジャスミン（茉莉花）》初版『文學界』2003
年3-9月

另外有雖然對其廣為閱讀的但是本次將不作為論述對象的作
品，因為這些都是如前文說的對鄭蘋如不加批判地全方位惡女評
價為前提的作品：

平野純《蘋如—美貌の女間諜（蘋如—美貌的女間諜）》
《上海バビロン（上海巴比倫）》（河出書房新社，1990收錄）：
因日中混血而飽受欺辱，深感壓力，從而變成不良少女，為了掙
些零花錢而成為間諜，幾乎全是當作惡女描寫。起初在週刊雜誌
及月刊雜誌上刊登，整體印象顯得輕佻隨意。

胡桃澤耕史《上海リリー（上海麗麗）》（文藝春秋，
1993）：描寫成從玩偶性的存在逐漸變為雙重間諜的美少女的故
事。高橋也曾批評說：「著者雖然對中國以及上海比較熟悉，但
虛虛實實，顯得有些雜亂無章」[8]。娛樂性過強，沒有脫出「魔都
上海、妖婦」的俗套，並且與如今日漸明瞭的鄭蘋如的形象相去
甚遠。

伴野朗的《シャンハイ伝說（上海傳說）》（集英社，1995）
（初版在1993年9月到1995年7月之間，分七次在《小說すばる
（昂）》集英社上連載），將鄭蘋如的形象完全作為妖婦（三十多
歲成熟女人），將想像的翅膀張得過大，竟然添枝加葉地描寫了
與川島芳子的同性戀的色情細節。

8　同書，頁271。

　　此外，張愛玲的〈色，戒〉日語譯文，現在出版的有兩種版本，一是《アイリーン・チャン》Eileen Chang著，南雲智譯《ラスト、コーション（色，戒）》（Lust Caution《色，戒》）（集英社，2007），另一個是張愛玲著，垂水千惠譯《色，戒》池澤夏樹＝個人編輯　世界文學全集　III—05《短篇コレクション〈集錦〉I》2010收錄。

二、作家與作品

1）　陳舜臣的《七十六號的男人》（初版『ALL讀物』1964年11月，之後『紅蓮亭的狂女』講談社，1968〔文庫本，德間書店，1989〕等也收錄）

　　陳舜臣（1924-2015）是眾所周知的華裔作家，對中國歷史的造詣之深有目共睹。不僅以歷史題材的小說及隨筆聞名遐邇，也曾是以推理小說出道的作家，他善於在史實的夾縫中發揮自己的想像力，為讀者帶來驚喜。

　　這種小說最初刊登在稍具娛樂性及通俗性的雜誌《オール（ALL）讀物》上。以李士群作為主人公，一心想出人頭地的他，與「眼中釘」的丁默邨之間的明爭暗鬥（也許是出於李自己的心胸狹窄）為中心，作為短篇小說而寫成的緊湊故事。其中的亮點情節就是鄭蘋如對丁的暗殺未遂事件。

　　一心盼望出人頭地的李士群，從年輕時一直想方設法在社會上顯山露水。他首先看好共產黨，為此去蘇聯留學。歸國後擔任黨的情報關連工作，也曾幾次被捕入獄，但是通過這種方法仍然不能實現因出人頭地後隨之而來的財富。於是便加入了國民黨軍

事委員會調查統計局（軍統），但因攪亂團隊秩序，被眾人厭惡。又轉道香港來到日本占領下的上海，投靠了日本特務頭領土肥原賢二中將。

　　另一方面，擔任軍統第二處處長的丁默邨，1939年3月奉命去香港出差，負責監視對日協力者。該對象之中就有李士群。在香港獲取了汪兆銘的和平運動情報的丁前往上海與土肥原接洽，而後擔任了國民黨特務委員會特工總部（霞飛路76號）的主任。對這個後來居上的丁默邨，李士群對其恨之入骨。

　　而當時，父親是中國人、母親是日本人的鄭蘋如，還是在教會學校上學的女學生，也是參加校內秘密抗日團組的愛國少女。外部派來的一位女士告訴她有只有她才能完成的工作，介紹她作為軍統的秘密工作員。當時擔任面試的人就有李士群，當他看到眉目清秀而給人清純印象的鄭，立刻覺得她就是特別好色的「丁默邨喜愛的姑娘」，便想利用她擠走丁默邨。

　　這時，鄭接受的考試是對日本首相近衛文麿之子「近衛文隆的綁架行動」，本來想要嘗試的是僅限一夜的綁架好歹便是及格。但最根本的任務是對「汪政權的特務首領」丁默邨的暗殺行動。這一連串的過程，本論文中涉及作品的共通題材，就是著名的鄭蘋如對丁默邨暗殺未遂事件。結果，鄭蘋如被槍斃，丁默邨離開「76號」，李士群成為那裡的主人。

　　關於此事和鄭蘋如本人，也許由於受1960年代當時的資料及研究等信息所限，陳舜臣的評價頗為慎重。但基本是對鄭蘋如表示同情，「可憐的是鄭蘋如，被捕十天後就被槍斃了。」

　　戰後，圍繞她出現了各種故事。說是史實的也寫得不一樣。

比如說在描寫去皮貨店時，她曾在丁的口袋裡放進了寫著「天誅」的紙條，過後她還裝沒事地打電話問候。

按照這個記述（材料），她那時堅信丁對自己沒有疑心。但這也難以令人置信。即使再單純的她，在丁推開她奪路而逃的那一刻，就應該明白自己的真實身分已經被看破了吧。

關於被捕後的她，也是眾說紛紜，或說是哭哭啼啼，或說是大義凜然，或說是企圖用色相討好警察等等。

總之，76號內部的實情，仍然籠罩在迷霧之中，難以看清。

有的故事中將她描寫為妖豔的瑪塔・哈里式的女間諜，也有的作者將她描寫為有些污穢的女流氓。當然也有許多將她當作純潔的愛國女性[9]。

並且，曾經在梅機關工作的犬養健在回憶錄《揚子江仍在流淌》中，犬養對鄭蘋如參加間諜組織的動機，說是因為鄭看到法國租界的商店櫥窗中陳列的奢侈品，勾起了少女的憧憬，因而造成了心理上的動搖。針對這種看法，陳舜臣說：「不過這樣看待她也太過尖刻。作為一名知識型女學生難道會為了一些零花錢而賭上性命嗎？」[10]以此毫不掩飾地表達了作為擁護女權紳士的同情之心，他又說：

> 她發自純真的愛國之心，投入了諜報工作的殘酷戰場。自己被利用成李士群實現野心的工具等，她做夢也沒有想到，

9　陳舜臣，《紅蓮亭的狂女》文庫本（德間書店，1989），頁182-183。

10　同書，頁184。

對此事，負責審問的林之江[11]比她自己更清楚。與其說是諷刺，不如說是悲劇。[12]

並且，看到曾在汪精衛政權中活躍在新聞界的金雄白也在自己的回憶錄中，對鄭蘋如的名字沒有寫在抗戰功勞名簿中的情況慨嘆道「亂世人命不如狗……」，陳舜臣在句末特意寫了感嘆號，以此強調了悲劇性的深不可測，如：

　……該名單中沒有她的名字也許是理所當然吧。即使她希望如此，但她的工作也不會當作受到重慶方面的指令。即使是軍統的地下工作者的名單中也沒有她的名字。／因為，軍統的地下工作者將她轉賣給了李士群！[13]

陳舜臣的這種慨嘆，現在有對她的重新評價以及在上海青浦縣建成鄭蘋如紀念像等，應可令人聊感欣慰。總之，在描寫歷史事件時，在盡量尊重事實（或記述）的基礎上，對不甚明瞭的事件不做隨意的斷定，但對在該事件中蒙受苦難的人們，總是投以溫和的目光：可以說擅長編寫歷史小說的陳舜臣的這種態度在這篇作品中也充分體現出來了。

11　她在前文所述的面試時還是作為重慶（軍統）的地下工作者，但此時已經「歸順」汪精衛政府，負責審訊她。

12　陳舜臣，《紅蓮亭的狂女》文庫本（德間書店，1989），頁184。

13　同書，頁185。

2）　山崎洋子的《魔都上海東方黃玉》（集英社，1990，文庫
　　本，1993）

　　作者山崎洋子，1947年京都府宮津人。文案作家、兒童文
學作家、編劇。處女作《花園的迷宮》獲得第32屆江戶川亂步
獎。擅長推理小說風格的娛樂小說，也有許多以歷史或外國為題
材的作品[14]。圍繞女性生活方式的隨筆也廣受關注。

　　本作品以1938年到轉年的上海為時代背景，主人公是為追
求新的生活方式而逃離日本的潮子，描寫她與孫文和日本女性的
私生女真季相遇又分別的故事，而日軍正想利用真季的特殊身分
為建立汪精衛政權助一臂之力。作品的結局是真季深入到中國的
內地，潮子回到日本，暗示以後與在上海時懷下的孩子一道，在
戰中及戰後頑強生活。

　　潮子與真季都是9月生人，誕生石是黃玉。而題目《東方黃
玉》的別名是橄欖石，是8月誕生石。是預計回到日本後出生的
孩子的誕生石，以此暗示未來。這兩位女子雖然都被懷有不同層
次野心的男人們玩弄，但這種境遇中，又與身心徬徨的猶太女子
安娜產生共鳴，在不知不覺中形成了三人幫，一起在「上海」生
存（安娜最後慘死）。

　　那麼鄭蘋如是如何登場的呢？潮子與戀人小野木逃亡途中，
因小野木被槍殺而走投無路時，鄭蘋如像救星似的忽然出現。背

14　作家藤田宜永在文庫本的解說中這樣寫道：「山崎的作品的時代背景包括明
　　治、大正、昭和初期等廣闊的時間帶，故事的舞臺也遍及香港、義大利等
　　地，題材豐富多彩。／雖說如此，不論時代背景如何，故事的展開的場所在
　　哪裡，山崎的主題似乎都是定焦在『女夥伴的關係』上。」山崎洋子，《魔都
　　上海黃玉》（集英社文庫，1993），頁323。

景設定的是她作為國民黨方面的間諜，正在潛入76號開展活動。之後，她幫助潮子躲藏並逃亡，最終安全回到日本，在諸多場景中描寫了她向潮子傾訴自己的身世及理想等，讓讀者了解她對同樣作為中日混血兒的真季抱有共鳴和同情，也能了解鄭蘋如出入國民黨女間諜的住所，試圖破壞霞飛路76號。

潮子回國後，在同年的聖誕節前發生了丁默邨暗殺未遂事件。作者對此評價說，「她雖然無法預先知道事件的結果，但可以說給臭名昭著的霞飛路76號帶來毀滅契機的當然就是鄭蘋如」[15]，給她賦予了人生的意義。

3) **西木正明的《請問候夢顏先生》（文藝春秋，1999，之後收入文春文庫，2002，集英社文庫，2009）**

西木正明1940年秋田縣人，紀實作家，獲得日本紀實作家新人獎、直木獎等，2000年以該作品獲得第13屆柴田練三郎獎。西木在結語中敘述了本書創作的初衷。

> 　　二十五年多之前我讀過杜魯門·卡波特的《冷血》，知道了「真實罪行」這種紀實文學形式的存在。從事文學創作的二十年以來，我一直為探索「真實罪行」紀實文學的可能性而努力，本篇作品也許可以作為深感愚鈍的我至今的一個里程碑。[16]

---

15 同書，頁320。

16 山崎洋子，《魔都上海黃玉》（集英社文庫，1993），頁320。

15 西木正明，《請問候夢顏先生》（文藝春秋，1999，之後的文春文庫，2002，集英社文庫，2009）。《結語》為單行本，文庫本共通。文庫本，頁396。

該作品是豪門近衛家的嫡子近衛文隆的傳記小說。在美國度過歡樂的留學生活後，為了擔任祖父近衛篤麿創立的東亞同文書院的學生主事，1939年2月來到上海。二十三歲的文隆，在這裡與從事「和平工作」的小野田機關的人物相識，並且與已經是重慶方面諜報員的鄭蘋如接近，而後發展成戀愛關係。作者認為二人為儘早結束日中戰爭，都抱著從事和平工作的共通信念。鄭蘋如是一位愛國女性，文隆在之後應徵入伍，又經歷了去滿洲、西伯利亞的坎坷命運，為他的青春時光增添生動色彩的鄭蘋如在心目中成為一個永遠的女神。本書中鄭蘋如的形象是一位清純可愛，而且信念堅定的正面形象。

說一個題外話，題目《請問候夢顏（Mugan）先生》這句話，是在被俘並在西伯利亞結束一生的文隆寫給日本家屬的信中的一句話，如果這句話的謎底能早些解開的話，他也許就不會慘死異鄉。這裡安排了大逆轉性的懸念情節。

4）　辻原登的《茉莉花》（文藝春秋，2004）初版《文學界》 （2003.3~9，文春文庫，2007）

作者辻原登本名村上博，1945年和歌山縣生人。父親和母親都是戰前在上海擔任小學教員。終戰前歸國。戰後也擔任一段時間的教員，而後成為日本社會黨派別的縣議會議員。在競選參議院議員失敗後，運營日中友好協會，並且與山岸會[17]協作。辻

---

[17] 山岸會：1953年，以實踐山岸巳代藏理念的山岸式養雞會起始，是嚮往以農業及畜牧業為基礎的理想國的活動團體。否定所有的概念，以「無所有一體」的生活作為信條。

原這個筆名曾是一個父親對抗者的名字，他在青年時期與父親不和。

　　從1970年前後開始在日中相關的貿易公司工作，同時開始寫小說，1985年以《犬かけて（向狗發誓）》登上文壇。1990年以中國為題材的《村子的名字》獲得芥川獎，1992年成為專業作家。不斷通過新穎的手法和題材推出眾多作品，榮獲的文學獎項不在少數。

　　《茉莉花》是1989年夏，天安門事件的風波尚未完全平息的中國（上海）與神戶相互呼應的一大壯觀的戀愛小說，也可以說是中國信息知識的小說，或者有人說是美食小說。主人公是一位37歲年富力強的ODA調查員，六年前痛失愛妻，為了尋找在自己年幼時第二次去中國便杳無音訊的父親，利用假期來到上海，與一位中國女子相遇，對父親的過去的認識，與其他民主運動活動家的逃亡事件以及民族問題、諜報機關之間的「交鋒」等，經過各種事件及困難，加之女子意外的身分等奇遇，終於使戀愛開花結果，並且他的尋父之旅迎來了令人意想不到的故事高潮。

　　辻原文學的特徵常被評價為「在虛構中巧妙穿插現實事件的手法」，在該作品中也將天安門事件、神戶淡路大地震作為兩大主線，而鄭蘋如對丁默邨的暗殺事件也可視為小主線。但他把「鄭蘋如」做為「鄭蘋茹」，這不知是故意還是參考資料的原因，但從結尾來看，他採用了大量的虛構成分，這也許是含有作者的深謀遠慮。邀主人公去上海找父親的電影導演是父親過去的老友，而他正在拍攝以父親與鄭蘋茹的浪漫戀愛為主題的電影，該電影的題目是《泡影》。

　　《茉莉花》是古老又新穎的「尋父」主題故事。辻原在採訪

中一方面強調「場所」(《茉莉花》的場景是上海和神戶)，一方面又強調說，因為「小說是時間的藝術」，所以應該重視「故事中流淌的時間感覺」。時間與場所當然是密切相關的《茉莉花》首先各自有父親的時間與主人公的時間，兩者雖然遙遙相隔，但在他人的回憶和老故事中常常相鄰。並且在最後場景中，在黃土高原這個地點合流。

那麼小說中「鄭蘋茹」的作用（意義）究竟是什麼呢？主人公去上海，參觀了電影的拍攝現場，從故事展開的初期開始，這個名字就從1930年代伴隨著父親的時間，同時又作為《泡影》的「影子」覆蓋在整個作品中（時而作為暗流形式），最後作為現實的時間一起落在地上。原本1950年代父親去上海是因為名叫「鄭蘋茹」的女性來信約他，而最後在黃土高原見到父親時，無言的父親對在家中的妻子喊道：「鄭，鄭蘋茹！」「鄭蘋茹」的存在本身便成為「泡影」之影，被安排覆蓋故事的始終。

如前所述，如果將這種作品從尋父的故事看待，日本人的父親及日中混血的鄭蘋茹的長久的磨難之後的提攜（結婚、結合），暗示了日中關係的一種現實，也可以理解為對把晚年貢獻給日中友好運動的作者父親的尊敬。辻原對於小說創作，不僅重視場所，也認為是一種「結晶」式的存在。如果參考以下敘述，也許可以認可《茉莉花》的核心。

　　說起我創作小說的構思，幾乎連我自己也不知道是從何而來，……開始就像是有一種形象突然顯現。比如說在水中潛水尋找漂亮的石頭時，偶然發現一塊特別漂亮的石頭，抓在

手中浮出水面再看，不過是一塊普通的石頭。我想發現漂亮
石頭的階段就是某種形象顯現的階段。當想要將其用語言打
造成一個作品的世界時，才又發現也不是什麼大不了的形
象，而且已經褪色。不過還有想要將最初的光輝用語言再現
的願望或野心，我覺得寫小說就是這樣的。最初是有某種激
發創意的形象，將那種閃光之處如何用語言這種任意的工具
加工，這也是一種演繹法。以諸多的體驗、知識和感覺為基
礎，並不是將其歸納濃縮成某種結晶，而是首先就有結晶，
只是將其拆卸成碎屑並重新組合成非現實的世界，即構建虛
構的世界。

　　這時最能依據的就是場所。《茉莉花》的最初的形象也是
場所。[18]

　　本書中不僅滿載中國相關的信息及知識，也嘗試了各種文學
手法。如果作為歷史採訪看待，那麼可以說是在史實的空隙中編
織出最大限度的想像之網，這是文學的一種形式，可以說這是與
力求最小限度地融入虛構成分的陳舜臣形成對照。

三、張愛玲的〈色，戒〉

　　那麼，該事件與張愛玲關係如何呢？眾所周知，她於1939
年進入香港大學，1942年後回到上海，可以推論該事件發生當

18　辻原登，〈《村の名前》から《ジャスミン》へ（從《村子的名字》到《茉莉
　　花》）〉（採訪者：湯川豐），《文學界》2004年3月號，文藝春秋，頁271-272。

時她不在上海。但之前生活過的常德路的公寓，距離霞飛路76號較近，也許她從熟人口中或傳聞及媒體信息，以及之後的資料等，對該事有某種親近之感或者說是現實之感。而那些「熟人」中首先當然是胡蘭成。根據柳澤隆行的著書內容，在1946年11月舉行的對丁默邨的審判中，鄭蘋如的母親鄭華君（日本名木村はな「Hana」）提出的請願書中記述了「鄭蘋如被捕時擁有的私人物品中有兩個三克拉的鑽石」[19]。並且高橋信也著述中也談及；在被捕後的審訊中，她本人也說過自己內心中曾生過動搖[20]。張愛玲也許是通過某種形式看過這些記述或得知相關信息，可能就是創作〈色，戒〉的一些啟發吧。

　　經過張愛玲的文學處理的最大特徵是將實際事件的時期（1939年末—1940年2月）移到了數年後，即她自己從香港回到上海的1941-42年。從作品中的「汪政府官太太」這個說法來看，應該是汪精衛政府已經成立了的1940年3月底以後，進而從「英國人丈夫進了集中營」這句話，也可以推測是在1941年12月以後。由此可見該作品已經不能說是依據歷史事件「講述事實」的「傳記」性質，而是作者的虛構故事。

　　從這種時代設定以及當時張愛玲的狀況，以及50年代以後創作等因素考察，可以理解為她是把丁默邨與鄭蘋如的關係，與胡蘭成和自己的關係相重疊。她與胡的戀愛在《易經》等其他自

---

19 柳澤隆行，《美女間諜鄭蘋如》（光人社，2010），頁371。

20 沈耕梅審問，汪曼雲記錄：「女人並不是誰都可以欺騙的。不過，結果還是女人沒有用。我和丁默邨，好歹也是發生過關係的。所以即使在生死的重要關頭，我的內心有過動搖。沒能一起走出商店。」高橋信也，《魔都上海的女間諜　鄭蘋如的傳說1914-1940》（平凡社新書，2011），頁169。

傳性著作中也可了解，也許對張愛玲來說，當時是真實的自己也無法自拔的狀態。作為優秀的知識型中國人，她即使覺得胡蘭成當時作為對日協力者是出於無奈，但也會明白將來會被罵為「漢奸」。在戰後的言行以及《傳奇》增訂本的結語中，也能感覺出她在努力地撤掉可能燒身的火星[21]。

　　然而，即使是從世上一般常識上被否定的事物，但是如果自己在人生中選擇的關係或狀況裡面，不能找到某種價值或意義，那麼自己的存在價值也會失去。更何況她比起大事更擅長在小事中確認價值觀並進行文學創作。男女的情愛可以是超越社會性的存在大事「……」，但針對這種微妙的部分是否還要理直氣壯地主張，我們不得而知，但在〈色，戒〉的主人公表現出一瞬的「猶豫」中，也許就融入了作者所有的情感吧？

結語

　　如本論文開頭所述，圍繞丁默邨暗殺未遂事件及鄭蘋如本人，在日本出現了眾多相關者的回顧錄以及研究性書籍或虛構小說等作品。事件後不久或當事者們的話語，因各自的身分、立場及素質不同，並不能斷言一定屬實。紀實也好虛構也好，在執筆時所能參照的資料也很有限。尤其是前文所述，作為當事者的松

---

21 池上貞子，〈張愛玲と胡蘭成　「漢奸」をめぐって（張愛玲與胡蘭成　關於「漢奸」）〉初出：20世紀文学研究会編《文学空間》II-9號，1989，之後收錄進《張愛玲　愛與生與文学》（東方書店，2011），中文版：趙怡凡翻譯《張愛玲愛‧人生‧文學》（陝西大學出版社，2013）。

崎或晴氣的著作影響很大，如果在以此為參考的上海故事中，蘋如往往被描寫成一個壞女人。其背景可以說是村松梢風的《魔都》全方位地將上海作為冒險家的樂園，形成了一種潮流。

　　本論文沿著題目〈傳記與虛構〉的思路，針對同一事件而誘發的虛構作品，將張愛玲的〈色，戒〉與日本作家的幾篇作品進行了對照。日本的作品中可分為兩種系統，一種是以「魔都上海」為關鍵詞，將事件看作是在那個時間及空間接點上開出的一朵奇葩，又將主人公的女子描寫為與之相符的「道德敗壞」的模式化人物的諸多作品，本次並沒有對這類作品深入探討。另一種是將與事件相關的女主人公看作是在歷史潮流中身不由己的一個人，並作為自己進行文學創作的題材而生動描寫。本次論文中重點介紹了其中較為知名的四篇作品。

　　熟悉中國並擅長創作歷史小說的陳舜臣，對此事件也表現了自己一貫的創作姿態，他謙虛地看待歷史事實，關注相關人物的感情世界，沒有忘記對蒙受負面影響的人物加以關懷。紀實文學家西木正明的態度也與此相近。前文已經介紹了他以卡波特的「真實罪行」紀實文學為努力目標，而且對其作品具有某種自負。

　　山崎洋子也在她擅長的外國題材、女性生活方式等自己的相關作品中，保持自己一貫的創作姿態來看待事件及人物，對鄭蘋如更是沒有看作是一個悲劇性的女性。而是從女性的視角創作成憧憬未來的小說，為讀者帶來生活的動力。

　　辻原登的《茉莉花》，其故事的場景較大、故事性較強，雖然一看似乎無關，但從某種角度來看，不難發現作者將自己的感情投影其中，這一特點有些近似於張愛玲的態度。辻原在54歲這個與父親去世年齡相同的時候，開始試圖將以往曖昧或斷片化

的父親形象完整化[22]。「茉莉花」不僅具有抽象的意義，實際上也是物理上的配合該行為的「尋父」故事。審視自己對人生擔憂的部分這一手法，令人聯想到張愛玲看待與胡蘭成的關係。

　　我本次試圖以此為主題和題材開始調查，但在與「虛構」的文學作品進行「對照」之前，卻陷入了「傳記」的泥沼，結果好像自己至今沒能完全從中擺脫。想必華語圈的資料也是一樣，在有一半是當事者的日本，也是有眾多從不同視角編寫的「傳記」，讓人覺得即使是同一「事件」，其「真相」也不只是一個。我對自己的學習不夠＝知識不足及精力不足深感遺憾，暫且將目前考察的部分匯報如上。

---

22 辻原登，〈父，斷章〉，《群像》2001年7月號刊登，之後收錄進《父，斷章》（新潮社，2012）。

光影斑駁

張愛玲的日本和東亞

黃心村

在當今華語世界的流行文化裡，有關張愛玲的傳奇方興未艾。兩岸三地追本溯源，華語世界裡的張學已是門庭若市的顯學。每隔五年或十年的週年紀念是駐足審視學術走向的機會，張學發展至今，是否還有尚待添補的空缺？今後的張學是延續一貫以來的走向，還是另闢蹊徑，轉向新的平臺？

筆者最初進入張愛玲研究，關注的是戰爭年代崛起的一代都市女作家，張愛玲是群像中最耀眼的一位[1]。最初在戰爭與淪陷的

---

* 本文的英文版曾以 "Eileen Chang and Things Japanese" 為題收入 Kam Louie 編，*Eileen Chang: Romancing Languages, Cultures and Genres*（Hong Kong: Hong Kong University Press, 2011），pp. 49-72。中文版在原稿的基礎上做了修改、補正和潤色。感謝溫若含博士在翻譯和修改過程中的大力協助。特別致謝李歐梵、Karen Kingsbury、畢克偉、王亦蠻、張誦聖、葉月瑜、邱淑婷、張文薰、蔡秀粧、范銘如及 Charo D'Etcheverry 曾給予我的協助與支持。

1 參見筆者專著，《亂世書寫：張愛玲與淪陷時期上海文學及通俗文化》（上海：上海三聯書店，2010）。

背景下躍出地平線的張愛玲，以寫作為生存工具，其成名的因緣
與錯綜複雜的歷史背景難以分割。重新檢視她成名的契機，應該
能發現還有一些研究上的漏洞和盲點。張愛玲與日本的物質文化
以及戰時大東亞視覺文化之間微妙的關聯便是尚待深入研究的一
個課題。

　　眾所周知，對張愛玲的接受史曾經是一個兩極分化的歷史。
說她是「本土英雄」、「反共文人」也好，「文娼」、「漢奸文
人」、「漢奸老婆」也好，都是從政治上將她排斥在文學史之
外。同樣不妥的是將她的寫作「去政治化」，提升到一個所謂
「純文學」的高度，強調她的「才華蓋世」和「超凡脫俗」，堅
持所謂的「純文學」與時事政治的不相干。

　　生於民國第九年，成長於亂世，脫穎於淪陷上海，張愛玲與
大東亞意識形態之間的關聯並不局限在個人生活範疇內。她的婚
姻與戀愛，以及個人職業圈中的種種人際關聯亦並不能說明她與
時代政治之間的全部糾葛。還原一個歷史的張愛玲，衝破舊有的
意識形態的桎梏，我們更多的是要在文字和圖像秩序中尋找她與
她的時代的契合點。個人難以超越時代，衝破政治的束縛又談何
容易。「超凡脫俗」是姿態，「才華蓋世」是美譽，但這些都無
法概括非常時期個人與大環境的糾纏不清，更無法解釋作家在一
個特定的社會環境中的各種個人化的選擇。只要不迴避戰爭和淪
陷時期那些政治上的灰色地帶，還原一個亂世逢生的張愛玲是可
能的。當所有的碎片拼湊在一起時，我們將發現張愛玲在戰爭時
期的寫作確實是多元文化碰撞的產物，其中與戰時視覺文化的瓜
葛更是她寫作的一個重要源泉。歷來認為張愛玲的文學奇蹟是中
西二元文化交融的產物，這樣的觀點忽略了戰爭環境所帶來的一

個特定的文化版圖和所謂的「大東亞」文化對淪陷上海文化的影響。戰時的文化是多元的、雜糅的，成名於亂世的張愛玲便是在一個斑駁陸離的世界中獨創自己的文字及視覺風格的。

　　大東亞文化，特別是大東亞視覺文化，在張愛玲戰爭時期寫作中留下了諸多痕跡，這種痕跡並非在淪陷機制的強力制約下的被動所致，更多的時候是作家特意選擇的結果。換而言之，張愛玲對於淪陷體制內的文化並非被動的接受；而是在兼容並包的基礎上創出一個自家的格調。張愛玲與她的時代並不隔離，她也並沒有小心翼翼地避開時代的癥結；恰恰相反，她以文字積極回應了大時代，這種個性化的回應在她的文字中留下許多耐人尋味的烙印。戰時的政治環境對張愛玲來說是一個謀求個人發展的黃金時光。仔細檢閱她作品中展現出來的物質世界，我們應該能拼湊出戰時文化消費的一個獨特面貌。把更多的線索拼湊起來，還原一個更複雜的張愛玲，在文字與影像的交界口上描述她如何在戰時跨國流行文化這片沃土上，經營出一種獨特的文學風景，便是本文的意圖。

　　這裡我首先提出幾個基本的問題：生存在日本占領下的上海，在日本占領勢力掌控下的出版空間裡發表一篇又一篇的佳作，張愛玲在她的作品中又是如何顯現日本的？在她的文學架構裡，日本和日本的事物占有怎樣一個地位？張愛玲對各種文化產品的熱中消費是否也包括有關日本的文化主題？仔細檢索日本和日本的事物在張愛玲文字秩序中留下的痕跡於是成為一項不可逃避的細緻工作。

　　應該說，成名於亂世的張愛玲是一個典型的職業作家。賣文為生是寫作的初衷。揣摩讀者的傾向，想方設法推銷自己的文字

和形象，都是一個成功的職業作家所必備的才能。性格孤僻的張
愛玲在打造自己的工程上卻體現了一種難得的造勢才能。在淪陷
上海複雜的社會網絡中她游刃有餘，技巧純熟地扮演著為自己設
計的角色。占領所呈現的文化版圖的重組似乎對她不是個問題。
跨越文化的障礙，在亂世中把自我發揚光大，恰恰是她擅長的。
在寫作本文的過程中，我重讀了張愛玲在那一時期創作的一些比
較晦澀的作品，試圖拼湊出一幅更全面的圖畫，勾勒出張愛玲如
何在一個交織著中國、日本和西方各路文化的迷宮中迂迴游動，
憑藉自己對時代的特出的洞察力和細密的文字的表達能力，鑄造
出一個獨特的文學風景。

光影張愛玲

　　本文的分析從張愛玲上海時期最重要的一幀照片開始。該照
攝於1945年7月21日，距離二戰的終結與日本的投降，僅相隔
不到一個月[2]。這張照片之所以重要，是因為它將當年兩位最耀眼
的女性文化形象放在了同一個框架中。它的奇特構圖及不甚協調
的視覺風格亦令人印象深刻。熟識照片背景的觀者甚至將它視為
一個描繪日本帝國崩毀前夕、日中組合搖搖欲墜的視覺寓言（圖
1）。

2　參見〈納涼會記〉，《雜誌月刊》15期5號（1945年8月），頁67-72。這裡討
　　論的照片，在該期第71頁。這張照片後收錄於《對照記：看老照相簿》。在
　　照片的圖說部分，年份誤植為1943年。或許張愛玲自己也不願相信，這照片
　　竟拍攝於日本敗戰前夕。見《對照記：看老照相簿》（臺北：皇冠文化，
　　1994），頁65-66。

該照的拍攝背景是一場由文學刊物《雜誌月刊》所組織的日中文化界的聯誼活動。與張愛玲合影的是影歌雙棲的李香蘭，一個蜥蜴般游移不定的人物。作為一位在滿洲的中國家庭裡成長的日本女性，李香蘭成了大東亞秩序中最閃亮的電影明星兼大眾偶像，迅速竄紅於東亞各國。她以文化特使的角色，穿梭於滿洲及上海間，不僅為日本殖民主義效命，更具體影響著政治意識形態及通俗文化符碼在日本占領區的種種文化建制。連續數

圖1　張愛玲與李香蘭，1945年7月21日。
© 宋以朗、宋元琳　經皇冠文化集團授權，張愛玲《對照記》。

年，李香蘭的形象與聲音，引領著新型殖民秩序下文化圖景的構成。她所展現的，是引人欣羨的行旅自由，以及在滿洲、上海、臺北、東京等城市間屢成文化焦點的明星氣質[3]。

3　關於李香蘭在大東亞電影文化中的角色，見 Shelley Stephenson, "'Her Traces Are Found Everywhere': Shanghai, Li Xianglan, and the 'Greater East Asian Film Sphere'", Yingjin Zhang（張英進）編, *Cinema and Urban Culture in Shanghai, 1922-1943*（Stanford: Stanford University Press, 1999）, pp. 222-245. 相關資料亦見於李香蘭以山口淑子的原名發表的自傳《我的半生》，金若靜譯（香港：百姓文化事業，1992）。另見李香蘭、藤原作彌合撰，〈李香蘭：我的前半生〉，《世界》（2003年9月），頁171-175。

　　1943年5月，大製作史詩電影《萬世流芳》的發行，愈加深化了李香蘭與上海電影工業之間的關係。這部電影由卜萬蒼、馬徐維邦、朱石麟共同執導，以1839至1842年間的第一次鴉片戰爭為時空背景，而處於眾星雲集的演員卡司中的李香蘭，依舊鋒芒畢露。她飾演一位勸情人加入林則徐反鴉片戰役的女性，在鴉片鋪子前兜售一種據稱可抑制煙癮的糖果。她的演出，在她獻唱的琅琅上口的〈賣糖歌〉推波助瀾之下，愈發令人難忘[4]。

　　李香蘭在跨國文化圈中的成名之道，與張愛玲成為當年文學新星的契機，可並置於1943至1945年的短暫時期內相互對照。種種文字與影像記錄顯示，李香蘭在《萬世流芳》上映之後頻繁拜訪上海。其中最為詳盡的記載，是她最後一次到訪上海的細節。那是1945年7月21日，而她的現身地點，正是照片中所拍攝的場合。她的上海行，被當地媒體以最醒目的方式報導，而隨行在她身旁的，也都是當地數一數二的明星。她參與的那場活動，在所有報導中，皆被描述為一個眾星雲集的場合。至今為止，當地傳媒何以對日本即將落敗的蛛絲馬跡如此無感，因而在帝國崩毀前夕，仍大張旗鼓為那場盛會錦上添花，其背後的原因，仍然成謎。我們唯一確知的是，張愛玲與李香蘭，兩位上海淪陷區的文化人代表，出現在同一張照片裡。而這張照片，似乎凍結於永逝的往昔時光中，不因任何今非昔比的現實而黯然失色。

　　試圖與張愛玲站在同一陣線的張迷們，或許傾向將她照片上

4　對電影《萬世流芳》的分析，見Poshek Fu（傅葆石），*Between Shanghai and Hong Kong: The Politics of Chinese Cinemas*,（Stanford: Stanford University Press, 2003）, pp. 110-118. 亦見Zhiwei Xiao, "The Opium War in the Movies: History, Politics and Propaganda", *Asian Cinema* 11.1（2000年春夏號）, pp. 68-83.

的神情，理解為一種含蓄的抵抗。他們會認為，在淪陷區的狂亂年代中，張愛玲始終扮演著一個不情願的角色。然而，在張愛玲自己的回憶中，似不存在任何勉為其難的痕跡。她以調侃的語氣記錄拍照的情景，說攝影師要求她坐著而李香蘭站著的理由是她太高了，若同時站立會讓李香蘭顯得過於矮小。然而一坐一立的構圖，看上去難道不像是李香蘭恭恭敬敬的侍立一旁嗎[5]？

顯然，這樣的構圖十分蹊蹺，值得細究。安排張愛玲坐著，李香蘭站立一旁，兩個主角仍然是一高一低的，畫面分布比兩人同時站立更加不平衡。攝影師顯然無法使兩位主角的視線統一。李香蘭以她一向單純懇切的眼神認真注視著攝影鏡頭，而張愛玲則明顯是個難以被鏡頭控制的麻煩角色。她的側坐姿勢挑戰著鏡頭的中央權威，干擾了構圖的平衡。她膝下露出的交叉的雙腿撇向畫面的左方，而她充滿疑竇的眼神則又投向畫面的右方，姿勢中充滿了矛盾和隱隱的對抗。

兩位女性迥異的妝扮風格，也加深了這張照片的怪異程度。李香蘭的頭髮完美地向後梳攏，展示精心打理的面容，有鄰家女孩般的親切。她穿著保守剪裁的旗袍，裙底長至小腿半處，加以高聳的墊肩，並佩戴珍珠項鍊，整體感覺莊重。反觀張愛玲，穿的是一件剪裁不規則的裙裝，既短又鬆垮，自然談不上莊重。張氏隔了很多年之後解釋了那件裙裝的來源：衣料源自於她祖母留下的一個舊被套，是一件家族遺物，質地陳舊、脆弱，即所謂的「陳絲如爛草」[6]。這件裙裝由她的好友炎櫻設計，在張愛玲的要求

5　見《對照記：看老照相簿》，頁65-66。

6　見《對照記：看老照相簿》，頁65。

下，充分體現了張本人的風格與個性。當時的相關報導，則將這件裙裝描述為「西式衣服」。其實，這件裙裝的風格是難以定位的，與當時流行的西式衣服不可同日而語。甚至可以說，它是沒有時間感的，因為無法被定位在某個時代、某個區域。張愛玲所代表的時尚實際上是一個難以捉摸、無法跟進的極端個人化的風格。

此外，張愛玲的長髮，僅以一支別針向後固定，其餘部分則自然滑落於臉頰兩側。髮式的隨意映照了服飾的自由和姿勢的不拘一格。與張相反地，李香蘭則是被攝影畫面完全定格於彼時彼地。照片中的李香蘭，像日常上海街頭隨處可見、毫不起眼的平凡女子。她旗袍上的皺摺，彷彿訴說著辛勤工作一天後的疲憊——觀者或可從中聽見「終於打完字可以下班了」之類的低語。不過，她身上的珍珠項鍊，卻又詭異地與都市白領女性的設定相互衝突——畢竟，哪個出入辦公室的女性，會在大白天戴著屬於夜晚的珍珠項鍊呢？

張愛玲與李香蘭的合照，並非當日盛會所留下的唯一圖像資料。在活動報導中還有一張團體照，照中的張愛玲依然是坐著的。事實上，張愛玲是那七人團體照中唯一坐著的角色。張的右方立著她姑姑，李香蘭在她的左側，而張的身後，則是好友炎櫻。團體照中的其他三人，是陳彬龢、金雄白，以及一位身分不明的女性——他們皆以站姿面對鏡頭[7]。在這張照片中，張愛玲的

---

7 這張團體照是研究戰時上海文化人的重要索引。陳彬龢（1897-1945），被視為現代中國歷史中的謎樣人物，在他早年的事業中曾與許多左翼運動者相互來往。他在1930年代早期曾任《申報》編輯，以嚴厲批評蔣介石國民政府而著稱。他在1936年逃難到香港，直到1941年才重回上海，搖身一變成為大東亞意識形態的宣傳者。戰爭結束後，他避走日本，於1945年逝於一家精神病

表情姿態，與她和李香蘭合照中的樣態如出一轍，而李香蘭也同樣維持她一貫單純懇切的眼神。依此而論，讓張愛玲在團體照中坐著的決定更為蹊蹺。眾人皆站立，觀者的視線自然落在了唯一的落座者身上，張愛玲是畫框的視覺焦點這一點當是毋庸置疑的了。除了張愛玲以外，團體照中的眾人皆微笑直視攝影機；在這樣的對照下，她獨一無二的、偏離鏡頭的朝下視線，便顯得奇特和乖張。張的特出，使得她身旁那位大東亞影壇紅星相形見絀。在層層「對照」之間，人們讀見的，是一個膽敢公然挑釁鏡頭權威的張愛玲。

　　以上所述的場合，自然不是張愛玲唯一一次在淪陷上海的媒體亮相。於日本占領上海的三年八個月間，張愛玲在各類文化組織的公開場合中頻繁現身。其中，另一個顯著的例子，是她與朝鮮舞蹈家崔承喜（1911-1969）的同臺露面。崔承喜，一如李香蘭，是日本帝國麾下的文化偶像。1943年11月的一場活動，以數名上海作家、崔承喜，以及中國舞蹈家王淵的共同出席為焦點。據聞，那天張愛玲「時髦」地姍姍來遲，她穿著粉色旗袍，配上青銅色背心。在搭配報導呈現的模糊照片中，張愛玲似乎和畫面中其他女性一樣順視著鏡頭[8]。

院，死因不詳。金雄白（1904-1985），上海報業圈中的知名人物，其後成為汪精衛政權的重要成員。戰後他被問罪入獄，直到1948年才出獄。他後半生長居香港，發表了一系列關於報紙事業與汪精衛政權變遷的回憶錄。

8　見〈崔承喜舞蹈座談〉，《雜誌月刊》12期2號（1943年11月），頁33-38。關於崔承喜戰時活動的討論，見Sang Mi Park, "The Making of a Cultural Icon for the Japanese Empire: Choe Seung-hui's U.S. Dance Tours and 'New Asian Culture' in the 1930s and 1940s," *positions: east asia culture critique* 14.3（2006），pp. 597-632.

　　張愛玲作為一個戰時上海的文化符號，她與攝影藝術的關聯，或須另闢專文深入探討。可以在此推論的是，三年八個月的淪陷時期，媒體中頻繁露面的張愛玲大抵已然掌握巧妙引導攝影鏡頭的技巧，積極參與了自我風格的形塑。越到戰爭末尾，越難找到她直視攝影機的畫面。在1945年的長長的夏天，媒體中的張愛玲，皆是視線遠離攝影者且姿態突出的形象。在有意識的視覺形塑下，張愛玲區隔出了她不同於其他公眾人物的特殊氣質；即便是靠攝影機而揚名滿洲、上海、東京的李香蘭，在她身旁也略顯遜色。

　　這樣的張愛玲形象，所展現出的究竟是「抗拒」，還是深具自覺地「作態」，由觀者自行評斷。然而，可以確知的是，我們已難將她一系列在「大東亞共榮圈」下的留影，簡單理解為對體制的抗拒；同時，我們亦無從得知她「作態」的真正意圖。張愛玲的臉部表情與身體語言，或許暗示著抗拒，抑或是蔑視，但更重要的是，她顯然懂得將攝影鏡頭對她的凝視，反轉為深化自身形象的助力。表面看來，她像個不情願起身站立、抗拒融入整體氛圍的角色；然而，必須留意的是，即便是這樣的姿態，也是在種種細節的相互撐持之下，系統性呈現的成果。

　　張愛玲對細節的深思熟慮，同樣呈現在她的文學作品之中。仔細考察那幾年間的張愛玲作品，尤其是她的散文，包括數篇較少被討論的文章，不難發現，日本及日本的事物，在她的文學世界中確實占有一定的地位，甚至有些時候，以極為鮮明的形式感存在於她的作品之中。影像之外，張愛玲與日本之間的真正關聯，還需要在文本層次上深刻展現。

顏色・形狀・聲音

出版於1945年、張愛玲第一本散文集《流言》中的文章，並非篇篇皆屬佳作。事實上，這本集子已被公認為一個參差不齊的組合。其中有些精巧寫就的文章，被視為當代中文散文的上乘之作，包括〈童言無忌〉、〈公寓生活記趣〉、〈燼餘錄〉等。然而，亦有些文章品質粗糙，涵蓋多個主題卻缺乏統攝整體文氣的主軸，比方〈忘不了的畫〉、〈談跳舞〉、〈談畫〉等。我們經常能從後者的閒談漫語中，窺見作為張愛玲靈感源頭的物質世界。事實上，正是散文集的參差表現，具象了她此期對物質美學的捕捉[9]。

這本散文集，特別是其中一些略顯瑣碎的長文，裡面往往羅列一個個物品清單，為我們呈現了1940年代張愛玲物質書寫的各種細節。張愛玲散文中嵌入的日本的主題與日本的物件，實是一種精巧的「作態」；以此為基點，我們甚至可能更進一步指出張愛玲積極消費日本文化的事實。在曖昧不明的戰爭氛圍下，日本的事與物為張愛玲知識世界的構築，扮演了至關重要的角色。

比如〈童言無忌〉這一篇中顯示，張愛玲曾有段時期頻繁出入上海虹口商業區──此區自1920年代起，便集聚著日本居民。虹口區的布料店與電影院，皆是張的活動範圍，她偶爾於此購買日本衣料，亦經常造訪虹口大戲院，也就是第一間在上海播映日本長片的電影院。在張愛玲的虹口書寫中，一位肆情縱意的

9　關於張愛玲散文書寫的研究，參見筆者，《亂世書寫：張愛玲與淪陷時期上海文學及通俗文化》，頁149-192。

日本文化消費者，屢屢躍然紙上。

曾將在虹口日本布料商場購物比喻為一場視覺盛宴的張愛玲，並未隱藏她對日式布料的偏愛。據她說大多時候只是觀賞，但偶爾也會購買。她的一個知名觀點，出現在〈童言無忌〉以「穿」為小標的段落間：中國文化逐漸喪失的色彩搭配，被奇蹟似地保存在日本料子的設計之中。每匹日式花布都是藝術，她寫道，可惜的是，日式縫裁的細節破壞了花布本身的圖樣。也是她發揮想像，創造了一件真正能體現大東亞文化融匯的物品，即以日本花布配以大塊的中式縫裁，這樣便保存了圖像設計的完整性。緊接著，她將日式花布設想為漢語詩詞中的一個主題：

> 日本花布，一件就是一幅圖畫。買回家來，沒交給裁縫之前我常常幾次三番拿出來賞鑒：棕櫚樹的葉子半掩著緬甸的小廟，雨紛紛的，在紅棕色的熱帶；初夏的池塘，水上結了一層綠膜。配著浮萍和斷梗的紫的白的丁香，彷彿應當填入〈哀江南〉的小令裡；還有一件，題材是「雨中花」，白底子上，陰戚的紫色的大花，水滴滴的。[10]

文中所描述的日式布料，與當時的戰亂背景似乎是完全隔絕的。1940年的穿衣風格，理應帶有戰時體制的特徵。舉例而言，在那樣的年代裡，一個日本女子的絲質和服，常在細節處出現納粹旗及日本旗等圖樣，宣告兩方皆屬軸心國、同一陣線的立

---

10 原文寫於1945年，收於《流言》，頁7-8。

場[11]。然而，在張愛玲的美學品味中，我們找不到任何與此相關的蛛絲馬跡。她特別鍾情於傳統的設計主題，描述遠古中國對傳統日本美學的影響。她將兩種看似衝突的元素並置，創出一種相互對比卻又彼此映襯的混搭風格，不僅呼應彼時的大東亞雜燴意象，也讓人讀見她重塑傳統的新潮觀點。

　　張愛玲作品從中國風格到日本風格的美學轉移，埋藏在隱微而難以覺察的細節裡。在她的文本世界中，從中國元素到日本元素的轉換極為流暢，須透過細心檢視與耐心追索方能讀見；而在張愛玲眼下的視覺與物質世界中，這樣的轉變更加不著痕跡。此一現象，可從兩張由攝影師童世璋拍攝的張愛玲個人家居照中略知一二。在第一張照片裡，張愛玲穿著家傳的清式大襖。攝影鏡頭由下而上捕捉她，將她襯托得身形挺拔。她的左手撐靠著牆，身體微微向右，眼神約略瞟向畫面的右上方。身姿高大的她，一如雕像。再仔細看，她的眼神依然偏離攝影鏡頭，抗拒並轉移著攝影鏡頭對她的凝視。在第二張照片中，張愛玲的視線同樣避開了鏡頭，她的身體姿勢卻也持續引人注目。她採取較為含蓄的蹲姿，雙手交疊靠在膝上，眼神朝下，若隱若現的笑容，散發著相對平易近人的氣質。或許這張照片中，最讓人在意的是她所穿的日式和服。這張照片中的張愛玲脫下厚實的大襖而換上輕軟的浴衣。著裝風格，有了戲劇性的轉變。（圖2和3）

　　不著痕跡的轉變，也出現在張愛玲對日本的聲音與話語的捕

11　相關引例，見Jacqueline Atkins編，*Wearing Propaganda: 1931-1945: Textiles on the Home Front in Japan, Britain, and the United States*（New Haven: Yale University Press, 2005）。

圖2　身著清式大襖的張愛玲。　　　圖3　身著日式浴衣的張愛玲。

© 宋以朗、宋元琳　經皇冠文化集團　　© 宋以朗、宋元琳　經皇冠文化集團

授權，張愛玲《對照記》。　　　　　授權，張愛玲《對照記》。

捉上。首先，她在寫作中透露了自身的日文能力。我們知道她曾
經學過日文，亦有證據顯示她的日文已達可與人有效溝通的程
度。張愛玲似乎是在戰時就讀於香港大學時開始學習日文的。在
她的作品中顯示，日文是戰時香港的授課教材之一，如〈燼餘
錄〉中的敘事者，便與她的大學朋友在閒暇時上日文課——彼時
戰火蜂起，整個城市將臨毀敗。當時這些日文課不由日本教師主
講，卻由一位年輕的俄國男士主持，而他也善用了這個機會與班
上女學生眉來眼去。師生之間的彼此調情，就建立在初級日文的
媒介之上[12]。

---

12 見《流言》，頁53-54。

　　俄國人嫻熟日語的原因，不消說建立在俄國及其後蘇維埃聯盟和亞洲之間長期的軍事與文化往來之上[13]。俄國居民教日文的現象，不僅限於香港，在上海，亦有許多相似背景的人們以此營生。在張愛玲對上海的描寫中，俄國老師開設日文課程一事也被提及。〈公寓生活記趣〉以精巧的文字描摹公寓中的種種聲響：一個德語流利的小男僕，將電話中的對答譯成德文，說給他的年輕主人聽；一名種族、國籍不詳的女子，在鋼琴上彈奏著貝多芬；還有一位俄國男士正在教授日文。公寓中各式各樣的聲響，結合不知哪兒滲入的燉牛肉及中藥香氣，以戰爭與淪陷為背景，呈現出上海文化雜糅的特殊圖景[14]。這些獨特的情節，驗證了日本元素在戰時上海的匯流文化中，潛移默化的介入與滲透。

13　參見David Schimmelpenninck van der Oye, "The Genesis of Russian Sinology", *Kritika: Explorations in Russian and Eurasian History* 1.2（2002年春季號），頁355-364。亦見Schimmelpenninck van der Oye的新書*Russian Orientalism: Asia in the Russian Mind From Peter the Great to the Emigration*（Yale University Press, 2010），在此書中他再次考察了俄國人1917年以前對東方的興趣與發展。聖彼得堡的Institute of Oriental Manuscripts的歷史源遠流長，最早始於十八世紀彼得大帝時期，被視為俄國亞洲研究的始祖。在1860年代，俄羅斯帝國將熟悉多種亞洲語言視為至關重要之事。感謝Louise Young和David MacDonald對這些參考資料的建議。

14　見《流言》，頁30。在張愛玲其後的生涯中，似乎仍具使用日語的能力。在丘彥明1987年對王禎和的訪談裡，記載著王禎和回想張愛玲在1961年秋天拜訪臺灣，並於花蓮短暫借宿其父母家一事。王禎和提到張愛玲會說日語，她和他母親的對話，經常是以日語表述的。見丘彥明，〈張愛玲在臺灣〉，鄭樹森編，《張愛玲的世界》（臺北：允晨文化，1989），頁21。

詩歌・繪畫・表演藝術

　　張愛玲作品中關於日本事物與日本主題的清單，亦在詩歌、繪畫與表演藝術的層面上持續出現。我們知道張愛玲並不是一位詩人，而意象性的詩歌也似乎不屬於她的品味範疇。但整體而言，她並不排斥詩。她個人獨鍾日本和歌，在散文〈詩與胡說〉中引用的詩行，即是和歌。在詩的背景方面，張愛玲只約略說這是周作人（1885-1967）所寫的作品。其詩如下：

　　　　夏日之夜，有如苦竹，竹細節密，頃刻之間，隨即天明。[15]

不過，張愛玲並未提到，日本平安晚期至鎌倉早期的西行法師（1118-1190），作為一位擅於描寫個人精神世界與孤獨狀態的知名和歌詩人，正有一首〈題不知〉如下：

　　　　夏の夜わ　篠の小竹の　節ちかみそよやほどなく　明くるなりけり[16]

　　由周作人演繹的中文和歌，在表現上幾乎和日文原文如出一轍，除了「小竹」被他改寫成了「苦竹」之外──或許他本人的經驗和「苦竹」的意象更深切相關吧。除此之外，張愛玲也沒在

15　見《流言》，頁141。原文刊於1944年8月的《雜誌月刊》。
16　見《山家集全註解》（東京：風間書房，1971），頁142。

文中提及，周作人的這首和歌，和他最初寫成的模樣略有不同。
張愛玲所引用的，其實是周作人日後逐漸疏遠的學生沈啟無
（1902-1969）改寫的版本[17]。也許對張愛玲而言，和歌的原始來源
並不重要。她在文中引用和歌，為的是表達她對理想詩歌的觀
點：語言必須簡潔雅致，意象必須在傳達和理解上具有深度。在
〈詩與胡說〉中，她寫道：

　　所以活在中國就有這樣可愛：髒與亂與憂傷之中，到處會
　發現珍貴的東西，使人高興一上午，一天，一生一世。[18]

　　張愛玲的美學觀點所暗示的，是當下中國的生存意義只能從
不同時代與文化脈絡間轉瞬即逝的詩歌美學中捕捉。而張愛玲顯
然不是唯一一個對西行法師四行詩的簡鍊美學深深著迷的中國作
家。同一首和歌，也於1944年10月，作為一個精心設計的視覺
意象，出現在胡蘭成主編的散文雜誌《苦竹月刊》中的創刊號封
面上。據說這封面設計，是張邀請好友炎櫻製作的。炎櫻，即是
前文提到的，張愛玲與李香蘭合照時穿的裙裝的設計者。而這次
炎櫻也順利地完成了任務。在她完成的封面上，西行和歌被以淡
綠色小型字體印在白色竹節中，襯以溫暖的絳紅背景。白色竹節
的周圍，散畫著寫意風格的暗綠竹葉與竹枝。（圖4）

17　周作人中譯的版本如下：「夏天的夜，有如苦竹，竹細節密，不久之間，隨
　　即天明。」與沈啟無的改寫版極為相似。見劉錚，〈張愛玲記錯了〉，《無軌
　　列車第一輯》（上海：上海書店，2008）。亦見止庵，〈苦竹詩話〉，《南方週
　　末》（2008年4月3日）。
18　見《流言》，頁143。

圖4　胡蘭成主編的《苦竹月刊》創刊號封面（1944年10月）。

以《苦竹月刊》為中心而形成的小社群，對創刊號的視覺表述應該是極為滿意的。讚美封面的文章始見於該刊第二期，即沈啟無的〈南來隨筆〉（1944）。這篇文章以作者個人從北京到南京的夏秋行旅觀察連綴寫成，文中有意無意的提及他曾對一個未具名的朋友提起西行的詩，並指出這首詩唯有以視覺表現的方式來傳達，方能清楚展現意象簡單的夏日苦竹神韻。沈啟無對《苦竹月刊》引用的是他所改寫的西行和歌，而非周作人的原版，必然感到快慰。他驚嘆道：

　　最近看到《苦竹月刊》，封面畫真畫得好，以大紅做底子，以大綠做配合，紅是正紅，綠是正綠，我說正，就是典雅，不奇不怪，自然的完全。用紅容易流於火燥，用綠容易流於尖新，這裡都沒有那些毛病。肥面壯大的竹葉子，布滿圓面，因為背景是紅的，所以更顯得洋溢活躍。只有那個大竹竿是白的，斜切在畫面，有幾片綠葉披在上面，在整個的濃郁裡是一點新翠。我喜歡這樣的畫，有木版畫的趣味，這不是貧血的中國畫家所能畫得出的。苦竹這兩個字也寫得

好，似隸篆而又非隸篆，放在這裡，就如同生成的竹枝竹葉
子似的，換了別的名字，絕沒有這樣的一致調和。總之，這
封面是可愛的，有東方純正的美，和夏夜苦竹的詩意不一定
投合，然而卻是健康的，成熟的，明麗而寧靜的，這是屬於
秋天的氣象的吧，夏天已經過去了。[19]

　　在其後的段落裡，沈啟無標舉張愛玲為此一刊物最有才氣的
作家。此一陡然的主題轉折，看似並不自然，但也因而引人推
想，或許這樣的轉變其來有自。在沈啟無的描寫中，張愛玲是在
該刊作者和編輯組成的小眾審美社群間，具有崇高地位的人物。
然而，所謂「東方純正的美」，事實上並非如沈啟無所言的「純
正」。炎櫻對比式的封面設計，其實是一種跨文化的成品；換言
之，此一意象背後的概念是「衝突」，而非「和諧」。而這正是
大東亞論述中常見的視覺策略：結合對比元素來構成表面和諧的
整體。平安時代後期的四行詩，在此成了促進戰時上海文化混合
的奇特媒介。在這方面，張愛玲引介西行和歌的歷史影響有目共
睹，她和《苦竹月刊》封面設計的關聯也或可推知。她在文章中
引用和歌（儘管用的是經周作人演繹及沈啟無改寫的版本），並
參與了《苦竹月刊》封面視覺理念的構成，凡此種種，皆可看出
張愛玲來往相處的，是淪陷時期於上海活躍進行文化轉繹的一派。
　　此外，張愛玲對日本短歌的偏愛，也展現在她對日本人物畫
的特殊興趣上。她寫過不少表達對日本木版畫的崇尚之情。在
〈忘不了的畫〉中即處處可見日本文化的痕跡，簡直能讀作張愛

---

19 見沈啟無，〈南來隨筆〉，《苦竹月刊》第二期（1944年11月），頁11-12。

玲彼時接觸的日本書籍與藝術的一個清單。「日本美女畫中有著
名的《青樓十二時》，畫出藝妓每天二十四個鐘點內的生活。」
她寫道。這裡提到的是喜多川歌麿（1753?-1806）一系列肖像畫
中的《青樓十二時》。以《青樓十二時》起頭，張愛玲比較中日
文化之間的異同：

> 中國的確也有蘇小妹、董小宛之流，從粉頭群裡跳出來，
> 自處甚高，但是在中國這是個性的突出，而在日本就成了一
> 種制度——在日本，什麼都會成為一種制度的。藝妓是循規
> 蹈矩訓練出來的大眾情人，最輕飄的小動作裡也有傳統習慣
> 的重量，沒有半點游移。[20]

張愛玲於此，顯然／險然涉足了刻板印象式的表述。她對日
本傳統藝術的認知，明顯地只停留在淺層表面。正如一位日本學
者客氣指出的，張愛玲應是誤將喜多川歌麿的兩套畫歸類為同一
個系列，因而在散文中描寫了一個其實並不存在的作品。《忘不
了的畫》是藉由回憶迅速寫成的文章，其中引述的畫冊內容，並
未被張本人再次確認過[21]。不過，文本與歷史脈絡的正確性，應
是完全不被張愛玲所在意的，畢竟她的那幾篇文章，說穿了只是
個人對不同文化藝術表徵的隨思綺想。她對異文化認識程度不深
的事實，並不妨礙她對所謂日本文化特徵的一系列隨性表述。張
愛玲以數幅手邊的美女畫為例，在似乎並未理解喜多川歌麿成名

20　見《流言》，頁156-165。
21　見池上貞子，〈張愛玲和日本〉，《閱讀張愛玲》，頁86。

脈絡的前提下，逕自談論著日本社會在制度上的和諧意義；然而，她的確忽略了，這樣的意義，其實正奠基在對吉原女性的永恆降格與消費之上。

　　張愛玲對日本文化的陰柔化描寫，亦可見於其他篇章。儘管其中有些部分，更進一步以微物觀點詮釋日本表演藝術，不過大抵而言，她的書寫美化日本的同時也將它淺化、表面化了。在書寫中，張愛玲自我表述為一個東寶舞踊隊的舞迷。東寶舞踊隊是1940年代間頻繁造訪上海及其他亞洲城市的知名表演團體。張愛玲在散文〈談跳舞〉中，以可觀的篇幅描述她對東寶在舞臺上創造出奇幻微物世界的傾慕。在一則對舞曲〈獅與蝶〉的評論中，她寫道：「像是在夢幻的邊緣上看到的異象，使人感到華美的，玩具似的恐怖。這種恐怖是很深很深的小孩子的恐怖。還是日本人頂懂得小孩子，也許因為他們自己也是小孩。」[22] 在該文其他部分，張愛玲將舞臺上玩具般的世界，轉喻為對日本本身的指涉：

　　　　日本之於日本人，如同玩具盒的紙托子，挖空了地位，把小壺小兵嵌進去，該是小壺的是小壺，該是小兵的是小兵。從個人主義者的立場來看這種環境，我是不贊成的，但是事實上，把大多數人放進去都很合適，因為人到底很少例外，許多被認為例外或是自命為例外的，其實都在例內。社會生活的風格化，與機械化不同，來得自然，總有好處。[23]

22　見《流言》，頁186。

23　同上註，頁185。

　　文中小壺小兵的意象，重複出現在張愛玲其他漫談日本文物的文字間。她以這樣不全然具說服力的論點，將日本事物與日本主題納入她所認知的日式微觀系統中。在顯然隨性的評論及片面的觀察之下，張愛玲預支了一種戰後才將出現的、對日本文化的陰柔化詮釋。

　　從東寶的巡迴紀錄可知，從1943年的3到6月，該舞團造訪了上海，在南京大戲院和上海劇院演出[24]。張愛玲在〈談跳舞〉中提到的「獅與蝶」，必是這場巡迴的舞碼之一。1943年4月，李香蘭參加了東寶舞團在上海的演出。她在南京大戲院獻唱《支那の夜》（1940）的中文與日文主題曲，成為當時的焦點之一。而搭配她的歌唱的，是穿著戲服的日本舞者前捧日本旗（上升的太陽）、後拿中國旗（青天白日）的身影。可以推論的是，至少早於1943年，張愛玲已在上海舞臺上見過李香蘭，也看過該場演出。也就是說，張愛玲對日本文化進行種種陰柔化、幼童化、微物化的描摹，以及她感受由帝國指導的盛大場面，二者發生於同一時期。

大東亞電影文化之於張愛玲

　　對日本事物的種種列舉尚未結束。在這一論題上最重要的焦點，是張愛玲對戰時日本電影的愛好。張愛玲與李香蘭／山口淑子的合照並非偶然。在1940年代的上海，張愛玲的文章，以及

---

24 東寶舞踊團的巡迴演出行程，記錄於池上貞子，〈張愛玲和日本〉，《閱讀張愛玲》，頁89-92。

關於她的各種活動花絮，和李香蘭主演的電影（包括《白蘭の歌》〔1939〕與《支那の夜》等），同為大眾文化的消費對象。張愛玲自然不是第一位以日本電影為寫作題材的作家。早於1910年代，虹口區的日本居民就可以看到日本電影了。1930年代，中國左翼作家及電影工作者們也經常為了觀看日本電影而造訪虹口，儘管少人在寫作中提及這樣一種「危險」的娛樂[25]。與他們不同的是，當時的張愛玲，在寫作中並不迴避自己經常到虹口看日本電影一事。她最欣賞的兩部電影，皆是音樂劇──《阿波の踊子》（1941）與《歌ふ狸御殿》（1942）：

> 有一陣子我常看日本電影，最滿意的兩張是《狸宮歌聲》（原名《狸御殿》）與《舞城秘史》（原名《阿波之踊》）。有個日本人藐視地笑起來說前者是給小孩子看的，後者是給沒受過教育的小姐們看的，可是我並不覺得慚愧。[26]

在太平洋戰爭爆發的幾個月前，名導演牧野雅弘正在拍攝《阿波の踊子》。彼時牧野已完成了將近三百部電影，被公認為音樂劇的名導演。在德島一處優美之地拍攝的《阿波の踊子》，在牧野的監製下，成功活絡並提高了阿波舞蹈節的文化定位。阿波舞蹈節是盂蘭盆會的傳統節目之一，在1938年受戰爭影響之前，每年8月皆於當地如期舉辦。在此一背景之下，牧野對戰前

25　相關資料載於邱淑婷，《港日電影關係：尋找亞洲電影網絡之源》（香港：天地圖書，2006），頁54。

26　見〈談跳舞〉，《流言》，頁189。

節慶的重塑，不僅撫慰了日本外地居民，更作為一場視覺及音響
盛宴，普遍吸引著日本占領區觀眾的目光。在上海的張愛玲，必
然留意過《阿波の踊子》的男主角長谷川一夫。他在《白蘭の
歌》、《支那の夜》等電影中扮演的拯救中國女子的霸氣日本男
人形象，在上海淪陷區無人不知、無人不曉。

　　1942年的《歌ふ狸御殿》，是眾多狸貓公主題材電影中的代
表作之一。知名導演木村惠吾，執導了一系列的《狸御殿》，最
早的一部發行於1939年，最晚的出品於1959年。這系列的每部
作品都非常賣座，木村也因而成為戰時及戰後最受歡迎的導演。
被張愛玲提到的那部《歌ふ狸御殿》，由宮城千賀子主演。她是
才華橫溢的千面女演員，在電影中飾演男主角。宮城在戰前是著
名的純女性團體「寶塚歌劇團」的一員，她在戰爭期間開始電影
事業，參與了許多情境音樂劇的演出[27]。

　　張愛玲坦言，溝口健二及小津安二郎的電影反倒引不起她的
興趣。吸引她注意的，是成形於戰爭氛圍下的誇張情節、夢幻設
定，以及音樂劇，也就是能吸引中外中產階級觀眾的類型。張愛
玲總自我描述為一個中產小市民品味的文化消費者，她所喜愛的
日本電影，是以跨國觀影者為目標受眾的情境音樂劇。彼時日本
大後方的類型電影，風行於整個亞洲之間，包括上海淪陷區。這
些電影大多由火紅的明星演出，以人們耳熟能詳的傳奇故事為基
本題材。而在張愛玲的書寫中，也提到了因喜愛這類電影而生的
罪咎愉悅感。觀眾在享受這些電影的當下，似乎脫離了戰爭現

---

27 近期最成功的「狸御殿」電影，是鈴木清順在2005年導演的版本。這個版本
　也以音樂劇為主軸，飾演狸貓公主的是章子怡。

實，轉而浸淫於異文化與遙遠的他方。然而，這樣的視聽活動，其實正扎扎實實地奠基於跨國戰爭文化之中[28]。

在戰爭期間熱愛音樂劇的張愛玲所流露的審美品味，為戰時上海電影文化的重塑，提供了獨特的視角。必須強調的是，《阿波の踊子》和《歌ふ狸御殿》吸引的不僅是上海本地觀眾的目光。在邱淑婷以日本及香港電影交流為題的研究中，便提及了日本與上海在戰爭時期的互動[29]。日本電影對中國觀眾的巨大影響，被忽略於戰後一片否認中日合作的風向中。然而，戰時上海對日本電影的消費，確實是值得更進一步考掘的論題。山口淑子的真實身分被揭露之後，原為一代明星的她，瞬間成為眾矢之的。相對地，戰後對張愛玲的接受中國年卻隱去了她和戰時文化體制的內在關聯。張愛玲被華語圈讀者所記憶的，似乎只是壓倒群芳的文學天才形象。

細讀張愛玲曖昧的文學風格，重新考察種種隱藏的文化脈絡，可引領我們進一步理解戰時上海的多層次文化圖景。以這樣的考察為基礎，我們得以深究戰爭／淪陷時期的文化消費習性。張愛玲在淪陷中國及其他日本領地中所標舉出的「日常」，是她身為大東亞文化參與者的證據。這樣的解讀應不為過。

必須說明的是，張愛玲並非戰時上海典型的文本文物消費者。她探索日本微物世界，並視其為日本美學精華的傾向，集中

---

28 關於戰時跨國日本電影文化的分析，見Michael Baskett, *The Attractive Empire: Transnational Film Culture in Imperial Japan*（Honolulu: University of Hawaii Press, 2008）。

29 在上海播映的日本電影清單，見邱淑婷，《港日電影關係：尋找亞洲電影網絡之源》，頁191-199。

出現在特定的時間點上。當日本殖民帝國極力標舉自身雄偉的時候，張愛玲卻對它進行了反向的表述。日本殖民體系對中國與朝鮮（以及東亞和東南亞）的陰柔化，是日本企圖重新詮釋亞洲秩序的一個重要策略[30]。相對於此，張愛玲這些看似瑣碎的散文，卻在文本的層面上翻轉了日本原來用以界定自身／他者的位階化設定。張愛玲於戰時書寫的日本事物與日本主題，在美學指涉上一面倒地呈現出散漫、微小、陰柔、稚氣、怪獸化等傾向。在此，我特別強調「散漫」二字，以之彰顯張愛玲的特殊寫作模式——她所描寫的日本，總在破壞行文流暢度的意外時刻，出現於破綻重重的隨性筆法之下。而重整這些散漫篇章之後，我們所拼湊出的日本，將與殖民帝國奮力宣傳的自我形象大相逕庭。

　　上述種種對日本議題的提問與回應，並未降低張愛玲作品的重要性，也意不在質疑她作為一代文人的影響力。事實上，把張愛玲重置於她原屬的時空背景之中，聚焦觀察她所崛起的戰時政治脈絡，將可使她作品的重要性，進入一個更新的詮釋層次——這樣的詮釋將讓我們更加貼近的理解動亂的二十世紀，重現彼時戰爭、革命、都市重構等複雜因素相互交織的面貌，彰顯歷史脈絡對文化圖景的轉化力道。簡而言之，仔細檢視張愛玲上海時期作品所呈現出的戰時文化複雜性，將更能顯示張愛玲及其文學生涯令人玩味的特質。

30　見 Yiman Wang, "Screening Asia: Passing, Performative Translation, and Reconfiguration," *positions: east asia cultures critique* 15.2(2007), pp. 319-343.

尾音：戰後版圖

　　走筆至此，尚未涉及的議題是，張愛玲對日本事物的印象式
描繪，是否局限在文本的層面上？張愛玲是否去過日本？日本和
日本的事物在她戰後對東亞和世界的版圖想像中又占了一個什麼
位置呢？張愛玲曾於1952年短暫的到過一趟日本，就在她告別
上海、返回戰後香港期間。然而，對張愛玲這唯一的日本行的記
載與討論都非常少，與此相關的細節，直到近年才逐漸浮現。在
一封於1966年5月7日寄給夏志清的信中，張愛玲提到了這場旅
程：「讀了不到一學期，因為炎櫻在日本，我有機會到日本去，
以為是赴美快捷方式……，三個月後回港。」[31]

　　在寄出這封信的一個月後，張愛玲又寫了一封信，給駐美國
華盛頓的英國大使館的教育官。這封信的目的是查詢她在1939
至1941年間在香港大學的就學資料。信中，她再次提及1952年
的日本行：

　　我的朋友法蒂瑪‧摩希甸（炎櫻）跟我同樣是上海人，她
　曾就讀港大醫學院。當時她在日本，提議協助我在日本謀
　職。她因一九五三年起將長駐紐約，為了在她赴美前抵達日
　本，我於一九五二年十一月學期結束前匆忙啟程……。我在
　東京找不到工作，而香港美國新聞處有份待遇很好的翻譯工
　作，因此我在二月回到了香港。[32]

31　見夏志清，〈張愛玲給我的信件〉，《聯合文學》（1997年4月）。
32　見蘇偉貞編，《張愛玲的世界：續編》（臺北：允晨文化，2003），頁185-186。

　　我們或許永遠無從得知，張愛玲在日本的三個月裡究竟做了什麼，不過，日本的影子似乎始終縈繞於她的文化想像之中。有些時候，日本的痕跡出現在她對日本其他殖民地的描繪中。臺灣，即是這樣的一個地點，作為晦暗不明的過往的象徵，銘刻於張愛玲的亞洲文化擬境之間。

　　在一篇她發表於1963年美國《通訊》期刊的英文遊記中，張愛玲提及1961年秋天，她唯一一次造訪臺灣、並第三次造訪香港的經驗。她以〈重訪邊城〉為題，在陰鬱的筆調下描繪殖民時期的香港，以及後殖民的臺灣。她筆下的臺灣雖然已經告別了殖民時期，日治的陰影依然層層籠罩，彷彿永遠塵封於已逝的時光中。張愛玲寫道，在一個「前不著村後不著店的地方」，不僅是「早期的中國移民」，連「意外地多的年輕人」都說著日語。她評論：「這些人太不像中國人了。」[33]

　　最近，宋以朗在張愛玲遺留給他父母的故紙堆中，發現了〈重訪邊城〉的中文版。這篇中文版，一如宋以朗所指出的，並非英文版的直譯；它是對英文版更為細緻深入的改寫，更加細微的呈現出戰後香港與臺灣的形象。在這篇新出土的〈重訪邊城〉（2008）中，張愛玲回憶起她第一次看見福爾摩莎之島的景象。她用回憶的筆調描繪1941年，她從被日本占領的香港返回同被殖民籠罩的上海途中所見：

　　　我以前沒到過臺灣，但是珍珠港事變後從香港回上海，乘

33　英文原文出處如下：“A Return to the Frontier”，*The Reporter*（1963年3月），頁38-39。

的日本船因為躲避轟炸，航線彎彎扭扭的路過南臺灣，不靠岸，遠遠的只看見個山。是一個初夏輕陰的下午，淺翠綠的軟斜秀削的山峰映在雪白的天上，近山腳沒入白霧中。像古畫的青綠山水，不過紙張沒有泛黃。倚在船舷上還有兩三個乘客，都輕聲呼朋喚友來看，不知道為什麼不敢大聲。我站在那裡一動都不動，沒敢走開一步，怕錯過了，知道這輩子不會再看見更美的風景了。[34]

對臺灣島這個遠遠的印象記錄在張愛玲寫於1945年的散文〈雙聲〉中。該篇文字以座談形式鋪排出來，是當時通俗文化間頗為流行的寫法。文章的開頭，一如其他多數被通俗雜誌所報導的座談會，極為仔細地記錄著主角身邊的環境和氛圍。文中，身為敘事者的張愛玲，在一家咖啡店享用咖啡和點心，同時與貘夢——敘事者的女性同伴，亦即張愛玲摯友炎櫻的化身——展開了各種各樣的漫談：「坐定了，長篇大論地說起話來；話題逐漸嚴肅起來的時候，她又說：『你知道，我們這個很像一個座談會了。』」[35]

---

34 見《皇冠雜誌》（2008年4月）。

35 此文最早出版於《天地雜誌》18期（1945年3月），後收於《餘韻》（臺北：皇冠文化，1987），頁49-63。標題〈雙聲〉是個巧妙的雙關語。「雙聲」意指二個或多個字以同樣的子音起頭，常與押同樣韻腳的兩個或多個字的「疊韻」並稱。雙聲是語言學上的詞彙，是中文押韻的基本形式之一，但除此之外，亦可指稱兩方人馬立場一致的和諧狀態。關於「座談會」在1940年代的上海成為重要文類與文化形式的研究，參見筆者，《亂世書寫：張愛玲與淪陷時期上海文學及通俗文化》，頁88-90。

文中的兩個女子，漫無邊際地閒聊各種話題：中國和西方的戀愛論述，不同文化脈絡下的羅曼史建構方式，已婚未婚間的兩性關係比較，不同年齡層女性的時尚潮流，以及日本精神世界的特殊性。當話題轉至日本主題與日本事物時，敘事者告訴她的女性友人：

　　三年前，初次看見他們的木版畫，他們的衣料、瓷器，那些天真的、紅臉的小兵，還有我們回上海來的船上，那年老的日本水手拿出他三個女兒的照片給我們看；路過臺灣，臺灣的秀麗的山，浮在海上，像中國的青綠山水畫裡的，那樣的山，想不到，真的有！日本的風景聽說也是這樣。船艙的窗戶洞裡望出去，圓窗戶洞，夜裡，海灣是藍灰色的，靜靜的一隻小漁船，點一盞紅燈籠……那時候真是如痴如醉地喜歡著呀！36

將臺灣的美麗與神祕收入眼簾的，是來自戰爭與淪陷區的視角。站在日本船的甲板上，遙想沒落的殖民帝國，張愛玲所看見的戰時地景似乎從未存在。徘徊於過去的懸宕視線，領著她進入了戰後的年代。在她想像的戰時地圖中，不同的世界之間，微妙地彼此繫連，卻又相互疏遠，形成了最親密的孤絕。究竟什麼因素促成了張愛玲與日本的連結？我想應是一種既淡陌又熟悉的，惘惘的情緒，長久縈繞於她豐沛的創作生涯間。

---

36 參見〈雙聲〉，《餘韻》，頁58-59。

張愛玲與（中央）美國讀者

Karen S. Kingsbury（金凱筠）著
魏如君、金凱筠合譯

「他想說的，大概是張愛玲一直遭受英語讀者冷落」[1]。

劉紹銘教授，在《英譯〈傾城之戀〉》最後一段，這樣解釋李安所用的一句難解的英文句子來讚美張愛玲。實際上，很有道理。初次看到李安用英語「the fallen angel of Chinese literature」來稱讚張愛玲，只能苦笑；如劉教授所說，「當然不是『墮落的天使』這個意思」。換句話說，李安當然不想說張愛玲等於路西法──或撒旦。這種誤會是怎麼發生的？看來，李安在找比喻詞時，腦子裡在想「降落地之仙」或類似的中文說法，一下子忽略了英語「fallen angel」的意思與中文大相逕庭。他雖然取得美國國籍，在美定居好幾年，可沒住過也不常至美國中部或南部，也可稱「中央美國」或「Middle America」，這些離沿海較遠的地區。這裡的中央美國是一個包括非學術領域，單一語言（英語）

---

1 劉紹銘，〈英譯〈傾城之戀〉〉，《愛玲說》（香港：香港中文大學出版社，2015），頁148。

的社會環境。如長居中央美國的話，就不可能忽略「fallen angel」這句話在英文和西方文化裡的意思。

這幾點，長居中央美國（威斯康辛州）的劉紹銘教授沒細說而純粹講到重點——就是說，張愛玲，好幾十年來遭受英語讀者冷落。這並不是純粹的文藝翻譯問題，而是廣泛的文化翻譯問題。

剛開始研究這個文化翻譯問題時，本人常常被困在怪罪英語讀者和編輯水平低落，這樣的文字和思想深淵。慢慢想，就了解張愛玲自己也曾掉進同樣的黑洞裡。她在其中遊走徘徊探索，直至一個空曠不通的峽谷，發現她無法跨越它抵達中央美國。這就是她緊急停止，轉向，走上另一條道路，回到中文領域的原因。

然而，也許因為我們更享受安逸的生活，當然也是因為她已略述一二，當我們這些追隨張愛玲的讀者站在懸崖邊上俯視那片峽谷時，可以看到岩石斷面上留下的文化痕跡（諸如，縱橫交錯的敘述在現代派主義影響下成為一種被記錄下來並且有生命的藝術，性別在全球背景下的社會文化演變，和冷戰時期複雜的政治發展與變化）。這些都值得進一步解讀。倘若更細心觀察，也許就能發現一條穿越峽谷的小徑。

走上那條小徑是一項文化翻譯的任務，跟文學翻譯迥異，但是建立在文學翻譯的基礎上。這還能算是合理的下一步，原因有二。（一）現在已有四本張愛玲作品的譯本，加上張愛玲自己用英文撰寫的兩本小說，這些作品創造了一個市場，使不少讀者想要更了解她[2]。（二）在這些讀者中，雖然許多僅懂單一語言，甚

2　*Written on Water*（《流言》），Andrew F. Jones 譯（Columbia UP, 2005）；*Love*

至或許來自中央美國，但他們認真、敏銳又富有想像力。他們對張愛玲在文本中所表達的想法、心境、處境的理解與中文讀者不相上下。

例如，以下是在圖書網站 Goodreads.com[3] 上備受好評的讀者評語，關於張愛玲早期小說：

> 這些故事並不僅是關於浪漫理想的愛情，而是那些沉溺於愛情遊戲中的人……閱讀此書你會感到一種痛苦的渴望，一種孤獨之人想要在混亂中找到庇護的那種渴望。

> These are stories not so much about the romantic ideals of love, but people playing with the games of love... In reading these, you feel a painful sense of longing, and a sense of lonely people trying to find a place of refuge in the midst of chaos.[4]

進一步看，這位讀者，網站使用者名稱哈德良（Hadrian），由此可見他對古代英國歷史有興趣（因為哈德良長城是羅馬帝國西北

---

in a Fallen City（《傾城之戀》）（短篇小說集），Karen S. Kingsbury 譯（New York Review Books, 2007）；*Lust, Caution and Other Stories*（《色，戒》）（短篇小說集），Julia Lovell et al. 譯（Penguin, 2007）；*Half a Lifelong Romance*（《半生緣》），Karen S. Kingsbury 譯（Penguin, 2014）；*The Rice-sprout Song*（《秧歌》）（University of California Press, 1998）；*Naked Earth*（《赤地之戀》）（New York Review Books, 2015）.

3　Goodreads 創立於 2006 年，2013 年被亞馬遜遜買下。同年，註冊會員達兩億人。這是一個「社群書目」網站，由讀者建立書目、註解與書評（"Goodreads"）.

4　Hadrian（哈德良），*Goodreads* 讀者，Accessed May 30, 2016.

邊際），果然他列出他收藏的名言，都是來自西方（男性）名人
像柏拉圖（Plato）、伊拉斯謨（Erasmus）、福樓拜（Flaubert）、
卡繆（Camus）和馮內果（Vonnegut）。他最愛書籍類型裡並沒
有亞洲研究。那麼，有這樣一類讀者欣賞張愛玲的作品，可以視
為她的作品在中央美國文學市場可以成功的徵兆。

　　Goodreads還有更廣基（broad-based）的統計資料供應讓我
們參閱，檢視張愛玲作品在英語文學市場的活力。這樣的網站提
供定量數據，譬如：平均星等、評分數量、評語數量、評語星
等。這種數字當然不能被視為定質或真質，但是對比相似的數據
組（比方說，幾本書的讀者回應強度）還是可以為我們提供一些
有價值的觀點。

　　以下表格顯示Goodreads上值得相提並論的四本書的數據[5]：

書名	紅樓夢 The Story of the Stone, Vol. 1 （1974）	傾城之戀 （短篇小說集） Love in a Fallen City （2006）	藍色螺紋線軸 A Spool of Blue Thread （2015）	無聲告白 Everything I Never Told You （2014）
作家	曹雪芹 （譯本）	張愛玲 （譯本）	Anne Tyler 安妮・泰勒	Celeste Ng 伍綺詩
平均星等	4.23	3.96	3.42	3.76
評分數量	1,019	1,069	41,807	93,190
評語數量	99	124	5,796	10,982
評分數量：評語數量	9.7%	11.6%	13.8%	11.8%

5　Goodreads讀者評量統計（2016年5月16日）。

　　這四本書為何值得相提並論？《紅樓夢》，特別是David Hawkes（霍克思）流暢的譯本，是一部經典，但跟張愛玲的《傾城之戀》（短篇小說集）是可比的。*A Spool of Blue Thread*（藍色螺紋線軸）不是翻譯小說，而是受到廣泛推崇、尊敬的美國作家同時也是普利茲獎得主，Anne Tyler（安妮・泰勒）所著作的一部二十世紀小說。泰勒跟張愛玲一樣，對作品的形式與人物心理活動處理極為巧妙，但比張愛玲樂觀許多。此書入圍2015年布克獎（Man Booker Prize），由此殊榮，上市前六個月就售出兩萬冊，做為一本文藝作品，數目不小[6]。《無聲告白》（*Everything I Never Told You*）是華裔美國作家Celeste Ng（伍綺詩）的第一本小說，名列亞馬遜2014年度最佳書籍排行榜第一名，她也榮獲許多其他的獎項。研究美國讀者在不同時期對張愛玲接受度的學者可能會對此書感興趣，因為根據《紐約時報》書評，「這本小說描寫身為開創者的重擔───一種不是每個人都能承受的重擔」[7]。

　　在討論Goodreads讀者評量統計上，中文小說（英文譯本）與美國小說（包括華裔美籍作家所著作品）的顯著相異點之前，讓我們先關注兩點比較重要但可能容易被忽視的相似點：

1. 從星等，評分數量，評語數量來看，曹雪芹跟張愛玲極為相似。

6　O'Brien, Kiera and Sarah Shaffi, "Tyler is Topselling Man Booker Longlisted Title," *The Bookseller*. Sept. 10, 2015. Accessed May 30, 2016.

7　Chee, Alexander. "The Leftovers: Everything I Never Told You by Celeste Ng," *New York Times Sunday Book Review*. Aug. 15, 2014.

當考慮到英語或者中央美國讀者時，我們應該把此謹記在心。張愛玲早期作品大多圍繞清朝中期跟民國初年社會情況的差異，這深深地吸引著中文讀者。但對中央美國的讀者來說，這樣的差異反而沒有中國作家（曹雪芹與張愛玲）與美國作家或者華裔美籍作家之間的差異大。倘若我們的目標是吸引大學課堂以外的英語讀者的話，有效的張愛玲文化翻譯是一個必要的起點。

2. 我認為評語數量跟評分數量的百分比驚人地相似，9.7%跟13.8%範圍不是太大。基本上表示在評分的讀者之中，有大約10%的人願意至少寫幾句話。評分星等只有些許差別，但評分總數跟評語總數量懸殊頗大。

事實上，表格中強調的數據指出，這些書籍統計上最大的差別為近一兩年美國小說的評分數量是過去十年英譯中文小說數量的41到93倍，這是一個驚人的落差。

還有，即使Anne Tyler（安妮·泰勒）的小說（至今已以不同語言、媒體形式出版第三十六版）在下半年度只賣出兩萬冊，售出數量和評分數量的比例就會是1比1。代表每個買書的人都上網評分。對我來說，太不可思議了。

這是作者初步嘗試使用的測量方法來比較以上書籍的讀者回應強度。要用這個方法來計算讀者對某一本書的回應強度比不太容易，因為出版社平常不願意公布這個資料。

但感謝紐約書評公司（New York Review Books）的慷慨相助，我得以提供一些大略的數據，用這種比率分析法來檢視《傾

城之戀》[8]：

1. 2006年出版後的前十八個月，紐約書評公司出版的《傾城之戀》在美國和加拿大售出一萬冊。這可能不是什麼「轟動」[9]的數字，但還是代表市場表現佳，要不然出版社也不會支持《半生緣》的翻譯和出版（2014在倫敦，2016在紐約）。

2. 讀者對《傾城之戀》的回應強度，Goodreads上評分數量與售出數量的比例為1比16。就是說每16個買書人就有一個上網評。這個比率肯定比《藍色螺紋線軸》的比例低多了。但在英譯的中文作品這一塊，表現還算尚可。換句話說，這個比例表示，購買此書的人當中，6%的人受到相當的啟發而在Goodreads上給與評分。雖然這是彈指之勞，但他們應該是發自內心這麼做。我個人認為6%不是慘淡，反而是一個有用的指標，反應了市場真實情況。

再者，假設哈德良（Hadrian）有深度、備受喜愛的書評不是偶然，而是相當具有代表性的回應，這1比16（也就是6%）的「強度比」，還算令人滿意，甚至是一個鼓勵。我瀏覽了這些評語後，受到鼓舞，不僅著手進行以上的分析，也使我更加投入、

8　估算標準為2007和2008年版稅。

9　引用Neary經紀人Jane Dystel的話：「兩萬伍仟冊的銷售量才算轟動。但一萬五千冊就足以讓出版社跟作者繼續簽第二本書約。」

致力於撰寫張愛玲傳記這樣的文化翻譯。我邀請各位看看這124條評論，看它們是否觸動你，使你跟我一樣相信，張愛玲不會一直遭受英語讀者冷落。

卷 4

愛情與歷史

論張愛玲的《少帥》

何杏楓

　　《少帥》（*The Young Marshal*）是張愛玲未有完成的英文歷史小說，以張學良和趙一荻之間的愛情故事作藍本。根據張愛玲致宋淇的書信，《少帥》的創作意念始於1956年，1961年10月張愛玲曾為此書搜集資料而自美訪臺。小說於1963年已動筆寫作，至1964年5月完成全書的三分之二，現存共七章，約二萬三千英文字[1]。小說現存稿的時代背景是1925至1930年，以張學良

---

[1]　有關《少帥》寫作意念和寫作年份，張愛玲在1967年3月24日致宋淇書信說：「少帥故事我自從一九五六年起意，漸漸做到identification〔認同〕地步，跟你們〔宋淇夫婦〕別後也只有一九六三年左右在寫著的時候很快樂。」馮睎乾，〈《少帥》考證與評析〉，載張愛玲，《少帥》（香港：皇冠出版社，2014），頁211。有關現存稿為原來構思之三分之二，張愛玲在1963年6月23日致宋淇書信說：「《少帥》的故事我想寫到三分之二才看得出結構，能告一段落，可以打出來交給Rodell兜售，現在還差幾章。」Rodell為Marie Rodell（瑪莉・羅德爾）為張愛玲在美國的出版代理人。據張愛玲在1964年5月6日致宋淇書信，Rodell在當時已讀到打字稿。「少帥故事寫好的部分他〔指理查德・麥卡錫〕和Rodell看了都不喜歡。」馮睎乾，〈《少帥》考證與評析〉，

抵達南京作結，是張愛玲唯一以歷史為題材的長篇小說。《少
帥》中文版由鄭遠濤翻譯，於2014至2015年間先後在香港、臺
灣和大陸出版[2]。單行本共分四部分，包括宋以朗的「前言」、
《少帥》中文翻譯、《少帥》英文原稿和馮睎乾的〈《少帥》考證
與評析〉。馮睎乾首度引錄和整理張愛玲和宋淇夫婦有關《少
帥》的往來書信，並對《少帥》作了詳細的史料考證和「索隱」
閱讀，提供了重要的研究資料。唯《少帥》單行本出版至今，相
關的回響多為報刊評論，未見深入嚴謹的學術討論[3]。《少帥》為
張愛玲60年代居美時期的創作，在取材和表現手法上跟前後的
創作既相異又相連。小說原稿以英文寫成，一度成為張愛玲在西
方打入英語寫作市場的寄望。《少帥》雖為未完稿，但不論就張
愛玲的創作或華人作家英語寫作的角度來討論，皆具研究價值，
可以展開各種重要且有趣的議題。本文將把《少帥》回置張愛玲
的創作脈絡，並從愛情和歷史的角度闡發文本，探討《少帥》於
張愛玲創作的意義。

頁206、208、261。

2　《少帥》香港、臺灣版於2014年9月，由皇冠文化出版，大陸版則於2015年9
　　月，由北京十月文藝出版。本文所引《少帥》採用香港皇冠版。

3　以《少帥》為題的學術論文，只有吳康茹、王瑩的，〈從虞姬到四小姐——
　　探析張愛玲筆下戰爭中的女性形象〉，《內蒙古師範大學學報》（哲學社會科
　　學版）第45卷，第1期（2016年1月），頁127-130。提及《少帥》的學術期
　　刊論文，另有梁慕靈，〈論張愛玲的離散意識與晚期小說風格〉，載劉石吉等
　　主編，《遷徙與記憶》（高雄：國立中山大學人文研究中心、國立中山大學文
　　學院，2013），頁89-111。有關《少帥》的研究情況，詳見本文第二部分。

一、謎：背叛與震驚

　　《少帥》這部小說，在張愛玲的研究中一直是個謎。翻查資料，最早提及題為「少帥」這篇小說稿的，是司馬新在1996年出版的《張愛玲與賴雅》[4]。書中第七章至第九章，記述張愛玲在1961年10月暫別結婚五年的第二任丈夫賴雅，從三藩市到香港，為電懋公司撰寫《紅樓夢》的電影劇本，以期為家庭經濟開源。司馬新記述張愛玲在臺北中途下機，「準備對她計畫階段中的小說《少帥》做些資料研究」[5]。麥卡錫時任美國駐臺領事館文化專員，特別安排張愛玲跟幾位年輕作家見面，包括王禎和、白先勇、王文興和陳若曦[6]，這次會面，成為了張愛玲「臺灣文學因

4　「她〔張愛玲〕正在計畫一部新英文小說《少帥》（*Young Marshal*）。」司馬新，《張愛玲與賴雅》（臺北：大地出版社，1996），頁142。《張愛玲與賴雅》一書的資料來源主要是司馬新與張愛玲的十年通信、張愛玲寫給賴雅的書信和賴雅的日記，司馬新亦曾訪問賴雅女兒霏絲、張愛玲的弟弟張子靜、麥卡錫和其他相關人物。《張愛玲與賴雅》封底介紹文字如下：「司馬新，上海人，哈佛大學文學博士，目前在加州任股票分析師。曾與張愛玲通訊十餘年，討論她的創作與生活。／為了撰寫本書，作者曾親訪賴雅的女兒，並參閱賴雅的日記，及張愛玲寫給賴雅的書信等。」另見司馬新，〈張愛玲與賴雅·後記〉，《張愛玲與賴雅》，頁273。

5　「張愛玲在臺北中途下機，準備對她計畫階段中的小說《少帥》做些資料研究。」司馬新，《張愛玲與賴雅》，頁147。

6　宋以朗，〈發掘《重訪邊城》的過程〉，載張愛玲，《重訪邊城》（臺北：皇冠文化，2008），頁84。張愛玲曾為這趟臺灣之旅撰寫英文散文 "A Return to the Frontier"（重訪邊城），於1963年3月28日發表在美國雜誌 *The Reporter* 上。按宋以朗的推斷，中文版〈重訪邊城〉是張愛玲在1982年後才開始撰寫。宋以朗，〈發掘《重訪邊城》的過程〉，頁84。此文的中、英文版皆收錄於《重訪邊城》。

緣」的起點[7]。這是張愛玲唯一一次訪臺，她在當時會見的年輕作者，後來都各在文壇獨當一面。

　　張愛玲這趟臺港之旅，在張愛玲研究裡獲得廣泛關注。然而在司馬新以前，各種報導只提到張愛玲為正在創作的小說蒐集材料，未有提到作品題為《少帥》[8]。《張愛玲與賴雅》令《少帥》「浮出地表」，並介紹這本小說的歷史背景為「一九三六年西安事變」，令學者重繪張愛玲美國時期創作的地圖。《少帥》現存稿為全書三分之二，七章的故事背景為1925至1930年，西安事變未有寫入小說。從司馬新的描述來看，他大概未有讀到《少帥》的原稿[9]。但這裡感興趣的，並非司馬新有否看到原稿，而是司馬新對張愛玲以西安事變為題材創作歷史小說的分析。司馬新把西安事變回置於張愛玲的成長歷程，認為此事對當時年方十六歲的張愛玲來說，是「驚天動地的大事」：

7　較早期有關張愛玲「臺灣文學因緣」的論述，見楊澤編，《閱讀張愛玲——張愛玲國際研討會論文集》「輯四・張愛玲與臺灣文壇」。楊澤編，《閱讀張愛玲——張愛玲國際研討會論文集》（臺北：麥田出版，1999），頁413-504。

8　有關張愛玲臺灣之行，最早的報導是吳漢1961年10月26日在《民族晚報》發表的〈張愛玲悄然來臺——忽聞丈夫得病．又將摒擋返美〉，文中未有提及《少帥》。吳漢，〈張愛玲悄然來臺——忽聞丈夫得病．又將摒擋返美〉，轉引自蘇偉貞，〈重回前方，臺灣行：記張愛玲「悄然來臺」〉，《長鏡頭下的張愛玲：影像・書信・出版》（新北：印刻，2011），頁242-245。蘇偉貞書則提到「張愛玲正著手蒐集《少帥》（*Young Marshal*）英文小說資料」。蘇偉貞，〈重回前方，臺灣行：記張愛玲「悄然來臺」〉，頁245。較早期的張愛玲傳記，于青的《天才奇女——張愛玲》和余彬的《張愛玲傳》皆提到臺灣之行，但未有提及《少帥》。見于青，《天才奇女——張愛玲》（石家莊：花山文藝出版社，1992），余彬，《張愛玲傳》（海口：海南出版社，1993）。

9　另一可能以西安事變為故事背景的確是張愛玲創作《少帥》的初衷，小說最後三章會以西安事變作結。

　　這篇小說是以眾所周知的一九三六年西安事變的歷史為背景。一九三六年冬，年輕的軍閥（即小說書名少帥其人）張學良（與張愛玲非親非故）為了迫使蔣介石指揮他所轄的軍隊抵抗日軍的掠奪行徑，綁架了蔣，一時間，整個中國都震驚得目瞪口呆。在釋放蔣的條件經協商一致後，張學良親自陪同蔣介石一起從西安飛往南京，作為悔改的證明以昭示天下。張學良到了南京就被蔣軟禁起來。當時張愛玲十六歲，在這一感受力極強的年齡，一定把西安事變當作驚天動地的大事。如今她決定將這段歷史經戲劇化後寫進她的小說中去，而以少帥和他生活中的兩個女人為主線。[10]

司馬新把《少帥》回置於張愛玲的創作脈絡，並做了一種心理分析：《少帥》是張愛玲對一種「震驚」經驗的閱讀和展現。她把少時所經歷的「世界大事」／後來的「歷史」以「戲劇化」的方式在小說裡重新演繹。

　　這個「震驚」的核心，簡而言之是一次「背叛」：少帥張學良背叛了蔣介石，綁架事故一舉震驚天下。「背叛」一直是張愛玲小說和散文中重複出現的母題，早期小說〈沉香屑：第一爐香〉的葛薇龍背叛了來港念書的初衷、〈色，戒〉裡的王佳芝因背叛了暗殺易先生的使命而化作冤魂。《少帥》寫作的本身，亦背離了「歷史小說」的軌跡，把張學良的「歷史故事」寫成一個「愛情故事」。

---

10 司馬新，《張愛玲與賴雅》，頁147-148。《少帥》現存稿主要寫張學良和趙一荻之間的故事，未有涉及「兩個女人」。

這裡所用「愛情故事」一詞，主要借用張愛玲對《小團圓》的論述，她在1976年1月25日致宋淇信件中說：

> 《小團圓》情節複雜，很有戲劇性，full of shocks，是個愛情故事，不是打筆墨官司的白皮書，裡面對胡蘭成的憎笑也沒像後來那樣。[11]

在這句話裡，「震驚」（shocks）、「愛情故事」和胡蘭成，都連在一處了。這裡所提及的「愛情故事」，在沒有斷句的情況下便直接聯繫到胡蘭成。《小團圓》是一本 "Thinly Veiled" 的自傳體小說，已為宋淇所一語道破[12]。《小團圓》充滿了由胡蘭成帶來的「震驚」，有關的論述已相當豐富[13]。本文所關心的是，《少帥》跟「愛情故事」的關係。《少帥》寫的，無疑是張學良（書中化名陳叔覃）和趙一荻（又名趙四，書中化名周四）的愛情故事，但當中亦不無張愛玲和胡蘭成的身影。

張愛玲在《少帥》裡，彷彿是重回或走進胡蘭成〈民國女子・張愛玲記〉中的時空[14]，重新經歷了一次戀愛的放恣[15]。這是

11　宋以朗，〈小團圓・前言〉，載張愛玲，《小團圓》（香港：皇冠出版社，2009），頁6。

12　宋以朗，〈小團圓・前言〉，頁11。

13　參止庵，〈女作家盛九莉本事〉，載沈雙編，《零度看張——重構張愛玲》（香港：中文大學出版社，2010），頁141-170。

14　胡蘭成〈民國女子・張愛玲記〉所記敘的時空，主要為跟張愛玲相識相悅的1944-1956年。胡蘭成，〈民國女子・張愛玲記〉，《今生今世》（臺北：遠景出版公司，2004），頁272-300。

15　「我以為人在戀愛的時候，是比在戰爭或革命的時候更素樸，也更放恣的。

人生難得的「一撒手」[16]，儘管當事人未必意識得到。值得注意的
是，所謂「民國女子」的愛情，在《少帥》裡並不單純展現為一
種「patent的自傳體小說」（專利的自傳體小說）。本文認為，
《少帥》一書的視野，越過了張胡的情感回顧（或無意識的情感
投影），繼而延展至「個人與集體」、「時空與時代」、「表裡與
真假」、「遊園與戲臺」和「驚夢與生死」等議題，本文將在第
三部分「愛情：民國女子與情書」就此加以論述。

　　除了「愛情故事」，胡蘭成和「震驚」的連結，是在上引的
張愛玲文字裡，另一個可以為本文提供觀察角度的地方。胡蘭成
在〈民國女子〉裡，曾反覆提到張愛玲為他帶來的「震驚」，
如：

> 張愛玲的頂天立地，世界都要起六種震動，是我的客廳今
> 天變得不合適了。[17]
>
> 愛玲極豔。她卻又壯闊，尋常都有石破天驚。[18]
>
> 我總不當面叫她名字，與人說是張愛玲，她今要我叫來聽
> 聽，我十分無奈，只叫得一聲「愛玲」，登時很狼狽，她也
> 聽了詫異，道，「啊？」對人如對花，雖日日相見，亦竟是
> 新相知，荷花嬌欲語，你不禁想要叫她，但若當真叫了出

〔……〕真的革命與革命的戰爭，在情調上我想應當和戀愛是近親，和戀愛一
樣是放恣的滲透於人生的全面，而對於自己是和諧。」張愛玲，〈自己的文
章〉，《流言》（香港：皇冠出版社，1991），頁20。

16 「人生最可愛的當兒便在那一撒手罷？」張愛玲，〈更衣記〉，《流言》，頁76。

17 胡蘭成，〈民國女子・張愛玲記〉，頁273。

18 胡蘭成，〈民國女子・張愛玲記〉，頁288。

來，又怕要驚動三世十方。[19]

「震動」、「石破天驚」和「驚動三世十方」，是胡蘭成在撰寫
《今生今世》時對張愛玲的回憶[20]。文句之中所展示的對張愛玲的
傾慕追懷，充滿著一種對「靈韻」（或譯作「氣息」"aura"）的
崇拜。這裡所謂的「靈韻」，借用自本雅明的有關機械複製時代
的藝術作品的論述。本雅明認為，傳統藝術建立在表達崇拜的基
礎上，藝術作品起源於為巫術或宗教儀式服務，故具「靈韻」的
藝術作品不能完全跟其儀式功能分開。然而，在機械複製的時
代，藝術作品的「靈韻」是凋萎了、是給排擠在外了[21]。

　　張愛玲的創作脈絡固然是機械複製的時代，但透過本雅明的

19　胡蘭成，〈民國女子・張愛玲記〉，頁299。

20　胡蘭成曾在1944年5月發表〈論張愛玲〉和在1945年6月發表〈張愛玲與左
　　派〉。〈民國女子・張愛玲記〉收錄於《今生今世》。據張桂華《胡蘭成傳》，
　　《今生今世》寫於1954至1959年。張瑞芬則記《今生今世》「開筆於1944
　　年，1959年寫成於日本。」《今生今世》上卷於1958年印出後，胡蘭成曾寄
　　到美國給張愛玲，張愛玲回了最後一信，信中未有提及曾否讀過〈民國女
　　子・張愛玲記〉。張桂華，《胡蘭成傳》（臺北：自由文化出版社，2007），頁
　　248、317-318。張瑞芬，〈胡蘭成、朱天文與「三三」〉，《胡蘭成、朱天文與
　　「三三」：臺灣當代文學論集》（臺北：秀威資訊科技，2007），頁35。

21　「我們不妨把被排擠掉的因素放在『氣息』（aura）這個術語裡，並進而說：
　　在機械複製時代凋萎的東西正是藝術作品的氣息。」「傳統藝術語境上的一體
　　性建立在表達崇拜的基礎上。我們知道最早的藝術作品起源於為儀式服務
　　──首先是巫術儀式，其次是宗教儀式。重要的是同它的氣息相關的藝術作
　　品的存在從來不能完全與它的儀式功能分開。」本雅明，〈機械複製時代的藝
　　術作品〉，本雅明著，漢娜・阿倫特編，張旭東、王斑譯，《啟迪：本雅明文
　　選》（香港：牛津大學出版社，1998），頁220、222。

視覺，我們會發現，胡蘭成對張愛玲及其作品的論述，往往在召喚和強調其靈氣和靈韻。當中那種由近於宗教式的崇拜而來的「震驚」和神啟頓悟，比本雅明論述中機械複製時代所帶來的「震驚」似乎有過之而無不及。到底張愛玲有否讀過胡蘭成的「震驚」論，並非這裡關注的重點。本文更感興味的是，張愛玲這個帶來「震驚」的主體，自身又如何面對和展現歷史的「震驚」以至由時局和際遇所帶來的震盪？本文將在第四部分「歷史：鬼魅與霸王」就此加以析論。

二、接受：寫作與回響

張愛玲在1961至1991的三十年間，曾二十次在和宋淇夫婦的通書裡提到《少帥》。這本英文小說的寫作過程，從期盼、失落、掙扎到心灰意冷，於張愛玲是個無可奈何的接受過程。本部分題目中的「接受」有雙重的意涵，其一是張愛玲在重重挫折裡無奈接受以英語寫作和出版之艱難，其二是《少帥》的接受情況。第一個方向把討論回置於張愛玲《少帥》的寫作脈絡，以求了解《少帥》於張愛玲創作的重要性，第二個方向整理《少帥》出版前後所引起的回應和回響，並探討其研究意義。

張愛玲是一個神秘主義者，曾經批命。她在1955年12月18日致宋淇的書上，提到命書說她在1963年會交運（距1955年是八年），信上說：

> 有一天我翻到批的命書，上面說我要到一九六三（！）年才運（以前我了以為一九六〇），你想豈不等死人？「文章憎

命達」那種酸腐的話，應用到自己頭上就只覺得辛酸了。[22]

張愛玲於 1955 年 11 月赴美，同年 12 月的信，以「辛酸」形容人在異鄉的感受。「文章憎命達」，出自杜甫〈天末懷李白〉，意思是有文才者總是薄命遭忌[23]。她在 1961 年 10 月 2 日致宋淇信上第一次提到《少帥》小說，並透露其經濟情況：

> USOA〔美國海外航空公司〕忽然改了時間表，兩星期一次飛港，（據說是因入秋生意清）十月三日一班機改為十月十日。我為了省這一百多塊錢，還是買了十日的票。[24]

張愛玲原打算乘到香港撰寫劇本之便，中途停留臺灣，省卻日後另購機票的費用。航班延後，令行程縮短了。但她為了省一百多塊美元，還是順應改動不另購票[25]。航空公司「入秋生意清」的蕭條冷清蔓延於句。然而這次港臺之行，更令人憂傷的事仍在後頭。張愛玲由王禎和陪同到了臺東後，火車站站長通知他們賴雅再度中風。張愛玲用公共電話跟臺北的麥卡錫聯繫上，隨即取消行程，趕搭時間最近的金馬號汽車到高雄，從高雄搭夜車直赴臺

---

22 馮睎乾，〈《少帥》考證與評析〉，頁 205。

23 杜甫《天末懷李白》：「涼風起天末，君子意如何？鴻雁幾時到？江湖秋水多。文章憎命達，魑魅喜人過。應共冤魂語，投詩贈汨羅。」

24 馮睎乾，〈《少帥》考證與評析〉，頁 203。

25 據司馬新，張愛玲在 1959 年 12 月便曾想到英國海外航空公司（British Overseas Airways Corp.）打聽到香港的機票費用，費用是一千美元。見司馬新，《張愛玲與賴雅》，頁 142。

北[26]。

　　如此把《少帥》回置其創作脈絡，這本英文小說對張愛玲（及其創作）的重要性，便得以突現。60年代的張愛玲正在徬徨尋路，收入來源主要為宋淇安排的香港電影劇本工作和麥卡錫那邊的翻譯工作（另加賴雅每月五十美元的社會福利金和有限的版稅）[27]。在60年代香港撰寫劇本，情況亦跟40年代上海大有分別。在香港電影公司的體制裡，導演地位高於編劇，張愛玲對新晉的導演而言，名氣亦不算大。張愛玲當時把寄望放到英語寫作之上，在50和60年代，她分別在美國、香港和英國出版了三部英語長篇小說——*The Rice-Sprout Song*、*Naked Earth*和*The Rouge of the North*[28]，雖然反應並不理想，但她始終未有放棄以英語寫作[29]。在1957-1964年間，張愛玲正在寫作英文長篇小說《雷峯

26 王禎和在張愛玲訪臺二十五年後，接受了丘彥明的訪問，以作家的語言，形容張愛玲如何臨危不亂，壓著「震驚」，並以優雅的手勢指示在身後排隊的人到另一邊去打電話：「那時打電話，投了錢之後要接線很久才可通到話，公共電話後面有兩個人排隊等著，張愛玲在這個時刻，還能轉身很善意的，不急不躁，慢慢的對那兩人說：『你們去那邊打電話。』一隻手提著電話筒，一隻手指著另一個電話的方向。」王禎和（丘彥明訪問），〈張愛玲在臺灣〉，載鄭樹森編，《張愛玲的世界》（臺北：允晨文化，1989），頁27。

27 司馬新，《張愛玲與賴雅》，頁142。據夏志清，賴雅的社會福利金為五十二元。夏志清編註，《張愛玲給我的信件》（臺北：聯合文學，2013），頁17。

28 Eileen Chang, *The Rice-Sprout Song*（New York: Charles Scribner's Sons, 1955）. Eileen Chang, *Naked Earth*（Hong Kong: Union Press, 1956）. Eileen Chang, *The Rouge of the North*（London: Cassel & Company Ltd., 1967）.

29 據司馬新，為張愛玲出版第一本英文小說的出版社司克利卜（Scribner）不選用她的第二本小說 *Pink Tears*（粉淚，後易名"The Rough of the North"北地胭脂，中文版為《怨女》），對張愛玲造成一個「不小的打擊」，令她沮喪臥

塔》和《易經》[30]。然而從1961-1964這三年間，《少帥》才是她「一切行動」的「中心」（下詳）。張愛玲在1962年2月10日致宋淇的信上重提轉運之事，並熱切期待在1963年完成《少帥》：

> 我很心急要交上六三年的大運——這是瘋話，也是我唯一的精神支柱——所以明年春左右就要完成《少帥》小說。這時機千載難逢，不容錯失，現在已經想奮發工作了。[31]

「心急」和「這時機千載難逢，不容錯失」，充分表現了張愛玲的焦慮和祈盼。然而，到了1964年，她以《少帥》在英語小說界闖出名堂的努力遇上了挫折。她在當年5月6日致鄺文美與宋淇信上說：

> 少帥故事寫好的部分他〔指理查德‧麥卡錫〕和Rodell看了都不喜歡，說歷史太confusing〔混亂〕，Rodell說許多人名完全記不清。我讀到新出的一本中國近代史的書評，說許多人名完全把他搞糊塗了，直到蔣出現才感興趣，所以我早有戒心，自以為特別簡單化，結果仍舊一樣，難道民初歷史根本不能動？三年來我的一切行動都以這小說為中心，現在

病。司馬新，《張愛玲與賴雅》，頁115。據夏志清，「《北地胭脂》後來終於在英國出版，可說簡直沒有一點反應。」夏志清編註，《張愛玲給我的信件》，頁23。

30　宋以朗，〈雷峯塔／易經‧引言〉，載張愛玲，《雷峯塔》（香港：皇冠出版社，2010），頁7。

31　馮睎乾，〈《少帥》考證與評析〉，頁205。

得要全盤推翻，但目前也仍舊這樣過著，也仍舊往下寫著。[32]

這段引文有幾個值得注意的地方：首先，在1961-1964這三年間，張愛玲的「一切行動」皆以《少帥》這部小說為「中心」。其次，Rodell是張愛玲的美國出版代理人，頗能代表英語出版商和讀者的口味，她不喜歡《少帥》，預示了這本書的出版將會困難重重。再者，張愛玲提到《少帥》的寫作策略是「簡單化」，但其努力未有令《少帥》變得明晰易讀。最後是張愛玲雖想到一切要「全盤推翻」，但未有放棄《少帥》的寫作，只仍舊如常寫著，過著日子。

　　然而，夏志清在〈張愛玲與賴雅‧序〉，認為張愛玲嘗試以《少帥》打入英語小說市場，本來就是「大大的失策」：

〔張愛玲〕同賴雅結婚五年仍打不開一條出路，她竟有意以《少帥》為題寫本暢銷書，我認為是大大的失策。（賴雅原是馬列主義的信奉者，很可能覺得張學良劫蔣之舉非常英雄，給她出的主意。）比張愛玲早幾年，林語堂寫武則天，張歆海、黎錦揚各寫賽金花──三人皆英文高手，書都並未暢銷。張愛玲英文雖好，寫西安事變這樣重大的歷史事件，可能力不從心。張學良的風流事跡其實也沒有什麼好寫的。〔……〕好像她從未為此書接洽過出版事宜，書稿想應仍在宋淇夫婦保管的遺物中。[33]

32　馮睎乾，〈《少帥》考證與評析〉，頁208。
33　夏志清，〈張愛玲與賴雅‧序〉，載司馬新，《張愛玲與賴雅》，頁15-16。

夏志清的序寫於1996年3月，當時愛玲已逝，夏公回首往事，自是痛惜。首句中「她竟有意」的「竟」和「大大的失策」，話都說得沉重。在末句看來，夏志清未有讀到《少帥》的原稿，但本文在這裡更關注是以下三點：首先，夏志清做了一個關於中國作家以英語發表歷史人物小說的重要觀察──那便是英文再好，書也「並未暢銷」。夏志清未有解釋「並未暢銷」的原因，但從所舉例子看，題材大概是其中一個考慮點。在他所舉的例子裡，林語堂寫武則天，張歆海和黎錦揚各寫賽金花，題材都是中國歷史人物[34]。其次，夏志清做了一個關於張愛玲寫作能力的衡量，認為西安事變是重大的歷史事件，張愛玲英文雖好，寫來「可能力不從心」。這個「力不從心」，既關乎張愛玲的英語能力（英語畢竟並非其母語），亦關乎西安事變這件歷史事件的重大。他對張愛玲選擇張學良這個歷史／政治人物特別有意見，並把她的「大大失策」歸咎於賴雅，認為賴雅信奉馬列主義，很可能覺得張學良刼蔣之舉非常英雄，給她出主意。夏志清認為張愛玲未必擅於處理厚重的歷史題材，至於從其擅於處理的男女情事出發，夏志清亦認為張學良的風流事跡乏善可陳。

然而，若把夏志清的傳記序言和張愛玲在1966年11月11日致宋淇的信加以對讀，可以得出一次具啟發性的擬想對話。張愛玲的信是這樣的：

---

34 夏志清提到的三本書為：Yutang Lin, *Lady Wu: A True Story* (London: Heinemann, 1957). Chang Hsin-hai, *The Fabulous Concubine* (London: J. Cape, 1957). C. Y. Lee, *Madame Golden Flower* (New York: Farrar, Straus and Giroux, 1960).

　　少帥小說決無希望在臺出版，因為無論怎樣偏重愛情故事，大綱總是那樣，一望而知。我對英文本毫不樂觀，因為民初背景裡人太多是個大問題。也還沒動手寫下去，可以不必擔憂英文本出版而使我自絕於臺灣，至少現在愁不到那裡。要點是終身拘禁成全了趙四。[35]

信的末句一語道出《少帥》的要點：終身拘禁成全了趙四。張學良的風流事跡非但不是「沒有什麼好寫的」，更是選擇張學良為寫作對象的關鍵[36]。香港的陷落在〈傾城之戀〉成全了白流蘇，西安事變則在《少帥》成全了趙四。

35　馮晞乾，〈《少帥》考證與評析〉，頁210。

36　張學良（1901-2001），奉天海城人，奉系軍閥張作霖長子，人稱「少帥」。1915年參加反日反帝國主義二十一條運動。1916年奉父命與于鳳至結婚。1922年參與第一次直奉戰，任鎮威軍第二梯隊司令。奉系戰敗後，張作霖成立東三省陸軍整理處，張學良任參謀長。1924年，參與第二次直奉戰爭，任第三軍軍長。因直系馮玉祥倒戈、吳佩孚戰敗，1925年任京榆駐軍司令，進駐天津。1928年蔣介石北伐，奉軍退回關外。同年張作霖乘火車返奉天途中被日軍炸死，張學良任東三省保安總司令，年底歸附南京國民黨政府。同年認識趙一荻，趙一荻任張學良私人秘書。1930年，與政治顧問端納到南京，受到國民政府熱烈歡迎。1936年，與楊虎城一起發動「西安事變」，扣押蔣介石，逼其聯共抗日，送蔣介石回南京後被軟禁。1946年，被軟禁於臺灣。及後于鳳至赴美治病，蔣介石為免張學良赴美，以張學良信奉基督教，而按教義不可同時與兩位女子保持夫妻關係為由，要求張學良與于鳳至離婚。1964年，張學良與趙一荻舉行婚禮，成為法定夫妻。1990年，張學良重獲自由，並於1994年與趙一荻定居夏威夷。趙一荻與張學良先後於2000年和2001年逝世。參張友坤、錢進主編，《張學良年譜》（上、下）（北京：社會科學文獻出版社，1996），張學良口述、唐德剛著，《張學良口述歷史》（臺北：遠流出版社，2009）。

　　以上夏志清、宋淇和張愛玲有關《少帥》的討論，帶出了兩個重要的議題：其一是《少帥》可以如何聯繫到張愛玲的上海時期創作和往後的作品，其二是英語寫作的問題。《少帥》以英文寫成，固然可以跟其英文創作《易經》（*Book of Change*）、《雷峯塔》（*The Fall of the Pagoda*）組成以英文創作的「自傳三部曲」。然而本文認為，若把《少帥》回置於張愛玲的中文創作脈絡，會發現張愛玲作品中各種跨越寫作語言的聯繫和呼應。如上所述，《少帥》在題旨上可視為張愛玲的早年創作〈傾城之戀〉的一個變奏，跟〈金鎖記〉和《怨女》的擴充重寫和「迴旋與衍生」可以兩相對照[37]。另一方面，《少帥》跟寫於70年代並於2009年出版的《小團圓》亦關係密切，兩書有不少句子和意象上的重疊（詳見本文第三部分）。

　　《少帥》自2014年出版至今，仍未見深入嚴謹的學術專論，跟其翻譯性質不無關係。《少帥》以英文寫成，現存中文版本為他譯稿，造成了研究上的困難[38]。關於《少帥》的接受情況，現存評論皆為中文資料。就所收集的評論資料所見，中國大陸的評論約共二十五篇，分析重點大多在其自傳性，評述的角度傾向負面[39]；臺灣的評論約五篇，其中李焯雄討論到張愛玲在異鄉以英

37　王德威曾以「重複、迴旋與衍生的敘事學」討論張愛玲的自譯和重寫。王德威，〈張愛玲再生緣——重複、迴旋與衍生的敘事學〉，載劉紹銘、梁秉鈞、許子東編，《再讀張愛玲》（香港：牛津大學出版社，2002），頁7-18。

38　本文為方便論述，把《少帥》的英文原文和中譯本並列，以作細讀。有關各種英語寫作和翻譯問題，將另文處理。

39　見吳康茹、王瑩的，〈從虞姬到四小姐——探析張愛玲筆下戰爭中的女性形象〉，頁127-130。除這篇以外，其他在中國大陸發表的論文主要為報刊評論

語寫作的困難[40]；香港的評論約十篇，主要為筆調輕鬆的報刊專欄文章[41]；美國報導一篇，認為張愛玲輕視了張學良[42]。綜觀現存評論，有關《少帥》的分析重點主要圍繞以下幾項：小說的自傳性、張愛玲的雙語寫作、小說中的性描寫[43]、《少帥》與張愛玲整體創作風格的關係。有關《少帥》的自傳性，馮睎乾在〈《少帥》考證與評析〉中有細緻深入的分析。他認為「《雷峯塔》、《易經》和《少帥》才是張愛玲六〇年代的『自傳』三部曲。七〇年代她寫《小團圓》，坦蕩蕩講她與胡蘭成的故事，已經豁出去了，於是那部未完的，『影射』自己的《少帥》便難免成為雞肋。」[44]文章更進一步指出：

文章，分析的角度傾向批評，如佚名，〈如果作者不是張愛玲《少帥》則是失敗之作〉，《汕頭特區晚報》，2015 年 10 月 29 日。劉憶斯，〈失敗的「政治＋愛情」〉，《晶報》，2014 年 11 月 2 日。

40　李焯雄，〈張，愛琳（張愛玲）：誰？什麼？為什麼？〉，《聯合報》（副刊），2015 年 10 月 2 日。其他評論還有周芬伶，〈張愛玲糾結〉，《聯合報》（副刊），2015 年 9 月 8 日。周芬伶認為「有人說《易經》、《雷峯塔》敗在英文、重複、變態……也有人以『晚期風格』為她緩頰，我卻覺得是敗在急功近利，又高估自己與讀者。」

41　如馬家輝，〈迷信者，張愛玲〉，《明報》，2014 年 10 月 20 日。林超榮，〈最多產的死後作家〉，《明報》，2014 年 10 月 22 日。

42　章詩依，〈被張愛玲輕視的英雄〉，《紐約時報中文網》，2014 年 10 月 20 日。

43　「《少帥》僅 3 萬字的殘稿，性描寫卻不下 10 處。但此時的張愛玲已顯現出不同於早期言情小說特質的另一重氣象：她敢於把性寫得像死亡，並用上了榮格的集體潛意識和象徵手法。」歐陽春艷，〈這是張愛玲眼中的張學良往事還是她本人的又一部隱秘自傳？〉，《長江日報》，2015 年 11 月 3 日。

44　馮睎乾，〈《少帥》考證與評析〉，頁258。

在《少帥》的世界裡，張愛玲既是神遊於軍閥間的愛麗絲，也是迷倒大英雄的洛麗塔，更是被歷史成全了婚姻的趙一荻，灰撲撲的人生在剎那間幻化成紅的藍的童話故事。在這樣一部難產的小說裡，她至少開闢了一個平行宇宙，在那裡她過著不一樣的人生，異常快樂──這種快樂也特別叫人傷心。[45]

《少帥》自傳之謎和未完／圓之恨，彷彿都於馮文詳盡的歷史考證中消解了。目前的資料雖未見討論《少帥》的學術專文，但既然謎團已解，這部殘卷還有什麼討論方向呢？陳子善在〈紀念張愛玲逝世20週年系列活動：《少帥》簡體版首發式〉中的話，或可帶來一些啟示：

〔《少帥》〕句子都很短，句子連接當中給讀者留下很多思考的空白，你仔細讀它很多對話，一不留意就可能搞錯。到底這句話是趙四小姐講的還是少帥講的，給你邊閱讀邊思考的空間，這種表述在以前作品當中比較少見。我覺得如果從文學層面來看這個作品的話，它提供了一些我們以前不熟悉的東西，涉及張愛玲後期小說的總體風格。[46]

---

45 馮睎乾，〈《少帥》考證與評析〉，頁259。

46 宋以朗、陳子善和止庵，〈紀念張愛玲逝世20週年系列活動：《少帥》簡體版首發式〉，《今日頭條》網站，2015年10月30日，網址：http://toutiao.com/i6211373770672144898/。三位對談者為宋以朗、陳子善和止庵。

本文感到興趣的，正是《少帥》中那些「我們以前不熟悉的東西」。《少帥》的文本固然處處閃現著張愛玲的身影，但那種短句和密度，是《少帥》之前和之後作品少見的。《少帥》的行文看似平白鬆散，但正因為以短句寫成，張式金句不得見，故此小說的章法便更為重要。

本文關注的，是《少帥》中七寶樓臺拆碎下來不成片段的整體感，那種未能以「穿插藏閃」概念加以概括的細節編織和線索開展。下文將從文本細讀出發，嘗試以小說藝術的角度探討《少帥》如何處理愛情和歷史的議題，並會在文末重讀張愛玲的少作〈霸王別姬〉，以作對照。

三、愛情：民國女子與情書

《少帥》原稿的英文十分簡潔，譯成中文節奏亦明快。小說的第一章，已涉及前後兩天的場景，中間夾雜著四小姐的童年回憶。然而在簡明的句子和清晰的時空跳接的背後，小說開首的五頁開展了統攝了各現存章節的重要議題，當中包括了個人與集體、時空與時代、表裡與真假、遊園與戲臺、驚夢與生死。

《少帥》是由一個「謎」開始的，小說的第一段是：

> 府裡設宴，女孩子全都走出洋臺看街景。街上有個男人把一隻紙摺的同心方勝兒擲了上來。她們拾起來拆開讀道：「小姐，明日此時等我。」（頁9）

「同心方勝兒」是指兩斜角摺成菱形花樣的方形信箋，古代民間

常如此寄情書，象徵同心[47]。「同心方勝兒」是一個愛情意象，誰把方勝擲上來，到底要把情書傳遞給誰，這一切都是個謎。這裡唯一可以肯定的，是時間，約會的時間是「明日此時」，即二十四小時後。情書只有八個字，收件人是「小姐」。「有個男人」把情信逆著地心吸力擲上來，囑「小姐」等他。在這裡，「等」是一個關鍵詞，《少帥》是由等待開始的。

這一封情書和一次等待，牽繫著一對情人，也牽繫到在場的所有女孩子。個人和集體，是小說開局一個值得注意的地方。小說的首句「府裡設宴，女孩子全都走出洋臺看街景」，就涉及一種集體行動和空間轉移。小說第一章的地點設置是帥府。「府裡設宴」，指涉的是內部的宴客空間，「女孩子全都走出洋臺看街景」，突現了女孩子的出走，她們作為一個集體，都想要離開室內的男性聚會，到洋臺看街上的風景。

這裡讓人感到興味的是，室內的男性聚會和介乎室外與室內的洋臺風景，到底有什麼不同？關於室內的男性聚會，小說的第二章有更仔細的描寫：「裡頭一屋子圍在大紅桌布前的豬肝色的臉，有些人面無笑容，站著狂吼，或勸酒或推辭，或邀人划拳，這種屬於男性的儀式於她一向既怪誕，又完全無法理解」（頁25）。帥府的宴會，進行著「男性的儀式」，四小姐「完全無法

47　王實甫《西廂記》第三本・第一折：「不移時，把花牋錦字，疊做個同心方勝兒。」《喻世明言・卷二三・張舜美燈宵得麗女》：「那女子回身捽袖中，遺下一個同心方勝兒。舜美會意，俯而拾之。」《警世通言・卷二十三・樂小舍棄生覓偶》：「樂和將此詩題於桃花箋上，摺為方勝，藏於懷袖。」這句的英文原作："A man down below tossed up a sheet of paper folded into a twin-hearts knot sheet." 見張愛玲，《少帥》，頁100。

理解」。張愛玲小說中的洋臺，很多時候是個連接居室空間與外部都市空間的意象[48]。都市在《少帥》裡基本上缺席，女孩看到的「街景」，是「街上有個男人把一隻紙摺的同心方勝兒擲了上來」。如果同心方勝兒象徵著愛情，這群女孩子的關注，便是誰人得到了愛情。小說以一個集體展現她們的關注，並以「一群人」和「一代人」作概括：

> 　　一群人蜂擁著跑回屋裡。她們是最早的不纏足的一代，儘管穿著緞鞋，新式的「大腳」還是令她們看起來粗野嘈鬧。
>
> 　　「肯定是給你的。」她們把紙條傳來傳去。
>
> 　　「瞎說，怕是給你的吧。」
>
> 　　「這麼多人，怎麼偏偏就我了？」
>
> 　　「誰叫你這麼漂亮？」
>
> 　　「我漂亮？是你自己吧。我壓根兒沒看見是怎樣的一個人。」
>
> 　　「誰又看見了？大家跑起來我還不知道是為什麼。」（頁9）

這段敘述和對話有兩個重點：一是「她們是最早的不纏足的一代」，彷彿是走向了五四的自由愛戀，但大腳令她們看起來「粗野嘈鬧」，雖然穿著緞鞋，也難顯貴氣。二是愛情的來臨，跟美貌是相關連的。因為那個女孩「漂亮」，「她們」就認定字條是給她的。小說以「她們留下來過夜」作時空的轉折，在首頁的下

---

48 參吳曉東，〈貯滿記憶的空間形式──「陽臺」與張愛玲小說的意義生產〉，載樊善標、危令敦、黃念欣編，《墨痕深處：文學・歷史・記憶論集》（香港：牛津大學出版社，2008），頁411-438。

半為民國女子做了一個像：

> 次日那鐘點，女孩子們都說：「去看看那人來了沒有。」
> 她們躲在一個窗戶後面張望，撅著臀部，圓鼓鼓的彷彿要脹
> 破提花綢袴，粗辮子順著乳溝垂下來。年紀小的打兩根辮
> 子，不過多數人是十八九歲，已經定了親等過門。她們對這
> 事這樣興沖沖的，可見從來沒愛過。那種癡癡守望一個下午
> 的情態，令四小姐有點替她們難為情。那男人始終沒來。
> （頁9）

民國女子作為一代人、一個集體，在約定的時候等候不來的果
陀，重點不在於現代文明和戀愛自由，而在其「癡癡守望」的
「情態」。張愛玲所寫的這個「情態」，是一種「躲在一個窗戶後
面張望」的羞怯與好奇。在體貌上，十八九歲的女孩，身體開始
發育，要脹破提花綢袴。雖然家裡給安排了親事，但對情書的
「興沖沖」昏了腦的熱情令敘事者得出「可見從來沒愛過」的結
論。「令四小姐有點替她們難為情」一句，一方面突現了四小姐
作為事件的「見事者」，另一方面亦藉著寫出她的觀察與感受，
把她從「集體」分隔開來，成為一個主角或突異個人。這個主角
因為年紀尚小，只十三歲，所以避過了其他女孩的猜疑，連分辯
的需要也不存在，她「只笑嘻嘻的，前額劉海黑鴉鴉遮住上半張
臉」（頁9）。這種猶抱琵琶半遮面的形象，因「笑嘻嘻」而顯得
單純。事實上，《少帥》作為一個以歷史為題材的小說，整體也
是透過四小姐這種「笑嘻嘻」的「半遮面」的形象來見事和敘
述。這種模糊不清和充滿不理解的角度，跟以下一句關於四小姐

的陳述形成對照：「她自己情竇早開」（頁9）[49]。四小姐就是在這種「情竇早開」而不為人知的情況下，在宴會裡給朱家五小姐差使去找少帥：

> 跑出了人叢，她便逕直去尋找少帥。到了外面男人的世界，她要當心碰見她父親或是異母的哥哥，貼著牆壁行走，快步躲閃到盆栽後，在迴廊上遊蕩，裝做不知道自己在哪裡。在燈光下，院子裡果樹上的一大蓬一大蓬蒼白的花影影綽綽。傳菜的僕役從垂著簾幕的門洞進進出出。到處人聲嘈嘈，絲竹裡盈耳。她是棵樹，一直向著一個亮燈的窗戶長高，終於夠得到窺視窗內。（頁13）

這段引文是《少帥》第一章的收束，四小姐這個跑出人叢、逕直去尋找少帥的姿態，有種一往無前的氣度。尋找少帥，同時是尋找愛情和希望。四小姐眼中少帥的形象是這樣的：

> 帥府大少爺自己就是軍官，有時穿長衫，有時著西裝，但是四小姐最喜歡他一身軍服。穿長衫被視為頹廢，穿西裝一副公子哥兒模樣，再不然就像洋行買辦。軍服又摩登又愛國。兵士不一樣，他們是荷鎗的乞丐。老百姓怕兵，對軍官卻是敬畏。他們手握實權。要是碰巧又年青又斯文，看上去就是國家唯一的指望了。（頁10）

---

49 英文原文是："She herself had been in love a long time." 見張愛玲，《少帥》，頁101。

在這裡，愛情和國家是相關連的。四小姐對少帥的傾慕，源於他代表著「國家」的指望，「軍服又摩登又愛國」。有趣的是，張愛玲同時強調了表裡的落差，少帥只是「看上去」等同「國家唯一的指望」，此中反諷，也提供了四小姐和隱身敘述者的雙重觀點。在這段引文裡，另值得注意的地方是：跟軍裝少帥並存的，是穿長衫的頹廢少帥和穿西裝的公子哥兒洋行買辦少帥。若從自傳小說的角度閱讀，把胡蘭成和張學良的形象加以比併，便可照見胡蘭成既為君子亦為浪蕩子的形象[50]。

四小姐要尋找少帥，便得走到「外面男人的世界」。在小說裡，男性世界和女性世界是涇渭分明的：「老帥去年入關，賃下一座前清親王府。偌大的地方設宴請客，盛況媲美廟會，涼棚下有雜耍的，說書的，大廳裡唱京戲，內廳給女眷另唱一齣」（頁11-12）。到了「外面男人的世界」，她要當心碰見她父親或是異母的哥哥。這種「當心」，轉化成「貼著牆壁行走」的姿態，「快步躲閃到盆栽後，在迴廊上遊蕩，裝做不知道自己在哪裡」。在這兒，「裝做」不知道固然有種表裡與虛實的玩味，「躲閃」亦呼應著先前一群女孩子「躲在一個窗戶後面張望」的情貌。但值得注意的，是「迴廊遊蕩」和貼牆行走。

關於「迴廊遊蕩」，《少帥》寫四小姐到帥府，頗有種走入大觀園之感——「她自覺像個鄉下來的表親」（頁12）。在那座前清親王府裡，「近半的院落開著一桌麻將，後半夜還放焰火。

---

50 胡蘭成既為君子亦為浪蕩子的形象，參王德威文，呂淳鈺譯，〈情之「真」，情之「正」，情之「變」：重讀《今生今世》〉，《印刻文學生活誌》第5卷，第8期（2009年4月），頁164-174。

她四處逛著，辮子上打著大的紅蝴蝶結，身上的長袍是個硬邦邦的梯形，闊袖管是兩個扁平而突兀的三角形，下面晃著兩隻手腕，看著傻相。」（頁12）這種遊園驚夢之感，在小說的第三章更為強烈：

> 在陳家的這些熱鬧中常常會有這麼的一刻，盛大的日子在她身邊蕩蕩流過，平滑中略有起伏，彷彿一條太陽曬暖的大河，無論做什麼事都會辜負這樣的時光。那些戲她全都看過了，最好的男旦壓軸才上場。那丑角揮著黑扇子念出一段快板獻壽，誰也不去聽他。她跟著另外幾個女孩子瞎逛。洛陽牡丹盆栽——據說是用牛奶澆灌的——疊成的一座假山，披掛著一串串五彩電燈泡，中間擺得下一張飯桌。今天變魔術的是個日本女人，才在上海表演過的，想必精采。（頁29）

張愛玲曾說，《小團圓》是「一個熱情故事」[51]。同以熱作形容，《少帥》可以說是一部「熱鬧之書」。大觀園裡盛大的日子蕩蕩流過，一切重複而無新意。洛陽牡丹用牛奶澆灌，但用處只在「疊成的一座假山」，鮮奶都凝固。假山掛著一串串五彩電燈泡，奇異的是中間騰空了位置，可以安放一張飯桌。一切都彷彿是變魔術，碰巧在那天的「現時」，魔術由剛在上海表演過的女人來變，於是日本、上海、北京，空間都魔術似的摻雜到一處。引文裡最後的「想必精采」可圈可點，那是四小姐的劉姥姥式想像，還是敘述者的形容呢？魔術「想必精采」，那便無負「彷彿

---

51 見張愛玲1976年4月22日致宋淇信。宋以朗，〈小團圓‧前言〉，頁10。

一條太陽曬暖的大河」的時光吧！

關於「貼牆行走」，小說有兩個地方提到類似的姿態。第一個是在第一章裡，四小姐回憶到兒時家裡的戲臺：

> 她在親戚家看過許多堂會，自己家裡的也有。不比散發霉味的戲園子，家裡是在天井中搭棚，簇新的蘆席鋪頂，底下一片夏蔭。剛搭的舞臺浴在藍白色的汽油燈光線下，四處笑語喧喧，一改平日的家庭氣氛。她感到戲正演到精采處而她卻不甚明白，忍不住走到臺前，努力要看真切些，設法突出自己，任由震耳的鑼鈸劈頭劈腦打下來。她會兩隻手擱在臺板上，仰面定定地瞪視。女主角站在她正上方咿咿呀呀唱著，得意洋洋地甩著白色水袖，貼面的黑片子上的珠花閃著藍光。兩塊狹長的胭脂從眼皮一直抹到下巴，烘托出雪白的瓊瑤鼻。武生的彩臉看上去異常闊大，像個妖魔的面具，唱腔也甕聲甕氣，彷彿是從陶面具底下發出聲音。他一個騰空，灰塵飛揚，四小姐能聞到微微的馬糞味。她還是若有所失。扶牆摸壁，繞行那三面的舞臺。前排觀眾伸出手，護著擺在腳燈之間沏了茉莉香片的玻璃杯。在戲園裡，她見過中途有些人離開包廂，被引到臺上坐在為他們而設的一排椅子上。他們是攜家眷姨太太看戲的顯貴。大家批評這是粗俗的擺闊，她倒羨慕這些人能夠上臺入戲；儘管從演員背後並不見得能看到更多。（頁 10-11）

這段引文有多個地方值得細讀。第一是家居空間的變動：天井中搭了舞臺，「自己家裡」像魔法一樣頓變「堂會」，「四處笑語喧

喧，一改平日的家庭氣氛」。第二是那個從〈傾城之戀〉走過來的狹長胭脂和瓊瑤鼻花旦。花旦是我們所熟悉的，但武生不是。這裡寫武生，外貌是「彩臉看上去異常闊大，像個妖魔的面具」，聲音是「唱腔也甕聲甕氣，彷彿是從陶面具底下發出聲音」。第三是四小姐觀戲的入迷。她入迷的原因，是「女主角站在她正上方咿咿呀呀唱著，得意洋洋地甩著白色水袖，貼面的黑片子上的珠花閃著藍光」。女主角的「得意洋洋」，令四小姐一心靠近。她雖然對戲「不甚明白」，但「忍不住走到臺前，努力要看真切些」。她為了「突出自己」、感覺到自己與戲中人的相連，付出種種代價，包括任由震耳的鑼鈸劈頭劈腦打下來，又聞到武生騰空時翻起的灰塵和馬糞味。然而四小姐並未因此而滿足，她還是「若有所失」。

　　第四個值得注意的地方，是四小姐那種「兩隻手擱在臺板上，仰面定定地瞪視」和「扶牆摸壁，繞行那三面的舞臺」的姿態和動作。仰視、崇拜和觸摸，把一個臺下觀眾召喚到劇情之中，這是我們所熟悉的，〈色，戒〉裡的王佳芝，就是這樣走上間諜的舞臺。但《少帥》的這段引文，把四小姐和戲臺的距離來回拉動：她見過有觀眾中途離開包廂，被引領到臺上坐在為他們而設的一排椅子上。大家都批評這些顯貴及其家眷姨太太粗俗擺闊，但四小姐倒羨慕這些人能夠上臺入戲，「儘管從演員背後並不見得能看到更多」。這裡從仰望主角到窺見加入戲臺的機會，從顧忌閒言到羨慕置身主角身後而成為疊影的顯貴，再意識到坐在演員背後其實不能看到戲臺更多，甚或未能跟上劇情，中間可是千迴百折。「不見得能看到更多」，也不落實是看更少，而在作為觀看主體與跟演員重疊而成為被看客體之間，四小姐明顯選

擇了後者，亦即甘心樂意放棄觀看的自主而享受被看的虛榮。

　　馮睎乾談《少帥》的自傳性，認為張愛玲最初也許是一心想寫歷史小說，但愈寫便愈入戲，結果粉墨登場，把和胡蘭成的種種情事都寫到裡面，躍身到歷史舞臺上[52]。在現實人生中，胡蘭成亦曾在〈民國女子・張愛玲記〉為張愛玲造過一個「佳節良辰上了大場面」的形象：「她〔愛玲〕的自私是一個人在佳節良辰上了大場面，自己的存在分外分明。」[53]在胡蘭成看來，現實裡的張愛玲，本來就是落落大方的活在場面上頭，自己的存在了然於心，沒有仰望與羨慕，更無須攀附隨行。

　　在《少帥》的這段引文裡，還有一個重要的意象，那是「擺在腳燈之間沏了茉莉香片的玻璃杯」。這個「茉莉香片的玻璃杯」是我們所熟悉的，那是從「一壺茉莉香片」裡倒上的一杯茶。值得注意的是，這杯茶現在擺在腳燈之間，分隔了觀眾和戲臺。這個小小的道具，突顯了戲臺的虛構和虛幻。這個虛幻如玻璃杯，很容易被打破，正如年輕女孩很容易便不辨真幻，因虛榮心而給召喚到舞臺上。「前排觀眾伸出手，護著擺在腳燈之間沏了茉莉香片的玻璃杯」，這個句子，暗示了小說中清醒意識的似無還存。護著玻璃杯的這個動作，維護著舞臺的界限，也銘刻了真假的界線。

　　如果說《少帥》的敘述語是故作天真，那麼往後《小團圓》的敘述便是明目張膽的滄桑老練。把兩部小說裡相近的句子和意象加以並讀，對了解張愛玲自傳體小說風格的演變以至張愛玲人

52　馮睎乾，〈《少帥》考證與評析〉，頁258。

53　胡蘭成，〈民國女子・張愛玲記〉，頁277。

生文本中的成長經歷，都可以帶來啟示。在前文所引《少帥》第
一章的結尾，有一個樹的意象：

　　在燈光下，院子裡果樹上的一大蓬一大蓬蒼白的花影影綽
　綽。傳菜的僕役從垂著簾幕的門洞進進出出。到處人聲嗡
　嗡，絲竹裡盈耳。她是棵樹，一直向著一個亮燈的窗戶長
　高，終於夠得到窺視窗內。（頁13）[54]

這段引文緊接著四小姐外出尋找少帥，貼牆行走並在迴廊遊蕩的
片段。引文把她比喻成一棵生長著的樹，直向著一個亮燈的窗戶
長高，終於夠得到窺視窗內。在《小團圓》第六章的結尾，樹的
意象再次出現：「她〔九莉〕像棵樹，往之雍窗前長著，在樓窗
的燈光裡也影影綽綽開著小花，但是只能在窗外窺視。」[55]對讀之
下，我們發現樹雖然同樣在生長，最終同樣可以窺見到窗內，但
在表達的語調和背後的感情卻有所不同。《少帥》裡是「終於夠
得到」窺視窗內，但《小團圓》是「只能」在窗外窺視，當中充
滿了無奈和身在窗外的阻隔之感。這大概就是張愛玲自傳體小說
發展的軌跡：「完全幻滅了之後也還有點什麼東西在」[56]，而那個
什麼東西，便是一個只能如此。

---

54 英文原文是：“She was a tree growing toward a lighted window all her life, at last
　 tall enough to peer in.” 見張愛玲，《少帥》，頁106。
55 張愛玲，《小團圓》，頁220。
56 張愛玲，《小團圓》，頁10。

四、歷史：鬼魅與霸王

　　張愛玲有關歷史的引文，最為人熟悉的，要數〈燼餘錄〉裡的這一段：

> 　　我沒有寫歷史的志願，也沒有資格評論史家應持何種態度，可是私下裡總希望他們多說點不相干的話。現實這樣東西是沒有系統的，像七八個話匣子同時開唱，各唱各的，打成一片混沌。在那不可解的喧囂中偶然也有清澄的，使人心酸眼亮的一剎那，聽得出音樂的調子，但立刻又被重重黑暗上擁來，淹沒了那點了解。畫家、文人、作曲家將零星的、湊巧發現的和諧聯繫起來，造成藝術上的完整性。歷史如果過於注重藝術上的完整性，便成為小說了。[57]

在這段引文裡，張愛玲提出了對歷史家和藝術家的不同期望。張愛玲對歷史家的期望，是多說點不相干的話。至於藝術家（畫家、文人、作曲家）的責任，則是把那些「零星的、湊巧發現的和諧聯繫起來，造成藝術上的完整性」。要求歷史家多說不相干的話，原因是現實本來就是「沒有系統的」。

　　《少帥》作為歷史小說，加插了種種軼聞，可以說是體現了張愛玲的歷史觀。有關小說中史料的來源，馮睎乾已作了詳細的考證。本文更感興趣的是，《少帥》如何看歷史、如何呈現歷史，又展現了怎樣的歷史。《少帥》第二章寫政治顧問羅納和記

---

57 張愛玲，〈燼餘錄〉，《流言》，頁41。

者貴甫森・甘的對話，便有故事外敘述者以超然的視覺說了這一句關於現代史的話：「現代史沒有變成史籍，一團亂麻，是個危險的題材，決不會在他們的時代筆之於書。真實有一千種面相。」（頁19）這段話把「現代史」和「史籍」分論，現代史是日常生活裡正在發生、或正在進行中的「現實」。〈燼餘錄〉形容這個「現實」是沒有系統的，「像七八個話匣子同時開唱，各唱各的，打成一片混沌」，非常喧囂。《少帥》則把這個現實／現代史比喻成「一團亂麻」，是個危險的題材，不容小說家以至歷史家觸碰。那樣人可以如何接近事實或當前發生中的歷史呢？以下的引文可以帶來啟示：

> 羅納重新埋首於他的冷牛排。講完某個長故事便冷不防拋出一個問題，是他的慣伎。聽者一旦沉浸到安全感之中，爭取注意的天性往往會浮現，答案因而更可能接近事實。（頁20）

這裡的邏輯是，人只要可以沉浸在安全感裡，便會因想爭取注意而說實話，令人更可能接近事實。換句話說，現代史的不能觸碰，正因為人的不安。

如果要形容小說《少帥》和歷史的關係，那正是一種極為不安的關係。在1966到1982年間，張愛玲曾多次在書信裡向宋淇表示此書的題材犯禁：「少帥小說決無希望在臺出版，因為無論怎樣偏重愛情故事，大綱總是那樣，一望而知。我對英文本毫不樂觀，因為民初背景裡人太多是個大問題」[58]，「少帥小說想想總

---

58 1966年11月11日張愛玲致宋淇書。馮晞乾，〈《少帥》考證與評析〉，頁210。

是不妥，既然如此只好放棄了」[59]，「因為無論怎樣偏重私生活，難免涉及大局」[60]。宋淇的回應也是「你的那篇小說不寫也罷，給你一說，我才了解到牽涉如此之大」。這裡提到所牽涉者，包括了西安事變和對中共的印象。

在這種「歷史不安」的情緒下，小說裡的歷史不停被男女主角的談情對話所入侵，又或可以說，是談情片段和歷史軼聞的鋪敘互為入侵。小說第五章寫少帥到周府探望四小姐，兩人談到東北的仗和徐昭亭（現實中的徐樹錚）被殺的事：

> 「徐昭亭，」他望著別處咕噥道。又是一個不需要她記住的人名。「馮幹的。」
> 「在火車上。」
> 「嗯，我差點坐了同一趟車，」他帶笑說。
> 「啊？」他的另一個世界，那個由無數難記的人名和沉悶的政治飯局匯聚而成的大海，突然波濤洶湧地淹沒了房間。
> （頁54-55）

這段引文的末句由四小姐的感知出發，把政治人物的名字和沉悶的政治飯局比喻為大海，突然淹沒了安穩的談情空間。然而，徐昭亭遇刺之事，比小說中其他軼聞是切身多了，因為少帥說他差點就坐上同一趟車。然而，少帥的話仍經常為心不在焉的四小姐所打斷。四小姐想的是什麼呢？她會問「是不是要打仗了」（頁

59　1966年12月5日張愛玲致宋淇書。馮睎乾，〈《少帥》考證與評析〉，頁210。
60　1982年3月10日張愛玲致宋淇書。馮睎乾，〈《少帥》考證與評析〉，頁214。

54），會留意到「他把皮帶掛到床闌干上，手鎗的皮套與金環暗的球根狀鐵枝對襯，恍若夢境。」（頁55）

「夢境」和不真實的感覺，籠罩著小說裡歷史和當下現實，並演化為種種湮遠歷史、聊齋奇談以至廢墟情調。小說的第四章就寫到明朝建的鐘樓：

> 從黃昏開始，鼓樓每隔半個鐘點擂八下鼓。鐘樓隨即響應，宣告夜晚與道德宵禁的來臨。
>
> 「我以前居然沒注意到。」她說。「聽上去像古時候。」
>
> 「鐘樓是明朝建的。」
>
> 「我們為什麼還要這樣？現在已經有時鐘了。」
>
> 「可不是嗎？民國建立十五年了，還是什麼都沒有變。」
>
> （頁43）

鐘樓定時而響，彷彿從明朝到民國十五年皆沒有改變。這種時間的停頓和無日無夜的綿延感覺，令少帥聯想到陰間：

> 「不知為什麼，你剛才像一個鬼。」
>
> 「哪一種鬼？」
>
> 「尋常的那種。有男人迷了路，來到荒郊野外的一幢大宅前，給請進去跟漂亮的女主人吃晚飯。共度一宵後，他走出宅外回頭一看，房子沒有了，原先的地方只有一座墳山。」
>
> 可見他跟她一樣害怕這道門內的一切都是假的。
>
> 有一種無日無夜的感覺，只有一個昏暗的黃褐色太陽，好像在陰間。（頁46-47）

鬼的意象，除了以中國傳統聊齋女鬼的形象出現，還表現為一種西方式的鬼屋。小說第五章的開首寫少帥到周府探望四小姐：

〔四小姐〕見到他仗著權勢施展穿牆過壁的魔法，她禁不住興奮。在這個房間見到他，有一種異樣的感覺——這裡於她早已經太小了，近乎破落，只有童年的頹垣敗瓦散滿一地。但是她慶幸可以打破咒語，不再受困於他們的鬼屋。他們出來了，這裡是日常世界。在這房間裡她曾經對他百般思念，難道他看不出？常有時候她夜裡從帥府的壽宴回來，難得看到他一眼，然而感受卻那麼深刻，那麼跟她的舊房間格格不入，以致她只能怔怔望著窗子，彷彿在聽音樂。微弱的燈光映在黑漆塗金木框內空空的黑色窗格上，泛棕褐色。她不走到窗邊，只正對窗前站著，任一陣濕風像圍巾般拂拭她的臉，這時候現實的空氣吹著面頰，濃烈的感覺瀰漫全身，隨又鬆開，無數薄羃羃的圖案散去，歡樂的歌聲逐漸消散。相比那樣喧騰的感覺之河，他來到這裡的真身只像是鬼魂罷了。（頁 53-54）

在這段引文裡，四小姐希望藉著愛情打破童年那種一地頹垣敗瓦的咒語。如今她已經長大，周宅這所老房子顯得太小了。四小姐同時樂觀地覺得他倆不再受困於幽會的房子，他們從那「鬼屋」走出來了，來到正常的「日常世界」。她回想到那些從帥府壽宴回來後，跟少帥不在一塊的時刻，那些時刻都顯得真實。這段引文的最後一句寫得極富實感和存在感，裡面有一個當下的時空：「這時候」，有「現實的空氣」吹著面頰，那種濃烈的感覺瀰漫

全身。跟這種個人體驗、這種「喧騰的感覺之河」相比，連少帥
來到這裡的真身，也只像個鬼魂[61]。

關於小說史實的挪用，小說第五章「大帥歸矣」和五卅事件
大學生問斬的片段，很值得注意。少帥跟四小姐談到以扶乩問戰
爭如何，乩仙在沙盤上批了「大帥歸矣」四字。他原以為是指大
帥平安歸來，不料當晚就接到電報，知道大帥所乘的火車被炸
毀。「大帥歸矣」，是歸西為鬼之意。《爾雅》曰：「鬼之為言歸
也。」[62]張愛玲的《少帥》，觸及了種種不能言說的歷史鬼魅。四
小姐年紀雖輕，但也收藏著種種不願告人的鬼魅回憶。除了和少
帥那段觸及道德界線的聊齋私情，她還有個「早於他〔少帥〕的
時代」的歸煞故事，並不願意告訴少帥。帶大她的洪姨娘告訴
她，「歸煞」是「人死了，三天之後回來。」（頁62）煞是地府
的凶神，是一隻大鳥[63]。在五卅事件中，大學生問斬那天，判官
要踢翻桌子，就是為了把煞嚇退，以避禍患。

《少帥》寫張學良的長期拘禁成就了四小姐，對歷史的詮釋
是跟〈傾城之戀〉如出一轍。因為要成全四小姐，一個國家的命
運起了翻天覆地的變化：

---

61 關於廢墟意象，小說的第四章還有這一段：「好像在一幢荒廢的房子裡扮家
　家酒。每個半空的房間要怎樣處置，他們倆都很有想法。臥室倒是家具齊
　全。窗簾低垂，梳妝枱上的瓶瓶罐罐在半黑中閃爍著。」（頁39-40）

62 有關中國現代文學中的鬼魅論述，參王德威，《歷史與怪獸：歷史，暴力，
　敘事》第四章〈魂兮歸來〉。王德威，《歷史與怪獸：歷史，暴力，敘事》
　（臺北：麥田出版，2011）。

63 此處大鳥的意象，可跟《少帥》和《小團圓》中木雕鳥意象所指涉的生死愛
　欲加以聯繫。

他歷劫歸來，這對於她是他們倆故事的一個恰當結局，從此兩人幸福快樂地生活在一起。童話往往是少年得志的故事，因此這種結局自有幾分道理。在那最敏感的年齡得到的，始終與你同在。只有這段時間，才可以讓任何人經營出超凡的事物，而它們也將以其獨有的方式跟生命一樣持久。十七歲的她便實現了不可能的事，她曾經想要的全都有了。除了據說是東方女性特有的嫻靜之外，如果所有的少妻都有某種自滿的話，她則更甚，因為她比她知道的任何人都更年青，更幸福。一種不可動搖的篤定感注入了她的靈魂，如同第二條脊梁。她生命中再也不會有大事發生了。（頁83-84）

十七歲的四小姐，實現了不可能的事。一種不可動搖的篤定感注入了她的靈魂，她生命中再也不會有大事發生了，彷彿一切地老天荒，都凝定下來。十七歲的時候，張愛玲據說因和後母口角而為父親拘禁半年。她在《少帥》裡逆寫了寂寞的十七歲，讓女主角得到童話般的團圓。

回到1937年，張愛玲十七歲。這一年除了拘禁事件，還有一件重要的事情發生，那便是短篇小說〈霸王別姬〉的發表。當年張愛玲在聖瑪利亞校刊《國光》上，發表了她第一篇以歷史為題材的小說〈霸王別姬〉。〈霸王別姬〉和《少帥》的並讀，讓我們看到兩個截然相反的女性形象。《少帥》裡的四小姐，對歷史與政局無甚了解，但〈霸王別姬〉的虞姬卻明瞭一切，甚至比項羽更早感應到遍地楚歌的凶兆。她會這樣思考自身的存在意義：

　　如果他是那熾熱的，充滿了燁燁的光彩，噴出耀眼欲花的

ambition的火焰的太陽，她便是那承受著，反射著他的光和力的月亮。她像影子一般地跟隨他，經過漆黑的暴風雨之夜，經過戰場上非人的恐怖，也經過飢餓，疲勞，顛沛，永遠的。當那叛軍的領袖騎著天下聞名的烏騅馬一陣暴風似的馳過的時候，江東的八千子弟總能夠看到後面跟隨著虞姬，那蒼白，微笑的女人，緊緊控著馬韁繩，淡緋色的織錦斗篷在風中鼓蕩。十餘年來，她以他的壯志為她的壯志，她以他的勝利為她的勝利，他的痛苦為她的痛苦。然而，每逢他睡了，她獨自掌了蠟燭出來巡營的時候，她開始想起她個人的事來了。她懷疑她這樣生存在世界上的目標究竟是什麼。他活著，為了他的壯志而活著。他知道怎樣運用他的佩刀，他的長矛，和他的江東子弟去獲得他的皇冕。然而她呢？她僅僅是他的高亢的英雄的呼嘯的一個微弱的回聲，漸漸輕下去，輕下去，終於死寂了。如果他的壯志成功的話—— 64

〈霸王別姬〉的虞姬和《少帥》裡的四小姐，都有為情殉身之志。四小姐是「自己為此而死也願意」（頁66），甚至會想到守「望門寡」：少帥如不幸戰死，她會哭求五老姨太收留，說著這種場合的套語（和〈色，戒〉裡的對白）：「我生是他家的人，死是他家的鬼」。然後，她又想像父親會在盛怒下殺了她。（頁67）

　　〈霸王別姬〉和《少帥》裡的愛情故事，於女子是生死相許，於男子卻是開疆闢土、衝鋒陷陣與數美團圓。〈霸王別姬〉

---

64 張愛玲，〈霸王別姬〉，收錄於金宏達、于青編，《張愛玲文集》第一卷（合肥：安徽文藝出版社，1992），頁8。

裡的虞姬想到，如果項羽成功了，她的結局會是這樣的：

> ——啊，假如他成功了的話，她得到些什麼呢？她將得到
> 一個「貴人」的封號，她將得到一個終身監禁的處分。她將
> 穿上宮妝，整日關在昭華殿的陰沉古黯的房子裡，領略窗子
> 外面的月色，花香，和窗子裡面的寂寞。她要老了，於是他
> 厭倦了她，於是其他的數不清的燦爛的流星飛進他和她享有
> 的天宇，隔絕了她十餘年來沐浴著的陽光。她不再反射他照
> 在她身上的光輝，她成了一個被蝕的明月，陰暗，憂愁，鬱
> 結，發狂。當她結束了她這為了他而活著的生命的時候，他
> 們會送給她一個「端淑貴妃」或「賢穆貴妃」的謚號，一隻
> 錦繡裝裹的沉香木棺槨，和三四個殉葬的奴隸。這就是她的
> 生命的冠冕。
>
> 她又厭惡又懼怕她自己的思想。[65]

〈霸王別姬〉的收結是：

> 等她的身體漸漸冷了之後，項王把她胸脯上的刀拔了出
> 來，在他的軍衣上揩抹掉血漬。然後，咬著牙，用一種沙嘎
> 的野豬的吼聲似的聲音，他喊叫：
>
> 「軍曹，吹起畫角！吩咐備馬，我們要衝下山去！」[66]

65　張愛玲，〈霸王別姬〉，頁8-9。

66　張愛玲，〈霸王別姬〉，頁12。

《少帥》現存稿的最後一段是：

> 他受任全國陸海空軍副總司令，與羅納一起坐飛機到南京
> 出席國民會議。風傳他回不來了。南京會留著他，再不然他
> 父親的老部下也會接管東北。他兩個月後返回。他已結束了
> 軍閥時代。下一次南行，太太們也與他同坐一架私家飛機。
> 終於是二十世紀了，遲到了三十年而他還帶著兩個太太，但
> 是他進來了。中國進來了。（頁97）

《少帥》的愛情歷史故事，是少帥結束了軍閥時代，成為了改變
歷史的人物。這個突異個人進來了，中國也隨之進來了。所謂
「進來」，是進到一個特定的歷史時空，那是「一個愛情來到中
國的年代」（in the time when love came to China）[67]，少帥進來了，
中國進來了，愛情也進來了。他帶著兩美團圓，乘著現代化的私
家飛機。

五、總結

　　本文將把《少帥》回置張愛玲的創作脈絡，並從愛情和歷史
的角度闡發文本，探討《少帥》於張愛玲創作的意義。第一部分
「謎：背叛與震驚」以「背叛」和「震驚」為關鍵詞，指出《少

---

67 張愛玲〈五四遺事：羅文濤三美團圓〉的英文版題目為 "Stale Mates: A Short
　　Story Set in the Time when Love Came to China" 小說裡的故事時間始於1924
　　年，比《少帥》的故事時間1925年早一年。

帥》既在故事層面上涉及張學良對蔣介石的背叛，張愛玲《少
帥》寫作的本身，亦背離了「歷史小說」的軌跡，把張學良的
「歷史故事」寫成一個「愛情故事」。這個「背叛」，造成了「震
驚」──張式傾國傾城之戀為讀者以至文壇造成的「震驚」，以
及張愛玲面對歷史時局以及際遇跌宕的「震驚」。第二部分「接
受：寫作與回響」從夏志清的記述和張愛玲致宋淇的書信出發，
整理《少帥》的寫作過程，探討張愛玲在異鄉以英文發表之艱
難，並述《少帥》的接受情況。第三部分「愛情：民國女子與情
書」與第四部分「歷史：鬼魅與霸王」細續《少帥》的文本，前
者從「個人與集體」、「時空與時代」、「表裡與真假」、「遊園與
戲臺」和「驚夢與生死」等五個議題切入書中的愛情議題，後者
從「鬼魅」和「霸王」兩個意象來討論書中的歷史觀照。

　　本文以「愛情與歷史」為題，意在帶出張愛玲《少帥》中
「愛情先於歷史」的處理。張愛玲在討論《小團圓》時，曾兩次
提到「愛情故事」。她在1976年3月14日致宋淇書信說：「《小
團圓》剛填了頁數，一算約有十八萬字（！），真是《大團圓》
了。是採用那篇奇長的《易經》一小部分──〈私語張愛玲〉中
也提到，沒舉出書名──加上愛情故事──本來沒有。」[68]在1976
年4月22日致宋淇信說：「這是一個熱情故事，我想表達出愛情
的萬轉千迴，完全幻滅了之後也還有點什麼東西在。」[69]《少帥》
和《小團圓》兩書合起來，是一部關於胡蘭成的「愛憎表」（愛

---

68 宋以朗，〈小團圓・前言〉，頁6。

69 宋以朗，〈小團圓・前言〉，頁10。

憎的表態）——借用張最新出土散文的題目[70]。在《少帥》裡表現的是愛，在《小團圓》裡則是愛憎交纏。

---

70 張愛玲，〈愛憎表〉，《印刻文學生活誌》第12卷，第11期（2016年7月），頁2-21。

作為上海民族誌的〈色，戒〉

林春城

一、民族誌書寫與虛構化

> 將名望好的（指社會科學──引者）就推出來、名望不好
> 的（指文學──引者）就壓抑的我們民族誌學者，恰似北非
> 的騾子。牠總是炫耀其母親是馬，但假裝不知而瞧不起其父
> 親是驢。[1]

人類學者的民族誌一直強調其社會科學性質，但民族誌是
「把世界保留在紙面上的一種書寫」（11），這樣的想法引起了我
們對「民族誌書寫」的興趣。因為我一直認為民族誌與文學作品
在很多方面有相似之處，例如《憂鬱的熱帶》[2]或《林村的故事》[3]

---

[1] 克利福德·格爾茨（Geertz），《作為作家的人類學者》（韓文版），金炳樺翻
　　譯，文學村，頁9。下文引用本書部分，只標出頁數。

[2] 李維·斯特勞斯，《憂鬱的熱帶》（韓文版），朴玉苗譯（坡州：Hangilsa，
　　1998）。

[3] Huang, Shu-min, *The Spiral Road: Change in a Chinese Village Through the Eyes
　　of a Communist Party Leader*, 1989, Westview Press.《林村的故事──1949年

這樣的民族誌可以看做是小說，且文采毫不遜色[4]。所以強調民族誌的文學性質的格爾茨的觀點讓我大開眼界了。他認為人類學／民族誌是在文學之父和社會科學之母之間誕生的，但它否認父親的血統、只認母親的影響，這是不對的。當然格爾茨認為「將真實故事講給我們的人類學者的能力……與準確的視線或者概念的精密性關係很少」。更重要的是「他們有能力使我們相信他們實際上滲透進另一種生活形式，……並以這種或那種方式真正『身臨其境』」。（14）因而，格爾茨提出的民族誌書寫是「直接經驗了遠方生活後，將其印象用散文傳達的能力。」（16）直接體驗遠處人們的生活，把該印象用散文的形式傳達的能力就源於「文學書寫」。格爾茨主張，對人類學書寫的批評與文學批評一樣，「應該參與人類學書寫本身而發展」（強調——原文，17），並且把「作者是什麼」和「作品—民族誌是什麼」的話頭引入到民族誌書寫中。格爾茨借用米歇爾・福柯的《作者是什麼》中的觀點論述，做出了如此的概述：「作者較強地顯著的文本的表現慣習，……作者不存在的文本的表現慣習之間的衝突，被認為是專有事物的立場與將事物看成順其自然之間的衝突。」（20）

　　到此為止，在民族誌書寫中，主流仍是依據作者不在場的文本表現習慣，原原本本觀察事物的立場。「傳統民族誌敘述方式站在全知視角整體說明他者文化，強調作者自己在當地、自身的民族誌充分詳實地再現了當地人的觀點」（33），所謂「民族誌

　　後的中國農村改革》（韓文版），梁永均譯（首爾：Isan，2008）。

4　林春城，〈王安憶的《長恨歌》和上海民族誌〉，《中國現代文學》，第60號（2012），頁99。

現實主義」，就是其具體表現。與之相反，格爾茨卻認為，現在
應該考慮前者。換言之，「民族誌學者們不僅僅自己真的『身臨
其境』，也要讓讀者有『身臨其境』之感，進而使讀者見作家之
所見、感作家之所感，能讓讀者與作家感同身受，以致說服讀者
與作家具有相同的見解。」（27-28）這種觀點說明，民族誌不但
表揚了母系即社會科學的傳承，而且要將視線轉向與父親即文學
的聯繫上。在這樣的語境下，「應把目光從對現場調查的著迷，
轉向書寫的誘惑」的主張，具有說服力。

　　如果說民族誌書寫是文學書寫的子嗣，那文學書寫與民族誌
書寫所共有的地點到底是什麼？民族誌記錄原本存在的事物，這
一點與歷史書寫相似，但兩者之間存在抽象度上的差異。與之相
反，文學記錄可能存在的事物，這就是民族誌書寫與文學書寫之
間的不同之處。那麼民族誌究竟從文學中汲取了些什麼呢？那就
是「講故事」的能力，按照今天的說法，就是「story-telling」的
能力，也是虛構化（fictionalization）的能力。

　　虛構化能力被認為是文學固有的屬性，但如今人們已將其視
為人類的本能和普遍的欲望，而且這種虛構化的能力持續進化發
展著。沙爾・喬納森（Gottschall, Jonathan）把「具有講故事心
理的類人猿」稱為「講故事的人類（Homo fictus）」[5]，對於人類為
什麼喜歡編寫和消費故事，他立足於進化論，試圖通過認知科學
（cognitive science）進行探究。根據沙爾的研究，「想要編寫故
事和消費故事的人類衝動，潛藏在比文學、夢、空想還要深得多

5　沙爾・喬納森，《The Storytelling Animal: How Stories Make Us Human》（韓文
　版），盧承英譯（首爾：民音社，2014），頁14。下文引用部分只標出頁數。

的地方。」（39）為揭示人類為什麼沉迷於故事，「副產物理
論」、「現實逃避論」、「模擬飛行裝備論」等被提出來。沙爾闡
述了「全世界虛構具有普遍文法，即主人公遇到困難，為克服困
難而奮鬥這一深層模式。」（81）這種模式由「人物＋困難（矛
盾或逆境）＋試圖逃脫」（226.括號內是引者的）構成。沙爾主
張，這種格式影響了我們的大腦，「有關『腦對虛構的反應』的
種種研究符合講故事的模擬理論」。（90）在此不能全面地介紹
他的主張，我們應該注意，講故事不是停留在單純的技巧上，我
們應該正視它是人類的內在屬性並且不斷進化的事實。「講故事
是進化的。如同生命體一樣，將自身要不斷適應環境的變化。」
（220）沙爾在「角色扮演遊戲」（229）或「MMORPG」[6]（233）
中發現了講故事的未來，對此沙爾說道；「人類為了沉迷於故事
而進化。這種沉迷整體上是對人類有益的。故事給人類帶來快感
和教訓。它讓我們為在現實中更好地生活而模擬世界。它把我們
團結為一個共同體，從文化角度進行定義。故事是人類應該珍視
的恩人。」（238）從過去到現在以至未來，故事一直都是我們最
重要的恩人。

　　德國文藝理論家沃爾夫岡・伊瑟爾（Wolfgang Iser）進一步
解釋了虛構。他的觀點有別於現實與虛構二元對立的傳統，主張
現實—虛構—想像的「三位一體」。他主張「三位一體」是文學

6　MMORPG，是英文Massive（或Massively）Multiplayer Online Role-
　　PlayingGame的縮寫。至今尚未有MMORPG的正式中文譯名，而在中國比較
　　常見的譯法則是「大型多人在線角色扮演遊戲」，是網路遊戲的一種。在所
　　有角色扮演遊戲中，玩家都要扮演一個虛構角色，並控制該角色的許多活
　　動。（參照百度百科）

文本立足的基礎，也就是說，所有的文學文本是由現實和想像以及連接二者的虛構組成的。伊瑟爾的觀點是，「虛構化行為是想像和現實之間的紐帶」[7]，其特點是不斷地「越界」。在他看來虛構具有選擇、融合、自我解釋三種功能。在他的論述中，另一個值得關注的是人類的「可塑性（plasticity）」。他認為人的可塑性，實際上就是一種流變不居的本質特徵[8]。伊瑟爾沒有將以可塑性為特徵的虛構局限於文學，而是在文化語境中把它擴展解釋為人類的普遍欲望。

二、文學人類學和上海民族誌

將被認為是虛構的近現代小說文本設定為人類學的文本。好比人類學者深入當地，通過一定期間的參與觀察而調查，採訪核心人物，記錄成民族誌。作家也可以進行當地考察、參與觀察和採訪，經歷這些過程而創作的作品可以假設為民族誌。[9]

我們假設，傳記是人生史，小說作家是在當地考察的人類學

7　Wolfgang Iser, *Das Fiktive und Das Imaginäre, Perspektiven literarischer Anthropologie*（1991）。此處參照中文翻譯本。沃爾夫岡・伊瑟爾，《虛構與想像——文學人類學疆界》，陳定家、汪正龍等譯（長春：吉林人民出版社，2011年1月第2版），頁3。

8　同上，頁11。

9　林春城，〈王安憶的〈長恨歌〉和上海民族誌〉，《中國現代文學》，第60號（2012），頁100。

者，小說文本是民族誌，作品中的人物是信息的提供者。即使整個文本和作者不能被看做是民族誌和人類學者，但重要的就是採用「參與式觀察」的作為觀察者的話者和視角[10]。

　　與這個問題意識相聯繫的，就是「文學人類學」（literary anthropology）這一學術領域的出現。葉舒憲在《文學人類學教程》一書中，從歷史的觀點對文學的轉換做出了如下的論證。他指出，「20世紀人文社會科學的發展中，學界已經談論得比較多的重要轉向有早期的『語言學轉向』和後期的『生態學轉向』問題。『人類學轉向』，或稱『文化轉向』，是繼『語言學轉向』之後，在學術界出現的較為普遍的知識觀和研究範式的拓展，其在文、史、哲、政、經、法、宗教、藝術等各學科中均有不同程度的突出表現，足以用『轉向』說來加以表示。」[11]如果把我們所認知的結構主義及形式主義語言學的影響稱作「語言學轉向」，「文學的人類學轉向」就是受到人類學的影響而形成的。前者是將文學文本看作語言結構物，要努力對此進行科學性分析；後者則是從科學的、語言學的分析不一定能對文本進行全面且完美無缺的解釋這一自覺開始的。葉舒憲認為文學人類學是從比較文學研究發展出來的，而陶家俊[12]認為文學人類學是受到了解釋學和人類學的影響。劉珩將關注點放在文學人類學的方法論和研究範式的轉換上[13]。方法論的轉換是眾多的文學研究者在人類學研究

---

10 同上，頁101。

11 葉舒憲，《文學人類學教程》（北京：中國社會科學出版社，2010），頁40。

12 陶家俊，〈後伽達默爾思潮的文學人類學表徵──論讀者反應論之後的文學研究〉，徐新建主編，《人類學寫作》（成都：四川大學出版社，2010）。

13 劉珩，〈文學的人類學研究範式──評漢德勒和西格《簡‧奧斯汀以及文化

的啟示下獲得的，比如神話學被認為是文學和人類學的交叉點。文學的人類學研究範式借助人類學和民族誌相關概念，對文學的文本和方法進行對比、闡釋，借此擴展民族誌書寫風格、形式和表述策略。

我寫過一篇文章[14]把王安憶的代表作《長恨歌》看作是關於上海城市空間的人類學的民族誌，並以該假設為出發點進行了探討。筆者的依據如下：首先，王安憶在上海生活已久而以「移民」自居，這種態度與參與式觀察者（participant observer）的姿態相符。其次，對作為《長恨歌》背景的上海懷舊熱，雖然作家持有否定的態度，然而卻又表現出「有意提供懷舊資料」這樣的創作動機。她這樣的研究姿態，即與其一味地接受某種現象，不如把與上海相關聯的眾多讀物[15]作為研究基礎，通過徹底認真的事前準備進行驗證，超越了人文學的方法論，更接近於社會科學的方法論。最後，作者辯證式或者兩面式的書寫方式，無疑在某種程度上增加了文本的厚度（thickness）。在探討《長恨歌》作為上海民族誌的可能性之前，概括整理出「上海文學」和「文學上海」的各種流派。在中國近現代文學史當中，「上海文學」占居著重要的位置，很難將其列為獨立的文學範圍。與之相反，文學作品中的上海和再現上海的文學文本，即所謂的「文學上海」因與「上海民族誌」的概念貼近，本文將概括與其相關的幾個文本。然後，在「作為上海民族誌的《長恨歌》」論述部分，我在

的虛構〉〉，《文藝研究》，第7期（2011年），頁141-142。

14　林春城，〈王安憶的〈長恨歌〉和上海民族誌〉，《中國現代文學》，第60號（2012）。

15　王安憶，《尋找上海》（上海：學林出版社，2003），頁2。

分析相關的幾篇文本研究成果後，從微觀史的視角眺望以弄堂為中心的生活空間。在小說第一章裡，作者以遠景式的描寫鳥瞰整個區域，鏡頭指向位於主人公王琦瑤生活的石庫門的弄堂，再轉向石庫門，最後移動至王琦瑤的閨房。像這樣的細致描寫重新建構了二十世紀40年代到80年代上海的弄堂、住宅和街道的變遷過程。其次，通過對主人公王琦瑤和程老師的描摹，考察了上海女性和上海男性的典型人生和情趣，以及他們的身分認同。在中國遼闊的地理空間內，上海處於獨特的位置，在眾多的地方人群中，「上海人」更被認為是一種特殊的存在。其中「小資」尤為與眾不同，他們大多是中產階層，具有一定的經濟能力，他們不再追求更大的富有，而是尋求自身的興趣愛好，享受高品質的人生。主人公王琦瑤和愛慕王琦瑤但始終不表白、一生陪伴在她身邊的程老師便是典型的人物之一。本文將他們的生活軌跡重新建構成民族誌，從而試圖探究上海人的身分認同[16]。

繼之，我站在文學人類學觀點考察了上海民族誌。比如將韓邦慶的《海上花列傳》當作上海民族誌，分析了十九世紀末上海的新空間租界和妓院、新主角的商人和妓女，將其當作省察和慨嘆的多聲文本[17]。而且將《子夜》當作上海民族誌而進行分析。

---

16 該篇試圖探討從文學人類學角度進行研究的可能性。設定文本是民族誌，以文學人類學的觀點分析，這種分析並不意味著與從前的文本分析存在完全不同的分析結果。究其原因是文本本身是實際的而且潛在的，因而具有許多解釋的可能性。此外，本文的目的不是要證明《長恨歌》的民族誌的性格，而是假定其為民族誌，證明其厚度。

17 林春城，〈從文學人類學觀點考察上海民族誌(1)——《海上花列傳》〉，《外國文學研究》，第56號（2014）。

茅盾的《子夜》不但以上海為舞臺解剖了資本家和工人的葛藤，而且揭露了民族工業資本家和買辦金融資本家、大資本家和中小資本家之間的矛盾。進而銳利諷刺了資本家周圍的知識分子群像。我瞄準於公債市場的資本家和工廠的工人，重構了1930年代上海民族誌[18]。在另一篇文章裡，我又將王安憶的《富萍》當作上海民族誌。將富萍的進入上海、從淮海路到蘇州河再到梅家橋的過程當作民族誌學者的參與式觀察。個性頑強的富萍雖然不是很好的觀察者，但得到由作家安排的「省察性話者」的幫助，可以完成1960年代的上海民族誌。富萍的結婚遠征記是民族誌的一半，另一半是由奶奶、呂鳳仙、陶雪萍、戚師傅、小君等人物群像組成的[19]。

三、讀〈色，戒〉札記

　　張愛玲的〈色，戒〉雖然篇幅不長的短篇小說，但是相當艱澀難懂的文本，尤其對外國讀者。讓〈色，戒〉難懂的原因可能有好幾個，比如需要了解「淪陷區」、「孤島」上海的特殊情況，張愛玲對胡蘭成的特殊感情，還有張愛玲在香港大學讀書的經驗等等。我覺得最重要的還是在觀察者視角敘述裡主人公話者的隨時介入，換句話說自由跨越直接話法與間接話法之間的自由

18　林春城，〈從文學人類學觀點考察上海民族誌（2）──《子夜》〉，《中國研究》，第63卷（2015）。

19　林春城，〈從文學人類學觀點考察上海民族誌（3）──《富萍》〉，《中國現代文學》，第72號（2015）。

話法的運用。比如在小說的開頭裡，用觀察者視點描寫官方太太的打麻將場景，但不久插入了王佳芝的主人公視角。這樣視角的自由跨越和運用在整個文本裡隨時出現，讓讀者分不清誰的發言，敘述者的還是作品裡人物的。

　　舉個例子。在第一個場景裡易太太向馬太太「報道這兩天的新聞」的時候，出現了如此的表現：「坐不下添椅子，還是擠不下，廖太太坐在我背後。我說還是我叫的條子漂亮！她說老都老了，還吃我的豆腐。我說麻婆豆腐是要老豆腐嘛！」[20]在這句話裡，分不清代詞代誰，那就引起了誤解[21]。據我所了解，這句可以轉換成如下；

　　　　易太太說：「還是我叫的條子漂亮！」
　　　　廖太太說：「（我）老都老了，還吃我的豆腐。」
　　　　易太太說：「麻婆豆腐是要老豆腐嘛！」[22]

　　開宴時叫妓女陪男人是上海開埠以來租界的風俗。從明末清初開業的妓院，由於太平軍攻擊上海，搬到租界。據統計，1918年上海裡有一千餘長三、五百左右的幺二，還有五千多的野

20　張愛玲，〈色，戒〉，王偉華編，《張愛玲全集》第四卷（海南出版社，1995），頁247。以下不注明頁數。

21　韓國翻譯本就犯了這樣的錯誤。장아이링（張愛玲），《색，계（色，戒）》，김은신 옮김, 서울：랜덤하우스코리아㈜ (Random House Korea, Inc.), 2008, 21쪽.「그래서 내가 그래도 내가 부른 아이가 제일 낫다고 했더니 나더러 나이가 들어서도 그런 농담을 한다고 하지 뭐야？」

22　韓國也有相似的俗話，「酸的泡菜才好吃！」

難[23]。十九世紀上海租界的妓院是由娛樂空間和社交空間的公共性與類似家庭空間的私人性混合的場所[24]。上面的場景裡，廖太太坐在易太太後邊，易太太拿廖太太開個玩笑，將她說成是易太太叫過來的妓女。這已證明1940年代官方太太都了解上海的妓院文化。

〈色，戒〉的主題卻很簡單。沒有戀愛經驗、因而沒有性經驗的年輕女生，為了愛國「義不容辭」投身於所謂「美人計」的特務工作。當然她沒受過特工訓練。所以張愛玲說，「特務工作必須經過專門的訓練，可以說是專業中的專業，受訓時發現有一點小弱點，就可以被淘汰掉。王佳芝憑一時愛國心的衝動……和幾個志同道合的同學，就幹起特工來了，……業餘的特工一不小心，連命都送掉。」[25]果然，她犧牲了自己的童貞、犧牲了自己的戀愛感情，最終犧牲了自己的性命，包括同學的性命，她的「美人計」就失敗了。

沒有戀愛經驗的年輕女人扮演誘惑「老奸巨滑（猾）」的中年男人的角色真不容易。尤其對象是搞特工的。但王佳芝也有「自從十二三歲就有人追求」、「從十五六歲起她就只顧忙著抵擋各方面的攻勢」的經驗，所以「她有數」。她為了扮演「她這麼個少奶奶（會）看上一個四五十歲的矮子」的花旦，一方面「需

23 熊月之、周武主編，《上海：一座現代化都市的編年史》（上海書店出版社，2007），頁319。

24 林春城，〈從文學人類學觀點考察上海民族誌(1)──《海上花列傳》〉，《外國文學研究》，第56號（2014），頁268。

25 張愛玲，〈羊毛出在羊身上──談〈色，戒〉〉，《張愛玲全集》第一卷（海南出版社，1995），頁355。

要取信於他」，另一方面擔心他「反而可疑」，裝「順便撈點外快」。一方面為了不讓他將她「丟在腦後」，「簡直需要提溜著兩只乳房在他跟前晃」，但另一方面不讓他將她當作妓女，還要「不太失身分」。這麼又複雜又纖細的情緒工作，對沒有戀愛經驗、性經驗、特工訓練的年輕女人來說非常艱難。但是她還是敢作。她的靠山就是自己的演劇經驗。她有獨特的經驗，就是扮戲的經驗。讓一個對戀愛具有抵抗心理的女孩子投身於「美人計」的動力就是演劇經驗。「王佳芝演話劇，散場後興奮得鬆弛不下來，大夥宵夜後還拖著個女同學陪她乘電車遊車河。這種心情，我想上臺演過戲，尤其是演過主角的少男少女都經驗過。」[26]所以她「第二次下手，終於被她勾搭上了目標。」「自己覺得扮戲特別美豔，那是舞臺的魅力。『捨不得他們走』是不願失去她的觀眾，與通常的 the Party is over 酒闌人散的惆悵。」[27]其實文本裡有關扮戲的描寫有幾處。「演過不止一回的一小場戲」，「上場慌，一上去就好了」等等。

　　但張愛玲說，「每次跟老易在一起都像洗了個熱水澡，把積鬱都沖掉了」的原因是「因為沒白犧牲了童貞」[28]。她注重後面的「因為一切都有了個目的」這一句，這個目的就是勾搭上了老易。我應該尊重作者的意圖與事後解釋，但「洗熱水澡」、「沖掉積鬱」這樣的表現容易讓讀者聯想到做愛的場景。好像李安也走上這條想像之路，才給觀眾們幾個床戲了吧！其實我也不例

26　上同書，頁356。

27　上同書，頁357。

28　上同書，頁356。

外，讀這句就聯想到李安的床戲，或許受到了李安的影響。但我認為「洗熱水澡」、「沖掉積鬱」這樣的表現應該從女人性心理來解釋才對。張愛玲已經說得好，「到女人心裡的路通過陰道。」這句話的深意一般的男人不能體會，但王佳芝將以鑽戒和性快樂體現的易先生的愛情當作真實的愛情。「這個人是真愛我的」[29]。

搞「美人計」的女孩子怎麼可以愛上了對象？對王佳芝的心理變化，我們可以參考《海上花列傳》譯後記。張愛玲翻譯《海上花列傳》時將顧客和妓女的關係解釋為戀愛感情。這是張愛玲的卓見。她先說，《海上花列傳》的主題是「禁果的果園」。「盲婚的夫婦也有婚後發生愛情的，但是先有性後有愛，缺少緊張與懸疑，憧憬與神秘感，就不是戀愛，雖然可能是最珍貴的感情。」[30]她這句話是進行了對中國傳統婚姻、戀愛制度的分析後說出來的。在男女嚴格分開的社會裡，未成年的男人幾乎沒有機會做戀愛和性愛。但他們「一成年，就只有妓院這髒亂的角落裡還許有機會。」[31]早婚的男人對性已喪失了神秘感，去妓院嘗一嘗妓女給他的戀愛感情。這是她主要對男人方面的分析。

那麼，那些男人的拍檔，妓女的情況如何？張愛玲說：

「婊子無情」這句老話當然有道理，虛情假意是她們的職業的一部分。不過就《海上花》看來，當時至少在上等妓院

——包括次等的么二——破身不大早，接客也不太多，……
女人性心理正常，對稍微中意點的男子是有反應的。如果對
方有長性，來往日久也容易發生感情。[32]

據張愛玲的讀解，位於上海租界的妓院算是一個從封建中國
轉變為資本主義近現代社會期間當中體現了自由戀愛的空間。去
妓院找妓女的男人一般是由於封建婚姻制度婚前幾乎沒有戀愛的
經驗，婚後雖有了性經驗，但錯過嘗嘗戀愛感情的機會。另方
面，女人為了賺錢而下海，但她們還有選擇權。因此常客和妓女
之間慢慢發展到情人關係，甚至於組建了類似家庭也難怪。

據張愛玲的說法，王佳芝的心理不難了解。王佳芝為了愛國
犧牲了童貞，但她和老易之間「慢慢發展到情人關係」，雖然她
「因為沒戀愛過，不知道怎麼樣才算是愛上了。」對戀愛「抵抗
力太強」的王佳芝，對男人的「各方面的攻勢」都有數，扮演了
愛上老易的麥太太，以至讓老易喜歡上麥太太。到此為止她的任
務是圓滿成功的。但最終自己愛上了目標，成功變成悲劇。不知
道她真正愛上的是他，還是熱烈扮戲的自己？

---

32 同上書，頁320。

張愛玲與國民國家的問題
以〈色，戒〉、〈浮花浪蕊〉為中心

金良守

一、張愛玲與國民國家

　　國民國家（Nation State）指的是以國境線劃分為基礎，並具有主權，以及在此疆域內生活的人民（Nation）都具有國民一體性（National Identity）意識的國家。到了十九世紀後半，世界進入帝國主義時代，在主導權劃定的過程中，因為帝國主義間的競爭，導致世界上全部的國境線都開始被分割。經過第一、二次世界大戰之後，國民國家迅速擴大。在此，列寧（V. I. Lenin）和威爾遜（T. W. Wilson）的「民族自決主義」、法西斯的抬頭與其抵抗的「解放」運動成為了最主要的原因。二戰結束後，世界進入了冷戰時期與後殖民的時代，並在此時，國民國家也迅速增加。

　　1949年10月1日，中華人民共和國宣布成立。按照一般的敘述，中華人民共和國建國的意義是基於馬克斯主義的中國共產黨統一中國大陸，這也意味著中國作為近代國民國家被納入世界

系統[1]。

　　那近代的國民國家和以前國家有什麼不一樣呢？專制君主制的國家不存在所謂的國境，其國家無論位於哪裡都能向外擴張膨脹，這個意義上可以說是「世界帝國」。中國有王土王臣論，即「普天之下莫非王土，率土之濱莫非王臣」這樣的概念，在地大物博的天下中，皇帝以「文化＝德化」的名義使他的支配權正當化。與家產帝國等這樣專制君主制的國家相比，國民國家有一大特徵，他們用國界線來明確規定其領土並有設定好的主權，以及沒有個人或家族所有這樣的概念，而是在公共概念下的國家。並且，在國民議論中，最重要的是身分和權力的平等性，即所謂的法律之前人人平等。

　　關於張愛玲與國民國家關係之問題，王德威在〈重讀張愛玲的《秧歌》與《赤地之戀》〉一文裡指出了張愛玲不是「國」民的觀點，而是否能從「市」民的觀點來看這樣的見解。王德威也提出，逃離上海的海派作家張愛玲如何向國家機構（左右不論）交代心事，成為最艱鉅的挑戰。[2]

　　1949年10月1日，作為以國民國家為出發點成立的中華人民共和國[3]之公民的張愛玲，當時是怎麼樣的一種感覺？1975年

1　以上關於國民國家的歷史是筆者整理於木畑洋一，〈世界史の構造と國民國家〉，歷史學研究會編，《國民國家を問う》（青木書店，1994），頁3-22。

2　王德威，〈重讀張愛玲的《秧歌》與《赤地之戀》〉，楊澤編，《閱讀張愛玲》（臺北：麥田出版，1999），頁137。

3　中國的國民國家化相關的解釋很多，在這就不加贅述，例如西村成雄整理的

紐約威爾森公司所發行的《世界的作家們》中，登載了包含張愛玲等世界950位作家的自傳型的文章。關於「國家」，在其文章中張愛玲直接地提到了，非常的引人注目。以「我在上海出生」開頭的文章中，張愛玲這麼說：

> 中國家庭制度當時正在崩盤……共產黨掌權三年之後，我才下定決心出國……就許多其他人而言，共產黨統治也比回轉到舊秩序要好得多，不過是以較大的血親──國家──來取代家庭，編納我們這個時代無可爭議的宗教：國家主義。[4]

雖然在絕對君主時代作為揚棄家產國家的國民國家，必須要有「公共性」這樣的要素，但中國存在特有的家長制構造，這就是問題所在。

在《惘然記》（1983）裡收錄有〈色，戒〉、〈多少恨〉、〈相見歡〉、〈浮花浪蕊〉、〈殷寶灩送花樓會〉、〈戀愛像戰爭一樣〉等六篇作品，本論文以其中的〈色，戒〉與〈浮花浪蕊〉的文本來展開。張愛玲在《惘然記》的序文裡提到〈色，戒〉、

「20世紀中國國民國家五階段」裡介紹到了（1）戊戌變法（1898-）（2）中華民國（1912-）（3）國民政府（1928-）（4）中華人民共和國（1949-）（5）改革開放政權（1978-）。西村成雄，《20世紀中國の政治空間》（青木書店，2004），頁14。

4　John Wakeman, *World Authors 1950-1970, A Companion Volume to Twenitieth Century Authors*（Wilson Company, 1975）.英文原文與中文翻譯收錄於高全之〈張愛玲的英文自白〉，高全之，《張愛玲學》（臺北：麥田出版，2008），頁406-414。

〈相見歡〉、〈浮花浪蕊〉時說：「這三個小故事都曾經使我震動，因而甘心一遍遍改寫這麼多年。」筆者以作家這樣的直接性論述為根據，從以上作品來揭示張愛玲的內心世界，並通過本論文闡述國民國家的問題和這些作品裡的敘事及作家的內心世界的關聯。最近有關國民國家的論述，越來越傾向於與資本主義體制形成問題相連結的這種學術[5]，已經超越了對張愛玲作品本身研究的範疇，本論文將以「作為限制性存在的國民」為重點來探討研究國民國家問題。

二、白日夢的寫作與1940年代的上海空間

西川長夫在〈國民化與時間病〉中提到了國民國家能分成三種領域：

（1）如何解釋地球上幾乎被超過250個國民國家覆蓋的現象：華勒斯坦（Immanuel Wallerstein）與霍布斯邦（Eric Hobsbawm）等推翻了國民國家之神話。即近代國家的個別國家不是因為內部成熟而形成的，而是隨著世界體制（＝國家間系統）的必要性，從外部開始半強制性產生的。國家間系統的存在是說明了許多國家的互相模仿性，以及與其矛盾的，關於強調差異（國民性、國民文化）的現象；世界體制的存在以及地球被國民國家群所籠罩的事實，意味著世界是根據同一個時間來被控制的。

---

5 柄谷行人把帶來經濟對立與差距的資本主義，與指向共同體與平等性「nation」，和以多樣的規制與稅制實現再分配的國家看成不可分的三位一體。柄谷行人，泳日譯，《到世界共和國》（首爾：圖書出版b，2007）。

（2）關於個別的國民國家構造之考察：國民國家的特色之一就是相互模仿。所有國家，至少是國民國家時，在被限制的國境線中，有著鐵道及其他的交通方式、統一的貨幣及度量衡、租稅制度、單一的市場與經濟制度，以及盡可能地創造殖民地。所有的國家還有統一的憲法及議會、中央集權的政府、警察及軍隊、有戶籍及家族制度、學校及博物館、國民的歷史和神話、紀念碑及國家與國歌。雖不是複製羊，但世界國家間系統是在地球上一一創造出來十分具有相似性的國家。

（3）國民化的問題：這就是說身體的國民國家化，或是可以說是國民國家的身體化。被國民化的身體是希望為了祖國而死，而且認為殺死其他國家的國民是件榮譽的事情。雖然身體裡流的血液可以循環，這是自然的節奏，但那精神及身體的規律是近代的，即是依據國民國家的時間與制度所給予的，人們是在一定歷史的時代裡成為的國民化及用國民這樣的詞存在，這就叫做「人造人」，這實在不是過於誇張的說法[6]。

近代產生出的國民國家是具有各自的主權及空間範圍、獨立即排他的一種集團，在此種國家法律的磁場圈下生活的國民，相對於國家，只能存在於從屬關係下。小孩從出生後學習說話，在學校學習社會化，事實上，這就是走在國民化的道路上。我們習得國語，並通過學校的歷史教育、文化作品、戲劇及歌謠、電視新聞與報紙、運動的整體感，都是在經歷國民化的過程，人們對於自身所屬的國家，對於這樣的空間是無法擺脫的。

6　西川長夫著，尹大碩譯，《叫做國民的怪物》（首爾：昭明出版，2002），頁64-72。

　　來看張愛玲的〈封鎖〉（1943）這部小說，封鎖是指戰時在上海為了執行作戰，暫時地限制居民通行。在「封鎖」的情況下，男女主角在暫時中斷的電車中相遇，乘客們也因電車停止而突然變得無聊了起來。

　　在快速流逝的都市節奏中，電車裡的人們一般都只會關注目的地到達時間，避開周圍人的視線。突然變得沒事做的情況下的話，都是自然不過的行為了。中年會計師呂宗楨向二十多歲的大學講師吳翠遠因討論並觀察了電車車廂內張三李四不愉快的樣子，因此兩人迅速的變得親近並開懷暢談了起來。不一會，「封鎖」狀態解除了，分開前兩人各自交換了電話號碼。封鎖的解除也意味著恢復了日常狀態，封鎖這段時間裡所發生的事情就好像沒發生過一樣，文章也以黑色的甲蟲也回到了蟲洞裡作結尾。

　　都市人對於隔絕的活著這點當然是有共感的，兩人怎麼能那樣快速的變親近，多少不具備了故事的必然性，不知道作家張愛玲是不是在某一天搭電車時，剛好遇到了封鎖狀態，或是在無聊的時間裡，在這樣那樣的想像中突然想到的場面？素未謀面的男女巧遇後陷入愛情這樣永恆的主題，於是作家就是用小說寫出並發表出來，充滿了用誰都能試著做出的主觀想像，和在永恆的主題中展開，這種有著強烈巧合的小說，我想稱之為做為白日夢的寫作。

　　封鎖狀態的電車裡很悶，因而後來的作家在畫本裡插入了當時人們樣子的素描，仔細看那畫幅裡張三李四的形象，透露出作家認真作畫時的陰影，於是這部看似簡單編造小說，事實上，也是在上海這樣的大都市生活，無法與人溝通的作家自身的故事。在作家的想像方面，這部小說以白日夢方式來表現，其實張愛玲

的代表作〈傾城之戀〉也是白日夢的風格，「年輕寡婦白流蘇因為戰爭，遇到有錢男子而改變命運的故事」，給在當時生活乏味的上海年輕女子們帶來了閱讀的樂趣，但實際上，男女主角的結合在現實層面來看，能實現的可能性不大，不過是白日夢罷了。

筆者在這裡不是認為白日夢的文學性不高，像這樣白日夢的風格與馬賽克碎片拼湊的都市上海的分裂性、多重性相連結，上海是由不同國籍、人種與不同階級的人聚集而構成的一個國際都市，小說裡「封鎖」是戰時上海的真實情況，但另一方面來說，對於上海空間的斷絕也是一種諷刺。

來看一下張愛玲的散文〈公寓生活記趣〉（1943）中的一幕：

> 夏天家家戶戶都大敞著門，搬一把藤椅坐在風口裡。這邊的人在打電話，對過一家的僕歐一面熨衣裳，一面便將電話上的對白譯成德文說給他的小主人聽。樓底下有個俄國人在那裡響亮地教日文。二樓的那位女太太和貝多芬有著不共戴天的仇恨，一捶十八敲，咬牙切齒打了他一上午；鋼琴上倚著一輛腳踏車。不知道哪一家在煨牛肉湯，又有哪一家泡了焦三仙。[7]

形形色色的人聚集並生活的公寓有各種風格，就像是亞佛列德・希區考克導演的電影《後窗》（*Rear Window*, 1954）其中一個場面一樣，張愛玲以其才氣洋溢的寫作，展現出這所規劃的空

7　張愛玲，《流言》（長沙：湖南文藝出版社，2003），頁29。

間及溝通的部件的情況。接下來看一下〈道路以目〉（1944）這篇散文：

> 上街買菜，恰巧遇著封鎖，被羈在離家幾丈遠的地方，咫尺天涯，可望而不可即。太陽地裡，一個女傭企圖衝過防線，一面掙扎著，一面叫道：「不早了呀！放我回去燒飯吧！」眾人全都哈哈笑了。坐在街沿上的販米的廣東婦人向她的兒子說道：「看醫生是可以的；燒飯是不可以的。」她的聲音平板而鄭重，似乎對於一切都甚滿意，是初級外國語教科書的口吻，然而不知道為什麼，聽在耳朵裡使人不安，彷彿話中有話。其實並沒有。站在麻繩跟前，竹籬笆底下，距我一丈遠近，有個穿黑的男子，戴頂黑呢帽，矮矮個子，使我想起《歇浦潮》。[8]

封鎖情況下人們的通行像打結的麻繩，這麻繩在現實中像統治的道具，另一方面來看，人們生活的空間被規畫及限制了自由的疏通。對於自我與他人區分的界線可以用「繩」這樣的隱喻方式說明。

前面也提到的國民國家，以前的國家間境界是用領域（frontier）這種不明確的區分，而近代的國民國家，是依據明確的國境線（border或者boundary）來區分的，在這樣的意義之下，「線」就是上海的風景，也就是國民國家的其中一個特徵。

人與人之間，或是區分空間的線的存在也在〈傾城之戀〉中

8　張愛玲，前書，頁59-60。

反映出來，在上海白流蘇的家白公館充滿了舊中國的家長制的重壓感空間，對從英國留學回來的范柳原是很難忍受的一個地方，比起上海，在西化的香港遇到並相愛，另一個時候，作為從國民國家逃出的馬來西亞做著原始林的夢，斷絕這樣的情況是貫通上海的一個特徵，對於張愛玲的寫作是現實逃出的一種白日夢。

三、渴望重組成為國民──〈色，戒〉

　　筆者曾經在〈作為國族空間的舞臺〉一文裡，提到「為什麼王佳芝安排成間諜」的問題。「spy」只有對自己的「nation」保持忠心才有可能。王佳芝在舞臺上一次公演以後，就一直擺脫不了戲劇中的氣氛。重要的問題就是在於那齣戲劇是「抗日戲劇」。王佳芝繼續表露出想要登上舞臺的慾望，而她記憶裡的舞臺就是國族的、愛國的空間。

　　木畑洋一指出：與近代國民國家相比，在絕對主義的國家中國民的認知不足，而國民的認知就是國家認知的問題[9]，這是在法國革命以後，成為歐洲的國民國家形成的關鍵要素。木畑洋一提出18世紀以來，歐洲各國家間的戰爭是使國民集結的最重要要素，這點在〈色，戒〉中的抗日戰爭時，國家形成的機制中是一樣的脈絡。

　　與公演舞臺相關的小說〈色，戒〉和由此改編的電影《色｜戒》的關係，稍微提及的話，電影作品內「戲劇的」要素比小說更多，在小說裡，只略微提到了上海地下組織工作者吳先生，在

9　木畑洋一，前書，頁7。

電影裡這個人物則更具體、更詳細，初次見面的時候，吳先生把
毒膠囊交給王佳芝時就交代她，一旦暴露身分應該馬上自殺。吳
先生讓王佳芝牢牢記住家裡和辦公室的電話號碼，香港的物價，
銀行帳戶的戶頭號等身邊情報，並賦予她一个新的身分──麥夫
人。從戲劇的角度來說，這個過程就是在「專門導演」指導下的
真正「演技」的開始。王佳芝把家書交給吳先生，拜託替她寄
出，可是吳先生把它燒掉了。這樣一來王佳芝在現實社會中的人
際關係也就完全被割斷了，從此以後她便進入「舞臺」這另一個
次元的世界。

由此可以看出李安對於原作卓越的解說能力，戲劇的世界與
現實世界的岔路在電影的後半部再次表現出來，在寶石店的暗殺
計畫失敗了，坐人力車的王佳芝碰到「封鎖」之後不能再往前走
了，這時她取下衣襟上的膠囊摸了一摸。這一幕場景中，戲劇世
界和現實世界的岔道表現得很好。假如王佳芝吞下膠囊的話，她
就成為「殉國烈士」。如果不能殺身成仁她就成為因個人感情壞
了大事的人。

來看一下小說裡暗殺失敗後，王佳芝心境表現的一幕。

在市內奔馳的汽車與街上的行人們都成為了黑暗玻璃牆的
養分，這些就像眼睛能看到但手卻觸碰不到的存在，看起來
就像show window裡穿著華麗的毛皮銀色洋裝的人形模特兒
一樣悠然自得。她獨自站在那發抖與黑暗的心境就像被關在
了外面的世界。[10]

---

10 張愛玲，金恩紳譯，前書，頁61-62。

　　能看出這是一種心理的恐慌狀態的表現，王佳芝為何感覺自己與行人間有玻璃牆的存在？對於這期間扮演了麥夫人角色的王佳芝，把麥夫人的假面摘下之後，用原始的面貌面對這世界的話，會有一種驚慌感？那驚慌感對她來說，是在戲劇世界與現實世界之間的帷幕，在這帷幕的後面隱藏著作家張愛玲無意識的自卑人格，作家露出了帶著人格面具（persona）的性格，前面提到的《惘然記》敘文中與鞋子聯想的一幕。

　　1940年代日軍占領上海時期暴得文名的張愛玲，其全盛期的作品裡是很難找得到關於「民族意識」、「愛國心」這類主題。單篇小說集《傳奇》，大部分作品的傾向都是如此，有關這一點，她在1943年11月發表的〈談自己的文章〉一文裡交代說：

　　　　一般所說「時代的紀念碑」那樣的作品，我是寫不出來的，也不打算嘗試，因為現在似乎還沒有這樣集中的客觀題材。我甚至只是寫些男女間的小事情，我的作品裡沒有戰爭，也沒有革命。我以為人在戀愛的時候，是比在戰爭或革命的時候更素樸，也更放恣的。[11]

　　張愛玲對「國民國家」的意識是出現在1949年中華人民共和國成立以後。1947年張愛玲加入了上海文藝作家協會，她是中國的作家團體裡成為第一個正式會員也是最後一個[12]。

　　張愛玲從1950年到1951年以梁京的筆名寫了《十八春》，

---

11 張愛玲，〈談自己的文章〉，《流言》（長沙：湖南文藝出版社，2003），頁20。
12 陳子善，《沈香譚屑》（香港：牛津出版社，2012），頁79。

發表在《亦報》上。這部作品把男女愛情的通俗內容和新政權下
國家建設的大敘事結合在一起，主人公們在18年間反反覆覆地
離合聚散，為了給國家做貢獻，他們在東北地方相遇，就其觸及
到歷史的、時代的內容這一點上來說，與以前的作品明顯不同。
這部作品大概當時在大陸引起了反響，也舉辦過有關「《十八
春》的討論會」[13]。

　　1950年7月24日到29日，由夏衍、巴金、馮雪峰等人主
導、在上海召開第一屆文化藝術工作者代表大會，張愛玲也參加
了[14]，可見她積極配合國家政策，在那之後不久，張愛玲還參加
了為期兩個月的蘇北地區土地改革[15]，沒有人直接提到張愛玲參
加土地改革的相關資訊。在參加文藝工作者大會、土地改革之
後，1953年張愛玲回到了香港並申請香港大學復學。

　　1953年到1955年，張愛玲留在香港三年，創作了英文長篇
小說《秧歌》（ *The Rice Sprout Song* ）和《赤地之戀》（ *Naked
Earth* ）。40年代只寫「男女間的小事情」的張愛玲，50年代以
後作風大變，不僅談到「國家建設」的問題，還從《十八春》支
持「新中國」的立場，到了《秧歌》和《赤地之戀》突然站在
「反共」的立場上。

　　1955年張愛玲赴美，1966年她把《十八春》改作成《半生
緣》，在《半生緣》裡最初國家論述的背景消退與愛情故事再一
次有著全面的配置差異，另外，最初《十八春》的最後第18章

---

13 子通，亦清編，《張愛玲評說六十年》（北京：中國華僑出版社，2001），頁
　553。

14 柯靈，〈遙寄張愛玲〉，《讀書》，第4期（1985年）。

15 有關張愛玲參加土地改革的資料見陳子善前書，頁88-90。

描寫到與新中國建設精神相關的部分被刪除了[16]。《秧歌》和《赤地之戀》的反共主義，改成《半生緣》的《十八春》，該如何理解這樣的行為呢？如果是以前面提到的《色｜戒》裡「舞臺的作用」說明的話，那就是從下面仰望「舞臺」（國民國家）的王佳芝（張愛玲）實際上登上了舞臺，因消化不了戲中角色而被迫再走下舞臺（國民國家的外部）的一系列過程的演示。

四、穿越國境的船上敘事——〈浮花浪蕊〉

主角洛貞搭乘挪威的貨船從香港到日本，看著這艘貨船，洛貞想到了英國作家薩莫賽特‧毛姆（W. Somerset Maugham），他從那裡經過了時間旅行的圓形隧道到羅湖，羅湖是從大陸到香港的一道關口，他擺脫了國境，從中華人民共和國逃了出來。

對於共產黨政權下廣州的面貌，她正在使思念連結的途中，船艙的挑夫來告訴她可以準備吃飯了，在餐廳，洛貞遇到了一對情侶，男的是一位黑人，乾瘦個子又格外的矮，女的是有著一般身材的亞籍女子，洛貞聽著他們說英文，想起自己以前在上海外國銀行上班時的一位外國職員。

洛貞一到日本要馬上找工作，所以正在客艙內打英文的自我

---

16 李小良，〈歷史的消退，《十八春》與《半生緣》的小說和電影〉，《再讀張愛玲》（香港：牛津出版社，2002），頁74。《十八春》的改寫是不能只從單純的政治意識的消滅來看的，香港研究者高全之在〈大我與小我——《十八春》、《半生緣》的比對與定位〉中，「改寫」在1966年注意時間性的作家老舍的死關聯性和改寫的政治意味的等謹慎的議論，高全之，前書，頁298-319。

介紹書，這時，她想起了鈕夫人，鈕夫人是洛貞姐姐的朋友，和當時正在留學的丈夫在英國生活了十年左右，回國後在上海開心地過著西方式的生活，洛貞聽她姊姊說過鈕夫人和從外國回來的客船船長開心地密會，這話讓在客艙裡的洛貞想起了鈕夫人和鈕先生，鈕夫人為避開共產黨，逃到了香港，鈕先生因為無法去香港只能留在了上海，鈕先生在共產化之後在工廠裡工作，因為有間諜的嫌疑一直反覆地被拘留及釋放，在香港洛貞見到鈕夫人，給她說了在上海見到過鈕先生的事，聽到這話後，鈕夫人認為她的丈夫其實並沒有想要來香港。

洛貞寫完自我介紹書，在餐廳遇到的亞籍女子來找她，說她是日本人，拿出在上海虹口生活時的照片集給洛貞看。這日本女子的黑人丈夫名叫李察遜，他在歧視下長大的，作為對世間一種反抗，就和日本女子結了婚，當時在美軍政府管制下的日本，需要會說英文的人，所以他們去了日本。被丈夫拋棄的鈕夫人在精神上及物質上都很艱苦，洛貞在某天突然聽到鈕夫人被殺的消息。洛貞搭乘的船在到日本之前，先停靠在一個小島上，一群日本女子上了船，因為洛貞沒有讓李察遜看她的英文自介書，所以討厭洛貞，日本女子看著丈夫屈辱的臉。因船很搖晃，洛貞聽到了隔壁房間日本女子嘔吐的聲音，洛貞向遠方甩掉了流浪所帶來的恐懼。

〈浪花浮蕊〉是以「意識流」的手法來展開的，這部小說故事進行的空間是船，上述提到了國民國家特有的要素是用「國境線所區分出來的土地」，船這樣的空間能解釋為從政治性土地的契約到解放，洛貞肉體上從國民國家中擺脫出來，而在海上漂流的同時，她的意識還繼續回味著以前的記憶。

　　洛貞記憶分成了關於鈕夫人還有自己的記憶：ⓐ華麗的英國留學時期，ⓑ回國後在上海蓋了丹麥式的房子辦派對的時期，ⓒ搬家後過著疲勞孤單的香港生活時期。接著是洛貞的情況：ⓓ在上海外籍銀行工作的時期，ⓔ珍珠港空襲事件後去集體收留所的英美人，可利先生和潘小姐的結婚，ⓕ離開上海時見鈕先生的最後一面，ⓖ鈕夫人窘困的香港生活和她的死，ⓗ逃出大陸後，進來上海和廣州面貌的洛貞的視線。

　　從「空間移動」的角度來看的話，鈕夫人移動的過程是從英國→上海→香港，漸漸變得窮困與萎縮；洛貞是上海→廣州→香港→出國，兩人的記憶是英國→上海→香港→出國，可以合併成這樣的一條線，也是「大英帝國的沒落」和「戰後世界秩序的重組」一種流動的表現。

　　小說裡「大英帝國沒落」的徵兆是通過國際婚姻來表現，洛貞在船上的餐廳邂逅黑人與他的妻子後，想到了在上海外國銀行工作時的同事潘小姐與咖哩先生的國際婚姻。廣東人潘小姐是咖哩先生的女秘書，珍珠港空襲事件以後，日本軍接管上海租界，把英美人員都收容到了集體收容所，耿直的潘小姐在飯點準時送食物給咖哩先生吃，咖哩先生和他的夫人互不干涉各自想做的事，兩個人已經習慣各自生活，在收容所裡，他們同住一個房間，在房間的中間有一條軍用毯子，但兩人都沒有越過那條界線。就這樣生活了幾年，離開收容所後他們離了婚，咖哩先生很快與潘小姐結了婚。

　　咖哩先生與英國人夫人離婚後與潘小姐再婚，能看出這是反映大英帝國的沒落。雖然鈕先生不是英國人，但洛貞能從他身上感受到英國紳士的風範，鈕先生身材瘦瘦高高的，洛貞認為鈕先

生在英國時，正裝穿得特別合身，在男人中實在是很會穿衣服啊。這位帥氣的「英國紳士」鈕先生最終還是不去鈕夫人在的香港，選擇留在了上海[17]，能看出這件事是與「戰後世界秩序的重組」有關的。

在餐廳偶遇的日本女子的伴侶李察遜，是一位因為外貌而造成自卑感的男人。對搭船離開中國的洛貞來說，想起「國際婚姻」這件事是再自然不過的事了，不過為什麼小說裡國際婚姻的男子不是英國白人紳士，而是設定為黑人呢？在〈傾城之戀〉裡英國留學出身的有錢華僑范柳原和上海出身的離婚女白流蘇結婚，與前面也提到的可利先生或鈕先生自己的去向問題，我們能判斷與最後的結論是類似的。這都是因為大英帝國的解體與英國價值下跌的本土化，在這裡使個子矮小、極具自卑感的黑人李察遜的登場，是不是就是與當時對於冷戰的國際秩序重組的張愛玲的意識？

1955 年張愛玲移民到美國，對於那個時期的背景，理查德・麥卡錫在與高全之的採訪中有具體的說明，每年美國接受移民的人數是有計畫的，從香港移民到美國的人數很多，如果按照一般的移民程序，張愛玲是要等很久的，但在 1953 年，美國國會通過了難民國際法案，大約開放了二千多個名額，大陸出身，

---

17 洛貞從姊姊那裡聽到了鈕夫人與船長開心密會的這個祕密，小說裡除了洛貞和姊姊，其他人包括鈕先生，都不知道這件事，但是在後面的部分，鈕先生決定留在上海的時候，鈕夫人好像就這樣坦然地接受了，因為這件事鈕夫人死的過程，是不是鈕先生也知道鈕夫人外遇的事呢？在張愛玲《惘然記》敘文，有一幅叫校書圖的北宋畫裡，透過「脫掉的鞋子」提到了作品裡隱藏著作家的隱私，上述所說鈕夫人與鈕先生的關係是不是也是一種個人的秘密呢？

留在香港的專門人才都可以申請，1955年，張愛玲以中國專才難民的資格去了美國，當時張愛玲搭乘的是克里夫蘭郵船，途經日本到美國，到目的地舊金山是1955年10月22日，滿五年就可以正式得到市民權[18]。

　　張愛玲實際的行程是先到日本再去美國，小說裡改成了先經過小島再到日本，但是洛貞在船上遇到的黑人男子和日本女子情侶，意味著使這船上設定了混種的空間，是不是用黑人李察遜和日本夫人屈辱的性格來描寫並表現出往後洛貞面對一個新空間的權利構造時的不安？為了在新的土地定居而寫英文自我介紹書的洛貞，雖然她的重生是用一個混種的主題開始的。

五、上海人張愛玲

　　我所經歷的時刻是一個人民到處漂泊的時刻。在別的時間、別的地點、別人的國家，漂泊的時刻又變成相聚的時刻。於是異鄉人、移民、難民群起相聚，在異國文化的邊緣、國土交界處相聚，在城市中心的貧民區與咖啡館相聚。相聚處常聽到半生不熟、晦暗朦朧的異國腔調，也或許有人可以經驗到非我母語，琅琅上口的異樣感覺。相聚帶來各種認可與接受的印記（signs），各種學位、各種傳述（discourses）、各種知識的匯集，還有低度開發時期的種種回憶、遠方世界的經驗補完。過去種種在重生的儀式中凝聚，現在時點也在此成形。還有，離散人民會合了，工

---

18 關於張愛玲離開美國的實際情況，宋淇的兒子宋以朗寫的《宋淇傳奇》（香港：牛津出版社，2014）裡記述到了，頁207。

作合約在身的、四處流動的、被限制居住的。再來就是治安監測統計資料、求學紀錄、法律條文、移民分類——這些因素合起來，就構成伯格（John Berger）稱作「第七人」（the seventh man）的畸零人譜系。從這個層雲匯集的地方，巴勒斯坦詩人達維希（Mahmoud Darwish）發出他的疑問：「最後一片天空已盡，群鳥尚有何處可飛？」[19]

張愛玲的摯友宋淇在1955年秋天離開香港時，只有張愛玲與鄺文美去相送，他在寂寞的氣氛中離開，在中途臨時停靠地的日本，寫了六張信紙，在信紙中道出了悲切的心情及出國當時傷心的情況，這寫在了〈私語張愛玲〉[20]。

霍米巴巴用「國民紛紛分散的瞬間」開始的上述文章後半部，最後用人們在都市聚集做結尾，移民者、少數者、移散民們為了改變國家的歷史所聚集的地方就稱為都市。張愛玲在《到底是上海人》（1943）這本書裡寫道：對於從香港回到好久不見的上海的心情是很開心的，是不是能把國民國家局外人的張愛玲不看成是中國人而是上海人呢？

1944年，張愛玲的弟弟張子靜在《颷》這本雜誌的創刊號發表了一篇文章，〈我的姊姊張愛玲〉，在裡面放了一幅張愛玲自己畫的插畫，題目是「無國籍的女人」，除了題目沒有其他的說明，只能猜測而已。是不是從那個時期開始就表現出了不要用國

---

19 霍米巴巴，《播撒民族（Dissemination）》，霍米巴巴編著，柳勝求譯，《國民與敘事》（Seoul: Humanitas, 2011），頁454-455。

20 子通，亦清主編，《張愛玲評說六十年》（北京：中國華僑出版社，2001），頁130。

籍規定一個國民這樣的存在？對張愛玲來說國家是什麼呢？

《颶》創刊號，張愛玲手繪無國籍的女人。
© 宋以朗、宋元琳　經皇冠文化集團授權。

　　張愛玲對於國民國家的本質不是預測，應該看成是基本上對於共產化的害怕或者對自由的追求，前面引用的「不過是以較大的血親──國家──來取代家庭」這句話背後對於「公共性的不在」存在批判。這和西方自由主義國家不同，是與共產主義的意識形態是支配性的國家、特有的家長制、存在暴力的氛圍這幾點是相關的。但是把全部都看成國家的時候，國家這樣的存在是客觀化且是能評價的，這點不讓人意外。和「無國籍的女人」相關連的話，當然可以把張愛玲看成是上海的猶太人或白俄羅斯人，明明知道移民者們窘困的生命，對於文明，帶著憧憬，而不想歸屬於任何一個國籍。

　　張愛玲《惘然記》的敘文裡，〈色，戒〉與〈浮花浪蕊〉完成於1950年，之後說明修改退稿的過程。1950年代，大陸和臺灣兩岸都是依據國家的角度對文學進行正式的管理，一邊是讚揚新中國的建設，另一邊是反共文學寫成的「國家主義」時期，像國家與國民這樣的對象化文學該如何出來？張愛玲文學在中國流散文學（Diaspora Literature）中是一種很有價值的成果。如果〈封鎖〉、〈傾城之戀〉等離開中國前的一部分作品都可稱之為「白日夢的寫作」的話，那麼〈色，戒〉、〈浪花浮蕊〉等移居到美國之後寫的作品，我們是否可以稱之為「復棋的寫作」呢？

「事實性」的利用與「真實性」的表達

解讀《小團圓》兼論張愛玲

張歡

　　艾略特（Thomas Stearns Eliot）曾提出，「誠實的批評和敏感的鑒賞，並不注意詩人，而注意詩。」[1]作為「新批評」的理論先驅，艾略特意在強調將作品自身視為一個世界來細讀，包括作者也是這個文本世界之外的因素，其實也是在宣導對文學本體的關注。不過，這似乎未包括「詩人」和「詩」合而為一的情況。可以說，《小團圓》即是以自己的方式使作品和作者同時成為文本，在多個時空結構裡展開。作為一部自傳體小說，從故事到文本再到公開面世，時間跨越了半個多世紀[2]，作者與人物之間明暗

<hr>

1　【英】T・S・艾略特，卞之琳、李賦寧等譯，《傳統與個人才能》（上海：上海譯文出版社，2012），頁6。

2　《小團圓》初稿完稿於1976年3月，又經反覆修改，直至在1993年給方麗婉的信中還說「恐怕年內還沒寫完」。小說正式出版是2009年（2月由皇冠出版社出版繁體版，同年4月由十月文藝出版社出版大陸簡體版）。張愛玲在與宋淇夫婦的通信中說，「因為醞釀得實在太久了，寫得非常快。」參見宋以朗，

交迭、互映互涉，這個時空跨度本身也伴隨著作者的反覆打量、咀嚼和反思，這一過程既涉及自傳與小說間的文體糾纏，也折射著張愛玲對經驗自我和理性自我的處理方式，以及由此生發的心靈主題和解讀可能。下文的闡釋將涉及以下幾個角度：第一，敘事話語建構下的母女關係和心理關係；第二，妒忌作為新的關鍵字及其牽引的情感結構；第三，張愛玲在自我文本化的過程中其處境和認知的局限。

　　另一方面，《小團圓》作為張愛玲後期寫作的一個文體貢獻，既不是巴金、郁達夫式的將「自敘傳」作為素材，實為啟蒙主題下的社會小說，也不同於蕭紅、沈從文式的對故鄉風物世情的描繪和抒寫。作為一部自傳體文本，《小團圓》本身就內置了一個回憶結構，張愛玲充分利用第三人稱全知視角和小說的自由，在自己和人物之間、人物和多重時空之間往來穿梭，整個文本不是傳記化的浮現，而是以浮現的名義介入，它最終通往的不是敘述，而是輸出表達。這種表達中實質上包含了張愛玲對自我和歷史的清理和重新理解，它促使敘事者有意牽引讀者的注意力，使之沿著敘事視角行進，從而淡化了關於紀實與虛構的辨別意識。但伊格爾頓（Terry Eagleton）認為客觀性與人的主觀認知並非對立，「客觀性並不僅僅是自身之外的狀況，其形式表現為自知之明」，「自知之明與事實和價值無法分割。它和了解你自己有關，但了解的行動過程反映了一種蘭花和鱷魚所不能了解的價值。」[3]

〈小團圓‧前言〉，《小團圓》（北京：北京十月文藝出版社，2009）。

3 【英】特里‧伊格爾頓，商正譯，欣展校，《理論之後》（北京：商務印書館，2010），頁132。

事實上，作為一個獨立的文學文本，「自傳」和「小說」完全有可能達成屬於它自身的內在性關係。

相對於張愛玲前期風格的豔異華麗，包括《小團圓》、《同學少年都不賤》等在內的後期作品，明顯由放恣轉向收斂，講故事的熱情移向意識流的沉緩，但當代讀者對於張愛玲的閱讀興趣始終有增無減。正如「新批評」理論的風行，在相當程度上也是由於人們對現代社會的失序和科技主義的壓迫感，而樂於投身一個相對封閉自足的文本世界。張愛玲的文本往往具有這種封閉和出離的安全，同時又飽含現代都市的氣息和男女情感的跌宕悲喜，這不失為對當代讀者的吸引力，但從更深的層面看，閱讀的意義在於，對情節的戲劇化追問過後，有值得慢下來諦聽和玩味的沉澱物，它們往往不是作者直接敘述的對象，而是那些隨時會被忽略但又確實存在過的微妙細節、暗示、症候、空白以及沉思的可能，從而使閱讀由對某個人的好奇逐漸轉為對人本身的體會辨識。我們可以沿著《小團圓》的文本，讀出張愛玲的非凡和狹隘，看著她透徹而世俗、世故而幼稚、了然而執拗，但卻不得不承認，作為底色，她下筆的命運之感和人性深度仍然獨特精湛。其實，張愛玲之於當代讀者的，似乎是可以滿足人們通俗的和現實的需要，而同時也引發著人對於通俗和現實之外的需要。

一、敘事策略與母女關係

貫穿於《小團圓》文本內外的是，作者在書寫三十年前的故事，敘事者在敘述十年前的故事，文本內部發生著發生過的故事。這種複雜性用張愛玲自己的話講，「像七八個話匣子同時開

唱，各唱各的，打成一片混沌」[4]。作者未必有意建構一個複調結構，但這裡，真實與虛構、自傳與小說「打成一片混沌」的確是敘事話語所達成的效果。然而，對於真假的求證幾乎是一種難以抑制的本能，尤其對自傳體小說來說，總難免要面對這樣的審美和倫理的雙重追問。布魯姆（Harold Bloom）提出過「無情的真實性」（brute factuality）和「無情的事實性」（brute facticity）的概念，指出，「真實性」意指著事實或真實的狀態或性質，而「事實性」意指著某一事實的狀態，「比如說，一個不可迴避和不可變更的事實」。並認為「事實性」的否定力量要更大一些，因為它不是一種意識模式，因此會「排斥一切心理矛盾的感覺」[5]。對「事實性」概念的引入，不失為一個有效的策略和緩解，這樣，質疑和求證事實的衝動得以與作為狀態或性質的「真實性」並行不悖，而我們在不斷對應現實人物與小說人物的過程裡，其實一方面默認了事實的存在，另一方面則從旁強化著「真實性」的藝術效果。所以，張愛玲從一開始就明確承認《小團圓》的自傳性，並以此介入敘事過程而並不顯得專斷，最終以「打成一片混沌」的方式完成小說文本。

關於小說的自傳性，在張愛玲的信中有很直接的描述：「我在《小團圓》裡講到自己也很不客氣，這種地方總是自己來揭發的好」，「我寫《小團圓》並不是為了發洩出氣，我一直認為最

4　張愛玲，〈燼餘錄〉，《張愛玲文集》第四卷（合肥：安徽文藝出版社，1992），頁53。

5　【美】哈樂德・布魯姆，吳瓊譯，《批評、正典結構與預言》（北京：中國社會科學出版社，2000），頁98-99。

好的材料是你最深知的材料」[6]。「講到自己」、「自己來揭發」，確認著「材料」的真實，另一句則更值得玩味，「並不是為了發洩出氣」，也就是說，此次寫作還具備著「不為發洩出氣」或「發洩出氣」的選項和功能性，這恰恰彰顯了從材料到文本的藝術轉化能力。從時間層面看，「敘事建立一種當前時刻的感覺，它可以稱之為敘事現在（narrative NOW）。如果敘述是公開的，那就必然有兩個現在：一個是話語的現在，即現在時態中敘述者所占據的時刻（「我打算給你講下面這個故事」）；另一個是故事的現在，即行為開始發生的那一時刻，通常用過去時態。」[7]《小團圓》至少承載著三重時間：故事發生的時間，主人公九莉回憶故事的時間，作者寫作的時間。根據末尾的「二十年前的影片，十年前的人。」[8]可以推知，故事發生的時間與主人公回憶的時間相隔十年，與作者完稿的時間相距三十年。文本中，敘事者以全知的姿態在不同時間中穿梭，隨時行使自己的敘事權力，也從而成就了溢出文本之外的表達。

相對於事實的固定和排他性，小說顯得柔韌和包容，因為其真實性得以建構很大程度上來自心理層面的回應。正如納博科夫（Vladimir Vladimirovich Nabokov）在解讀《追憶似水年華》時談到，小說裡的房間很容易與普魯斯特的對應起來，然而那不過是一種召喚，「小說作者是通過展現若干個經過精心選擇、並由

6　宋以朗，〈小團圓‧前言〉，《小團圓》（北京：北京十月文藝出版社，2009），頁2、5。

7　【美】西摩‧查特曼，徐強譯，《故事與話語》（北京：中國人民大學出版社，2013），頁48。

8　張愛玲，《小團圓》（北京：北京十月文藝出版社，2009），頁283。

一連串圖景和形象表現出來的時刻去完成這一召喚的」[9]。如上文所說，《小團圓》穿插著時間的蒙太奇，同時，在設置人物及地點上，又充滿了這樣的對應、選擇和召喚，造成故事的開端與結尾、人物的回憶與現實並置的效果。從敘事學的角度講，作者不等於敘事者，而敘事者也並不是九莉，九莉也不完全是張愛玲。但張的敘事策略卻不拒絕讀者將這幾者重疊起來，她甚至利用這種誤會，從而引導讀者對人物的觀察、推測、評價以及對情節的期待、追究，都沿著敘事者的視角和立場推進。也就是說，敘事者與女主人公之間從一開始就結成了共謀關係。九莉的功能遠遠超越了九莉這個人物本身，構成了一種線索、角度、路徑和表達，她不但存在於情節之中，而且負責傳遞感知和評價事物的方式。敘事者毫不掩飾對九莉的倚重，在直接敘述之外，還通過其他次要人物的回饋來拓展對她的刻畫，包括一些類似於群眾演員的角色。

沉默了會，楚娣又低聲道：「他喜歡你，」似乎不經意的隨口說了聲。

九莉詫異到極點。喜歡她什麼？除非是羨慕她高？還是由於一種同情，因為他們都是在父母的陰影的籠罩下長大的[10]？

寥寥幾筆，想傳遞的資訊卻很多：被人喜歡，個子高，成長中的陰影。再如：

但是她（蕊秋）有一次向九莉說：「我在想，韓媽也是看我

---

9 【美】弗拉基米爾‧納博科夫，申慧輝譯，《文學講稿》（上海：上海三聯書店，2005），頁181。

10 ①②③④⑤張愛玲，《小團圓》（北京：北京十月文藝出版社，2009），頁140、100、282、151、241。

們長大的，怎麼她對我們就不像對你一樣。」

　　九莉想不出話來說，笑道：「也許因為她老了。像人家疼兒子總不及疼孫子。」[2]

　　店鋪都拉上了鐵門。黑影裡坐著個印度門警，忽道：「早安，女孩子。」

　　她三十歲了，雖然沒回頭，聽了覺得感激。[3]

　　荷馬史詩中的海倫、漢樂府裡的羅敷形象，都曾採用這種借助他者眼光呈現主角的手法，在這裡運用得格外迂迴含蓄。同時，對於九莉，更關鍵的是要賦予她充分表達的自由。意識流的引入，使九莉得以在回憶中對過去發言，如此也有助於讓一些曾經來不及反應的情緒和判斷代償性地參與其中。

　　又有一次他又說：「太大膽了一般的男人會害怕的。」

　　「我是因為我不過是對你表示一點心意。我們根本沒有前途，不到哪裡去。」但她當時從來想不出話說。而且即使她會分辯，這話也彷彿說得不是時候。以後他自然知道——不久以後。還能有多少時候？[4]

　　這段對話顯然是回憶中的九莉替當時的九莉補上去的，「當時從來想不出話說」，但敘事者發揮了權力，讓九莉現在可以說出來。對於這種邊回憶邊評論，並且隨時將敘事話語植入故事現場的方式，我們接受起來似乎很自然，這很大程度上源自我們對作品自傳性的認定，於是不自覺地從結局的方向進入情節。但是，如果從文學文本的角度看，在故事的進行中，結局是尚未明確顯現的，所有人物在文本中都有各自命運的不確定性和可能性。比如上面引述的內容就出現在九莉與之雍的熱戀階段，在故

事發生的當下，沒有人可以預知兩人感情會走向圓滿還是終結。兩情相悅時，九莉想不出那樣的話才更合情理，那麼，這補上去的話究竟是誰在分辯？毋寧是故事之外的人鬱結中懷、不得不發，即使知道「這話也彷彿說得不是時候」。後面又緊接著的一句「以後他自然知道──不久以後。還能有多少時候？」只這樣一個小的情節，就經過了如此的曲折迴環、起起伏伏，足見其心頭的多年縈繞、百轉千迴。張愛玲在與胡蘭成的戀情中，有多少話是當時想不出的，有多少是想到而未能出口的，多少是講出了而收不回的，大概她都如在目前，終究還是要去說、去揭開、去彌補，即使三十年前的遺憾已定格在三十年前。

　　由於九莉主導了敘事視角，相對而言，其他人物則顯出某種被動和局限，甚至在不同程度上被轉化為敘事者內心投射的對象化存在。母親蕊秋正是在這樣的話語背景下被確立起來的。對於九莉的成長具有絕對影響力的兩個人就是母親和之雍，文中說，「她是最不多愁善感的人，抵抗力很強。事實是只有她母親與之雍給她受過罪。」⑤「給她受過罪」，可見這絕對的影響力卻是負面的。在文本的內部敘事中，沿著九莉的視角和敘事話語的順利運行，蕊秋的負面形象被整體性地建構起來，如此強烈的傾向性甚至有違張愛玲自己的參差美學。

　　九莉坐久了都快睡著了，那年才九歲。去了幾個部門之後出來，站在街邊等著過馬路。蕊秋正說「跟著我走；要當心，兩頭都看了沒車子──」忽然來了個空隙，正要走，又躊躇了一下，彷彿覺得有牽著她手的必要，一咬牙，方才抓住她的手，抓得太緊了點，九莉沒想到她手指這麼瘦，像一把細竹管橫七豎八夾在自己手上，心裡也很亂。在車縫裡匆匆穿過南京路，一到人行道

上蕊秋立刻放了手。九莉感到她剛才那一剎那的內心的掙扎，很震動。這是她這次回來唯一的一次形體上的接觸。顯然她也有點噁心[11]。

　　她母親臨終在歐洲寫信來說，「現在就只想再見你一面。」她沒去。故後在一個世界聞名的拍賣行拍賣遺物清了債務，清單給九莉寄了來，只有一對玉瓶值錢。……但是她從來沒見過什麼玉瓶。見了拍賣行開的單子，不禁唇邊泛起一絲苦笑，想道：「也沒讓我開開眼。我們上一代真是對我們防賊似的，『財不露白』。」②
　　上面兩段引文，前者是九歲的小女孩與母親過馬路的細節，我們感受到的是那種比陌生人還要遠的距離感和審視心理。這是「她這次回來唯一的一次形體上的接觸」，僅一個從安全角度出發的牽手動作，卻在瞬間顯現出上述種種的尷尬、慌亂、掙扎、嫌惡；後者是寫母親去世前後，對於母臨終前的邀約，只有一句「她沒去」，緊接著的就是母親去世後的遺物拍賣，結論是母親對女兒「防賊似的」。整段文字只是冷靜的陳述，卻在無形中散發出一種敵意。在這裡，我們並不是要討論母女之間的關係何以惡劣到如此地步，而是借此獲得一些資訊：從主人公九歲，直至母親去世，母女二人難以言說的、微妙惡劣的關係始終沒有變。問題是，文中除了九歲小女孩的視角和感受，蕊秋沒有為我們提供任何其他的解釋角度和內心活動，哪怕是自我辯護。最後說「顯然她也有點噁心」，於是我們就認為是九莉有點噁心，蕊秋

11　①②③④⑤張愛玲，《小團圓》（北京：北京十月文藝出版社，2009），頁80、255、252、283、170。

也有點噁心。第二段引文裡，蕊秋已經去世，是更加徹底地沒有了話語權，我們只看到一個把值錢的玉瓶藏到死都不讓九莉知道的母親，而不會去問「究竟是不是故意藏」、「九莉是被隱瞞還是不關心」的問題，因為我們也只是在用九莉的頭腦想問題。與蕊秋去世相鄰的一幕，是九莉還錢給母親，也許是不經意的安排，但很像對蕊秋去世前的判決。

是不是應當覺得心亂？但是她竭力搜尋，還是一點感覺都沒有。

蕊秋哭道：「我那些事，都是他們逼我的——」忽然咽住了沒說下去。

因為人數多了，這話有點滑稽？

「她完全誤會了，」九莉想，心裡在叫喊：「我從來不裁判任何人，怎麼會裁判起二嬸來？」但是怎麼告訴她她不相信這些？③

一句「我那些事，都是他們逼我的」就已經讓蕊秋自動將自己放在了被審判的位置上，無論其表現是可憐的還是可憎的，在效果上都使人感到，在女兒面前，這是一個有罪過的母親。至於她的傲慢與偏見、美麗或風流也僅止於此，浮光掠影裡看不到她是否有動乎於衷的感情，所謂「那些事」語焉不詳也不能使人物變得更正面或更負面。我們沿著敘事者的視角收到的蕊秋形象，從一定意義上說，也是籠罩張愛玲多年的心理環境，也是她隔著幾十年的時間所堅持的結論，即便一邊懷著愧疚，但一邊仍是解不開。小說結尾處再次提到「母親」，仍舊是冷硬而又疼痛的無能為力，且充滿命運之感：「她從來不想要孩子，也許一部分原因也是覺得她如果有小孩，一定會對她壞，替她母親報仇。」④經年累月的心理陰影並沒有經更遼闊的時間和閱歷被稀釋，反而

變成更深的折磨：因為來自自己。「知道自己不對，但是事實是毫無感覺，就像簡直沒有分別。感情用盡了就是沒有了」⑤，這樣隱曲複雜的心理矛盾只能任其默然翻覆，並以平靜、死心的形式掩下其永無寧日的糾纏。張愛玲一生沒有做過母親，小說的敘事話語也透露了她在文本和現實中的始終不曾被打破的心理陣營和身分自認——女兒。作為一次淋漓的表達，《小團圓》終於以文本的方式為那個一直在心理交戰和自我折磨的女兒提供了一個出口——表達。作為一種內在需要，選擇怎樣的方式表達、等待什麼時機表達，是她一直以來的狀態，而這種需要很難在現實中實現，因為它包含了太過激烈的觸犯和不合法。而小說中則不惜直露地說出那種慶幸和堅決：「時間是站在她這邊的。勝之不武。」[12]如果稍加闡釋，時間關聯的是壽命，所謂「勝」也就是母親的死亡，那麼這是否也就是《小團圓》所等待的表達時機？

如果說，當年的《金鎖記》為中國文學史塑造了一個悲哀而怨毒的母親形象，那麼《小團圓》則演繹了一種愛的變形同時又無能為力的母女關係。在中國現代文學史中，兩代人的鬥爭大都發生在父／子的關係框架中，實所意指的乃是一種觀念的象徵，是新文化語境下關於新對舊、進步對落後、新一代對老一代、一個階級對另一個階級的反抗和衝突，它驅動著五四文學「父」主題的展開，是「新興的『子』」的文化對維繫了兩千年的『崇父』文化的徹底反叛乃至徹底罷免」[13]，因此帶有鮮明的文化革命性質和政治指向。說到底，每一次兒子與父親的衝突都代表著兩

---

12 張愛玲，《小團圓》（北京：北京十月文藝出版社，2009），頁253。

13 孟悅、戴錦華，《浮出歷史地表》（鄭州：河南人民出版社，1989），頁4。

種文化的交戰，而並非真正在討論倫理和情感框架下的父子關係問題。《小團圓》的獨特之處在於，一方面，它突破了將「母親」作為神聖美好的模型和情感皈依的新文化傳統；另一方面，將長期被象徵化、符號化了的兩代人的關係還原為獨立的人與人之間的相處困境，它主動溢出了傳統中國「孝」的人倫秩序和道德規約，直接袒露身分角色包裹下的孤立而複雜的個人。更多情況是，屬於心理和性格層面的糾纏折磨比通常可見的現實層面更為複雜深重，而這樣的揭示和演繹則使更多潛隱的問題得以浮現：血緣和倫理關係的聯結如何相容情感或價值上的相互背離？天性之愛何以變形為沒有出路的仇恨、無動於衷的放棄？仇恨實際上也是影響力的一種彰顯，其前提是重視，而無動於衷則源自已經確定的無能為力，是更徹底的放棄和不抱希望。《小團圓》中的九莉與蕊秋創造了一種空前的母女關係和情感形態，一種依存與拒斥同在、並且都是連生死都無法將之切斷和撫平的狀態，它真切而勇敢地指認了某種完全沒有可能和解的矛盾體是存在的。張愛玲以自己的方式詮釋了它，但始終得不到拯救。

二、新經驗與新關鍵字

「《小團圓》情節複雜，很有戲劇性，full of shocks，是個愛情故事」，「是採用那篇奇長的《易經》一小部分……加上愛情故事」[14]。被張愛玲一再提及的是小說中所包含的「愛情故事」，

---

14 宋以朗，〈小團圓·前言〉，《小團圓》（北京：北京十月文藝出版社，2009），
頁4。

這既是作者在有了自己的戀愛經驗後直接書寫愛情的文本，也是貫穿了張愛玲後半生，被反覆咀嚼的情感體驗和寫作體驗，而經過了三十年的醞釀和沉澱，個人體驗衍生為新的美學經驗，在張愛玲後期創作中發揮著效應。同是描寫都市男女的情感糾葛，相對於前期的機巧、精煉、冷峭、參差，後期的風格則帶著某種滯重、枯燥、猶疑甚至激烈——當然是以潛在的不明顯的方式。這其實透露著整體故事模式的悄然變化。從一定程度上講，張愛玲前期的愛情模式更近於男女調情，置身事外的清醒和毫無牽累的炫智使傳奇華麗而現實、俏皮又文雅，那種不動聲色的一針見血，既觸目驚心同時又完完整整地保證風度氣質身段姿態一無減損。如果前期重在「調」，那麼後期則更接近「情」，在後期的愛情模式裡人物和節奏都顯得有些雜遝和繁冗，調情的輕鬆和玩世不恭往往因難於擺脫愛的情感暗流而處處滲透著牽累和掛礙，然而，愛情帶來的卑微和狼狽恰恰旁證了愛的存在，也正是這種理不清的矛盾性使張愛玲後期人物充滿模糊不定的憂患和翻覆，不及前期面容流麗分明，但談不上高與低、成與毀，相反，卻是從不同方向點擊人性的真實。事實上，前期的調情模式可以歸入社交領域，它照見的是人對一己利益的自保和計較，因而充滿了索取、爭奪的格鬥，在這裡，「真實性」是指它承認著人的趨利本能而不在於它圖解了男女的精神遊戲。而後期的愛情模式則落在感情領域，它讓我們看到愛情中的盲目和神奇可以在人身上產生怎樣不可言傳和不可理喻的效應，感情何以是人類高級的特性，這裡的「真實性」在於它揭示著人性中還具有超越本能的本能，某種甘願付出、給予和犧牲的莫名動力，使人不去趨利也不去避害。所以，並非呈現人性的暗角就是真實，對於人既要索

取、爭奪又需要給予、付出，既患得患失又心甘情願的全面承認才是真實。張愛玲對人性的窺探和技高一籌正在於這種承認，她從未將男女情愛鎖定在某一個固定領域，而是允許利益邏輯與感情邏輯來回交叉。在後期風格中，由於情的因素的傾斜，給她往昔的參差蒼涼注入了幾分沉重感，《小團圓》中圍繞「妒忌」的刻畫和周旋，將那種難言的痛苦和享受詮釋得異常淋漓，可以說人物更平凡了，也可以說更複雜了，白流蘇的平凡符合的是我們想像中的平凡，其實卻是藝術，九莉的平凡是因為我們預先知道結局，但禁得起推敲。參差蒼涼的美學意向有了具體可感的比照，不是更通透了或更混沌了，而是這兩者再難分開。

　　如張愛玲所說，這是長篇小說《易經》中的家族故事加上愛情故事，就文本結構講，九莉與之雍相遇已在整部小說幾近二分之一處，但是，這並不意味著這是兩個彼此獨立的故事的相加或組裝，相反，將其作為一個整體，我們才可能進一步深入那個「愛情故事」的內在層次。正是由於前面有了大量家族故事的鋪展，才會提示這樣一種情感結構：九莉與之雍的愛情，對於九莉來說並不單單是一段高山流水才子佳人的戀愛，它也是一個敏感孤單的少女脫離那個幽深污濁的大家庭氛圍，尋求新的生活和歸屬感的可能性，它成為出身於那樣一個家庭的少女在「決裂」或「革命」的話語之外，希圖成年後的自我新生的方式。

　　然而，九莉的悲劇在於，她的轉折和重建過程，是從高傲、自我而又缺乏母性溫暖的蕊秋那裡，移到政治身分尷尬不堪、感情上泛愛濫情的邵之雍身上。九莉意欲把在母親那裡的壓抑、克制，在之雍這裡全部釋放，然而，這全部的釋放卻沒有得到完全的回應，於是它轉化為了另一種返回自身的能量——妒忌——這

成為《小團圓》裡出現頻繁最高的關鍵字。作為一種普遍的人類情感，張愛玲以東方式的細密深曲，將這種被妒忌折磨的痛苦與日漸遠去的愛交錯書寫，可以說，妒忌本身已化為這一愛情結構的內在層次，甚至，正是妒忌的熱情延宕了愛的時間，多年以後都沒有淡去。

作為一部自傳性文本，張愛玲並沒有利用敘事權力妖魔化男主人公，我們或許也可以借此重新打量邵之雍這個人物。既然妒忌的前提是愛情，那麼，使女主人公確認自己的愛的，除了愛情本身的主觀和盲目之外，是否也包含著它的合理性和不可抗拒的緣由。另一方面，出於九莉的性格和敘事話語的介入，使這個人物身上同時承載著投入和解構這兩條線索，往往一邊要保留出離和評論的清醒姿態，一邊卻已不由自主、一往而深。

她覺得過了童年就沒有這樣平安過。時間變得悠長，無窮無盡，是個金色的沙漠，浩浩蕩蕩一無所有，只有嘹亮的音樂，過去未來重門洞開，永生大概只能是這樣。這一段時間與生命裡無論什麼別的事情都不一樣，因此與任何別的事都不相干。她不過陪他多走一段路。在金色夢的河上划船，隨時可以上岸[15]。

完全沉浸於愛情的美妙甜蜜中，於是幻想著地老天荒，但還是要解構一下，剛說到「悠長」、「永生」，立刻就要加上一句「不過陪他多走一段路」、「隨時可以上岸」。

「我不喜歡戀愛，我喜歡結婚。」「我要跟你確定，」他把臉埋在她肩上說。

……

---

15 ①②張愛玲，《小團圓》（北京：北京十月文藝出版社，2009），頁150、154。

說過兩遍她毫無反應，有一天之雍便道：「我們的事，聽其自然好不好？」

「噯。」她有把握隨時可以停止。這次他走了不會再來了。②

「有把握隨時可以停止」，是為了準備「這次他走了不會再來了」，然而這不過是，越是在兩情相悅時越是自衛式地講反話，就如同，越是擔心什麼就越要故意說什麼。而實際的情況則是：

「我愛上了那邵先生，他要想法子離婚，」她竟告訴比比[16]。

她跟之雍的事跟誰都不一樣，誰也不懂得。只要看她一眼就是誤解她。②

甚至談到了孩子：

提起時局，楚娣自是點頭應了聲「唔。」但又皺眉笑道：「要是養出個孩子來怎麼辦？」

照例九莉智慧詫異的笑笑，但是今天她們姑侄都有點反常。九莉竟笑道：「他說要是有孩子就交給秀男帶。」③

這是在涉及孩子的問題上九莉第一次以正面接受的態度作答，這在此前和此後都沒有出現過，張愛玲的其他小說和散文中也從未出現過的情形，於是文中也用了一句「反常」標注。實質上，「孩子」真正的所指是某種情感與關係。對九莉而言，在遇到之雍以前，她都是在女兒的境地和角度去看待這一問題的，此時「孩子」所牽引的是她們的母女關係系統。在有過愛情之後，「孩子」所關聯的則是作為女人的她與一個男人的情感。《小團

---

16 ①②③④⑤⑥⑦⑧⑨⑩張愛玲，《小團圓》（北京：北京十月文藝出版社，2009），頁160、199、167、157、142、143、206、197、196、154。

圓》中還有一處專門涉及「孩子」，是後來所補寫的打胎情節。
在這裡引述，目的是建立一種比照：那個自願「交給秀男帶」的
是與之雍的「孩子」，被打掉的男胎是與汝狄的「孩子」。

「生個小盛也好，」起初汝狄說，也有點遲疑。

九莉笑道：「我不要。在最好的情形下也不想要──又有
錢，又有可靠的人帶。」

……

晚飯他到對過烤雞店買了一隻，她正肚子疼得翻江攪海，還
讓她吃，自己吃得津津有味。她不免有點反感，但是難道要他握
著她的手？④

此刻作為回憶者的九莉已站在十年後的時空中，在美國的經
歷自然也包含在內的，然而《小團圓》中對於美國生活幾乎隻字
未提，僅僅由於打胎細節，才提到了一次汝狄，眾所周知汝狄即
賴雅。汝狄的形象在這裡顯得有些滑稽，而作為剛剛打了胎的九
莉的丈夫，令九莉感受到的恐怕就不單是滑稽了。而張愛玲在這
唯一一次涉及賴雅的段落，卻僅止於此。那麼，再看看邵之雍是
怎樣一個形象：

有人在雜誌上寫了篇文章，說我好。是個汪政府的官。⑤

她崇拜他，為什麼不能讓他知道？等於走過的時候送一束
花，想中世紀歐洲流行的戀愛一樣絕望。⑥

這時候軸心國大勢已去，實在沒什麼可說的了，但是之雍講
得非常好，她覺得放在哪裡都是第一流的，比他寫得好。⑦

　　她狂熱的喜歡他這一向產量驚人的散文。他在她這裡寫東西，坐在她書桌前面，是案頭一座絲絲縷縷質地的暗銀雕像。⑧

　　他又帶了許多錢給她。……「經濟上我保護你好嗎？」他說。⑨

　　「我不喜歡戀愛，我喜歡結婚。」「我要跟你確定，」他把臉埋在她肩上說。⑩

　　以上，邵之雍可以給我們留下的印象至少有：從政，會寫文章，欣賞九莉，有著令九莉崇拜的才華，口才好，經濟上資助九莉，許諾婚姻。對於從小在母親面前感到自卑的九莉而言，之雍無疑可以成為她愛與被愛的對象了。初識之後，正當從未談過戀愛的九莉輾轉於相思、忐忑於未來的時候，得到的是如下回饋：

　　他講他給一個朋友信上說：「我跟盛九莉小姐，戀愛了。」頓了頓，末了有點抗聲說。

　　她沒說什麼，心裡卻十分高興。她也恨不得要人知道。而且，這是宣傳 17。

　　如此解花看意，且又及時、到位，難怪九莉「心裡十分高興」了。此後不久，他一吻她，一陣強有力的痙攣在他胳膊上流下去，可以感覺到他袖子裡的手臂很粗。

　　九莉想道：「這個人是真愛我的。」但是一隻方方的舌尖立

---

17 ①②③⑤⑥⑦⑧張愛玲，《小團圓》（北京：北京十月文藝出版社，2009），頁152、146、149、281、193、193、195。

　　④【法】馬禮榮，黃作譯，《情愛現象學》（北京：商務印書館，2014），頁328。

刻伸到她嘴唇裡，一個乾燥的軟木塞，因為話說多了口乾。他馬上覺得她的反感，也就微笑著放了手。[②]

……

這次與此後他都是像電影上一樣只吻嘴唇。[③]

這種細微到連自己都可能忽略的小的口味和細節，被領會並且被記住，只能說，這個男人的確令人難忘。即便我們不能完全確認這都是張愛玲與胡蘭成的「金色時光」，但水晶心肝如張愛玲，何以當年一頭墜入，一生未能上岸，恐怕也不是才女的一時障目。退回到文本中，在「恨不得要人知道」的你儂我儂之時，九莉用那一絲自以為的清醒來確認的是「真愛」這回事，那麼，這也意味著，此後的慈悲或殘忍、親密與妒忌都是在這個前提之下衍生的，反過來，「真愛」的確認也為即將展開的種種痛苦找到了正當且合理的基礎。

張愛玲以往演繹的男女戰爭基本都在二人世界的框架內，情感的多元關係卻是一個從文本到現實的新題目。於是，作為張式傳奇的一個新的關鍵字，「妒忌」凸顯成為愛情結構中一個至關重要的層次。作為人類的一種複雜而矛盾的情感，妒忌既帶有強烈的激情又充滿沒有出路的絕望，現象學家認為，即使讓妒忌說話，它本身也「並不總是知道它所說的是什麼東西」[④]，極言這一狀態的糾結、困阨和非理性。從情感關係的角度看，它在不可遏止地蠶食愛，並時時折磨陷入妒忌中的人，然而作為愛的移情，妒忌又在某種程度上延宕了愛，在愛消失後繼續留存於愛人心上，甚至混淆愛的餘溫與妒忌的熱情。此時，這一人類的普遍性情感作用於九莉這樣一個在傳統舊式大家庭生長，又接受過現代西方教育的人物身上，於是她的反應顯得格外糾結和進退失

據。九莉沒有以鮮明直接的態度訴諸之雍，並且始終沒有施加過道德批判，甚至在最初並不是謀求之雍的改觀，而是努力整理自己的情緒心理，小說中可以看到她為自己克服妒忌，嘗試了一系列方法，總結起來大致有：抗拒資訊、否認妒忌的理由，壓抑自己的妒忌，用愛抵抗妒忌，讓妒忌自然爆發，直至，難以承受而不得不宣告失敗。舉例來說：

自我抵制：

也許是人性天生的彆扭，她從來沒有想像過之雍跟別的女人在一起。⑤

她剛才還在笑碧桃天真，不知道她自己才天真得不可救藥。一直以為之雍與小康小姐與辛巧玉都沒發生關係。⑥

否認妒忌的理由：

她從來沒妒忌過緋雯，也不妒忌文姬，認為那是他剛出獄的時候一種反常的心理，一條性命是揀來的。⑦

用愛抵抗妒忌：

他這麼個人，有什麼辦法？如果真愛一個人，能砍掉他一個枝幹？⑧

抑制自己的妒忌：

她夢見手攔在一棵棕櫚樹上，突出一環一環的淡灰色樹幹非常長。沿著欹斜的樹身一路望過去，海天一色，在耀眼的陽光裡白茫茫的，睜不開眼睛。這夢一望而知是佛洛依德式的，與性有

關。她沒想到也是一種願望，棕櫚沒有樹枝[18]。——連做夢都無法解脫。

九莉對自己說：「『知己知彼』。你如果還想保留他，就必須聽他講，無論聽了多痛苦。」但是一面微笑聽著，心裡亂刀砍出來，砍得人影子都沒有了。[②]

她不怪他在危難中抓住一切抓得住的，但是在順境中也已經這樣——也許還更甚——這一念根本不能想，只覺得心往下沉，又有點感到滑稽。[③]

讓妒忌自然爆發：
她回信問候小康小姐，輕飄的說了聲「我是最妒忌的女人，但是當然高興你在那裡生活不太枯寂。」[④]

但是她要當面問之雍到底預備怎樣。這不確定，忽然一刻也不能再忍耐下去了。[⑤]

走著走著，驚笑著，九莉終於微笑道：「你決定怎麼樣，要是不能放棄小康小姐，我可以走開。」[⑥]

18　①②③④⑤⑥⑧張愛玲，《小團圓》（北京：北京十月文藝出版社，2009），頁196、204、235、193、226、238、242。
　　⑦馬禮榮，黃作譯，《情愛現象學》（北京：商務印書館，2014），頁329。

　　在九莉與之雍的感情結構中，何以鋪張如此多的筆墨給「妒忌」？除了它對九莉帶來的深刻痛苦和折磨之外，其實也是作者在推遲這段感情進入到「愛消失的過程」的節奏。九莉如此掙扎於妒忌之苦而並未決斷，因為相對於承認「妒忌」，承認「不愛」的事實會更加艱難。妒忌的折磨來自於看到愛逝去跡象同時又保留著尋回的希望，社會學家注意到這種情感狀態，將之詮釋為「主觀上為自己製造一種『他／她愛我同時又不愛我』的狀態」，「事實上，我自己製造這種自相矛盾以便產生錯覺且保持一種虛假的希望；我意願想像，他者愛我（再一點點）又不愛我，而他者顯然並不愛我——就是這些」[7]。應當說，折磨九莉的其實是要不要徹底承認之雍已不愛自己的事實，然而現在，被妒忌折磨的痛苦已經超過了承認「不愛」所帶來的痛苦，「並不是她篤信一夫一妻制，只曉得她受不了。她只聽信痛苦的語言，她的鄉音。」[8]痛苦如影隨形到成為「鄉音」的地步了，足見這種折磨之強烈具體，在張愛玲冷峭參差的美學裡，如此直接地以痛苦寫痛苦的方式十分少見。從九莉的方面看，直至最後不得不以「走開」作為了結的時候，其直接原因乃是無法繼續忍受妒忌的痛苦——並不等於不再愛之雍，雖然兩者其實很難拆解。

　　但是，從之雍的方面看，痛苦幾乎是談不上的，一切「亦是好的」也並不就是一句抵賴，在他與九莉的關係中也的確完整貫穿了愛情，因為當他的「不愛」彰顯出來，他們的關係就終結了。況且，之雍的泛愛主義使他從根本上就不接受專一的愛情邏輯，而對此九莉並非不了解。文本與現實的互文性也在此相映成趣，作為邵之雍原型的胡蘭成，在其自傳性文集《今生今世》中毫不諱言自己的情感歷程與名士風流，一方面，所有的女性都被

烘托得翩若驚鴻、曠世秀群，對照《小團圓》裡之雍的言論「好的牙齒，為什麼要拔掉」，也即釋然。如果說張愛玲在《小團圓》著意演繹了「妒忌」的糾纏，那麼胡蘭成天然是一個不斷提供妒忌的源頭活水。在如此多元主義的情感結構中，張愛玲也只是其中的一元，如果一定要賦予其與眾不同之處的話，那就是張的超凡脫俗被無限地抽象化和文學化了，當然，其中不乏胡對張才華的由衷欣賞，但從戀人關係的角度，則毋寧蒙上了一層距離而少了幾分世俗情義的親昵。張被抽象化所帶來的效果是，作為世俗窠臼的吃醋、妒忌也理應被超越，於是，「她想不到會遇見我。我已有妻室，她並不在意。再或我有許多女友，乃至挾妓遊玩，她亦不會吃醋。她倒是願意世上的女子都喜歡我。」[19]張愛玲於1959年讀到《今生今世》[20]，相對胡蘭成筆端的嫵媚舒展，二十年後的《小團圓》卻執意描摹妒忌、極寫痛苦，現實地顛覆掉前者那個超然物外的神仙境界。

《小團圓》中，當九莉再度回憶這椿愛情，妒忌的折磨已化為自己的感覺系統，匯成一種熟悉的痛苦，「只認識那感覺，五中如沸，混身火燒火辣燙傷了一樣，潮水一樣的淹上來，總要淹上個兩三次才退。」[21]之雍與「那感覺」是關聯在一起的，於是，愛、妒忌、痛苦、之雍混淆雜糅，難以剝離。被妒忌吞噬了的愛是否已經消失，被痛苦覆蓋掉的之雍是否還在九莉心裡，都變成了不可解的問題，但作為一種複雜的情感體驗，經過沉澱這種含

---

19 胡蘭成，《今生今世》（北京：中國長安出版社，2013），頁148。

20 張愛玲在同年12月回信給胡蘭成，並囑其付寄下卷。參見張惠苑編，《張愛玲年譜》（天津：天津人民出版社，2014），頁112。

21 張愛玲，《小團圓》（北京：北京十月文藝出版社，2009），頁282、141。

混蕪雜的狀態則可能提供新的美學效應。張愛玲後期創作雖然數量非常有限，但由風格的變化不難覺察，對於感情生態的刻畫不再那麼如以往那樣篤意鋪陳勢利和計算，她後期的幾部小說雖然也寫男女糾葛的故事，但機巧的炫技鬥智收束了許多，情、性以及體驗性的因素相對獲得了一些發揮空間，但這並不意味著權衡博弈要被純情化，而是男／女鬥爭的二元架構有所鬆動，掙扎未必是雙方對彼此施加的，各自自身的觀念、心理、環境、性格的自我交戰才格外變幻無端且沒有勝負，這樣的掙扎更加劇烈、窘迫、不可擺脫，也更加複雜、無解和富有悲劇性。

三、「個人」向「關係」的轉化困境

　　從文學史的角度，可以總結很多愛情的發生模式，比如男知識分子為女性啟蒙模式、純潔的女性拯救苦悶男知識分子模式、革命加戀愛的志同道合模式、欲望模式以及偶然的歷史導致的傾城模式，等等，但我們很難總結愛情的終結模式。然而，由於人天性更容易接受喜劇而不願意接受悲劇，於是人們往往很自然地接受發生，卻總要追問為什麼終結的問題。張愛玲時隔三十年的時間去書寫一個愛情故事，又用半生時間不斷增刪修改[22]，顯然「並不是為了發洩出氣」[23]，《小團圓》是提供了一個她最擅長的方

---

22 初稿完成於1976年3月，修改的過程直至1993年在她與編輯的通信中仍說
　　「《小團圓》恐怕年內還沒寫完」（參見〈小團圓·前言〉）。張愛玲去世是在
　　1995年9月。

23 宋以朗，〈小團圓·前言〉，《小團圓》（北京：北京十月文藝出版社，2009），
　　頁5。

式——小說——來描述「愛的萬轉千迴」到「完全的幻滅」，而這個過程也包含了她半生的打量和反思。盧卡奇（Georg Lukács）認為「對真正反思的需要，是每一部偉大小說的最深沉的憂鬱」[24]，雖然並不是所有的小說都適合以偉大做評價標準，但他指出反思之於小說的意義是值得重視的。不可否認，《小團圓》包含著這種反思的憂鬱，而張胡之戀與《小團圓》的互文關係也提示我們需要將二者同時文本化，在對其文本細讀的過程裡，張愛玲的反思及其視角的褊狹恰恰可以回應關於愛終結的問題。

我們不妨先從兩個角度切入文本：一是九莉、之雍各自的身分背景和經歷，二是兩人愛情的發生和存續方式。前者凸顯的是兩個人社會性現實性的存在狀態，後者是一對戀人的感情結構及其存在狀態。將這兩者關聯起來，則會看到兩個個人轉為一對戀人之後，在特定的時代歷史中呈現出的趨勢、可能和結局。

首先來看《小團圓》中提供的兩人的基本資訊，九莉的非常簡單：「二十二歲了，寫愛情故事，但是從來沒戀愛過，給人知道不好」[7]，也就是說，九莉是一位靠寫作為生的尚且沒有愛情體驗的年輕的上海女作家，再有，就是前文已經分析過的她的家庭和親情關係。至於之雍，是汪政府的文化官員，坐過牢，感情生活豐富，目前家中有太太。很明顯，他們的身分、閱歷差距非常大。對九莉來說，她是直接從一個從未戀愛過的少女，陡然變為一個有婦之夫的情人、「漢奸之妻」，直至思婦棄婦。而對於之雍，在觀念上他並不認同一對一的愛情倫理，「好的牙齒為什

24【匈牙利】盧卡奇，燕宏遠、李懷濤譯，《小說理論》（北京：商務印書館，2013），頁76。

麼要拔掉？要選擇就是不好」[25]正是他的泛愛且根本無意收束的一貫邏輯。並且，政治和風流都是他的生活重心，他的不耐寂寞既包括情感的恣意留情，還有傳統文人的廟堂野心。從一定意義上說，九莉所投入的和期待從之雍那裡獲得的是全部；而之雍只是點燃了九莉，並未想過負擔她的人生，談情說愛並不等於要共同生活。這些現實的和根本性的差異本來是他們首先要面對的，然而，特殊的歷史和孤島政治將現實變成了非現實，於是，九莉與之雍非常態的關聯式結構，從一開始就缺失了常態化的參照系統，恰恰也因此得以締結。

應該承認，九莉與之雍之間，最初的也是最核心的吸引的確來自才華上的相知互賞：一個成熟放達的才子需要在有才情的女作家面前賣弄學問、揮灑風流；一個敏感而壓抑的女作家需要被溫暖、被懂得。這種相互聯結更多地屬於精神世界和審美生活，同時成為了他們關聯式結構的基本形態，現實世界的一切似乎都無關乎這種才子佳人模式的交往，而大背景的非常態化，則有效遮蔽了這一結構的隔絕和懸空，或者說是一種成全。張愛玲早期小說的顯著特點就是人物與時代的關係的淡漠，當蕭紅、丁玲、巴金、老舍等同時代作家在與新時代、新理想競相呼應時，張愛玲的小說世界裡卻一切如常，歷史也只是個人的歷史。如同一個隱喻，成就了她的海上傳奇，然而傳奇就在於它並非現實，隨著戰爭結束，非常態的歷史還原為現實，九莉與之雍之間的內在及外部的矛盾也就充分展開了。

---

25 ①②③④張愛玲，《小團圓》（北京：北京十月文藝出版社，2009），頁238、
　　159、202、221。

　　如果沒有人際網絡的「關係」結構，感情的活力也即逐漸難以為繼。人類情感的先天局限與它的社會性共同構成情感的基本現實。在九莉與之雍之間，自始至終都在以兩個個人相處，缺少作為一種「關係」的交流方式和現實維度。他們最主要的活動空間就是公寓，更確切地說，是洋臺、桌椅、床。至於那一紙婚書，不但之雍是經過了種種的勉強，連九莉也「覺得是自騙自」，她要從婚姻中取得的毋寧說僅只是身分。在寫到之雍的太太因她與之雍的關係而大發脾氣後，「九莉完全坦然，沒什麼對不起她。並沒有拿了她什麼，因為他們的關係不同。」[②]在這裡，我們不難發現這位生在舊式大家庭裡九莉關於身分的感受和觀念認知：相比知道丈夫移情別戀的妻子，當姨太太是更加委屈的事情。從這個角度就不難理解九莉何以那樣迫切地希望正式的「結婚」，但其實他們幾乎沒有參與彼此的生活。即便有九莉用之雍的錢去還蕊秋的情節，對之雍來說就只是給九莉錢，並沒有作為九莉的丈夫介入九莉的家庭。唯其接觸過楚娣，也不過因為同住在一個公寓，談不上角色身分意義上的聯繫。九莉之於之雍更加懸空無著，不論上海還是之雍的工作地南京、武漢，她都在他的社交及現實生活之外。

　　有一天他講起華中，說：「你要不要去看看？」

　　九莉笑道：「我怎麼能去呢？不能坐飛機。」他是乘軍用飛機。

　　「可以的，就是我的家屬好了。」

　　連她也知道家屬是妾的代名詞。

　　之雍見她微笑著沒介面，便又笑道：「你還是在這裡好。」

　　她知道他是說她出去給人的印象不好。她也有同感。她像是

附屬在這兩間房子上的狐鬼。③

「像是附屬在這兩間房子上的狐鬼」，無論九莉是否是當時就已意識到，文本是在以全知的方式提示這一知覺。後文還有「其實她也並沒有想到這些，不過因為床太小嫌擠，不免有今昔之感。這一兩丈見方的角落裡回憶太多了，不想起來都覺得窒息。」④待到回憶兩人所共同經歷的，卻僅是「這一兩丈見方的角落」。於是，當陌生龐大的現實來臨的時候，那個抽象的審美世界顯現出脆弱飄搖，但卻沒有一個可以支撐他們窘迫局面的緩衝機制，二人世界的臨時現實飄散的時候，二人世界也即不復存在。

戰爭結束，之雍逃亡，九莉並不真的明白這意味著什麼，因為在他們此前的關係裡，就只有與之雍見面或不見面之分，但此時的現實卻是，九莉瞬間從初戀少女變成「漢奸之妻」，以及無人相語的思婦棄婦，這種高峰即成斷崖的變化完全越出了她的生活邊界，她始終是以少女之於初戀的方式來面對他們的關係的，而意外的角色跨越對九莉來說是一種中斷和遺憾，以至於她潛意識中總是試圖彌補，我們看到小說的最後寫到燕山，「她覺得她是找補了初戀，從前錯過了的一個男孩子。」26所以，對於尚且處於初戀情懷的九莉來說，突如其來的現實就是一個意外變故，她沒有任何應對的辦法和依據，他們的那個二人世界裡，她只有之雍，崩塌了就只有她自己。她決定去鄉下找之雍，並在這個重大的現實變故之下，向他提出關乎他們感情轉折的問題：要求之雍

26　①②③④張愛玲，《小團圓》（北京：北京十月文藝出版社，2009），頁263、
　　236、211、239。

做出選擇。於是，現實與情感在這裡合流，將現實問題和情感問題分別處理的可能已經被取消，他們遭遇的是兩大難題的合力襲擊。這種沒有出路的境地究竟是由於特定的歷史，還是他們孤立虛無的關係？毋寧說是由於這兩者恰逢不可分開。

再看之雍。對之雍來說，抗戰勝利便意味著逃亡生涯開始，現實的處境和心理上都充滿超乎尋常的恐懼、狼狽和挫敗。這段經歷也可以在胡蘭成的《今生今世》和張愛玲的《異鄉記》裡看到一些現實的對應和描繪，對望之下，《傾城之戀》的傳奇終究還是浪漫了，現實卻是「傾城」也未必相戀，反而暴露出他們關聯式結構的脆弱和空洞。另一方面，之雍的泛愛與濫情也不會因戰爭的終結而終結，九莉的問題（選擇她，還是小康）其實是永遠問不完的。然而，從當時之雍移情的對象——小康和辛巧玉——可以看到一個落魄文人在此刻的需要：少女的溫順，婦人的溫暖，而九莉的千里尋夫使他感到的卻是尷尬和壓力。當現實把兩個人推出房間、洋臺、詩詞歌賦而拋擲在這個偏僻鄉村，他們才有機會進入一個個具體而細屑的生活場景。

巧玉的母親是個笑呵呵的短臉小老太婆，煮飯的時候把雞蛋打在個碟子裡，擱在圓底大飯鍋裡的架子上，鄰近木頭鍋蓋。飯煮好了，雞蛋也已經蒸癟了，黏在碟子上，蛋白味道像橡皮。……中國菜這樣出名，這也不是窮鄉僻壤，倒已經有人不知道煎蛋炒蛋臥雞蛋，她覺得駭人聽聞。[2]

這個敘事視角顯然來自九莉，這番描繪和評論仍然像是在他們二人世界的洋臺上，遺世獨立，一切只是才華和趣味的事。然而此時卻是在收留他們的「小老太婆」家裡，一個來探望逃亡丈夫的妻子，對人家的飯菜發表的評論。只能說，九莉的確缺乏身

分意識和體驗，作為個人的九莉始終沒能完成作為一重關係的轉化。而這一點，之雍未必沒有知覺，只是逃亡之前似乎沒有必要來專門指出，而逃亡之後已是自身難保，這個問題便又顯得遙遠，難以展開。下文是之雍躲藏在上海的一個日本女人家裡，九莉去看他，談了一會，之雍忽然笑道：「還是愛人，不是太太。」

　　她也只當是讚美的話一樣，只笑笑。③

　　之雍顯然不是憑空講的，但當時的九莉也顯然沒有明白。《小團圓》不止一處描繪兩人在房間裡的詩文品藻，朝夕不絕。談話，構成了他們最主要的生活內容和相處模式。然而此時，一個隨時有性命之虞的人因更加接近生死而顯得樸素而敏感，因為某種安全的體貼和相親要從「太太」那裡獲得，但九莉給予他的感覺是「愛人」不是「太太」，即使九莉那麼愛他，然而他收到的卻不是他需要的，九莉的錯解也折射出之雍的某種難言的可憐與落寞來。末了，九莉還是要之雍做出選擇，「她臨走那天，他沒等她說出來，便微笑道：『不要問我了好不好？』」④。其實他只是沒有親口告訴她。此時的九莉則正處在被「妒忌」的痛苦百般折磨裡幾乎達到極致，之雍也是體會不到。同樣地，現實問題和感情問題合流的時候，九莉來不及成為「太太」，之雍也更無環境來體會九莉的心情。他們的關係也終因他們的「沒有關係」而瓦解，至於愛情，我們仍然無法確定它終結的時刻，但卻可以依稀看到它消失的過程。然而，十年後的九莉沒有看到，還仍然在夢裡追緬那個愛情；三十年後的張愛玲仍然在看，眼光裡有反思，但看到的是其兩端的愛和消失，因為她把自己留在了愛消失的過程裡，因此，即使她的反思眼光，也仍然屬於那個愛情結構裡的少女，在反思愛情的終結中，詮釋她作為「個人」的而非任

何「關係」的感受和理解，而作為洞見人性之幽微曲折的高手，如果說張愛玲前期的海上傳奇凸顯她的透徹，那麼《小團圓》則演繹了複雜而又掙扎的「真實」。

愛情面面觀

試論張愛玲《小團圓》的敘述美學

蔡秀粧

　　張愛玲擅長描寫人性弱點，特別是在逆境中，無法面對現實的鴕鳥心態。在她筆下，男女的悲哀經常來自遇人不淑或是愛錯對象。他們在人生關鍵的時刻，躊躇不決，難以摒棄個人文化的包袱、社會的壓力，跟主觀的偏見，所以判斷有了誤差，最後沒有快樂的結局。《金鎖記》的七巧，《紅玫瑰與白玫瑰》的振保，〈色，戒〉的佳芝，跟《小團圓》的九莉等等都是情海裡的傷兵，有的心理不平衡，有的後悔莫及，有的犧牲了性命。

　　在張愛玲的作品中，對人物性格缺陷最刻骨銘心的描寫，不外乎是她過世後才出版的《小團圓》[1]。故事中的九莉，沒有勇氣坦然面對熱戀中迷失的自我，扮演的一個亦是亦非的角色。但是最讓讀者耿耿於懷的是這部小說的自傳性質，根據研究考證，如果九莉就是張愛玲的化身，我們如何詮釋這本書的寓意？

　　雖然不少學者提到這本「未完成」的手稿，在美學上略遜於

1　張愛玲，《小團圓》（臺北：皇冠文化，2009）。

張其他的作品，因為人物混亂龐雜，時間空間的跳動倉促，而句子結構也略微鬆散。此外，此書在張遺囑提到「小說手稿應該銷毀，不予出版」的叮嚀下出版，自然也引起了許多爭議。但是不管《小團圓》見世的過程是如何的風風雨雨，我認為這部作品在張學研究裡占有特殊的地位，因為這是在張愛玲的創作裡，唯一最完整的中文長篇自傳小說。張除了對傳記的風格有獨到的見解以外，也藉由紀錄寫實的「自由」，重新探討小說如何解放自我在道德文化下的壓力。這種表白性（confession）的敘述由外轉內，讓作者能更深入地思考個人意識發展的文化意義。

　　自從張愛玲成名以後，海峽兩岸三地出版了很多有關她的傳記，但是由其與朋友和出版社的通信當中，可以看得出來張愛玲對別人寫自己的事不是有戒心，就是不太滿意。舉例來說，1975年給她朋友兼出版商宋淇寫信的時候，提到為什麼她希望《小團圓》能早日在港臺連載，因為她怕朱西甯早她一步，出版了她的傳記。「趕寫《小團圓》的動機之一是朱西甯來信說他根據胡蘭成的話動手寫我的傳記，我回了封短信說我近年來盡量de-personalize讀者對我的印象，希望他不要寫。」[2]張注重個人的隱私，不容許別人寫沒有經過她同意的話。即使她個人的自傳小說已經快完成了，她也不惜找個藉口以「去個人化」為由，來阻止朱西甯用胡蘭成的觀點說她的故事。

　　此外，在1994年寄給莊信正最後的一封信裡，張也提到臺北大地出版社的姚宜瑛，想發表她弟弟張子靜寫有關她的事，使她很為難。一方面她覺得他文章有些地方寫得不對，是「Freudian

---

2　張愛玲，《小團圓》（臺北：皇冠文化，2009），頁5。

slip, wishful thinking」，意欲減輕他過去受父親繼母虐待的傷痛。另一方面她認為弟弟對自己誤會很深，「因為我沒能力幫助他」，所以他的記載不可信任，不過張最擔心的終究是大眾輿論，因為「自己弟弟說的，當然被視為事實」。但是對張而言，他的「事實」是有缺陷的記憶。

即使張愛玲不喜歡別人寫她，我們從她早期的散文跟晚期發表的《對照集》，可以看得出來她對傳記文體一直感興趣。張解釋：「《小團圓》因為情節上的需要，無法改頭換面。看過《流言》的人，一望而知裡面有『私語』、『燼餘錄』（港戰）的內容，儘管是《羅生門》那樣角度的不同。」[3]對張而言，以不同的文體（散文、小說、紀錄），語言（中文、英文），跟人物（改名換姓）來敘述相同的故事，不但能帶給讀者在解讀上不同的觀點，同時也反映了作者熱愛「改寫」的經驗。王德威在討論張愛玲的兩本2010年出版的英文自傳體小說《易經》跟《雷峯塔》時，認為張將同樣的故事用中英文說了許多遍的原因，可能是跟佛洛依德式的自我防衛心理，挑戰父權敘述，及將回憶轉為藝術等動機有關。他的詮釋說明了張不斷改寫的結果將「回憶」視為是一個持續成長的生活經驗[4]。

朱天文談到張愛玲時所引述的看法，也有類似的說明。她引用英國小說家Graham Greene的名言，認為作家常用公共管道來重複解說私人的童年回憶。張愛玲的確念念不忘她年輕時的故事。由她重寫的幾個情節來推斷，不難看出她真的是有話要說，

3　同上，頁6。

4　*Eileen Chang,* 2012, p. 241.

而且屢說不厭，特別是她在親情、友情，和愛情上難以言喻的挫折徬徨，包括了她父母離異的童年，親戚來往的糾結，港戰時期的就學經驗，及跟胡蘭成的情史。雖然在名義上是小說創作，而人物名稱也稍作掩飾，《小團圓》無庸置疑是一部有歷史根據的作品。

　　然而這種紀錄性的寫作，讓實話實說的作者，也冒了很大的風險。因為在二次大戰的時代背景下，她與胡蘭成一段婚姻，觸及了最敏感的叛國政治話題，難免使她成為眾矢之的，對其名譽深具破壞潛力。另外，使人納悶的是，既然張已經屢次阻擋別人對她過去發表高見，甚至不惜動用各種關係來阻撓出版，為什麼如此重視個人聲望的作家，會在創作晚期不遺餘力的寫一部她深知會引起大眾譁然的作品？桑梓蘭認為張愛玲《小團圓》自傳體的文風，傳習了二十世紀中國女作家自述的傳統，並延伸一種女性主義自覺的意識[5]。另外 Laikwan Pang 解釋張的自傳寫的不僅是自己，而是自我建構中，他我的成分[6]。本文受惠於學者對《小團圓》的解讀，不過要提出的論點是張愛玲在晚期如何以「自我表白」的傳記體再出發，追求改善她認為能引起讀者共鳴的風格。首先，我們可以從張愛玲的書信跟散文，看得出來她一直思考如何才能寫出既有深度又受歡迎的作品。她的結論是「最好的材料是你最深知的材料。」[7]因此自傳體變成了一個自然而然的選擇。此外，她認為文學創作的一大敗筆，在於作者常深懼社會道德的

5　同上，頁201-202。

6　同上，頁188。

7　張愛玲，《小團圓》（臺北：皇冠文化，2009），頁16。

譴責或政治派系的壓力，因而無法誠懇坦率地討論人性最可悲、最可鄙的一面。傳記（至少在表面上）標榜的是實情，所以比較容易找到理由來擺脫外力的控制。最後，張愛玲推崇的敘述意境是「橫看成嶺側成峰」，因為「事實有它客觀的存在」[8]。所以在《小團圓》裡，她也致力於「羅生門」式的敘述手法，衡量由不同角度來看人的利弊。

小說與自傳不明分

1976年4月4日張愛玲寫給宋淇的信提到夏志清鼓勵她寫祖父母與母親的事：「好在現在小說與傳記不明分，我回信說，『你定做的小說就是《小團圓》。』」[9]對張而言，所謂「小說與傳記不明分」其實印證了她曾經在1974年〈談看書〉一文中，引用過的話：「一切好的文藝都是傳記性的」，因為「實事」是一種最有人生味的創作原料[10]。張認為像《聊齋》這樣的小說，娛樂性強，但是比較「纖巧單薄」，禁不起一看再看。反觀紀錄見聞的《閱微草堂》卻有許多好處，不但敘述「含蓄」，反映了當時的社會狀況，同時：「事實比虛構的故事有更深沉的戲劇性，向來如此。」[11]

張對自己的文體的解釋，跟Rita Felski對女性自我表白傳記

8　張愛玲，《張看》（臺北：皇冠文化，1991）。

9　張愛玲，《小團圓》（臺北：皇冠文化，2009），頁8。

10　張愛玲，《張愛玲典藏全集——散文卷四：1952年以後作品》（哈爾濱：哈爾濱出版社，2003），頁189。

11　張愛玲，《張看》（臺北：皇冠文化，1991），頁156。

的看法十分接近。對Felski來說，女性傳記的定義要有彈性，所以才能包容來自各地女作家在不同社會文化傳統下寫的作品。這跟Philippe Lejeune深具影響力的「自傳合約」論述有所差異。Lejeune認為傳記的前提是作者跟敘述者的名字一定得相同。這個條件讓《小團圓》立即不符合作者和讀者之間行文的默契。Felski卻認為女性自傳文體中有一種是「自我表白」（confession）。特性是作者一方面願意公開「個人的私密的細節」[12]，另一方面也刻意的模糊小說跟自傳的區別[13]。這個看法跟張自己的說明很相似。張的作品雖然沒有使用第一人稱，人物跟作者的名字也不同，但她跟女主角九莉的生活經歷有許多重疊的地方。對Felski來說，自我表白文體將寫作的焦點從關心一般社會大眾的主題，轉移到主體對自我的定位。這也可以用來解釋《小團圓》如何以個人情感的表達為優先，而將政治歷史的記載邊緣化。

對張來說，自我表白的傳記體最主要的好處，是讓她能將「事實」看成寫作的護身符，使作家超越繁文縟節的道德牽絆，寫自己想寫的人，說自己想說的話。因為在理論上作者只是照實報導，沒有操控故事內容的自由。寫小說時，基於一開始就認定是虛構，所以創作者得為人物所有的思想行為負責，承擔讀者的道德判斷。張認為這種情況產生了「個人常被文化圖案所掩，『應當的』色彩太重。」雖然張沒有說明「應當的」的壓力來自於何，但是綜觀起來，不難猜測是儒家三從四德的道德思想模

---

12 Rita Felski, *Beyond Feminist Aesthetics* (Cambridge: Harvard University Press, 1989), p. 87.

13 同上，頁92。

範。張認為這種「應當的」想法，經常造成限制性的思考框架，阻止作家更進一步的深刻了解人類複雜的思緒和情感。

> 反映在文藝上，往往道德觀念太突出，一切感情順理成章，沿著現成的溝渠流去，不觸及人性深處不可測的地方。實生活裡其實很少黑白分明，但也不一定是灰色，大都是椒鹽式。好的文藝裡，是非黑白不是沒有，而是包含在整個的效果內，不可分的。讀者的感受中就有判斷。[14]

張屢次提到，所謂好的文藝就是能「觸及人性深處不可測的地方」，而唯有能超越道德是非枷鎖的語言，才能引領讀者探索一個黑白混雜世界的真相。

傳記寫實帶來的另一種寫作自由，就是能夠「正名」。因為是自己寫自己的事，所以能權威性的反駁別人不實的報導。張愛玲在寄給宋淇的信提到：「我在《小團圓》裡講到自己也很不客氣，這種地方總是自己來揭發的好，當然也並不是否定自己。」[15]這種「自己來揭發」的心態，跟張愛玲在〈桂花蒸 阿小悲秋〉寫阿小在三等電車上聞到他人衣服的臭味時，一種實在的評論：「自己的髒又還髒得好些」[16]，有異曲同工的作用。對張愛玲來說，沒有別人的作品比她的傳記更能傳神的轉述她的故事，因為她不但有寫的技巧資本，也有第一手的資料，所以能讓她描述

---

14 張愛玲，《張看》（臺北：皇冠文化，1991），頁184。

15 張愛玲，《小團圓》（臺北：皇冠文化，2009），頁4。

16 張愛玲，〈桂花蒸 阿小悲秋〉，載《傳奇》（北京：經濟日報出版社，2003），頁126。

擲地有聲，是「事實的金石聲」[17]。

橫看成嶺側成峰

　　但是借由對個人「不客氣」的批評，張愛玲要暴露的並非對
「自己的否定」，而是揭發人性常見的弱點，特別是自我欺瞞的
惡習。在《小團圓》中，張愛玲對「看」這個動詞有特別深入的
探討。對女主角九莉來說，「看」是一種反思動作，因為「看
人」也是一種「看己」，是一個視覺跟觸覺的感官活動。然而，
將別人的外貌、語言、表情當成一面鏡子，難免帶來了自我跟他
我認同的危機。化解這個危機的方法之一，就是只選擇去看自己
想看的一面，來印證個人存在的價值。

　　張愛玲特別借重九莉主觀的視角，來導引讀者對故事情節的
掌握。在交往的過程中，經由女主角看男主角眼神的改變，我們
發現兩人的戀情慢慢由崇拜轉成漠視。以下所舉的四個例子，說
明了張愛玲如何循序漸進地暴露九莉意識到自己對之雍性格的誤
讀。

　　之雍一開始追求九莉的時候，天天到她的公寓聊天。在正式
交往之前，九莉已經知道他是一個為汪精衛的日本傀儡政府工作
的政客，並且坐擁兩個妻子，但是她不想面對這些戀愛初期的障
礙，所以避重就輕，不願正視他的全貌。

　　　　她永遠看見他的半側面，背著亮坐在斜對面的沙發椅子

17　張愛玲，《張看》（臺北：皇冠文化，1991），頁189。

上，瘦削的面頰，眼窩裡略有些憔悴的陰影，弓形的嘴唇，
邊上有陵。沉默了下來的時候，用手去捻沙發椅扶手上的一
根毛呢線頭，帶著一絲微笑，目光下視，像捧著一滿杯的
水，小心不潑出來。

「你臉上有神的光，」他突然有點納罕的輕聲說。

「我的皮膚油，」她笑著解釋。

「是滿面油光嗎？」他也笑了。[18]

　　九莉選擇只看邵之雍的半側面，因為在背光裡，他的臉是個
有稜有角的特寫，比較接近她心目中理想的對象，是個憂國憂民
的「職業志士」[19]。這種外型的輪廓掩蓋了他圖名圖利，拈花惹草
的人格細節。雖然在初戀的時候，愛人審視彼此的目光常帶著憐
惜，但是張愛玲採用的形容詞卻隱隱影射之雍藏有不為人知的秘
密，並非表裡如一。除了他「背著亮」以外，他眼窩「憔悴的陰
影」也暗示著一種內心的掙扎，是現實跟政治理想的矛盾還是道
德良知的鞭策？如果是前者，九莉認為邵之雍常有「『願望性質
的思想』，一廂情願把事實歸納到一個框框裡……『和平運動』
的理論不便太實際，也只好講拗理。他理想化中國農村，她覺得
不過是懷舊，也都不去注意聽他。」[20]雖然張愛玲沒有仔細交代邵
之雍在傀儡政府擔任的職務，但是她屢次隨筆提起他跟錢曖昧的
關係。到南京「辦報」帶回上海一箱子的錢，交給九莉當成她償

18　張愛玲，《小團圓》（臺北：皇冠文化，2009），頁164。

19　同上，頁163。

20　同上，頁166。

還媽媽（「二嬸」）債務的資本[21]，或是他到華中去辦事，拿到了另一筆錢給他的二太太緋雯「把她的事情解決了」[22]。這些沒有明說的暗中交易，影射了之雍參加了「和平運動」後的貪污特權。根據歷史學家鄭浪平的說明，汪精衛組織南京政府所提倡的「和平運動」在名義上是「曲線救國」：「不妨與日本人合作，組成聽命於日本的政府，如此可以獲得個人的權位，也可以減少日本人直接對中國人民統治所造成的傷害。」[23]雖然九莉明白這是一種「拗理」，因為個人奪權是真，而救國的犧牲為假，但她「也都不去注意聽他」。也許她仔細聽了，難免注意到了其實她跟之雍有很多相似之處，也喜歡「一廂情願把事實歸納到一個框框裡」。

　　這就是為什麼宋淇在初讀了原稿後，建議張愛玲應大幅修改九莉這個角色：「我知道你在寫作時想把九莉寫成一個unconventional的女人，這點並沒有成功。只有少數讀者也許會說她的不快樂的童年使她有這種行為和心理，可是大多數讀者不會對她同情的，總之是一個unsympathetic的人物。」[24]宋淇很誠懇的建議張愛玲改寫的兩個選擇：一是「改寫九莉，務使別人不能identify她為愛玲為止。這一點做不到，因為等於全書重寫。」另一個建議是改寫邵之雍，讓他變成一個雙面諜，使其經歷不完全跟胡蘭成的故事重疊[25]。當然，宋淇的一番好意是要減低自傳小說在道德辯論上對作者本人聲譽的衝擊。但是張愛玲後來遲遲沒

---

21 同上，頁184。

22 同上，頁185。

23 同上，頁337。

24 張愛玲，《小團圓》（臺北：皇冠文化，2009），頁13。

25 同上。

動筆修改《小團圓》，也可能是因為她尊重自己自我表白寫實的創作風格。如果九莉，跟張愛玲的自我詮釋一樣，是一個是非不分，被愛沖昏頭的角色，為什麼作者不能將主角的盲目，明點出來？宋淇覺得人言可畏，因為九莉並非為女權奮鬥的戰士，所以不算是一個成功的反傳統的女性。而且她作家的事業日盛當中，在政治經濟上也非明顯的受到壓迫，因此她的思想行為並無法博得廣大讀者同情。

但如果我們從另一個角度來討論宋淇的良言，張愛玲反抗的正是衛道人士黑白分明的守舊觀念，將文學視為一種改善社會風氣跟提升國家人格的工具。在「自己的文章」裡，張愛玲解釋她「用的是參差的對照的寫法，不喜歡採取善與惡，靈與肉的斬釘截鐵的衝突那種古典的寫法，」所以她的作品常常主題欠分明，「讓故事自身去說明。」[26]張的結論是我們應該從故事中找主題，而不是先訂了主題才開始編故事，所以作家才不會把「人物類型化」，造成了「一套板的英雄形象」[27]。對張愛玲來說，有血有肉的角色也應該有「正常的人性的弱點」[28]。

九莉的弱點是她崇拜自己想像中的之雍，也崇拜他想像中的九莉，是一種曲線形的自我膨脹。在前面引述的對話中，隨著九莉的凝視，觀點忽然跳到男主角對女主角的讚美：「你臉上有神的光。」在此，張給之雍語言的主控權，一方面表示他的霸道，另一方面也嘲諷他「三底門答爾」（sentimental）的性格。對張

---

26 張愛玲，《流言》（臺北：皇冠文化，1996），頁21。

27 張愛玲，《續集》（臺北：皇冠文化，1995），頁21。

28 同上，頁20。

而言，郁達夫翻譯的這個外來詞有許多說法。其中，比較適合形容邵之雍的是「感情豐富到令人作嘔的程度」，因為張認為「情感是文化的產物，不一定由衷，又往往加以誇張強調。」[29]之雍將九莉放在神壇上，視她的寫作才華為天賜，想要占有她，沾她的光，雖然九莉將他們的對話從浪漫拉回現實，戲謔的回答：「我的皮膚油」，但是她心裡頭非常的高興：「她崇拜他，為什麼不能讓他知道？」[30]他們兩個人的對照紀錄也是人類本能對愛情誇張的一種寫實。

但是在戀愛的過程中，他們的身體靠得越近，心理的距離卻越遠。當九莉近得能用手勾畫之雍的輪廓時，戀人的新鮮感已經慢慢消逝：「她用指尖沿著他的眼睛鼻子嘴勾畫著，仍舊是遙坐的時候的半側面，目光下視，凝住的微笑，卻有一絲淒然。」[31]雖然之雍還是「目光下視」，帶有一種愛戀中做作的羞澀，但是跟前文比較，他的「一絲微笑」現在變成了「凝住的微笑」，而以前小心翼翼討好九莉崇拜的姿態，現卻轉為「淒然」。他對自己為什麼看起來「淒然」的詮釋，含有寓意：「我是像個小孩哭了半天要蘋果，蘋果拿到手裡還在抽噎。」[32]九莉正是他已經到了手的蘋果，但是他發現自己要的是果園。

雖然之雍仍試圖扮演九莉欣賞的傷心文人形象，但是九莉的本能讓她感覺得到，也看得出來，這個花心男人對她熱情已經逐漸冷卻。張愛玲過人一等的地方，在於她能以簡明的文字，深刻

---

29 張愛玲，《張看》（臺北：皇冠文化，1991），頁 184。

30 同上，頁 165。

31 同上，頁 173。

32 同上，頁173

的勾勒出人物欲蓋彌彰的虛偽情感。

　　張愛玲對父系社會中男性當權的批評，並非建構於女性激烈的行動抗爭，而是她在行文裡對意象小心的布置經營。當之雍變得越來越專橫，九莉似乎還處於消極被動的姿態。張以第三人稱全知的敘述，點化出兩人之間的裂痕。

> 　　依偎著，她又想念他遙坐的半側面，忽道：「我好像只喜歡你某一個角度。」
> 　　之雍臉色動了一動，因為她的確有時候忽然意興闌珊起。但是他眼睛裡隨即有輕蔑的神氣，俯身撳滅了香菸，微笑道：「你十分愛我，我也十分知道。」別過頭來吻她，像山的陰影，黑下來的天，直罩下來，額前垂著一綹子頭髮。[33]

　　九莉「想念」之雍的「半側面」，帶有一種懷舊情懷，似乎在悼念一段已經消逝的戀情。細讀張的語言，我們很難不注意到文中屢次提到的距離問題。出現三次的「遙坐」彰顯了九莉對近在咫尺「依偎著」的愛人，有點失望，因為近看沒有想像中的那麼美好。之雍對她話語「輕蔑的神氣」在沒有背光的遮掩下，流露無遺。張愛玲形容他接下來動作的動詞「俯」跟「撳」都極具壓迫感，是他敷衍的微笑所無法掩飾的。

　　他自認比九莉更了解她的愛慾，她的「意興闌珊」是一種女人情緒的問題，而不是她對他們兩人情感的本質，有所懷疑。比較九莉跟之雍的對話，他們使用的副詞也成了對比。前者用了

33　張愛玲，《張看》（臺北：皇冠文化，1991），頁187。

「好像」是給自己跟她的情人留下一條退路：她也許已經注意到他的缺失，但不想把話說死。反觀之雍強調性的使用「十分」兩次，是一種斬釘截鐵的專制。他要控制九莉看人看事的詮釋，不留給她思考的餘地。

因此，張愛玲的文字充滿了不祥之感。有別於一般浪漫小說對親吻的描寫，之雍的吻帶來的是「山的陰影」跟「黑下來的天」，龐大模糊而無法阻擋。如果他淒然的側面原被視為一種受難性格的表徵，現在他整個人卻代表「直罩下來」的黑暗力量，肆意的玩弄他已經得到手的獵物。

隨著九莉看之雍角度的不同，他們的戀情也每況愈下，從兩情相悅的恭維到男方予取予求的粗暴性行為。他的真面目就像被剝開的洋蔥一樣，無所遁形。九莉已經無法逃避擺在她眼前的事實：她的白馬王子，民族英雄，文化才子是個自私自利的罪犯。

> 他注意的看了看她的臉，彷彿看她斷了氣了沒有。
>
> 「剛才你眼睛裡有眼淚，」他後來輕聲的說。「不知道怎麼，我也不覺得抱歉。」
>
> 他睡著了，她望著他的臉，黃黯的燈光中，是她不喜歡的正面。
>
> 她有種茫茫無依的感覺，像在黃昏時分出海，路不熟，又遠。
>
> 現在他逃亡的前夜，他睡著了，正好背對著她。[34]

---

34 張愛玲，《張看》（臺北：皇冠文化，1991），頁257。

　　他已經不再矯情的「目光下視」，而是光明正大的將她視為自己的性俘虜。她臉上沒有了「神的光」，卻有他刻意漠視的眼淚。即使燈光黃黯，她也能清楚的看見他的全貌。她原本單方面的浪漫幻想，皆付諸東流。在此，張愛玲最能傳神的描寫人性對逆境複雜的心理反應，因為雖然她終於不再自欺欺人，事實對她而言，既沒有金石擲地的聲響，也不是一種當頭棒喝，而是蒼涼迷惘。之雍不是一個能夠讓九莉託付終身的導航人，她不知道何去何從。

　　這四段看人與被看的分析，目的是要說明張的自述偏重於描寫個人觀點對事實有限的了解。這樣拼圖似的組合，也可以形容張本身對自傳體是否能還原回憶的真相，有一定的懷疑。張的美學借用蘇東坡的名語「橫看成嶺側成峰」的羅生門寫法，來評論人性看不清楚自己不願面對現實的缺陷。讀者對九莉的遭遇也許會義憤填膺，也許會稍加同情。終究，我們了解這種自我蒙蔽的傾向，其實也是一種自我保護的本能。不過張愛玲筆下人物的可悲，可鄙，可憐，也讓我們質問自己，是否看得見本身的弱點？如果我們跟九莉的處境相仿，我們的道德感會比她高尚，意志會比她堅強嗎？

　　《小團圓》最成功的地方是很有技巧的暴露人性盲目的自滿，不管是九莉、之雍、作者，還是讀者，都很難大方地承認在黑白混雜的世界，壞人也有好的地方，而好人也有壞的一面。九莉在文末夢到跟之雍的快樂結局，帶有的是一種淡淡的憂傷，而非嚴厲的譴責。也許這樣模糊不清的愛恨交織，最能代表作者希望以她的小說「觸及人性深處不可測的地方」。

附錄

重吟細閱：張愛玲的
美國生活圖卷
張愛玲誕辰九十五週年紀念
國際學術研討會參會感受

葉雷

　　2016年7月1日和2日，張愛玲誕辰九十五週年紀念國際學術研討會在臺灣中央研究院中國文哲研究所舉行。多名學界專家參會，以學術研討會的形式紀念這位傳奇作家。會議的第一天，天高雲淡，中研院文哲所的自動門貼上了藍色的研討會海報，彷彿染上了天空的顏色。聽說「天使之城」洛杉磯常年天氣晴麗，張愛玲就是在這個城市艱難地走過了她人生最後的二十三年。筆者不禁試圖去想像她輾轉離開故國後的漂泊生活的情形。儘管夏志清先生的《中國現代小說史》奠定了張愛玲在華語文學界的崇高地位，開啟了精采紛呈的張愛玲研究的序幕，張愛玲去國後的生活卻基本上一直處於異常困頓和狼狽的狀態之中。一樓的小型展覽會展出了張愛玲的一些遺物、手稿和著作。假髮、口紅、梳子、鏡子、浴室拖鞋、披肩等簡單零碎的女性生活用品和衣物，

勾勒出晚年隱居於市的張愛玲的日常生活簡圖，這幅簡圖與張愛玲年輕時代華美精緻、寶光璀璨的生活圖卷迥然不同。泛黃的《小團圓》和〈愛憎表〉的手稿安靜地躺在玻璃櫥裡。晚年的張愛玲離群索居，居無定所，頑疾纏身，令人心酸，也引人深思。這次研討會的主題是「不死的靈魂：張愛玲學重探」，意在通過更深廣的學術眼光探索張愛玲研究的更多可能性，參會論文幾乎全部與張愛玲在美國居留期間的生活和發表的作品相關。

在筆者看來，這次研討會有四條主要線索。四條線索彼此交纏，編織出張愛玲在美國的生活圖卷。而本次研討會的重頭戲──〈愛憎表〉的公開發表，彷彿為這幅圖卷注入了生命，使其變得更為真實動人。

第一條線：東方／西方

第一條線由李歐梵老師、Karen Kingsbury 老師、黃心村老師、姚玳玫老師的發言構成。踏上美國國土，與賴雅成婚，取得美國國籍，張愛玲看似離西方社會越來越近，但她始終未能完成心靈上和文學上的離鄉。在生活中，特立獨行的張愛玲不斷將自己與周圍的人和事隔離開來，始終未能真正融入美國社會。上海的回憶和想像宛如一個畫滿了舊人舊物的彩色玻璃球將她牢牢地關在裡面，使她無論走到哪裡總是活在一個東方的陳舊的世界裡，始終無法將腳步邁進玻璃球外近在咫尺的西方世界，而她也未始不願意以這樣的方式作繭自縛。李歐梵老師對張愛玲提出了一些批評，指出她始終生活在上海的充滿煎熬和衝突的回憶和想像之中，因此未能完成文體上的突破，其晚年創作能力衰退也與

此有關。此外李歐梵老師提到張愛玲喜愛毛姆（Somerset Maugham）和本森夫人（Stella Benson）等西方中級作家，作品風格也與這些作家類似，因此未能進入主流文學譜系。承接這個觀點，黃心村老師對現有世界文學體系提出質疑，指出張愛玲在世界文學中的被邊緣化可能恰好凸顯出世界文學理論體系的不完整性。姚玳玫老師將張愛玲赴美後的文學創作放置在冷戰格局的大背景下考察，尖銳地指出一向被認為是遠離政治的張愛玲其實也具有極高的政治敏感性，並且冷戰是她的作品獲得經典地位的重要背景因素。50年代，張愛玲曾寫出具有鮮明政治立場的作品（但比較〈小艾〉和《秧歌》，可看出其作品政治立場的前後不一致），後來則是被動地被捲入冷戰的漩渦中，其作品被借用作兩個陣營對話的中介物（但即使如此，她還是未能獲得大量美國讀者）。與這三位老師相比，Kingsbury老師的發言則要樂觀得多。雖然她認為張愛玲並未成功在美國打開讀者市場，但張愛玲的作品，尤其是前期作品（如〈傾城之戀〉）將會為她贏得越來越多的美國讀者。

筆者認為，第一條主線將張愛玲離開中國前後的兩個階段串聯起來，清晰地勾勒出張愛玲的人生轉折軌跡，並將她放置於歷史發展、社會變遷和政治格局之中進行整體考察，凸顯出張愛玲到達美國之後在文學創作上屢遭挫折的狼狽狀態，有助於理解張愛玲對美國的疏離感的產生，以及她日後不斷複寫上海的回憶和想像的行為。去國後的張愛玲變為一位流散作家（diaspora）。在新的語境裡，曾經無限風光的她滿懷壯志，卻很快無奈地被邊緣化。其失落和困惑之情像一團濃密的烏雲，籠罩著她的身心，也在她日後的作品中留下了印痕。在她後期的作品中，為她的文

字所特有的奇詭的意象、華麗的語言和辛辣的諷刺減少了很多，但她的不徹底的人生觀卻幾乎沒有改變。這番挫折雖然可能給予她更豐富的寫作和人生經驗，但是她的文學創作並未因此而取得突破。

第二條線：歷史（國族）／個人

　　第二條主線由王德威老師、陳相因老師、林建國老師、彭小妍老師和金良守老師的發言構成。總體而言，張愛玲傾向游離於政治漩渦之外，盡量避免沾染政治，也甚少談及時局，像有潔癖的人對待污漬一樣。在生活中，張愛玲也很愛乾淨。但正如她無法擺脫生活中到處存在的污漬一樣，她無法對現實中的政治視而不見。王德威老師的發言通過引入國際法中「治外法權」（extraterritoriality）的概念來解讀張愛玲的作品，認為出生、成長並成名於租界的張愛玲將「治外法權」的觀念濃縮到個人生活管理中，費盡心思使用各種策略保存個人的方寸之地（「把我包括在外」），抵抗國家主義對個人生活的侵蝕，通過文學提出並論述了一種新的個人政治學。陳相因老師、林建國老師和彭小妍老師都以李安改編的《色｜戒》為研究對象，從不同角度論述了歷史（國族）與個人之間的複雜關係。陳相因老師指出愛慾的不可壓抑，林建國老師細察了《色｜戒》以及女主角湯唯在中國大陸的戲劇性遭遇，揭示出其背後隱藏的心理機制，彭小妍老師則認為《色｜戒》通過揭示愛國主義的建構性質而解構了愛國主義，同時也解構了歷史，並指出李安的外來者心態。這三位老師的發言均表現出對於個人的關懷，以及對歷史（國族）影響個人

建構過程（甚至裏挾個人）的警惕態度。金良守老師的發言更為徹底地消除了「國民」觀念對於張愛玲研究的限制（其論文的出發點也是來自王德威老師的觀點：將張愛玲看成「市」民），表面上縮小了，實際上卻拓寬了張愛玲的身分構建的空間。

　　這一條主線的一系列發言令筆者深刻地體會到，張愛玲的一個獨特的吸引人之處在於她非常反感政治對個人生活的干擾。她在作品中不止一次地提到「國家主義」是一種「信仰」。她在文本中體現出來的特立獨行、卓爾不群的態度，放置在當時的社會背景下，令筆者既敬重又感慨。聯繫上文所述的第一條主線，筆者能夠感受到滲透在文本中的這種態度背後的辛酸，同時也感到疑惑：為什麼這樣一位才華橫溢的作家與現在許多成功的流散作家（如獲得諾貝爾文學獎的高行健、石黑一雄等人）相比，去國後的遭遇要曲折許多？本次會議的第三和第四條主線可能可以為這兩個問題提供部分的答案。

第三條線：文本細讀

　　第三條主線由蔡秀粧老師、何杏楓老師、宋偉傑老師、池上貞子老師、張歡老師、梁海老師、張英進老師、桑梓蘭老師、林春城老師和王曉鈺老師的發言構成。從篇幅上看，這條線是最長的，或者說是最粗的，也許這可以說明張愛玲晚期作品的文字依然有著很大的吸引力。蔡秀粧老師、張歡老師和梁海老師都從敘事學的角度對張愛玲的《小團圓》展開了分析。蔡秀粧老師從多個側面細膩地解讀了《小團圓》的敘事手法，指出張愛玲在《小團圓》裡使用非常圓熟的技巧從多方面曲折隱晦地暴露了人性盲

目的自滿，充分實踐了其參差對照的美學觀念，同時也在不知不覺中將讀者引向自我思考，反省自己是否也無法看見自己的弱點。張歡老師則直接而巧妙地指出張愛玲通過《小團圓》寫出了不同於俄狄浦斯情結模式的親緣關係，還原出人與人之間相處的困境，並點明張愛玲在《小團圓》裡傳達出的妒忌心。正是這種妒忌心及其導致的挫敗感使得張愛玲一直對這段感情耿耿於懷，並受制於它，成為她踏入新生活的重大阻礙。張歡老師的發言同時回應了第一條線和第二條線，視角寬廣。梁海老師的發言揭示出《小團圓》通過諸多視角之間的頻繁切換而交織出的凝止的主題：孤獨，這個主題類似於張愛玲在北美的生活狀態，與李歐梵老師所講基本一致。何杏楓老師通過解讀《少帥》發現它與歷史是一種極為不安的關係，並敏銳地察覺出《少帥》和張愛玲其他作品的互文性（intertextuality）。通過對文本的細緻解讀，何杏楓老師指出張愛玲之所以無法逃離歷史的牽絆在很大程度上可以歸因於一種不安的心態。宋偉傑老師通過分析張愛玲作品中「門」的意象，認為張愛玲以此書寫出個人在日常生活的小世界與戰時漂泊離散的大世界中徘徊、猶疑的「迷悟」狀態，描畫出時代特徵。宋偉傑老師的發言呼應了第二條主線。池上貞子老師將〈色，戒〉和日本的女間諜主題小說進行了對比研究，指出〈色，戒〉帶有張愛玲與胡蘭成關係的痕跡。張英進老師的發言正面論述了張愛玲晚年對早期作品的「復現」（repetition）書寫，指出張愛玲被歷史拋棄，因此能夠（像蹦蹦戲花旦那樣）遊戲於歷史內外，進行表演式的書寫，並通過表演書寫解構和重構歷史。但也正因為如此，她無法成為一個時代的精神領袖，她對於自己身處的時代並沒有一個明確的看法。桑梓蘭老師從〈天才

夢〉一文出發，聯繫〈沉香屑・第一爐香〉和〈色，戒〉等作品，解讀出張愛玲作品的一個重要主題：摩登女子（modern girl）的失敗（failure），並揭示出這種失敗背後的社會原因。張愛玲對摩登女子在當時面臨的複雜困境的描寫體現出她對摩登女子的關懷和對社會的批判。林春城老師從民族誌的角度對〈色，戒〉進行了解讀，勘察文本中埋藏的歷史信息，王曉鈺老師的文章則考察了張愛玲對當時的現代電影、廣播和聲音技術的濃厚興趣。

　　對於筆者而言，這些老師的文本分析都非常精采，他們的文字敏感度和想像力令筆者讚歎連連。然而，筆者聽著這些老師的解讀，心情越發沉重。筆者喜歡讀張愛玲的作品，為其深邃的眼光和高超的技巧折服，同時也盼望看到她在寫作上不斷突破自己，寫出更為精采的作品，對人性和時代有更為深刻銳利的書寫。稍嫌遺憾的是，張愛玲並沒有走入新的世界。也許她在與歷史的對抗中耗費了太多的力氣，也許她為情所困，無論如何，通過文本展現出來的晚期的張愛玲，與早期相比，畢竟黯淡了一些。她的脆弱也在這些文本裡被不斷放大——她繼續冷靜地剖析自身的弱點固然令人敬佩，只是在剖析之後，她彷彿未能再進一步。這一條主線可能比前兩條主線更為豔麗，但同時也充滿了陳舊的氣息。

第四條線：身體研究

　　第四條主線由林幸謙老師和張小虹老師的發言構成。張小虹老師的發言以張愛玲的假髮為題，探討了作家和遺物的關係。她

認為每件遺物都有故事，是一種「召喚結構」（appeal structure）。
林幸謙老師的發言是這條線的主要部分，對前三條主線均作出了
回應。晚年的張愛玲為什麼創作力衰退，為什麼離群索居，為什
麼生活困頓？林幸謙老師通過整理分析未公開發表的張愛玲書
信，勾勒出張愛玲飽受虱患之苦的生活圖畫，認為張愛玲自
1980年代起即被虱患陰雲包裹，受困於皮膚疾病和心理疾病，
甚至產生幻覺，無法正常生活，創作活動受到嚴重限制。

　　筆者認為，林幸謙老師從事這方面的研究需要非常大的勇
氣。筆者讀到張愛玲寫的這些信件時感到非常難過。這方面的研
究無疑對了解張愛玲有很重要的意義，對於解決張愛玲研究中一
些存疑的問題有很大幫助，但是張愛玲這種失常的生活狀態在筆
者看來是比較可怕的。張愛玲對待虱子的態度彷彿與她高深的文
化修養不甚匹配。她甚至連醫生的話都不相信，這令筆者覺得有
點不可思議。張愛玲那種理性和冷靜的文風，與她受困於虱患的
事實，在筆者看來很難融合在一起。令筆者感到疑惑的是，如果
一位作家無法抵抗這種日常生活中不確定的威脅，他／她真的能
夠抵抗歷史的更為確定的強有力的侵蝕嗎？前三條主線編織出的
張愛玲的美國生活圖卷添上這第四條主線後，也許依然沒有她早
期的生活圖景那麼華麗，但爬上了更多可怕的虱子。

　　本次研討會上最令人興奮的事情無疑是林幸謙老師宣布〈愛
憎表〉的公開發表。馮睎乾老師在會上發言，講述了整理〈愛憎
表〉的艱難過程，並指出〈愛憎表〉在張愛玲研究中的意義。
〈愛憎表〉可以證實《小團圓》中人物和故事的真實性，並為張
愛玲其他小說的本事提供了線索。林幸謙老師說，〈愛憎表〉之

後，基本上就不會再有張愛玲的遺作面世了。會後筆者有幸得到一本當期《印刻》雜誌，看著上面的〈愛憎表〉，想起在展覽裡看到的那些泛黃的手稿，百感交集。張愛玲在美國的經歷彷彿是一部苦難叢生的小說，有說不完的故事。可歎孤獨的她，儘管有宋淇先生夫婦、夏志清先生、莊正信先生等好友的幫助，始終未能戰勝生活的困苦，戴著身體疾病和精神折磨的沉重的枷鎖，在日光燈的照射中告別人世。這不是一幅漂亮溫暖的圖卷，筆者為之久久沉吟思索。

後記

這次研討會對筆者來說是一次朝聖之旅，我無法形容收到會議邀請函時的激動，也無法形容我聽到這些精采的發言時無限複雜的心情。更令我感慨的，是每一位參會老師以及宋以朗先生對我的和藹的態度。當時我的水平還很差，提出的問題都非常幼稚，但每一位老師都很耐心地和我交談，細緻地回答我的問題，並且給我許多鼓勵。這些老師的言行照亮了我這次研討會之旅，讓我感受到長輩的親切和學界的溫暖，與他們的近距離接觸是我生命中寶貴的財富。他們為我樹立了榜樣，讓我更清楚地知道自己要成為一個怎樣的人。這一份因為張愛玲而得來的緣分，直到現在我都不知道要怎樣珍惜才好。我憧憬著下一次的研討會，憧憬著張愛玲研究的未來，我相信張愛玲的靈魂是不死的。

在臺灣「遇見」張愛玲
記「不死的靈魂：張愛玲學重探」國際學術研討會

王迪

一、緣起：於千萬人之中

「於千萬人之中遇見你所遇見的人，於千萬年之中，時間的無涯的荒野裡，沒有早一步，也沒有晚一步，剛巧趕上了，那也沒有別的話可說，惟有輕輕的問一聲：噢，你也在這裡嗎？」這是張愛玲典型「一個蒼涼的手勢」的散文筆法，最初進入她的文學世界，便是從這「錯過的〈愛〉」始，正在臺灣交換學習的我，在「現代散文」課上，聽淑玲老師講授這篇散文，被這短短297個字吸引，透過這「兀自燃燒」的句子我彷彿看到了張愛玲，也隱約看到了一個之前未曾看見過的自己。那時的我並不是〈夜營的喇叭〉中那個唯一能聽到喇叭的人，卻因這次偶然的相遇而走進了她的世界。回到天津後，偶然間看到一門「張愛玲研究」的選修課，就在這門課上，遇到了張迷王羽老師，在王羽老師的《張愛玲傳》裡我看到了她不幸的童年，她蒼涼的愛情，在

她參差對照的世界裡，一次次的震動著，於是我成為了一個「遲到」的張迷。〈愛〉是錯過，我卻與張愛玲「相遇」在她的故鄉天津，這座城陪伴了她的童年，也照亮了我的大學時光。因為喜歡張愛玲，到處去買有關她的書，在《荒野中的女體》與《女性主體的祭奠》中我看到一個不一樣的張愛玲，她把被掩埋在宏大歷史中女性的聲音傳遞出來，屬於女性特有的生命體驗躍然紙上，吹散了我以往習以為常的家國論述，這兩本書的作者正是林幸謙老師，而在林老師主編的《傳奇・性別・系譜》這本張愛玲學術研討會論文集中，我則看到了張愛玲的不同側臉，我被其中的文字深深地吸引，那些隱藏在字裡行間的顏色，在不經意間已然勾勒出一張張張愛玲像。透過這些畫像可以看到張愛玲的一生，那些極其絢爛而又歸於平淡的顏色，令我神往。尋著張愛玲的足跡，我進入了研究所進一步探訪張愛玲的世界，而在研究所的學段生命中最刻骨銘心的時刻，是當得知有機會去參與張愛玲誕辰九十五週年紀念學術研討會時，瞬間變得無比耀眼。曾經無數次憧憬的畫面竟如此迅速地展現在眼前，而我當時的感受確是「感情強烈到什麼感情都不相干了」。再次來臺，在千萬人中與張愛玲「相遇」也正是剛巧趕上了。幾年前我翻閱林老師主編的張愛玲學術會議論文集彷彿有身臨其境之感，幾年後竟能真的置身於會場之中，聆聽張學家們的研究成果，能在臺灣如此近距離的與張愛玲「相遇」，此刻卻有萬語千言在心中，這一切都要感謝林幸謙先生對我們這些晚輩無私慷慨的幫助。

　　坐落在南港的中央研究院，頗有曲徑通幽之感，當年胡適曾任中研院院長，而張愛玲在到美國後不久便前去拜會胡適，文字銘刻下珍貴的記憶，而歷史的碎屑層層疊疊，穿越千萬里，不勝

唏噓。中央研究院中國文哲所專門舉辦了特展紀念張愛玲，從張愛玲的個人物品，眼鏡、口紅、眉筆、拖鞋、披肩到被翻譯到世界各地的作品，都無聲的訴說著她傳奇的一生，歷史的大門彷彿向我開啟，我得以穿越重重的時間城堡窺見張愛玲。難得一見的手稿，是最精緻的藝術品：〈異鄉記〉、〈談色戒〉、〈愛憎表〉與宋淇夫婦的信件，一個個圓潤不拘束縛的方塊字，伸展著生命的韌性，每一個文字裡都藏著一個「只有生生世世歷經人間一切，才能夠滿足我對生命無饜的慾望」的張愛玲。

二、蒼涼的手勢

　　現代文學史上作家的研討會數不勝數，但張愛玲與其他作家不同之處便在於，許多參會的學者既是張學家也是張迷，對張愛玲既有理性的學院研究也充盈著感性的靈魂共鳴。與會學者許多都是我仰慕的前輩，也都曾拜讀過其名作，林幸謙先生是港臺最早以博士論文研究張愛玲的學者，是海外張學的拓荒人，近年來不斷拓展張學版圖，每有著作問世，皆力透紙背，是我十分敬仰的前輩；王德威老師的《落地的麥子不死：張愛玲與「張派」傳人》是張學重要的研究成果，繪出了一幅張派圖譜，大陸，臺灣，香港，許多作家都曾受到張愛玲的影響，在這些作家的文字裡都隱藏著張愛玲的痕跡，王德威老師主題演講以張愛玲的一句「把我包括在外」開始，多少人願意讓自己包括在內，張愛玲卻說把我包括在外，對於革命敘事，她是「局外人」，王德威老師還談到了張愛玲當時成名的歷史背景，租界區的文學接受情況，為什麼時代選擇了張愛玲，在《張愛玲傳》的歷史背景之外更加

全面的論述了張愛玲成名的歷史原因；何杏楓老師對張愛玲的研究則帶有港島獨特的地域風貌；張小虹老師的著作理論功力十分深厚，論文集收入的文章主要以文學與電影理論解讀《色｜戒》，既對電影的細節有精妙的解讀又將人物放入宏大的歷史背景之中加以論述，但張小虹老師在會場卻並未從理性的學院研究這一視角來解讀張愛玲，而是以感性的個人體驗，從展出的假髮談到了張愛玲的起居生活，讓我看到了生活中另一面的張愛玲；彭小妍老師的作品介於理論與文本之間，最能打動心魂柔軟的部分，在會場見到彭老師，確是文如其人，言談靜柔如水，我被彭老師儒雅的氣質所感染，也被她柔靜的語言所打動；池上貞子老師的《張愛玲：愛‧人生‧文學》是日本學者對張愛玲數十年如一日全情投入的心血之作，有趣的是，在會議茶歇間，偶然與池上貞子老師在一桌用餐，聽她講起研究張愛玲的種種趣事，她二十多年前還曾來過天津，在池上老師回憶裡那個時代的天津我竟有些陌生，不禁唏噓歷史的痕跡原來早已層層疊疊千萬里，我竟有些惶恐還能否在今日的天津尋找到當年張愛玲的天津的蛛絲馬跡；馮睎乾先生對張愛玲晚期作品的考證工作，功力深厚，在展品中看到了〈愛憎表〉珍貴的手稿，塗改痕跡繁雜，字跡難以辨識，在散落殘缺的文稿中整理出二萬三千字的文章，重構出〈愛憎表〉，是異常辛苦的工作，而馮先生的辛勤付出，是為張愛玲做了一件重要的事，也讓無數張迷得以看見這珍貴的歷史存在。宋以朗曾見過張愛玲，在會場我竟也有幸近在餐桌前聽宋以朗先生聊張愛玲，那是一個全然不如文字中那般蒼涼，而十分溫暖親切的張愛玲，聽著宋以朗先生口中的張愛玲，我竟是像走進了歷史的過往，看到了隱藏在文字背後的那個傳奇女子。能面見這些前

輩學者，令我大開眼界，驚喜交集。能再次與張愛玲在臺灣「相遇」，又能近距離看與會張學前輩每個人不同的「看張」之視域，是生命中的盛宴，我自然不敢錯過任何一個時刻。中晚年張愛玲的人生和作品便在這最高的學術殿堂靜靜地展開蒼涼的軌跡。

李歐梵老師以「跨語境跨文化的張愛玲」為題，從張愛玲中英文創作來看她的跨文化與跨語境創作，張愛玲在北美用英文創作是失意的，她的作品並沒有打動美國讀者，始終徘徊在市場之外，與之相應的是她在北美的生活也不盡如人意。

令我頗為感慨，這竟與當年在上海的張愛玲形成鮮明的對比，那是她的黃金時代，她在文壇盛放著孔雀藍的光芒，享受著「出名要趁早」帶給她巨大的滿足，她對中文的掌握駕輕就熟，文字力透紙背，然而她的英語創作卻不如預期，雖然她的英文功底深厚，但畢竟離中文創作還有距離，而且她一直無法放棄心中固有的讀者群體，早期的《傳奇》、《流言》的大部分讀者都是中國的小市民，她懂市場，懂讀者，在市場競爭下遊刃有餘，而在北美，她苦心經營的文字卻不得美國讀者的青睞，美國讀者並不喜歡她筆下的中國世界，張愛玲是孤獨的，但她並沒有為之放棄自己的創作風格，因此蒼涼的處境可想而知。對比她在上海的鼎盛時光，北美的生活是暗淡的，她的悲壯與蒼涼正映照著在北美生活與創作的處境，又是「一個蒼涼的手勢」。

晚年的張愛玲離群索居，不喜歡見人，所以她的生活一直較少為人所知，而林幸謙老師的〈張愛玲（未公開）書信中的蚤患書寫〉，其中某些新公開的資料看得我一次次的震動！大量的醫學紀錄與張愛玲的文字印記，都顯示蚤患已成為她的夢魘，當年在《西風》雜誌的徵文中所創作的〈天才夢〉中那句「可是我一

天不能克服這種咬齧性的小煩惱，生命是一襲華美的袍，上面爬滿了蚤子」一度成為她的標籤，想不到竟一語成讖！她的晚年竟受到如此咬齧性的痛苦，一寸寸消耗著她本已脆弱不堪的身體，看到她因為蚤患不斷搬家，甚至剪掉了頭髮，讓人倍感心酸。蒼涼的文字美學竟成為她人生的寫照，腦海中不覺浮現起《對照記》中她一生驚豔的照片時，豈不正如她所說「照片這東西不過是生命的碎殼；紛紛的歲月已過去，瓜子仁一粒粒咽了下去，滋味各人自己知道，留給大家看的唯有那狼藉的黑白瓜子殼」，她飽受蚤患折磨直讓人倍感蒼涼。

三、唯有小團圓

　　《小團圓》是張愛玲唯一的自傳體小說，且自出版之始，就備受爭議，但不可置疑的是，《小團圓》的出版對學界與大眾都帶來了無以復加的震動，對《小團圓》的討論自然成為本次會議不可忽視的一部分，蔡秀粧老師的「愛情的面面觀：試論張愛玲《小團圓》的敘述美學」直接走入她的內心世界，當年《流言》中自傳性的篇目〈私語〉和〈燼餘錄〉都在《小團圓》裡以「羅生門」的方式再現了，她執著於表達自己個人的情感，而邊緣化政治歷史，這正是張愛玲的傳奇所在，她奮力從道德束縛中掙扎出來，找到最平凡卻也是最永恆的東西，「觸及人性深處不可測的地方」。

　　張歡老師把《小團圓》放入了張愛玲生命寫作的疊層時刻表中，在她看來，也許張愛玲早期的「傳奇」給主流文學史帶來了一種無處安放的尷尬，我想到張英進老師所說的：「張愛玲的歷

史觀是超越時代的」。同樣她也是超越主流文學史的，她一開始就與這個傳統有著某種隔閡，她並不需要被放入傳統，她就是她自己。張歡老師敏銳的洞察到《小團圓》裡盛九莉隱藏在愛情之下的妒忌，在我看來那是她貫穿愛情始終的方式，不那麼「健康」，卻能直抵我們的內心，瑣碎的情感勾勒出一個盛九莉的身影，那當中有張愛玲的一部分，「愛就是不問值得不值得」。梁海老師認為《小團圓》是她用自己的故事重新在敘事文本中再活了一次。也許對於萬千張迷來說，這是對曾經張愛玲印象的一次召喚，也是她自己人生的一個回響。

《小團圓》的前兩章是在回憶九莉與蕊秋的往事，看似瑣粹漫長零亂的敘述下，一個個破碎掙扎零落的九莉躍然紙上，自童年而來受到創傷的張愛玲終於完成了一生中最重要一段關係的回顧，最原始的女人的記憶。而《小團圓》的愛情，是短暫的，張愛玲回頭再看這段經歷，冷靜地回憶當時的自己，也解構著曾經讓她「從塵埃裡開出花來」美妙的愛情，「萎謝」後她打開曾經冰冷封存的自己，心中又是怎樣的百感交集。

而《小團圓》之所以不是也不可能成為大團圓，因為從一開始她就不可能在無路可走的情況下成為革命女性或與過去完全決裂，《小團圓》隱喻了張愛玲自己，她只能是小團圓，她不用偉大也不需要偉大，唯有完成自己生命中的小團圓，她才能在「千瘡百孔的感情」裡，找到自己。

四、重回青春

〈愛憎表〉的問世成為會議上最耀眼的一顆星，最初是在四

年前的一堂課裡看到這顆星，業師王羽曾講到這一內容，猶記在課上喚作「畢業調查表」。此表共六項內容，分別是：「最喜吃：叉燒炒飯」；「最喜歡：Edward VIII」；「最怕：死」；「最恨：一個有天才的女子忽然結婚」；「常常掛在嘴上：我又忘了！」；「拿手好戲：繪畫」。最初看到這個表，非常特別，除了最愛吃與拿手好戲，其餘四項彷彿張愛玲「專屬」，但她究竟為何如此填寫，我翻閱了余斌老師的《張愛玲傳》和業師王羽的《張愛玲傳》，當時便被說服，並沒有特別追溯此「畢業調查表」的內容，後來得知是陳子善老師於1990年發現其材料，據馮晞乾先生整理的〈愛憎表〉來看，張愛玲是為了說明當年填此表的初衷，而她稱其為〈愛憎表〉，這是晚年張愛玲以自傳體散文的方式重回少年張愛玲的一次難得的時刻。「最怕：死」這一看似平常的一項卻蘊藏著張愛玲驚心動魄的一句話：「我十七歲，是我唯一沒疑問值得自矜的一個優點。一隻反戴著的戒指，鑽石朝裡，沒人看得見，可惜鑽石是一小塊冰，在慢慢地融化。過了十七就是十八，還能年年十八歲？」正值花季的張愛玲對歲月竟有如此透徹的感悟，而這句話話出有因，張愛玲畢業後兩年連生兩場大病，差點死掉，在醫院裡，聽到年僅十七歲的女孩青春殞落，正戳中她此刻敏感的內心，她強烈的感受著生命的不確定性，「我不知道是我死了自己不知道，還是她替我死了」對青春消逝的恐懼籠罩著她的青春。「最恨有天才的女孩太早結婚」這個回答是整個〈愛憎表〉中最語不驚人死不休的部分，初看便覺驚奇，部分內容簡直就是當年的自傳體散文〈私語〉。〈私語〉中張愛玲特別回憶起童年的那個柿子：「有一次張乾買了個柿子放在抽屜裡，因為太生了，隔兩天我就去開抽屜看看，漸漸疑心

張乾是否忘了它的存在，然而不能問她，由於一種奇異的自尊心。日子久了，柿子爛成一泡水。我十分惋惜，所以至今還記得。」在〈愛憎表〉中，張愛玲幾乎在重述童年的經歷，只是內容變得更全面，細節也越發突出：「張乾拿了工資不用寄錢回家，因此只有她有這閒錢，這一天又在水果擔子上買了一隻柿子……過兩天我乘沒人開抽屜看看那只柿子，看不出有什麼變化……終於有一天張乾抽出抽屜一看，還是那柿子，不過紅得更深濃了，但是一捏就破，裡面爛成一包水。她憎惡地別過臉去，輕聲『吭』了一聲，喃喃地說了聲『忘了。』拈起來大方地拿出去丟在垃圾桶裡。我在旁邊看著非常惆悵，簡直痛心。多年後一直記得，覺得那只柿子是禁果，我當時若有所失，一種預感青春虛度的恐懼。」相隔將近五十年的兩篇自傳體散文，竟出奇的相似，而張愛玲晚年似乎對童年的印記更加深刻，當時奇異的自尊心，如今濃得化不開，五味雜陳，若有所失的是張愛玲對這個家的恐懼，對觸及人性深不可測之處的畏懼。這並不是孤案，〈愛憎表〉中關於張愛玲抓筷子大部分篇幅的描寫竟也與〈私語〉同樣的「不謀而合」，依舊是更加細緻地複述當年自己的心理狀態，在某種程度上，張愛玲晚年寫作的〈愛憎表〉竟成了青春完成的〈私語〉，張愛玲雖然經歷了歷史的滄海桑田，人世的風風雨雨，遠隔千山萬水之外，但青春時期內心最敏感的傷口並沒有因時間的沖洗而淡化，反而更加濃烈，化為她一生的蒼涼，縈繞在她傳奇的人生中隱隱作痛，「生命是一襲華美的袍，上面爬滿了蚤子」。

於千萬年之中，在臺灣再次「遇見」張愛玲，於千萬人之中，再看眾多張學前輩他們各自的「看張」，與「張看」下的萬

千生態都化作最永恆的存在。今年是張愛玲誕辰九十五週年，一直想寫一篇文章紀念她，竟趕上了這個特殊的時刻，我確是十足的幸運！在臺灣對她進行了最美的紀念，謹以此文紀念「不死的靈魂：張愛玲學重探——張愛玲誕辰九十五週年紀念國際學術研討會」，紀念那個於千萬年千萬人之中「遇見」的張愛玲。

作者簡介

（依本書目次順序）

李歐梵

香港中文大學講座教授、美國哈佛大學東亞系榮譽退休教授、中央研究院院士。中國文學教授、作家、文化評論員，主要研究領域包括現代文學及文化研究、現代小說和中國電影。散文及評論常見於《亞洲周刊》、《信報》、《明報月刊》及《瞄》。

王德威

現任美國哈佛大學東亞系暨比較文學系 Edward C. Henderson 講座教授、中央研究院院士。國立臺灣大學外文系畢業，美國威斯康辛大學麥迪遜校區比較文學博士。曾任教於國立臺灣大學、美國哥倫比亞大學東亞系。

馮睎乾

文學研究者，曾赴法國修讀古典文學，已發表論文包括：〈初評《小團圓》〉、〈《少帥》考證與評析〉、〈評〈色，戒〉法譯本〉等。

張英進

美國聖地牙哥加州大學文學系主任，比較文學特聘教授，上海交通大學人文學院訪問講座教授。英文書籍包括《民國時期的上海

電影與城市文化》、《華語電影史》、《全球化中國的電影，空間與多地性》、《華語電影明星研究》、《華語電影指南》、《華語新紀錄片研究》、《紀錄日常生活》等十四部。中文書籍包括《審視中國》、《電影的世紀末懷舊》、《中國現代文學與電影中的城市》、《影像中國》、《多元中國》等十部。

林幸謙

祖籍福建永春人，香港中文大學中文系哲學博士，博士學位論文為第一本張愛玲博士學位論文。旅居香港多年，現任教於香港浸會大學；評論專著《身體與符號建構》等10種，創作專著《靈／性籤》等11種。曾獲時報文學獎、花蹤文學獎、吳魯芹散文獎、香港文學雙年獎及中文創作首獎等。

宋偉傑

羅格斯大學副教授，著有《從娛樂行為到烏托邦衝動：金庸小說再解讀》、《中國‧文學‧美國：美國小說戲劇中的中國形象》、*Mapping Modern Beijing: Space, Emotion, Literary Topography*。新研究計畫是 Ide©ology: Modern Chinese Environmental Imagination 與 Martial Arts, Avant-Gardes, Sinophone Cinema。譯有《被壓抑的現代性》，合譯有《跨語際實踐》、《比較詩學》、《公共領域的結構轉型》、《理解大眾文化》、《大分裂之後》等。

姚玳玫

文學博士，華南師範大學文學院教授、博士生導師、中國現代文學教研室主任。從事中國現代文學史、中國現代文學研究史、現

代海派文學與文化、女性文學藝術諸研究工作。

桑梓蘭

臺灣大學外文系學士，美國柏克萊加州大學比較文學博士。現任密西根州立大學語言系教授，亦任教於香港科技大學人文學部。主要著作有 *The Emerging Lesbian: Female Same-Sex Desire in Modern China*（芝加哥大學出版社，2003），中文版《浮現中的女同性戀：現代中國的女同性愛欲》（臺灣大學出版中心，2014）。編著有 *Documenting Taiwan on Film: Issues and Methods in New Documentaries*（Routledge, 2012）。摩登女郎為其近期研究課題之一，專書將由哥倫比亞大學出版社出版。

王曉珏

北京大學德語文學學士、碩士，哈佛大學日耳曼語言文學系博士班，哥倫比亞大學東亞與比較文學博士，現任 Rutgers 大學副教授。著有 *Modernity with a Cold War Face: Reimagining the Nation in Chinese Literature across the 1949 Divide*（《冷戰與中國文學現代性：1949 前後重新想像中國的方法》）（Harvard University Asia Center, 2013）。合譯有《公共領域的結構轉型》、《理解大眾文化》、《大分裂之後》等。現正在完成第二本研究專著 *The Edges of Literature: Eileen Chang and the Aesthetics of Deviation*（《文學的邊緣：張愛玲與偏離的美學》）。

池上貞子

1947 年生。目前為跡見學園女子大學名譽教授。專門研究華語

圈現代文學，主要研究張愛玲，著有《張愛玲　愛／生／文學》，譯書則有《傾城の恋》書內收錄〈金鎖記〉、〈傾城之戀〉及〈留情〉等作品。也研究臺灣現代文學，翻譯作品眾多。

黃心村

北京大學中文系文學專業畢業後赴美留學，獲加州大學洛杉磯分校東亞語言文化系博士。曾任美國威斯康辛大學麥迪遜分校亞洲語言文化系教授及東亞研究中心主任，現任香港大學比較文學系教授、系主任。學術論著涉及二十世紀中國文學及視聽文化。

金凱筠 Karen S. Kingsbury

Chatham University人文與國際學教授，哥倫比亞大學比較文學博士。曾在臺灣東海大學任教14年。翻譯了張愛玲的《傾城之戀》、《紅玫瑰與白玫瑰》、《沉香屑·第一爐香》、《封鎖》等（NYRB 2006, Penguin 2007）和《半生緣》（Penguin 2014, Anchor 2016）。

何杏楓

香港中文大學中國語言及文學系學士、哲學碩士，加拿大英屬哥倫比亞大學哲學博士。現任香港中文大學中國語言及文學系副教授，研究興趣為中國現當代文學，任教科目包括「現代戲劇」、「現代小說」和「張愛玲研究」，著有《香港話劇口述史（三十年代至六十年代）》和《重探張愛玲：改編·翻譯·研究》等。

林春城

YIM Choon-sung。現任韓國國立木浦大學中國語言文化系教授兼研究生院文化應用和 storytelling 專業教授。《文化／科學》編輯委員，上海大學文化研究系海外系務委員。主要著作有《中國近現代文學史話語和他者化》、《post社會主義中國的文化認同與文化政治》、《新世紀韓國的中國現當代文學研究》（漢語）等。

金良守

KIM Yang-su。現任韓國東國大學中文系教授。韓國中文學會會長。韓國中國電影論壇代表。主要研究中國現代文學、臺灣文學、華語圈電影。最近論文有〈對於「上海的韓國人電影皇帝神話」的反思：金焰與民族主義〉、〈俞鎮午的《上海的記憶》與消失了的「國際歌」〉、〈侯孝賢的《咖啡時光》：混種和場所的敘事〉、〈在日離散作家視線裡的阿Q──以《朴達的裁判》為中心〉等。

張歡

清華大學文學博士，中央編譯局博士後，留學於日本國立岩手大學，現為北京科技大學副教授、碩士生導師。專著：《大眾文化場景研究：天天節日》、《中國左翼文化政治及其內在建構》，詩集《不進則退不了》、文集《穿林渡水》。獲第三屆朱自清文學獎，第七屆唐弢青年文學研究獎。

蔡秀粧

美國威斯康辛大學麥迪遜校區的比較文學博士。目前任教於俄亥

俄州歐柏林大學的東亞系。她的研究領域包括中國現代跟當代文學、華語電影、華語紀錄片、電影史、文學跟電影改編的藝術。出版專書是 *Adapted for the Screen: The cultural Politics of Modern Chinese Fiction and Film.*

葉雷

曾擔任北京第二外國語學院大學英語和中國文化課程教師，出版專著《描芳記》，譯著《黑暗的心》和《像愛麗絲的小鎮》，現在澳門大學中文系攻讀博士學位，研究方向為文藝理論和中國現當代文學。2018年春季學期在加州大學伯克萊分校（University of California, Berkeley）中國研究中心訪問學習。

王迪

澳門大學中文系碩士，曾赴臺中教育大學交換學習，研究方向為中國現代文學、張愛玲研究，曾參與研究課題：《中國當代大陸小說家在港臺的文化傳播與影響——以莫言、王安憶為例》。曾編輯出版文學雜誌《紅豆》，學術期刊《澳門人文學刊》。現在北京一所國際學校擔任IBDP中文教師。

聯經評論
千迴萬轉：張愛玲學重探

2018年6月初版　　　　　　　　　　　　　　　　　定價：新臺幣450元
有著作權・翻印必究
Printed in Taiwan.

主　　　編	林	幸	謙
著　　　者	李	歐	梵
	王	德 威	等
叢 書 主 編	沙	淑	芬
校　　　對	吳	美	滿
封 面 設 計	沈	佳	德
編 輯 主 任	陳	逸	華

出　版　者	聯經出版事業股份有限公司		總 編 輯	胡	金	倫
地　　　址	新北市汐止區大同路一段369號1樓		總 經 理	陳	芝	宇
編輯部地址	新北市汐止區大同路一段369號1樓		社　　長	羅	國	俊
叢書主編電話	(02)86925588轉5310		發 行 人	林	載	爵
台北聯經書房	台 北 市 新 生 南 路 三 段 9 4 號					
電　　　話	(0 2) 2 3 6 2 0 3 0 8					
台 中 分 公 司	台 中 市 北 區 崇 德 路 一 段 1 9 8 號					
暨 門 市 電 話	(0 4) 2 2 3 1 2 0 2 3					
台中電子信箱	e-mail：linking2@ms42.hinet.net					
郵 政 劃 撥 帳 戶 第 0 1 0 0 5 5 9 - 3 號						
郵 撥 電 話	(0 2) 2 3 6 2 0 3 0 8					
印　刷　者	世 和 印 製 企 業 有 限 公 司					
總 經 銷	聯 合 發 行 股 份 有 限 公 司					
發　行　所	新北市新店區寶橋路235巷6弄6號2樓					
電　　　話	(0 2) 2 9 1 7 8 0 2 2					

行政院新聞局出版事業登記證局版臺業字第0130號

國家圖書館出版品預行編目資料

千迴萬轉：張愛玲學重探/林幸謙主編．李歐梵、
王德威等著．初版．新北市．聯經．2018年6月（民107年）．
464面．14.8×21公分（聯經評論）
ISBN　978-957-08-5155-7（平裝）

1.張愛玲　2.現代文學　3.文學評論　4.文集

848.6　　　　　　　　　　　　　　　　107012078